SOLÉANE

SOLÉANE

Muriel Zürcher

Didier Jeunesse

Pour Nathan

« Entre dans l'arche, toi et toute ta maison ;
car [...] je ferai pleuvoir sur la Terre quarante
jours et quarante nuits, et j'exterminerai de la
face de la Terre tous les êtres que j'ai faits. »
Genèse VII, 1 - VIII, 22

« Je me sens beaucoup mieux, dit-il, je tiens cette
hache en l'air depuis que j'ai commencé à rouiller,
et je suis heureux de pouvoir enfin la poser. »
Extrait du *Magicien d'Oz* de Lyman Frank Baum

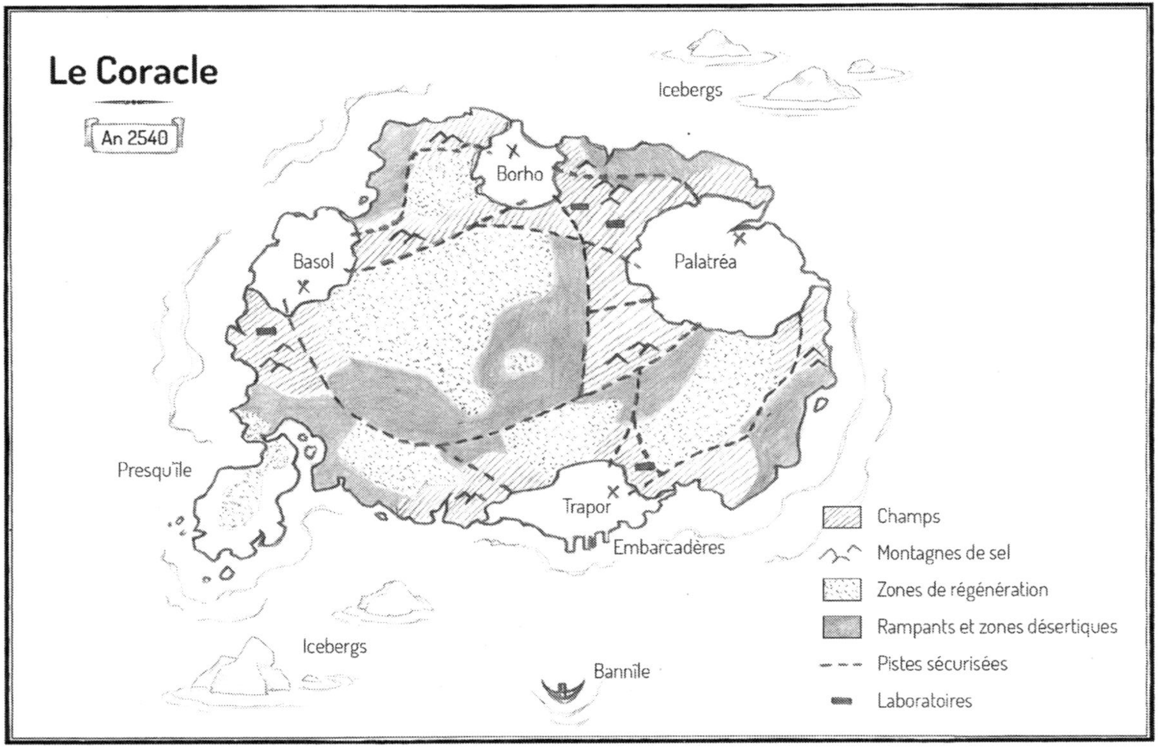
Le Coracle
An 2540
Icebergs
Borho
Basol
Palatréa
Presqu'île
Trapor
Embarcadères
Icebergs
Bannîle
Champs
Montagnes de sel
Zones de régénération
Rampants et zones désertiques
Pistes sécurisées
Laboratoires

Terre

Terres de l'ancienne Europe, an 2524

L'homme se précipite vers sa femme. À peine entrée dans leur abri, elle s'est immobilisée, pliée par la douleur. Il passe un bras autour de ses épaules et pose une main sur son ventre rond et durci. Il l'aide à s'installer sur leur paillasse de fougères.

– Est-ce que c'est le moment ?

Elle hoche la tête.

– Je vais chercher de l'aide ! répond-il, fébrile. Je serai de retour très vite.

La femme regarde le ciel au travers des antiques panneaux solaires disjoints. Dire que le toit de la vieille maison a résisté à plus de quatre cents ans !

Une contraction lui coupe le souffle. Le corps recroquevillé autour de sa douleur, elle comprend que son homme est parti en vain. Quand il reviendra avec l'accoucheuse, ce sera déjà fini.

Nul ne réagit à ses cris. Dans l'abri désert, elle écoute ses propres hurlements, comme autant d'encouragements à pousser.

Et le bébé arrive. Il pleure, il respire.

Le cœur étreint par une vague d'émotion, elle l'attrape de ses deux mains.

– Te voilà, mon enfant.

La mère lui parle, au milieu des hoquets de rire et des éclats de pleurs.

Posé sur son ventre, le nouveau-né saisit le bout de son sein.

La mère laisse sa tête retomber en arrière, posée sur le vieux plancher. Ses deux mains forment un nid autour de son enfant. Elle sent la vie s'écouler en lui. Elle songe que c'est impossible. L'épuisement l'a emportée au-delà des réalités. Elle sourit, de ce sourire d'ange que les nouveau-nés offrent au fil de leurs rêves.

Les premiers mots de l'accoucheuse devant le tableau de la mère et de son enfant jaillissent dès la porte franchie :

– C'est payé d'avance, je ne rembourse pas.

Sans lui prêter attention, le père s'agenouille près de sa femme. Aussi doucement que le lui permettent ses mains aux doigts noueux, il bascule l'enfant sur le côté.

– C'est une fille ! annonce-t-il à sa femme.

Elle approuve d'un sourire sans force et s'endort.

Il pivote vers l'accoucheuse et répète pour s'en convaincre :

– C'est une fille !

Les traits de l'accoucheuse se chiffonnent en une expression cupide. Le père suit son regard.

L'enfant a lâché le sein de sa mère. Une goutte de lait perle sur le téton.

Un silence lourd de pensées muettes envahit la pièce.

L'accoucheuse s'en retourne. Dès que le bruit de ses pas s'estompe, l'homme se précipite vers leur cache, sous le vieux parquet de bois. Il en sort les deux couvertures, le sac à dos, la réserve d'insectes séchés, les gourdes, le sel, la petite boussole accrochée à son porte-clés rouillé, les lames, le cristal de marin et la ficelle. En moins de deux minutes, le bagage est prêt. Il compte l'argent qui leur reste. De quoi acheter quatre à cinq gros jerricanes pour l'eau douce, quelques vivres, pas davantage.

Alors, il réveille sa femme.

– Il faut partir, mettre notre fille à l'abri.

– Je suis si fatiguée...

– L'accoucheuse n'attendra pas, mon amour. Tu as nourri le bébé ! Tu as du lait ! Et elle l'a vu.

La mère secoue la tête, incrédule. Jamais, pas une seule fois au cours de ses dix-huit ans d'existence, elle n'a vu une femme capable d'allaiter. Depuis la grande épidémie, même les animaux n'y parviennent plus. Les enfants grandissent de guingois, le squelette déformé par les carences que la bouillie d'insectes ne permet pas d'éviter. Pourquoi en va-t-il autrement pour elle ?

Et pourtant, l'évidence est là. La mère a du lait et elle a peur. Car elle sait déjà où court l'accoucheuse. La prime versée pour une femme de lait représente de quoi survivre pendant dix ans ! Dès que l'accoucheuse l'aura vendue, les soldats viendront. Ils l'enlèveront à son homme, à son enfant. Elle sera envoyée dans une des fermes hautes pour nourrir le bébé d'une femme de producteur. Grâce à son lait, l'enfant d'une autre deviendra un homme comme ceux d'avant, un géant de près de deux mètres planté droit sur ses deux jambes. Tandis que sa fille…

La panique la fait claquer des dents. Son homme la rassure :

– Ne te fais pas du souci. On va partir, on ne les laissera pas te prendre.

La mère hausse les épaules. Partir ne résoudra rien. La prime promise est si élevée que les soldats les traqueront jusqu'au bout du monde pour les débusquer.

Le père précise :

– On va voler une barque et rejoindre le Coracle.

Elle tourne lentement la tête, à droite, à gauche. Le Coracle ? Non, c'est impossible. Voilà quatre siècles que cette île artificielle a largué ses amarres dans l'espoir que ses habitants y perpétuent une humanité saine, où le lait coulerait en abondance pour chaque nouveau-né.

C'était au début de l'épidémie. C'était il y a longtemps, très longtemps.

– Le Coracle n'est qu'une légende, murmure la femme.

L'homme la bâillonne d'un regard dans lequel brille la folie de ceux qui se savent acculés à la mort. Il dit :

– Il existe, là-bas, sur l'océan. Le Coracle nous attend, toi, moi et notre fille.

La femme se relève, aidée par son homme. Elle berce l'enfant en chantonnant son prénom.

Soléane.

Partie 1

Quitter ses certitudes

1

Seize ans plus tard, sur le Coracle, an 2540

Posé sur l'océan, le Coracle oscillait imperceptiblement. Soléane ralentit le pas. Elle ne se lassait pas de cet horizon qu'elle connaissait par cœur. La mer savait si bien la surprendre ! Au loin, un iceberg voguait sur les courants glacés au rythme calme des géants. Trop loin pour être menaçant.

Soléane ferma les yeux une seconde, le visage tendu vers la brise, et murmura pour elle-même :

– Aujourd'hui commence ma nouvelle vie.

Bien avant l'entrée du bourg Bohro, un sentier quittait la piste de bambou pour rejoindre un marais dessalant. Avant l'invention du dessalinisateur domestique, les villageois venaient ici remplir leurs outres d'eau douce, matin et soir. Depuis, l'accès en avait été condamné afin d'éviter l'effondrement de son sol fragile.

Aux dires des anciens, l'eau du marais possédait un goût autrement plus savoureux que celle d'un dessalinisateur. Soléane avait toujours rêvé d'y goûter. Elle vérifia que personne ne pouvait la voir et s'engagea dans le passage interdit. S'agenouiller au bord du marais et boire cette eau pure serait le premier acte que Soléane accomplirait dans sa nouvelle vie d'émancipée.

Un pied après l'autre, elle marcha avec prudence.

Le marais s'était formé au fil des décennies grâce aux arbralgues, dont les racines s'immisçaient dans les alvéoles de la trame emplies d'eau de mer. Le sel cheminait dans leur sève, montait le long du tronc et des branches, jusqu'à ressortir pour couvrir leur écorce en une épaisse couche blanche qui scintillait au soleil. Grâce à ce travail de filtrage, l'eau qui clapotait au pied des arbralgues était douce.

Cinq pas, six, dix. Il n'était plus temps de reculer.

La jeune fille s'agenouilla avec prudence sur les algues folles de la rive avant de s'y étendre sur le ventre. Elle tenta de regrouper ses cheveux avant de prendre conscience de l'inutilité de son geste. Il lui faudrait du temps pour s'accoutumer à son nouveau chignon, planté au sommet de son crâne !

Elle plongea prudemment la main dans le lac et avala de longues gorgées d'eau sous le regard curieux d'une grenouille jaune.

Par tous les vents des mers, comme les anciens avaient raison !

Fraîche, ponctuée de mille saveurs minérales, dépourvue de l'habituel arrière-goût saumâtre, cette eau était la meilleure que Soléane ait consommée de toute sa vie.

Elle continua à boire bien après avoir étanché sa soif. Puis, de sa main recroquevillée en coupelle, elle aspergea sa nuque d'eau froide. La brûlure du triangle imprimé sur ses chairs le matin même lors de son passage au centre d'émancipation s'estompa quelques instants.

Elle soupira de soulagement. La plaie nécessiterait quatre à cinq jours de cicatrisation avant que le feu ne s'apaise. Rien de bien grave, rien de très long ; surtout pour elle, herbière et fille d'herbière.

Dès son retour à la maison, elle enduirait la plaie d'un onguent pour calmer la douleur. Un mauvais moment à passer. Pour le reste, il lui faudrait serrer les dents : aucun médicament n'empêcherait sa mère de tempêter en découvrant que sa fille lui avait désobéi, qu'elle s'était rendue au centre sans son autorisation.

Une brûlure et des cris, c'était le prix à payer pour quitter l'enfance. Mais grandir, n'était-ce pas apprendre à désobéir ?

Soléane connaissait suffisamment sa mère pour savoir que son amour résisterait à tout, y compris cette petite incartade. Elle était prête à parier que dans un mois, tout serait oublié.

Au centre, lors de la cérémonie d'émancipation, elle avait été déclarée saine et le triangle qui brûlait sur sa nuque l'attestait. Ils ne l'avaient pas bannie. Voilà la seule chose qui comptait vraiment. Elle était désormais autorisée à construire sa vie dans le bourg, à exercer sa profession d'herbière, à fonder une famille. Elle pourrait vivre une existence tranquille, sur le Coracle, dans le respect des préceptes de l'Arche.

Soléane regarda en l'air. Juchés sur les branches d'arbralgue blanchies par le sel, des oiseaux chantaient de concert. Une mésange, quelques moineaux, et même une tourterelle messagère reconnaissable au petit morceau de bambou fixé à sa patte.

Tout semblait si paisible ! Et pourtant, le danger n'était pas loin.

Quatre siècles auparavant, le Coracle avait sauvé ses ancêtres des ravages d'une épidémie.

Au fil des années, de tempête en tempête, l'île artificielle avait pris l'eau. Ses fibres commençaient à se déliter. Sa trame, tissée de milliards d'alvéoles de plastique, n'emprisonnait qu'à peine assez d'air pour continuer à flotter.

Lourde épave posée sur l'océan, le Coracle s'enfonçait.

Mais Soléane n'était pas inquiète. Les habitants devraient leur salut aux bannies. Les jeunes filles qui participaient à la cérémonie d'émancipation savaient qu'elles risquaient d'être envoyées sur la bannîle. Là-bas, les femmes ramaient pour tirer le Coracle vers les terres anciennes.

Le dieu Éole en personne indiquait au GrandArchéole la direction à suivre. En un étrange retournement de situation, la Terre était désormais le seul espoir de salut pour tous les habitants du Coracle.

2

Plongée dans ses pensées, Soléane ne remarqua pas le soudain silence des oiseaux.

Eux avaient repéré l'homme en tunique rouge qui s'approchait.

Mains posées sur les hanches, le traqueur planta ses pieds sur la trame, sans crainte d'y provoquer des dégâts. Aussi trapu que son esprit était étroit, il dominait Soléane, sûr de sa puissance.

Elle se releva avec maladresse.

Cobugès se tenait à quelques centimètres d'elle, assez près pour que sa seule présence la mette mal à l'aise. Mais l'homme ne faisait pas que l'embarrasser, il l'effrayait. Même sa mère tremblait devant lui ! Refusant de céder à la panique, Soléane s'obligea à ne pas reculer.

– En voilà une surprise ! s'exclama le traqueur. Tu portes le chignon des femmes ? Est-ce que ça voudrait dire…

Il sortit une matraque de bambou et appliqua son extrémité sur la joue de Soléane. D'un geste brusque, il appuya jusqu'à la contraindre à tourner le buste. La jeune fille sentit la marque de sa nuque s'enflammer sous le regard de l'homme.

La peur déferla en elle, irriguant ses muscles d'un afflux d'énergie, préparant son corps à la fuite. Les bords fragiles du marais dessalant étaient interdits d'accès depuis des années. Cobugès était en droit de la punir.

– Alors comme ça, t'es passée au centre et ils t'ont pas bannie, poursuivit-il. Dommage, ça m'aurait plu de te traquer !

Quoiqu'à te trouver là, en territoire interdit, je vais pas me gêner…

Sa main libre s'approcha de Soléane. Elle recula d'un pas.

– Je ne recommencerai pas !

Un mince sourire déforma les traits du traqueur. Quelle pitoyable défense ! La fille se savait en faute. Elle espérait échapper à la sanction. L'homme savoura la panique qu'il lisait dans ses yeux avant de tourner une oreille attentive vers l'archapelle du bourg.

Depuis le grand bâtiment jaillissait le son de l'orguéole.

D'abord discret, l'instrument monta en puissance dans l'air frémissant du matin.

Profitant de cette diversion, Soléane marcha en arrière silencieusement, pas après pas, au rythme de la mélodie, sans quitter le traqueur des yeux. Cette fois, l'appel concernait les pêcheurs et cultivateurs, invités à se rendre sur leur secteur de travail.

Quand Cobugès se retourna vers elle, Soléane courut vers la piste.

Elle trébucha sur le sol, s'agrippa aux algues folles, effrayée à l'idée qu'une fissure puisse s'ouvrir sous ses pieds. Les malheureux qui basculaient dans l'une des crevasses de la trame glissaient en dessous et se noyaient, prisonniers de la masse en mouvement.

Un coup d'œil la rassura : le sol était intact. La couche d'humus, qui s'était formée grâce à la décomposition des végétaux colonisant le Coracle, formait une surface lisse, assez épaisse pour y enfoncer les doigts. La portion de trame de cette zone paraissait encore solide. Elle se redressa et gagna la sécurité du chemin de bambou.

Le traqueur n'avait pas bougé. Sa voix la rattrapa dans sa fuite :

– Tu ne perds rien pour attendre. T'es peut-être aussi farouche que ta racole de mère. Mais, je l'ai eue, elle ! Je l'ai dressée ! Et le dressage des sauvageonnes dans votre genre, c'est ma spécialité !

Soléane courut sans s'arrêter jusqu'au bourg. La rue, bordée de petites maisons blanches et basses, s'animait peu à peu.

Une femme brossait ses cheveux sur le pas de sa porte en regardant des enfants s'amuser. Au centre de la chaussée, quelques femmes avaient regroupé des chaises pour former un cercle. Elles discutaient tandis que leurs doigts agiles tissaient, ravaudaient, cousaient. Plus loin, deux pêcheurs portaient leurs filets sur leur tête, en route pour le labeur.

Ici, Soléane se sentait à l'abri. Comment aurait-il pu lui arriver quelque chose alors que tous ces gens la connaissaient depuis qu'elle était enfant ? Elle se retourna, le traqueur ne la suivait pas. Comme elle s'en voulait d'avoir bravé l'interdiction du marais ! Elle était adulte, désormais. Elle se remit en marche pour traverser le bourg, bien décidée à ne plus donner au traqueur l'occasion de sévir.

Au bout de la rue principale, la mère de Belgha lui adressa un signe amical. Son visage trahissait sa tristesse et sa lassitude.

Soléane effleura le sigle douloureux imprimé sur sa nuque. Belgha, sa meilleure amie, n'avait pas eu autant de chance qu'elle. Voilà un an qu'elle avait été bannie. Les parents des bannies étaient honorés et respectés en hommage à la tâche accomplie par leurs filles. Mais Soléane n'avait aucune envie d'écouter la mère de Belgha ressasser ses souvenirs. Mal à l'aise, elle esquissa un geste de salut, sans s'arrêter.

À une centaine de mètres du bourg, à l'orée de la zone de régénération, la vision rassurante de sa maison apaisa Soléane.

La bâtisse était telle qu'elle l'avait laissée trois heures auparavant.

Soléane s'engagea sur l'étroit chemin de bambou qui y menait.

Là-bas l'y attendait le dernier obstacle à affronter : Lana, sa mère.

3

Le cri que l'archéole poussa dans son sommeil le réveilla brutalement. Trois secondes de panique mouillée de transpiration avant de comprendre où il se trouvait, et l'homme vida l'air vicié de ses poumons comme on vomit un poison. Il tenta de se raisonner. Ce n'était rien, juste cette voix discordante qui revenait se glisser dans ses rêves et lui déchirait les oreilles.

De l'autre côté de la porte, sous le toit de l'archapelle, résonnaient les premières notes d'orguéole de la journée. Sem-Archéo repoussa la couverture de son lit et se passa un linge humide sur le visage. La fraîcheur l'apaisa, il respirait mieux.

Un jour ordinaire, il aurait ouvert la porte de sa chambre, traversé l'archapelle, et serait monté jusqu'à la tribune pour saluer l'orguéoliste. Mais ce matin-là, il avait plus urgent à faire. Il divisa ses cheveux en deux masses qu'il tressa bien serrées et qu'il enroula en deux chignons au-dessus de ses oreilles. C'était la coiffure traditionnelle d'un archéole des bourgs.

Le halo du jour naissant qui franchissait la fenêtre éclairait à peine sa table de travail. Il s'y installa, la bouche un peu sèche. Chacun des représentants de l'autorité religieuse de l'Arche assurait à tour de rôle le compte rendu des forums, leurs réunions officielles. Ce n'était jamais chose facile. Il ne s'autoriserait à préparer sa tisane matinale qu'une fois cette tâche achevée.

La feuille était un simple enchevêtrement de fibres de bambou pressées. On réservait le vélin précieux, fait de peau de fœtus de baleine, d'orque ou de dauphin, pour les cérémonies du changement de saison.

En haut, au centre, il traça le titre selon le protocole établi : « GrandArchapelle, 2540, 6e forum » ; plus bas à gauche, il nota les présents : « Le GrandArchéole Noé, les Archéoles Sem, Cham, et Japhet ». Les quatre hommes de l'Arche, les quatre élus des dieux. Un pour chacun des quatre bourgs du Coracle.

Sem-Archéo releva sa plume de la feuille, songeur. Il s'occupait du bourg de Borho et s'en trouvait heureux. Il connaissait le Coracle sur le bout des doigts : il avait longé ses rives, traversé l'île ronde plusieurs fois, escaladé ses majestueuses montagnes de sel, parcouru l'immensité désertique des rampants et visité chacun des trois autres bourgs. Bien sûr, il avait admiré la magnificence de la capitale Palatréa, la splendeur de sa grande archapelle et l'effervescence de ses rues.

Mais rien n'égalait l'effet que le bourg de Borho lui faisait.

Depuis dix ans que le GrandArchéole l'avait envoyé ici, Sem-Archéo se sentait chez lui, à sa place, utile. Il veillait sur chacun des trois mille habitants, il aimait la falaise qui surplombait l'océan, les petites maisons de sel et l'archapelle imposante dans laquelle il résidait. Oui, il aimait Borho.

Sem-Archéo serra les doigts sur sa plume. L'orguéole avait cédé la place au silence. S'il laissait ses pensées divaguer ainsi, il n'aurait pas fini avant midi !

Il passa à la ligne et nota : « En l'absence de l'Empera ».

Il devait l'écrire, même si c'était l'évidence. L'Arche exerçait le pouvoir religieux et était chargée d'amener le Coracle vers la Terre, mais c'était l'Empera qui disposait de l'autorité sur les hommes. Cependant, depuis treize ans, le chef exécutif semblait s'être égaré dans un monde d'ombres, enfermé à l'intérieur de lui-même. Cette absence n'avait eu aucune conséquence grâce à l'initiative du GrandArchéole : en plus d'incarner l'autorité religieuse, le GrandArchéole parlait désormais également au nom du peuple. Il avait pris le contrôle des traqueurs.

L'encre fila sur le papier pour tracer les paroles rituelles adressées au dieu Éole : « Nous, Archéoles du Coracle, ferons respecter ta volonté. Que de l'épreuve divine renaisse une nouvelle humanité. »

Telle était la religion de l'Arche.

Quatre siècles auparavant, les dieux avaient infligé aux hommes de la Terre une épidémie dévastatrice qui empêchait femmes et femelles de produire le lait nécessaire à leurs petits. Le Coracle avait accueilli les dernières femmes allaitantes, leurs compagnons et leurs enfants, avant de s'en aller voguer sur les océans en attendant que s'apaise le courroux des dieux.

Le Coracle était une arche.

Les archéoles en étaient les guides.

Sem-Archéo changea de paragraphe pour retranscrire les échanges qui avaient suivi.

Son compte rendu achevé, il appuya son dos contre son siège. Il avait rempli plusieurs feuillets de sa fine écriture appliquée, mais la teneur des échanges lors du forum aurait pu se résumer en deux éléments essentiels.

Le premier concernait l'épreuve que les dieux avaient décidé de leur imposer : le Coracle prenait l'eau et menaçait de couler. Il ne résisterait pas aux prochaines grandes tempêtes.

Le Grand Archéole avait ordonné la construction d'une nouvelle arche pour rejoindre les Terres anciennes et y perpétuer une nouvelle humanité. Mais sans la pierre pour les guider, ils n'auraient aucune chance d'y arriver.

Sem-Archéo n'avait toujours aucune idée de ce à quoi cette pierre pouvait ressembler. Il savait seulement qu'elle n'avait rien de commun avec les pierres de Terre qu'on sortait de leur reliquaire pour être révérées par les habitants lors de la cérémonie de changement de saison.

Il haussa les épaules et relut la deuxième partie de son compte rendu.

Le second point important portait sur la recherche de celle que le GrandArchéole accusait d'avoir volé la pierre. La femme avait fui treize années auparavant... treize années sans donner signe de vie. L'enfant qu'elle avait emmenée avec elle devait avoir seize ans aujourd'hui. Le GrandArchéole avait fait croire à la population qu'elles étaient mortes, tombées dans la trame. Cela n'avait pas facilité les recherches, mais s'était révélé nécessaire pour éviter qu'elles ne deviennent un symbole incitant la population à se révolter.

Sem-Archéo ajouta les consignes à suivre si la femme et sa fille étaient découvertes : informer le GrandArchéole, préserver le secret de leur identité, envoyer la voleuse et sa mère sur ce gigantesque radeau qu'était la bannîle. Et récupérer la pierre, bien sûr.

Après une dernière relecture, Sem-Archéo plia et roula les feuillets puis les glissa dans un mince tube de bambou. Il s'approcha d'une cage placée dans un coin de la pièce et souleva le drap qui la recouvrait. La tourterelle qui s'y trouvait le laissa accrocher le tube de bambou à sa patte.

Le volatile dans les bras, l'archéole sortit de sa chambre, traversa l'archapelle et ouvrit la lourde porte pour sortir.

Là, l'archéole propulsa la tourterelle vers le ciel. L'oiseau prit son envol, droit vers la grande archapelle de Palatréa.

– Sem-Archéo ?

La voix masculine le fit sursauter.

– Lorin ? s'étonna l'archéole. Que fais-tu dehors alors que le couvre-feu vient à peine d'être levé pour les pêcheurs ?

– C'est ma mère, Sem-Archéo. Elle respire mal. Je crois qu'elle est prête à passer.

– Alors, va donc quérir l'herbière, je m'en vais directement chez toi.

L'archéole regarda l'homme s'éloigner.

Tant pis pour la tisane, il se contenterait d'une louche d'eau pour se désaltérer.

4

Les pleurs parvinrent à Soléane avant qu'elle n'atteigne sa maison. Quoique le terme de « pleurs » ne fût pas le meilleur pour qualifier ce qui l'attendait derrière la porte. « Hurlements » aurait été plus adéquat.

Depuis la naissance de son petit frère deux mois auparavant, la capacité pulmonaire du nourrisson ne cessait d'impressionner Soléane.

D'apparence si fragile pendant son sommeil, Saméo se changeait en furie dès son réveil, exigeant qu'on s'occupe de lui avec plus d'autorité que l'Empera du Coracle lui-même. À la différence que le bébé n'avait pas besoin d'une armée de traqueurs en tuniques rouges pour se faire obéir : son visage chiffonné suffisait à transformer sa mère et sa sœur en esclaves.

Saméo se calmait rarement dans les bras de Soléane, parfois dans ceux de sa mère. Seule Doline parvenait toujours à lui instiller assez de sérénité pour trouver le chemin du repos. En application des usages du Coracle, Lana et Doline, enceintes au même moment, s'étaient mutuellement choisies comme sœur de lait. Si un malheur arrivait à l'une, l'autre élevait l'enfant orphelin. Pour assurer cet engagement, elles se rendaient fréquemment visite, créant une proximité affective avec le bébé de leur sœur de lait.

Soléane s'aperçut qu'elle ralentissait le pas à mesure qu'elle approchait de la maison. Pour une fois, elle se réjouissait presque d'entendre les cris de son petit frère, même si elle savait qu'ils ne suffiraient pas à détourner longtemps l'attention maternelle.

Quand elle poussa la porte, sa mère lui tournait le dos. Penchée sur le bébé, Lana s'exclama :

– Je commençais à m'inquiéter ! Tu es partie avant la levée du couvre-feu ?

– Aux premières notes de l'orguéole des non-voulus, répondit Soléane. Je ne voulais pas vous réveiller, vous dormiez si bien, tous les deux.

Lana souleva son fils de ses deux mains pour tenter de calmer ses hurlements.

– Tu aurais dû me prévenir, Soléane. J'aurais pu venir cueillir les plantes avec toi. On ne sait jamais ce qui...

Elle s'interrompit au moment où son regard se posa sur sa fille.

Bouche bée, elle fixait le chignon que Soléane portait comme une femme, noué au sommet de son crâne. Une grimace d'affolement tordit son visage. Dans ses bras, Saméo cessa subitement de pleurer. Le murmure de sa mère résonna dans le silence :

– Oh non, non... Tu n'as pas fait ça ?

Soléane chargea sa voix d'un enthousiasme forcé :

– Je suis saine, maman. Tu n'as plus à t'inquiéter ! Je n'irai jamais sur la bannîle !

– Mais pourquoi t'es-tu rendue au centre ? Je te l'avais interdit !

– J'ai seize ans, maman ! Le même âge que toi quand tu as eu la nuque brûlée par le triangle des saines ! Tu voulais quoi ? Que je reste éternellement avec toi ? Je veux aimer, travailler, bâtir ma maison. J'ai besoin d'avoir ma propre vie. J'ai le droit d'avoir ma propre vie !

– Bien sûr que tu as le droit à ta vie, Soléane, mais pas comme ça.

– J'ai été déclarée saine, maman, alors arrête d'en faire toute une histoire ! Je sais combien tu avais peur que je sois bannie, mais ça n'est pas le cas. Tout va bien, c'est fini, maintenant.

Un silence accueillit cette affirmation. La mère secouait la tête de droite à gauche, affichant une mimique d'incrédulité. Elle s'exprima d'une petite voix désolée qui tranchait avec celle, vibrante de colère, qui l'animait dix secondes auparavant :

– Oh non, ma perle, ce n'est pas fini. Ce n'est que le début. Si seulement tu m'avais parlé de ton projet...

Des larmes coulèrent sur les joues de Lana.

Soléane resta stupéfaite. Elle avait tout imaginé de son retour à la maison après son passage au centre. Des punitions, des cris, un mutisme vengeur, mais jamais elle n'aurait pu anticiper les pleurs de sa mère. Cette femme traversait la vie plus solide qu'un roc de sel. Rien ne l'ébranlait jamais. Et voilà que pour la première fois Soléane la découvrait capable de pleurer. Pourtant, la jeune fille n'avait pas été bannie, sa mère aurait dû s'en réjouir !

– Si je t'avais dit où j'allais, remarqua-t-elle d'une voix veloutée, tu m'en aurais empêchée.

Lana s'approcha du berceau dans lequel elle recoucha Saméo. Pour une fois, le nouveau-né ne protesta pas.

D'un large mouvement de bras, la mère essuya ses larmes. Ses pleurs se calmèrent après une longue inspiration. Elle s'inquiéta :

– Ils ont pris tes empreintes ?

– Oui, bien sûr !

L'esquisse d'un triste sourire adoucit le regard de Lana. Elle caressa la joue de sa fille.

– Je n'ai pas su voir à quel point tu avais grandi, Soléane. J'ai eu tort de ne pas tout te révéler. J'aurais voulu te protéger plus longtemps.

Soléane resta muette. Elle ne comprenait rien aux paroles de sa mère. Mais quand Lana plaça ses mains sur ses épaules, elle sentit un frisson de peur parcourir son dos.

– Il n'est plus le temps pour les regrets. Il nous reste deux jours, Soléane, peut-être moins.

– Deux jours pour quoi ?

– Fuir. On s'en va.

La confusion envahit l'esprit de Soléane. S'agissait-il d'un problème lié au mystère qui entourait le père de Saméo ? Sa mère s'était opposée à toutes les tentatives de Soléane pour découvrir le géniteur de son petit frère. La jeune fille avait échafaudé plusieurs hypothèses expliquant la détermination de Lana à protéger son secret : un homme du village, déjà père de famille ? L'archéole ? Il était si gentil avec elles… Elle avait été très loin, jusqu'à envisager qu'un non-voulu soit le père de Saméo. Mais même une liaison avec un non-voulu n'aurait pu justifier cette décision radicale ! Fuir signifiait se cacher dans la zone de régénération, une situation qui les condamnait plus sévèrement qu'un traqueur ne pourrait le faire !

Pourtant, aucune autre explication ne lui venait à l'esprit. Lana et Soléane vivaient dans le bourg Borho depuis toujours. Une famille sans père, même si elles étaient rares, n'avait rien de choquant et toutes deux se rendaient à l'office de l'Arche chaque semaine et apportaient leur contribution à la communauté.

– Partir ? protesta Soléane. Mais où ? Pourquoi ? Ça n'a pas de sens ! Désormais, je peux travailler, tu en seras soulagée d'autant. Notre vie est ici !

– Non, pas quand ils découvriront qui tu es. Ils vont envoyer tes empreintes au Palatréa. Le temps qu'elles soient comparées aux archives et que l'information revienne jusqu'ici, il s'écoulera deux jours, moins s'ils envoient une tourterelle messagère.

– Pas besoin d'une tourterelle, ils savent qui je suis aussi bien que je le sais moi-même. Je suis Soléane, fille de Lana, herbière du bourg Borho.

– Tu es bien plus que ça, Soléane, bien plus que tu ne le crois.

Après le désarroi, une vague de colère submergea la jeune fille. Non contente de parler par énigmes, sa mère avait entrepris de préparer un sac de fugitifs. Elle virevoltait en tous sens dans la cabane, glanant un dessalinisateur par-ci, un vêtement par-là. Actes et paroles se liguaient pour décupler l'anxiété de Soléane. Était-ce une forme de punition pour avoir caché son passage au centre ? Son exaspération éclata :

– Vas-tu m'expliquer, à la fin ?

La réponse de Lana fusa sous la forme d'un cri mêlant terreur et désespoir :

– Je suis fichée. Tu es fichée. Ils ont fait croire à tout le monde qu'on était mortes, mais je les connais, ils attendaient que l'on se fasse repérer. Si on reste là, on finira nos vies dans une des cellules des sous-sols du Palatréa par ordre du GrandArchéole en personne.

Une vague de silence déferla sur les deux femmes figées par la révélation.

Des coups cognés à la porte résonnèrent dans la maison, comme par un effet du ressac.

Mère et fille échangèrent un regard affolé. Les murs, tout de sel, de sable et de brisures de coquillages compressées, formaient une masse de près d'un mètre d'épaisseur. Mais le toit n'était fait que de bambous et d'algues tissés. Qui que soit l'individu qui frappait à l'entrée, il n'était pas exclu qu'il ait perçu leurs cris. Dans ce cas, les règles du Coracle exigeaient qu'il les dénonce.

Soléane reprit ses esprits la première. Elle désigna Saméo à sa mère. Approuvant d'un hochement de tête, Lana s'approcha du berceau.

Quand la jeune fille ouvrit la porte, leur visiteur douta de la violente altercation qu'il avait cru entendre. Soléane affichait un air doux et souriant. Sa mère caressait le duvet sur le crâne du bébé qui somnolait dans ses bras. Elles offraient le tableau serein de la félicité familiale.

Rassuré, l'homme ôta son chapeau de feuilles tressées pour saluer la mère et la fille. Les apparences resteraient préservées, il préférait ne rien savoir du conflit qui les opposait. Il s'excusa :

– Désolé d'arriver à l'improviste, Lana. J'ai besoin d'une herbière.

– C'est pour ta mère, Lorin ?

Le villageois acquiesça.

– Tes breuvages ne suffisent plus, elle souffre tellement dans sa cage d'os ! Je crois qu'elle va passer aujourd'hui. Est-ce que tu pourrais l'accompagner ?

– Bien sûr, Lorin.

Après un petit coup de menton pour désigner le bébé, Lana ajouta :

– Peux-tu patienter à l'extérieur quelques instants ? Soléane prépare la besace et elle te rejoint.

La jeune herbière esquissa un mouvement de surprise. Jamais encore elle n'avait exercé seule ; commencer par le passage d'un ancêtre correspondait à un gage de confiance de la part de sa mère.

Étonné lui aussi, Lorin se tourna vers la jeune fille. Il pinça les lèvres en un assentiment muet puis dit :

– Félicitations pour ta marque, Soléane. Je suis si préoccupé que je n'avais pas remarqué ton chignon de femme. Notre communauté compte désormais deux herbières en son sein, c'est une chance ! Je t'attends dehors.

À peine la porte refermée, Soléane ouvrit de grands yeux interrogateurs en direction de sa mère. Lana se leva, lui tendit la besace d'herbière d'une main, continuant à porter son fils de l'autre. Elle chuchota :

– Tu dois y aller. Pendant ce temps, je préparerai notre fuite.

– Mais, maman, j'ai besoin de savoir ce qu'il se passe !

Lana comprit que sa fille ne se contenterait pas d'une réponse évasive. En gage de sa volonté de transparence, elle parla vite, à voix basse :

– Nous sommes arrivées ici quand tu avais trois ans. J'ai prétendu que j'étais la fille d'une herbière partie exercée au Palatréa il y a très longtemps et qui vivait dans cette maison autrefois. Je lui ressemble un peu, mais j'ai menti. Maintenant, va aider la mère de Lorin à passer dans la sérénité et reviens dès que possible. Je te raconterai tout dès ton retour, ma perle. Tout, je te le promets.

Rassérénée par cette perspective, Soléane attrapa la besace. Sa mère la serra de son bras libre. La fille se pressa contre elle et caressa la joue de son frère. Elle se rappelait le temps où, petite fille, les bras de sa mère autour d'elle lui donnaient le sentiment d'être invincible. Dans le creux de son oreille, elle entendit sa mère chuchoter :

– Sois prudente, Soléane. Tu n'es plus une enfant, mais tu restes ma fille, la perle de ma vie.

5

La musique d'orguéole vibrait dans l'air tandis que l'homme et l'herbière longeaient la zone de régénération pour contourner le bourg.

D'ordinaire, Lorin était un homme affable, aussi généreux que bavard, mais ce matin-là, il marchait en silence. Sa réserve s'accordait à l'état d'esprit de Soléane. Préoccupée par les informations parcellaires données par sa mère, elle s'échinait à leur trouver une cohérence.

Sa mère avait affirmé qu'elles étaient toutes les deux fichées. C'était tellement invraisemblable ! Seuls ceux qui menaçaient la sécurité des autorités se retrouvaient fichés. Quelle autorité auraient-elles pu mettre en péril ? L'Empera, l'Arche ou la Guilde ?

Soléane n'avait jamais vu l'Empera, le chef exécutif qui gouvernait le Coracle pour toutes les affaires non religieuses. Elle n'était même jamais entrée dans le somptueux Palatréa où il résidait. Elle avait beau se creuser la tête, elle n'imaginait aucune raison plausible qui ferait d'elle une menace pour cet homme de pouvoir. D'autant que, à en croire la rumeur, l'homme vivait en reclus, anéanti par le décès de sa famille plus de treize ans auparavant.

À moins que Soléane et sa mère n'aient mis l'Arche en danger ? L'hypothèse était tout aussi ridicule ! Soléane respectait la religion et ses préceptes.

Elle n'avait que six ans lorsque Sem-Archéo avait investi l'archapelle du bourg Borho. C'est en sa compagnie et celle des autres enfants de Borho qu'elle avait découvert les préceptes de l'Arche et les récits des épreuves divines. C'est avec lui qu'elle avait appris à décrypter les mystères de l'orguéole. Le choix du morceau, la gamme de tuyaux, le rythme du jeu, la puissance du son, autant d'éléments qui se combinaient pour communiquer des informations. Les habitants déduisaient des mélodies ce qu'ils devaient faire, à chaque moment de la journée : lancer leurs filets, couper une parcelle de bambous, manger, récolter les céréales de mer, dormir.

Et le GrandArchéole était le seul capable de guider le Coracle vers la Terre avant qu'il coule au fond de l'océan. Menacer les autorités de l'Arche n'aurait été que folie !

Quant à la Guilde, elle formait les orguéolistes à jouer de l'instrument, mais aussi à les fabriquer. Mais cette confrérie était si discrète que Soléane ignorait qui y appartenait, en dehors des orguéolistes qui se succédaient dans l'archapelle de Borho. Plus que ça, la Guilde était réputée pour sa neutralité : aucun de ses membres n'interférait dans les affaires publiques.

Sans s'en rendre compte, Soléane avait ralenti le pas. Plongé dans ses préoccupations, Lorin marchait trois mètres devant elle. Elle voyait briller des cheveux gris dans le chignon qu'il portait bas sur la nuque. Elle le rattrapa alors qu'ils arrivaient chez lui.

Comme toutes celles du bourg, la maison de Lorin était constituée d'une grande pièce de vie au parquet de bambou dont les coins étaient occupés par les lits. Devant le poêle, assis autour de la table, se tenaient la compagne de Lorin et l'archéole. Ce dernier leur adressa un sourire chaleureux.

Soléane se sentit rassurée de le voir déjà sur place tout en redoutant de lui parler. L'impact des révélations de sa mère était trop fort, et l'archéole trop à l'écoute pour qu'elle parvienne à lui dissimuler son trouble. Elle préféra entrer dans le vif du sujet :

– Quand l'aggravation a-t-elle commencé ?

– Tu ne lui as donc rien expliqué en chemin ? reprocha la femme en direction de Lorin. Prends un siège, Soléane, je te prépare une tisane d'algues brunes.

Attrapant la chaise libre, Soléane se dirigea vers le râle qu'elle entendait dans un coin de la pièce. Sur le lit, une vieille femme d'une cinquantaine d'années tourna les yeux vers elle, incapable d'articuler. La jeune fille lui sourit et s'installa à ses côtés.

La compagne de Lorin lui tendit la tasse de tisane.

– Tiens, attention de ne pas te brûler.

Soléane la serra entre ses doigts puis, sans en boire une goutte, la posa sur le chevet. Sa main se fit légère comme une plume d'oiseau quand elle appliqua sa paume chaude sur la poitrine de la malade. Elle ignorait pourquoi la chaleur réconfortait les victimes de cette affection, mais, une fois encore, elle constata que le remède agissait. Le rythme du râle s'apaisa.

À son tour, Lorin approcha une chaise.

– Les premiers signes, c'était il y a deux ans ; elle avait déjà quarante-six ans. L'archéole l'avait inscrite pour le lait un an plus tôt. Elle a bu sa ration tous les jours, mais ça n'a pas suffi. Aujourd'hui, elle...

Il n'acheva pas sa phrase.

Des larmes glissèrent sur le visage crispé de la malade. Soléane caressa les joues et les tempes ridées, essuyant les gouttes salées, écartant les mèches de cheveux. Quand venait la maladie, les chignons étaient défaits, les vieux portaient leur chevelure lâchée, comme les enfants.

La jeune fille confirma ce que la femme sentait :

– Oui, vous allez mourir.

Tous ceux présents dans la pièce tressaillirent. Malgré l'évidence, la mort n'était pas un sujet dont on parlait facilement.

On préférait utiliser le verbe « passer » pour éviter de prononcer l'autre mot.

Mais Soléane avait acquis une longue expérience auprès de sa mère. À l'exception des décès accidentels, tous les habitants mouraient entre quarante et cinquante ans de la maladie des ossoudés. Elle savait combien il était essentiel de dire les choses telles qu'elles étaient vraiment. La vérité soulageait ceux qui souhaitaient l'entendre.

Face à l'agonie de cette femme, plus rien n'importait à Soléane : ni la gêne de la famille, ni la douleur qui palpitait sur sa nuque, ni les soucis qu'elle ressassait sur le chemin. Tout s'envola pour laisser place à sa mission : apaiser les souffrances de sa patiente.

6

La maladie commençait par de discrets tiraillements lors des gestes du quotidien. Son origine restait inconnue. Certains croyaient à une punition des dieux. D'autres pensaient qu'elle résultait d'une accumulation dans le corps des minéraux contenus dans les algues. À moins que le corps ne stimule ses propres cellules pour produire du calcium en excès afin de compenser son déficit dans l'alimentation. Quoi qu'il en soit, l'espérance de vie de ceux qui en étaient atteints n'excédait pas douze à dix-huit mois.

Les herbières soignaient les douleurs à mesure qu'elles augmentaient en intensité. Mais elles ne pouvaient empêcher les cellules des os de se multiplier. Peu à peu, les articulations se bloquaient. Les mouvements perdaient de l'ampleur, jusqu'à ce que les os se retrouvent soudés entre eux.

Le squelette devenait une prison pour les victimes paralysées. Seul restait le regard pour communiquer. Invariablement, la fin survenait lorsque la cage thoracique se verrouillait à son tour, bloquant la respiration du condamné.

Le lait retardait le développement des symptômes, mais restait impuissant à enrayer la maladie. Aucun autre remède n'avait été trouvé.

La patiente portait la tenue de nuit des femmes du Coracle : une longue tunique dont les manches étaient resserrées au niveau des poignets par un ruban. Soléane dénoua les liens et élargit les manches. Ainsi, ses gestes n'occasionneraient pas de tiraillements susceptibles d'incommoder la mourante.

Par-dessus la toile fine, elle entreprit de masser le corps de la malade, en commençant par les pieds. Elle veillait à enchaîner les mouvements avec fluidité, sans aucune brusquerie. La détente qu'elle procurait limitait les crispations de panique à chaque inspiration.

Quand elle sentit que la femme s'abandonnait entre ses mains, Soléane amorça ses explications.

– Je suis là pour vous aider, je vais continuer à vous masser. Quand j'arriverai aux épaules, l'archéole vous contera la légende de la Terre.

Elle vérifia que la femme l'avait comprise. Elle poursuivit :

– J'ai apporté un flacon de plantes. Si vous le désirez, vous clignerez des paupières pour indiquer votre souhait de le respirer. Son parfum vous apaisera. Quelques gouttes vous conduiront au bord du sommeil. Les minutes avanceront vite. Vous passerez, entourée de votre famille, dans cet état de presque endormissement.

Ses mains pétrirent les muscles noués de la malade pendant encore quelques minutes, le temps nécessaire à la réflexion et à celui de la décision.

Puis l'herbière s'interrompit, se pencha vers la vieille femme.

– Voulez-vous sentir et goûter les plantes ?

Lentement, la malade abaissa les paupières avant de les relever. Soléane fouilla dans sa besace d'herbière. Le flacon qu'elle en sortit était empli du remède préparé par sa mère, un mélange d'algues grasses, d'algues folles et de feuilles de laurier d'eau finement broyées et immergées depuis plusieurs mois dans de l'alcool fort.

Au fil de ses courtes inspirations, la malade s'imprégna de leur parfum. Soléane déposa une dizaine de gouttes entre ses lèvres. Les muscles du visage de la vieille femme se détendirent.

Un mince sourire se dessina sur ses lèvres tandis qu'elle fixait son fils du regard.

L'amour n'avait pas besoin de mots.

Soléane reprit le massage après un signe adressé à l'archéole.

Il était temps de conter une dernière fois la légende de la Terre pour accompagner la femme dans son passage. Soléane l'avait si souvent entendue lors des offices qu'elle aurait pu la réciter elle-même.

Concentrée sur les effleurements du visage, elle laissa les paroles de l'archéole s'insinuer en son esprit.

– Écoutez la légende, vous, filles et fils de la Terre qui voguez sur l'océan. Qu'elle vous enseigne la voie de la raison et de l'humilité. Des siècles avant ce jour, les dieux ont puni l'homme de sa malignité. Le lait des femelles s'est tari. De la plus minuscule des souris au plus gros des éléphants, les animaux échouèrent à nourrir leurs petits. Les femmes pleurèrent leurs nourrissons.

Soléane allégea encore la pression de ses doigts sur les tempes de la vieille femme. Elle ignorait à quoi pouvaient ressembler ces animaux que le livre de l'Arche citait dans nombre de ses pages et dont sa mère lui contait la légende. Elle aurait aimé les voir, les toucher. Mais aucun mammifère en dehors de l'homme n'avait été embarqué sur le Coracle lorsque l'île artificielle avait quitté la Terre. Les oiseaux, insectes, serpents et batraciens formaient tout le règne animal.

– Les dieux des vents ont offert du temps à nos ancêtres. Qu'ils soient remerciés de leur mansuétude. Les hommes ont construit le Coracle. Tissées d'autant de fibres qu'il y a d'étoiles, les alvéoles de la trame en forment le socle. Les algues s'y sont ancrées, y ont poussé, se sont diversifiées. Et telle une nouvelle arche flottant sur l'océan, les dernières femmes allaitantes s'y sont embarquées. Par la grâce des dieux, le Coracle nous a abreuvés de ses bienfaits.

Un instant, l'herbière cessa le lent mouvement de ses doigts. Comme à chaque fois qu'elle entendait cette légende, un malaise s'insinua en elle. Sa respiration lente l'aida à se calmer et à se concentrer. L'archéole poursuivait.

– Vous tous, filles et fils de la Terre, écoutez le vent des orguéole, priez pour l'Arche, honorez la force de l'Empera. Nos dieux nous ont préservés de leur vengeance. Ils nous ont éloignés d'une Terre ravagée par l'épreuve divine. Un jour viendra où nous regagnerons la Terre pour accoster là où vivaient nos ancêtres. Alors, choyés par les dieux, nous partagerons la Terre avec les animaux couverts de poils, nous sentirons palpiter sous nos mains la sève des arbres, nous gravirons les montagnes qui touchent le ciel. Nous aurons retrouvé notre place, celle des filles et fils de la Terre. Grâce soit rendue à la Terre et aux dieux.

Le râle se tut. Soléane échangea un regard avec l'archéole, accompagné d'un discret hochement de tête. L'homme de l'Arche se tourna vers Lorin. Il annonça :

– Elle est passée. Les dieux ont cessé d'insuffler en elle la brise de la vie. Qu'ils l'accueillent en leur ciel.

7

Soléane et l'archéole prirent congé de Lorin et de sa femme et s'en retournèrent au bourg par la piste de bambou. Ils discutaient en savourant la sensation rassérénante du soleil de ce début d'après-midi.

– Tu as accompli un excellent travail, Soléane, vraiment un excellent travail. Je constate que tu assimiles dignement les enseignements de ta mère.

– Merci, Sem-Archéo.

– Que ressens-tu pour cette première fois ?

Soléane se concentra. Après l'atmosphère de tristesse qui régnait chez Lorin, elle se sentait soulagée. Mieux encore, elle débordait d'énergie. Mais ce que son corps manifestait avec le plus de force la rendait un peu honteuse. Elle baissa la tête pour répondre :

– Pour dire la vérité, je crois que j'ai faim.

L'éclat de rire de l'archéole fit s'envoler une nuée d'oiseaux. Il tendit le bras vers un champ tout proche.

– Tu sais ce qu'il te reste à faire ?

La jeune fille s'écarta de la piste de bambou. En se décomposant au fil des siècles, les végétaux avaient peu à peu recouvert la trame d'une couche d'humus fertile suffisante pour y cultiver de quoi nourrir les habitants.

Soléane cueillit quelques bulbes doux qu'elle croqua avec appétit. De l'autre côté de la zone de culture, une équipe de non-voulus s'escrimait à consolider la trame.

Levés dès l'aube, au son des premières notes de l'orguéole, les non-voulus trimaient sans répit. Ces hommes, qu'aucune femme n'avait choisis pour devenir leur compagnon de vie, assuraient les travaux les plus dangereux nécessaires au bien de la communauté. On les reconnaissait aux tatouages qui ornaient leur visage.

À l'instar des bannies qui ramaient pour tirer le Coracle vers la Terre, les non-voulus n'étaient pas autorisés à fonder une famille. Ainsi, en cas d'accident, ils ne laissaient derrière eux ni compagne ni enfant. Leur disparition n'entraînait nulle conséquence, hormis peut-être le chagrin passager de leurs camarades d'infortune.

Soléane ne leur porta pas d'attention particulière jusqu'à ce qu'elle entende un cri dirigé vers elle. Il était pourtant interdit aux non-voulus de communiquer avec les autres habitants. Intriguée, elle observa le visage de celui qui s'était arrêté de travailler pour l'interpeller. Ses tatouages l'empêchaient de bien discerner ses traits.

Un claquement de fouet, un rappel à l'ordre du chef, et le non-voulu se remit à l'ouvrage.

Soléane rejoignit l'archéole, et ils reprirent leur marche jusqu'au croisement de pistes. Sem-Archéo la salua :

– Je retourne à l'archapelle. Dis à ta mère que je la dispense de venir à la veillée de ce soir. Toi aussi, tu en as déjà assez fait.

Tandis qu'il s'éloignait, Soléane se réjouit de cette dispense. L'immuable protocole des cérémonies funéraires l'assommait d'ennui.

Au coucher du soleil, Lorin installerait le corps de sa mère sur le radeau, puis, à la nuit tombée, les habitants se réuniraient au bord de la trame pour un adieu silencieux. Ils laisseraient glisser l'embarcation au niveau de l'eau à l'aide de cordes.

La manœuvre était plus rapide d'année en année. La ligne de flottaison se situait désormais à deux ou trois mètres du sol, au point que les vagues des plus grosses tempêtes déferlaient jusqu'au cœur du bourg.

Le Coracle poursuivrait sa route, tiré par les bannies, tandis que le radeau funéraire disparaîtrait à l'horizon. Les mots de consolation entoureraient les membres de la famille jusque tard dans la nuit.

La jeune fille poursuivit son chemin, ivre des embruns salés qui lui fouettaient le visage, heureuse d'écouter les oiseaux, de sentir son corps se mouvoir sans entrave. Accompagner la fin d'une existence lui donnait envie de vivre pleinement la sienne. Tout était si beau sur le Coracle ! Elle avait de la chance de ne pas avoir été bannie. De quoi pouvait-elle se plaindre ? Avec le recul, les histoires de sa mère lui semblaient exagérées. Dépitée par le changement de statut de sa fille, cette dernière avait sûrement dramatisé. Il n'y avait pas lieu de trop s'inquiéter.

Les pleurs de Saméo arrachèrent un sourire à Soléane. Quelle puissance ! Elle allongea le pas pour achever la centaine de mètres qui lui restaient à parcourir. Son sentiment de sécurité fut balayé par un hurlement de colère.

Sa mère criait, elle aussi.

Sa mère, dont le sang-froid n'était que rarement pris en défaut, hurlait comme si elle était prise de folie.

8

Le soleil cognait les murs de sel du Palatréa. Au milieu du bourg, la vaste demeure de l'Empera affichait sa splendeur, rafraîchie par la beauté de son jardin ponctué de fontaines.

Pourtant, dans une pièce située au fond du bâtiment, la pénombre et l'odeur de renfermé s'associaient pour créer une atmosphère confinée.

Tahis poussa la porte, entra dans la chambre et posa un bol de bouillie sur une table. Elle se pencha au-dessus du petit lit d'enfant. Là gisait l'Empera, le corps recroquevillé.

Tahis releva l'Empera et l'installa presque assis, le dos coincé par un oreiller. Comme à chaque fois qu'elle venait le nourrir, le changer, le soigner, trois fois par jour depuis treize ans, l'homme n'ouvrit pas les yeux. Il se laissait manipuler, comme un poids mort. Pourtant, par de multiples petits signes à peine perceptibles, il trahissait une forme de conscience.

Tahis lui parla, contant par le menu tout ce qu'il se passait au sein du Palatréa. D'une main, elle lui soutenait le menton, et de l'autre elle lui glissait la bouillie entre les lèvres. La première cuillère était toujours la plus difficile, après quoi l'Empera déglutissait à chaque bouchée.

Il ne réagissait jamais à ses propos, indifférent aux choix opérés par le GrandArchéole, inconscient du drame vers lequel le chef religieux conduisait son peuple.

Parfois, Tahis se révoltait de le voir ainsi réduit à l'état de méduse, sans initiative ni intérêt pour ce qui se tramait autour de lui. Le plus souvent, elle compatissait.

Après le repas, elle le changea et, sur les draps propres, le massa longuement pour lui éviter les plaies qu'entraîne le frottement prolongé de la peau sur le lit.

Durant tout ce temps, elle continua à parler.

Comme chaque fois, Tahis acheva ses soins et salua l'Empera avec ces mots :

– Un jour, tu émergeras. Un jour, tu agiras.

À cause du courant d'air qui venait de la fenêtre qu'elle avait ouverte, Tahis prit soin de refermer la porte avec précaution, sans faire de bruit. Elle s'apprêtait à regagner la cuisine pour y déposer le plateau et le bol de bouillie vide quand une voix chuchota son prénom. Curieuse, elle s'engagea dans le couloir jusqu'à trouver celui qui tentait d'attirer discrètement son attention.

– Johen ? murmura-t-elle inquiète. Qu'est-ce que tu fais là ?

Avant même qu'il ne prononce un mot, elle plaça son index en travers de sa bouche, lui intimant l'ordre silencieux de se taire. D'un autre signe, elle lui demanda de la suivre.

Tous deux s'engouffrèrent dans la chambre de l'Empera. L'homme semblait endormi, dans le lit trop petit pour lui. D'un coup d'œil, Tahis vérifia que personne ne se tenait dans les jardins sur lesquels s'ouvrait la fenêtre. Elle ferma le battant avant de se tourner vers le garçon d'une douzaine d'années.

Alors seulement, elle lui ouvrit les bras et l'embrassa.

– Je te croyais déjà parti pour ton voyage d'apprentissage ? s'étonna-t-elle. La Guilde a changé d'avis ?

– Non, maman.

– Chut, ne m'appelle pas comme ça. Si quelqu'un l'apprenait, si...

Elle se tut devant les traits soudain attristés du jeune garçon. Entre ses deux mains, elle attrapa le visage de Johen et posa un baiser sur son front. Puis, elle le serra contre elle.

– Raconte-moi, mon fils, raconte-moi ce qu'il t'est arrivé.

– Avant de partir, j'ai voulu te déposer ça.

Il montra à Tahis le cocon de soie que renfermait sa main.

– Je crois que c'est celui d'un de ces papillons bleus que tu aimes tant.

Tahis serra les lèvres, émue par l'attention de son fils.

– Ce n'est pas tout. Dans ta rue, il y avait un homme. J'ai attendu qu'il parte pour que personne ne me voie entrer chez toi. Mais il marchait bizarrement, comme si le Coracle bougeait un jour de grande tempête. C'est là que j'ai compris qu'il était blessé. Ses vêtements étaient sales et déchirés. C'est un fugitif, Tahis, j'en suis certain.

L'angoisse étreignit aussitôt la femme qui l'écarta d'elle, les mains sur ses épaules, en plongeant son regard dans le sien.

– Tu ne dois pas te mêler de ça, Johen !

– Arrête, maman ! On me serine tout le temps ce genre de leçon au pensionnat de la Guilde. Ne se mêler de rien, ne pas prendre parti, accompagner la vie par notre musique sans jamais s'opposer aux décisions de l'Arche ou de l'Empera.

D'un geste, le garçon désigna l'Empera qui gisait recroquevillé dans son lit et poursuivit :

– À force de ne rien faire, voilà ce qui arrive !

– Tu es encore trop jeune pour comprendre, Johen. Crois-moi, il faut rester prudent.

– C'est trop tard. Celui que j'ai croisé était à moitié conscient, il ne tenait debout que par un miracle de volonté. Je l'ai aidé, je l'ai mis à l'abri.

– Où est-il ?

– Je ne pouvais pas le ramener à la Guilde, tu comprends. Tu sais ce qu'auraient fait les responsables : ils l'auraient dénoncé. Parce que son histoire ne regarde pas la Guilde. Parce que les affaires de ce monde ne doivent pas empiéter sur l'unique objectif de la Guilde : partager la musique des vents.

– Où est-il ? répéta Tahis.

– Il est chez toi. Et le plus bizarre, c'est que lorsque je l'ai installé dans le lit, malgré le souffle qui lui manquait, j'ai cru voir sa bouche prononcer ton prénom.

Tahis scruta son fils en silence. Même si le visage de Johen avait encore les rondeurs de l'enfance, sa mère le savait capable de raisonner comme un adulte. La présence d'un fugitif devant la maison de Tahis aurait pu l'amener à avoir des doutes sur l'identité de cet inconnu. Pourtant, rien dans son attitude ne laissait penser qu'il y voyait autre chose qu'un hasard.

– Retourne là-bas. J'attends un peu pour qu'on ne se fasse pas remarquer, et je t'y rejoins.

Johen regagna la maison de Tahis qui jouxtait le Palatréa. Peu après, Tahis entra chez elle, l'air aussi dégagé que possible. À peine la porte refermée, elle avança vers celui qui occupait sa couche et s'immobilisa. Une longue minute durant, elle n'esquissa pas un geste, ne prononça pas un mot. Inquiet, Johen s'approcha d'elle. Son étonnement fut grand de voir des larmes couler sans un bruit sur les joues de sa mère. Tahis attrapa sa main et l'écrasa dans la sienne sans se rendre compte qu'elle lui faisait mal. Lorsqu'enfin elle relâcha la pression, elle sanglotait.

– Johen, je te présente Jemuel. Jemuel est mon voulu, il est aussi ton père.

Pour la première fois de son existence, Johen contempla le visage de celui qui l'avait conçu et dont sa mère avait toujours refusé de lui parler. Le garçon ne ressentit pas le déferlement d'émotion qu'il avait maintes fois imaginé, cette même vague de bonheur qu'il avait éprouvée quand il avait découvert à l'âge de sept ans que sa mère n'était pas morte en le mettant au monde. Le choc était si énorme que son cerveau et son cœur s'étaient figés, comme s'ils refusaient de croire à cette nouvelle.

Le garçon n'eut pas le temps de creuser davantage ses ressentis. La réalité pratique reprenait le dessus. Tahis sollicitait son aide pour commencer les premiers soins.

Jemuel sentit des mains l'attraper. Dans son délire d'homme fiévreux, il était encore là-bas, dans la zone, tandis que les traqueurs le cherchaient. Les soldats voulaient l'arrêter après l'avoir blessé. Jemuel se contorsionna pour leur échapper. La flèche avait traversé le muscle de sa cuisse. Courir était devenu impossible. Partir, il fallait partir, fuir.

– Tiens-le bien, Johen, il fait un cauchemar, mais je dois traiter sa plaie avant qu'elle ne s'infecte.

Tahis souleva la nuque de son voulu pour tenter de lui faire boire quelques gouttes de la tisane relaxante. L'homme tourna la tête en grimaçant.

Jemuel sentait l'écorce de l'arbralgue frotter contre sa peau. Le sel avivait la douleur. Pourtant, il ne criait pas. Ceux qui le traquaient se tenaient tout proche, à l'affût. Écrasé contre une branche, l'enserrant des deux bras de peur de tomber, il vit la femme s'avancer sous l'arbre. Était-ce possible ? Il venait de reconnaître Tahis !

– Il a ouvert les yeux, il t'a regardée ! s'exclama Johen. Est-ce qu'il reprend conscience ?

– Non, Johen, répondit Tahis en nettoyant la plaie de toutes les poussières qui s'y étaient déposées. Son délire est plus fort que lui.

Tahis ! Il avait vu Tahis ! Le cœur de Jemuel accéléra. L'espace d'un instant, il avait même cru être dans un lit, à l'abri. Mais la réalité reprit le dessus. La soldate s'avançait au sol, ignorant qu'il se tenait là, juste au-dessus d'elle, à califourchon sur la branche de l'arbralgue. Une goutte de sang perla de la blessure et tomba sur elle en une longue coulée au niveau du front. Par un geste réflexe, elle l'essuya d'un coup de main. La tache rouge sur sa paume l'incita à lever la tête.

– Il gémit de plus en plus fort, remarqua Johen, sans cesser de maintenir son père couché sur le lit. Il a peut-être mal.

– Il a mal, c'est probable. Mais on n'a pas le choix. Mieux vaut profiter qu'il ne soit pas encore revenu à lui pour achever les soins.

Le regard de la soldate trouva le sien. Elle ôta le sac qu'elle portait à l'épaule, sans le quitter des yeux. Jemuel ressentait cette terrible envie de pleurer, cette sensation d'impuissance mêlée de rage qui l'habitait lorsqu'il était enfant et que les adultes ne le comprenaient pas. Tout proche, l'appel du chef de la soldate retentit. La soldate s'écarta de l'arbre sans signaler sa présence. Jemuel ferma les yeux. Tout était fini.

– Il se calme, on dirait, constata Tahis. Maintiens-le bien, je n'en ai plus pour longtemps.

Ses mains virevoltaient autour de la jambe de Jemuel pour emprisonner sa blessure dans une bande tissée bien serrée.

Les bras de Jemuel se crispaient autour de la branche d'arbralgue. Les soldats étaient partis. Avaient-ils trouvé son fils, l'avaient-ils emporté avec eux ? Il hurla :

– Fils !

Tahis et Johen sursautèrent d'un même mouvement. Le ton déchirant était celui de l'homme qui sait son fils condamné. Il se leva en déployant une force colossale. Mère et fils ne furent pas trop de deux pour l'obliger à se recoucher.

– Qui appelle-t-il, maman ? demanda Johen.

Tahis secoua la tête, la gorge trop serrée par l'émotion pour répondre. Son voulu délirait, il ne fallait pas s'inquiéter de ce qu'il disait. Il ne fallait pas.

Mais elle avait beau se répéter cette phrase, les idées qu'elle peinait parfois à maintenir à distance déferlèrent en elle. Son fils mort. Son fils avalé par la trame. Son fils tué par un traqueur.

Les soins étaient terminés. Tahis attrapa la main de son voulu dans les siennes et la caressa. Jemuel dormait mais son visage s'animait de crispations involontaires.

Dans son délire, Jemuel regardait autour de lui et découvrait la maison de son alliée construite près du bourg de Borho, à la lisière de la zone. L'herbière avait terminé de soigner sa blessure. Ils étaient seuls, sa fille Soléane n'était pas encore rentrée. L'herbière l'avait écouté parler des insoumis, soulagée de découvrir qu'ils existaient et qu'ils luttaient pour combattre les desseins de l'Arche. Elle lui avait montré la pierre et avait soupiré : « Que de temps perdu... »

La main de Jemuel tressaillit dans celle de Tahis. La femme caressa son visage pour l'apaiser. L'homme murmura dans son sommeil : « Que de temps perdu... »

Jemuel se retrouva à nouveau dans la maison de l'herbière. Il lui parlait de son fils. La femme l'avait rassuré. Nul ne connaissait sa véritable identité. Elle pourrait veiller sur lui sans se faire remarquer, le nourrir, s'assurer qu'il ne lui arrive rien. Jemuel n'avait plus à s'inquiéter. Alors il s'était senti soulagé. Sa blessure mettait son fils en danger. Mais Tyll serait en sécurité dès qu'il l'aurait quitté.

Tahis sentit un relâchement soudain envahir Jemuel. Les muscles de son voulu se détendirent, ses traits s'apaisèrent. Il avait enfin trouvé la paix dans son sommeil.

9

Soléane courut sans même sentir la besace qui martelait sa hanche, contourna la maison et se figea en une immobilité de statue de sel.

Sa mère était debout, les mains entravées, retenue prisonnière au bout d'une corde dont le traqueur tenait l'extrémité. À deux mètres d'eux, Doline, sa sœur de lait, maintenait Saméo dans ses bras malgré les pleurs vigoureux du bébé.

Cobugès fut le premier à remarquer l'arrivée de la jeune fille. Il s'exclama d'un ton narquois :

– Tiens, tiens, qui revoilà ?

– Soléane ! s'écria la mère.

– Désolé, ma jolie, ironisa le traqueur, ta mère, elle va devenir laitière communautaire. Pile le jour que t'es émancipée... Z'avez pas de chance !

La nouvelle s'abattit sur Soléane avec la violence de l'imprévu.

Le Coracle avait quitté la Terre sans mammifère à son bord, pour limiter les risques de contamination. Depuis, les mères étaient les seules capables de produire du lait.

Mais le lait, qui quatre siècles auparavant avait manqué aux garçons et filles de la Terre, ne servait plus seulement à nourrir les bébés. Il constituait l'unique remède pour repousser l'échéance de la mort chez les malades des ossoudées.

Pour le bien de la communauté, certaines mères étaient donc désignées deux mois après la naissance de leur enfant pour donner leur lait. Leur bébé était temporairement confié à leur sœur de lait. Et pour éviter une séparation trop difficile d'avec d'autres enfants en bas âge, les laitières étaient sélectionnées de préférence parmi celles qui n'en avaient qu'un à charge.

Soléane se mordilla l'intérieur des joues. Elle aurait dû l'anticiper ! Saméo était né il y a deux mois. Et elle, Soléane, venait d'être émancipée le matin même. Sa mère était donc désormais considérée comme mère en charge d'un seul enfant âgé de deux mois, la candidate idéale pour être appelée.

La jeune fille sentit des larmes de dépit picoter ses yeux. Sans sa démarche, elle aurait conservé son statut d'enfant. Sa mère n'aurait pas été affectée au rôle de laitière. Tout était sa faute !

– Oh, comme c'est mignon, cette grande fille qui pleure ! se moqua le traqueur. T'inquiète pas, tu récupéreras ta maman chérie dans un an ou deux.

Il jeta un regard lubrique sur la poitrine de la mère et précisa :

– Plutôt deux, d'ailleurs. Les gros seins comme les tiens se tarissent pas vite.

Ni frémissement, ni tremblement, Lana ne montra aucune réaction face aux paroles graveleuses du traqueur.

À l'inverse, Soléane sentit ses poings se serrer de colère. De quel droit cet homme s'adressait-il ainsi à sa mère ? Oui, certaines femmes devaient fournir leur lait pour soigner les vieux. Oui, leur bébé était élevé par leur sœur de lait. L'organisation du Coracle l'exigeait. Mais fallait-il en profiter pour l'humilier ?

– Détachez-la, protesta-t-elle, ma mère n'est pas une fugitive, elle n'a pas à être traitée comme ça !

– Ouh ! Mais c'est que la petite sauvageonne aime pas qu'on touche à sa maman... Tu sais quoi, ma jolie, je fais que suivre le protocole. Les mères, elles sont toutes pareilles, prêtes à faire n'importe quoi pour leur gosse. Et vu qu'on est au bord de la zone de régénération, vaudrait mieux pas qu'elle se tire pour se planquer là-bas avec le petit. Cause que là, elle deviendrait vraiment une fugitive. Et tu voudrais pas que je sois obligé de la traquer, pas vrai ?

Soléane secoua la tête en signe de dénégation. Elle s'approcha de Lana, le visage humide des larmes qu'elle n'essayait pas de retenir.

– Eh ben voilà, c'est le moment des au revoir, commenta le traqueur. Je sens déjà mon petit cœur se briser... Je vais préparer les pondeuses pour pas voir ça.

Cobugès se rapprocha des montures pour les détacher. Ignorant ses paroles moqueuses, Soléane entoura sa mère de ses bras. Aussitôt, la voix de Lana emplit son oreille. Une voix dure et tranchante qui ordonna très vite, en un discret murmure :

– Prends la pierre dans mon chignon et fuis, Soléane, fuis. Va voir les insoumis et donne-leur la pierre. Les insoumis sauront quoi faire !

Interdite, Soléane s'écarta légèrement. Les yeux de Lana affichaient une urgence proche du désespoir.

La jeune fille la serra à nouveau contre elle, une main dans le dos, une main levée vers le haut de sa tête. Elle arracha quelques cheveux jusqu'à atteindre le centre du chignon bien serré de sa mère et referma la main sur un objet rond et peu épais.

Le traqueur se retourna alors que Soléane avait terminé.

– Allez, ça suffit ! C'est pas comme si que vous allez êtes séparées pour la vie, hein ! Pas comme pour ma pauvre mère qu'est morte y a un an. Tu t'en souviens de ma mère, Lana ?

L'herbière approuva d'un signe de tête.

– Oh que oui, tu t'en souviens, vu que t'as même pas été foutue de la soigner. Peut-être même que c'est tes poisons qu'ont accéléré sa maladie des ossoudées, on sait pas, hein...

Maintenant, on y va. Z'aurez qu'à vous revoir au parloir du labo.

Doline approcha Saméo du visage de Lana qui l'embrassa. La sœur de lait la rassura :

– Ton fils ne manquera de rien, je te le promets. Je te l'emmènerai au labo dès que possible. Et je le protégerai, de tous.

Sur ces derniers mots, elle jeta un regard vers Cobugès, avec une mimique de dégoût.

Le traqueur tira sur la corde. Lana résista le temps de fixer sa fille du regard.

– Je compte sur toi, Soléane. Fais-moi confiance.

Elle se mit en marche, accompagnée par le ricanement du traqueur qui précisa :

– T'inquiète pas, beauté, je garderai un œil sur ta fille. Un œil très, très attentif ! Je viendrai voir comment qu'ça va, tout ça, tout ça...

Lana s'arrêta brusquement. Sa voix, aussi affûtée qu'un iceberg, glaça le traqueur :

– Si tu la touches, Cobugès, je t'arracherai ce qui fait de toi un homme et je te regarderai te vider de ton sang jusqu'à ce que tu pousses ton dernier râle parmi les vivants. J'en fais la promesse.

– Ouh là là, que j'ai peur !

L'apparente ironie de la réplique du traqueur dissimulait mal son angoisse. Lana était réputée pour ne jamais prononcer de paroles en l'air.

Attachées à un arbralgue, deux pondeuses harnachées d'une selle patientaient. Nombre de ces énormes oiseaux au long cou et aux jambes musclées vivaient à l'état sauvage. Mais les pondeuses domestiquées servaient de monture aux habitants et assuraient le transport des livraisons quotidiennes de lait.

Cobugès aida Lana à se jucher à califourchon sur la première, attrapa la bride et décapuchonna l'animal. Dès qu'il se hissa sur la deuxième, il donna des talons.

Les deux bêtes partirent à la queue leu leu, à vive allure.

Soléane et Doline les regardèrent s'éloigner. Saméo s'était calmé. Il dormait avec l'abandon qui caractérise le sommeil des bébés. Doline demanda avec douceur :

– Veux-tu venir avec moi, Soléane ? Je sais que tu as été émancipée ce matin, mais c'est encore si récent... Je t'accueillerai avec plaisir, le temps que tu t'organises.

La jeune fille sentit ses mâchoires se durcir. Elle avait envie de hurler de rage devant l'injustice qui l'accablait. Mais elle ne supporterait pas de percevoir la pitié de ceux qui compatiraient à sa peine. Elle se força à articuler :

– Merci, Doline, je crois que je vais rester ici. Il y a les réserves de plantes à ranger et...

La femme ne releva pas le brusque silence de Soléane. Elle semblait comprendre combien l'équilibre que Soléane tentait de préserver était fragile.

– Je suis là. N'hésite surtout pas. Viens nous voir dès que tu le pourras, Saméo sera heureux de te retrouver.

La sœur de lait s'éloigna vers le bourg, Saméo dans les bras.

Soléane prit une inspiration heurtée par les sanglots muets qui l'agitaient.

Un sourire amer se dessina sur son visage.

Drôle de journée, qui avait commencé par la promesse d'une vie nouvelle pour s'achever dans la désolation.

10

Combien de temps Soléane se tint-elle debout, le regard tourné vers la colline de sel derrière laquelle sa mère avait disparu ? La brise fraîchissait, le jour déclinait, elle n'avait pas bougé.

Le cri stridulant d'un grillon la sortit de sa torpeur.

Peu à peu, des douleurs s'éveillèrent et elle s'aperçut que son poing serrait toujours l'objet confié par sa mère.

Les muscles crispés de sa main tressautaient, au bord de la tétanie. La plaie de sa nuque, exposée au soleil, la brûlait, diffusant l'inflammation jusque dans ses épaules, ses mâchoires et son dos. Mais la plus terrible des souffrances résultait de la peur qui lui étreignait les tripes.

Elle était seule.

Sa mère lui avait murmuré en guise d'au revoir des ordres qu'elle ne comprenait pas.

Elle lui avait demandé de s'enfuir. Mais si Soléane quittait le village pour rejoindre la zone, elle deviendrait une fugitive. Elle n'aurait plus accès à sa maison, au magasin d'alimentation. Elle ne pourrait plus aller voir Saméo chez Doline, ni sa mère au labo. Et elle devrait affronter tous les dangers que la zone sauvage réserve à ceux qui se risquent à y pénétrer. Pire encore, elle serait traquée toute sa vie !

Sa mère lui avait également demandé de donner la pierre aux insoumis. Soléane ignorait tout de ces « insoumis ». Bien sûr, des légendes couraient en secret parmi les habitants, à propos de non-voulus qui avaient déserté, ou de parents révoltés par le bannissement de leur fille qui s'attaquaient au traqueur de leur village. Tous finissaient par être arrêtés ou bien par fuir dans la zone. Était-ce l'une de ces catégories de fugitifs que sa mère désignait par le terme « insoumis » ? Seul un fugitif ayant une bonne connaissance de ceux vivants dans la zone aurait pu répondre à cette question.

Soléane frissonna à cette idée. Comment pourrait-elle s'enfuir et trouver ces « insoumis » dont elle n'avait jamais entendu parler alors que le traqueur l'avait menacée de la tenir à l'œil ?

Effrayée, elle se réfugia dans la maison et en barricada l'accès. Autour d'elle, tout était familier : ces deux lits dans les coins ; ce berceau, à côté du dessalinisateur d'eau ; et ces longues étagères sur lesquelles séchaient de multiples espèces d'herbes.

Rassérénée par cet environnement quotidien, elle força ses doigts recroquevillés à se déplier, dévoilant la pierre au creux de sa paume.

Durant un instant, la stupéfaction suspendit sa respiration. Comment aurait-elle pu imaginer découvrir une telle merveille ? Incrédule, elle s'étonna à voix haute :

– Une pierre de Terre ?

Le bloc mesurait à peine trois centimètres de haut pour quelques millimètres d'épaisseur. Entre l'arrondi et l'ovale, écrasé comme un galet de sel, plus translucide qu'une méduse des profondeurs, il captait la lumière des derniers rayons du soleil qui traversaient la fenêtre en virant du violet au gris vif en fonction de son orientation.

Soléane n'avait jamais vu de pierre de Terre. Le Coracle n'était recouvert que par l'humus formé par les végétaux décomposés. Les seuls éléments durs qu'on y trouvait étaient les blocs de sel ou des morceaux de plastique arrachés à la trame. Mais elle avait croisé tant de pierres et de cailloux au détour des histoires et légendes de la Terre !

Tous les parents racontaient à leurs enfants le paradis abandonné par leurs ancêtres. Un paradis pavé d'un sol dur, fait de terre, de rocs et de cailloux.

Ces histoires évoquaient des animaux extraordinaires portant des poils sur leur peau, capables de nourrir leurs petits avec du lait.

Ces récits s'envolaient au sommet de montagnes cent fois plus élevées que la plus haute des collines de sel.

Ces légendes décrivaient des archapelles majestueuses construites en pierres taillées si dures et si solides que la plus virulente des pluies renonçait à les user.

Soléane fit miroiter la pierre de Terre devant ses yeux. Elle comprenait qu'il ne s'agissait pas d'une de ces pierres communes qui couvraient les chemins de la Terre, mais plutôt d'une des pierres brillantes dont les rois et les reines ornaient les couronnes qu'ils portaient sur la tête. Elle connaissait l'un des mots utilisés pour désigner ces pierres si spéciales : « cristal ».

Soléane referma les doigts sur son trésor. Une certitude l'habitait : elle avait dans les mains une pierre de Terre très spéciale nommée cristal ; une question la taraudait : où donc sa mère se l'était-elle procurée ?

Les pierres n'existaient pas que dans les histoires. L'Arche possédait des pierres de Terre, si rares qu'on les comptait sur les doigts des deux mains. Elles étaient conservées dans un reliquaire, gardées au sein de la Grandarchapelle. Aux changements de saison, elles étaient exposées lors d'une grande cérémonie, et tous ceux qui le souhaitaient pouvaient venir se recueillir devant elles, en souvenir du paradis terrestre perdu.

À la connaissance de la jeune fille, sa mère n'avait jamais participé au pèlerinage. Le contraire l'aurait étonnée tant Lana détestait la cohue et la foule.

Une hypothèse se fit jour en son esprit. D'où que vienne la pierre de Terre, le fait d'en détenir une – surtout celle-là ! – constituait un manquement évident aux règles de bonne citoyenneté. La dissimuler dans son chignon ajoutait encore à la gravité du délit. Sa mère et elle avaient pu être fichées pour cette raison.

La jeune fille commençait à mieux comprendre ce qui avait pu se passer. Même si ça ne lui ressemblait pas, sa mère avait probablement volé la pierre dans la Grandarchapelle alors qu'elle habitait le Palatréa. Les autorités l'avaient accusée. Pour échapper aux représailles, elle avait fui, emportant Soléane avec elle. Et toutes les deux avaient été fichées.

Elles avaient trouvé refuge dans cette maison et sa mère avait repoussé autant qu'elle avait pu la visite de sa fille au centre, pour éviter que ses empreintes ne révèlent leur cachette.

Le cœur de Soléane s'accéléra sous l'effet de l'espoir. Puisqu'elles devaient leur disgrâce à cette pierre, une solution logique se dessinait. La restitution de la pierre serait la première étape pour obtenir la clémence des autorités. Cet acte de contrition, accompagné d'une pénitence, leur permettrait de vivre libérées de ce lourd secret. Le tirage au sort de Lana pour devenir laitière ne résultait que d'une malheureuse coïncidence mais avait pour conséquence son enfermement au laboratoire. Dans moins de deux jours, quand le traqueur apprendrait leur véritable identité, il n'aurait aucun mal à trouver sa mère. Elle serait arrêtée et conduite au Palatréa pour y être jugée, sans aucune chance de s'échapper.

Dans la lumière déclinante de la fin de journée, Soléane s'assit sur une chaise et posa la pierre sur la table devant elle. Elle avait besoin d'aide pour y voir plus clair et pour décider ce qu'elle allait faire. Ce soir, l'archéole serait occupé par les funérailles. Dès le lendemain, elle irait le voir pour tout lui expliquer. Lui saurait la conseiller et l'aider.

Une musique traversa la fenêtre. L'orguéole jouait l'annonce du début de la cérémonie du radeau. La vie continuait pour faire honneur à la morte du jour.

Soléane se leva pour regarder par la fenêtre. Elle pensait à Belgha. Si seulement son amie n'avait pas été bannie ! Elle se souvenait de ces après-midi où toutes les deux s'amusaient à longer la zone de régénération pour observer les oiseaux qui y pullulaient. Belgha avait plus d'une fois proposé de quitter la piste de bambou pour franchir la limite de la zone. Soléane s'y était refusé, bien sûr. Mais Belgha n'avait pas renoncé à la convaincre. Elle avait avancé tous les arguments possibles, même les plus idiots ! Soléane sourit en se remémorant ces instants. Belgha n'avait jamais eu froid aux yeux. Si une personne avait pu découvrir qui étaient ces mystérieux insoumis, c'était bien elle ! Belgha s'était même vantée d'avoir rencontré des fugitifs. C'était quelques jours avant qu'elle ne se rende au centre d'émancipation où elle avait été bannie. Après son arrestation, Soléane ne l'avait plus jamais revue.

Les minutes passèrent tandis que Soléane continuait à réfléchir. Elle doutait de l'existence des insoumis, et finit par se convaincre que, même s'ils existaient, ils ne feraient pas meilleur usage de la pierre que ce qu'elle envisageait. Elle avait besoin de la pierre pour l'échanger contre Lana. La liberté de sa mère était en jeu !

Sur l'étagère, elle n'eut aucun mal à trouver l'onguent pour soigner les brûlures. Elle en enduisit généreusement sa nuque, savourant le soulagement qu'il engendrait.

Puis elle s'attaqua à la faim qui grandissait en elle. Pour cette fois, elle fit l'impasse sur la soupe d'algues noires, qu'elle n'aimait guère. Elle sortit deux grosses parts de poisson séché du garde-manger, les coupa en fines lamelles puis les accommoda avec quelques feuilles de cressonade.

C'est en dégustant ce plat roboratif, assise à table, qu'elle remarqua les entailles sur la pierre translucide. Huit étoiles étaient gravées sur les pourtours du cristal, reliées entre elles par des lignes discrètes qui se croisaient à angle droit. Sur l'arc qui séparait les étoiles l'une de l'autre, de minuscules signes évoquaient une écriture inconnue que Soléane échoua à déchiffrer.

Quand la pénombre l'empêcha de poursuivre ses observations, elle abandonna la pierre sur la table, débarrassa son assiette et alluma le feu. C'était son moment préféré de la soirée, ce moment où sa mère et elles parlaient des petites choses et des grands moments, et où elles évoquaient les souvenirs qui forment la vie, tout en grignotant des insectes grillés.

Ce soir-là, s'asseoir seule devant le foyer illuminé dépassait ses forces. Soléane préféra aller se coucher sans attendre. Lovée dans sa couverture, elle s'endormit très vite.

11

Soléane s'agitait violemment sur son lit. Elle ouvrit la bouche avec l'avidité de celui qui se noie. Le monstre l'attirait, toujours plus loin au fond de l'eau. De l'air, elle manquait d'air ! Les coups frappés à la porte la tirèrent en sursaut des profondeurs de son cauchemar. L'air frais de la nuit la ramena à la réalité du présent.

Ce n'était pas le monstre, mais le traqueur. Il était là, derrière la double paroi de bambou, à taper lourdement en appelant :

– Eh, la sauvageonne, ouvre ! J'm'en viens te dresser comme il faut : après la mère, c'est le tour de la fille. Ouvre, j'te dis !

Ses paroles pâteuses ne laissaient aucun doute, l'homme avait bu. Sans doute avait-il décidé d'effectuer un détour par ici au sortir des funérailles.

Dès le premier cri, Soléane se tint sur le qui-vive. La porte semblait résister aux chocs, mais pour combien de temps ? La pierre était posée sur la table. Si le traqueur l'apercevait, c'en était fini de la négociation pour leur liberté ! Sans compter le sac de fugitifs préparé par sa mère qui pourrait laisser croire qu'elle préparait sa fuite.

Aussi discrètement que le parquet de bambou grinçant le lui permettait, la jeune fille rampa vers la table, cachée sous sa couverture dont la couleur sombre se fondait avec la teinte du sol. Elle ne voulait pas courir le risque que l'homme la remarque en collant son œil sur un interstice de la porte. Les hurlements cessèrent. Le silence se trouva encore plus chargé d'effroi. Que faisait-il ? Quelle idée avait soudain traversé son esprit embué par l'alcool ?

Le bras tendu vers le plateau, Soléane tâtonna jusqu'à poser la main sur la pierre. Elle se réfugia alors entre les quatre pieds du meuble pour la mettre à l'abri.

Fébrile, elle rassembla ses cheveux. Elle n'avait pas encore l'habitude de se coiffer avec le chignon d'une femme et n'était pas sûre de parvenir à y enfermer la pierre comme sa mère l'avait fait. Tandis qu'elle maintenait maladroitement la pierre d'un doigt au sommet de son crâne, elle s'y reprit à deux fois pour entrelacer de fines mèches jusqu'à former un filet. Une fois la pierre emprisonnée dans sa cachette capillaire, Soléane appliqua un mouvement de torsion au reste de ses cheveux pour aboutir avec soulagement au traditionnel chignon de femme.

Un hoquet, suivi d'un cri, traversa la fenêtre.

– Tu peux bien jouer à la bégueule, petite racole. Moi, je sais bien que c'est rien que pour la parade. Ta mère t'a raconté, c'est ça ? Elle a aimé ce que je lui ai fait ? Je vois bien que tu te fais belle pour moi !

Avec des gestes maladroits, l'homme entreprit de gratter le mur de sel autour des montants de la fenêtre à l'aide d'un coquillage brisé. Soléane ne releva pas les allusions à sa mère tant elle se focalisait sur le seul élément qui lui importait : le traqueur ne tarderait pas à pénétrer dans la maison.

D'une brusque détente, elle bondit vers le foyer, attrapa le tisonnier qui traînait à côté de la cheminée puis gagna un coin de la pièce. Soléane avait réagi sans réfléchir et découvrit avec effroi la résolution que lui avait dictée son instinct de survie : si le traqueur s'approchait, elle le frapperait.

L'homme poursuivait son ouvrage avec application malgré l'alcool qu'il avait bu, quand Soléane perçut un choc sourd aussitôt suivi par un juron furieux. Au deuxième choc, l'homme tendit un poing menaçant derrière lui. Au troisième, la jeune fille comprit que quelqu'un bombardait le traqueur à l'aide de blocs de sel depuis la zone de régénération. Elle se figea de surprise.

L'accès à la zone de régénération était strictement interdit. Dans ces espaces préservés, les cycles naturels des végétaux garantissaient la production régulière d'un humus abondant et fertile. Ainsi, une fois les sols des champs épuisés par les cultures, les zones de régénération étaient destinées à accueillir les nouvelles plantations. Qu'une personne s'y cache et qu'elle provoque le traqueur relevait de l'incroyable !

Furieux, Cobugès vociférait sous les projectiles. À ses avertissements se mêlaient des insultes et des imprécations grossières.

Soléane frémit lorsque la fenêtre trembla sous un coup de poing du traqueur et qu'elle l'entendit crier :

– J'suis trop fatigué, c'soir. Mais j'te préviens, j'te préviens...

Il n'acheva pas sa phrase, trop concentré sur son équilibre précaire. Il s'éloignait.

Soléane suivit sa progression au fil de la chanson paillarde qu'il hurlait dans la nuit jusqu'à ce que sa voix s'efface, hors de portée.

Alors seulement ses mâchoires se desserrèrent. Soléane se releva, ankylosée, et lâcha brusquement son arme comme si le tisonnier l'avait brûlée. Il n'y avait pas de place au doute. Si le traqueur était entré, elle l'aurait tué. Elle, l'herbière, dont le rôle était de sauver la vie des hommes, elle s'était tenue prête à ôter celle du traqueur ! Cette prise de conscience provoqua un haut-le-cœur.

Elle se précipita vers la fenêtre qu'elle ouvrit pour prendre une grande goulée d'air frais. Un peu plus loin, seule la masse noire de la forêt de régénération se détachait dans la fade lueur du quartier de lune. Au pied du mur stridula un grillon.

La personne qui l'avait libérée des griffes du traqueur ne se montra pas.

Soléane murmura :

– Qui que vous soyez, merci.

12

Avec le jour était revenu l'apaisement. L'orguéole appelait les habitants à partir travailler. L'océan était calme.

Soléane, le chignon solidement noué autour de la pierre de Terre, respira l'air chargé d'embruns. Tout semblait tellement normal autour d'elle. Pourtant, elle savait que plus rien n'était pareil. De larges cernes noirs alourdissaient son regard. Elle avait le sentiment d'avoir vieilli de plusieurs années en seulement une nuit. Depuis qu'elle était toute petite, Soléane avait peur de l'eau au point de refuser d'apprendre à nager comme le faisaient les autres enfants dans les bassins d'élevage. Cette nuit-là, elle n'avait eu de cesse de rêver qu'elle se noyait, encore et encore.

Au matin, sur le chemin du bourg, elle avait glissé dans sa ceinture le bambou taillé en pointe et durci par le feu. Le tisonnier était devenu arme et la besace de fugitifs préparée par sa mère avait remplacé le sac de l'herbière. L'eau n'était plus la seule ennemie de Soléane.

L'archapelle, vaste temple des vents, se dressait au centre du bourg. Sa position lui épargnait les fureurs de l'océan lorsque la tempête se déchaînait entre ciel et mer.

Comme dans chacun des trois autres bourgs du Coracle, l'archapelle était l'unique bâtiment dont les murs étaient ornés de dessins. Au milieu des parois de sel et de sable, des lignes de coques de moules grises et noires traçaient de délicates volutes qui s'enroulaient les unes avec les autres en un ballet gracieux de vagues immobiles.

Le toit, composé de peaux de dauphin, d'orque et de requin tendues sur une charpente d'os de baleine, vibra encore plusieurs minutes après que l'orguéole se fut tu, telle une gigantesque caisse de résonance.

Soléane poussa la lourde porte qui pivota sans bruit avant de se refermer en claquant. Au centre de l'archapelle se dressait le muret du puits central. La jeune fille se pencha au-dessus de ce large tube qui traversait la trame de part en part jusqu'à l'océan. Les vagues qui heurtaient ses parois montaient jusqu'à elle en un concert de clapotis trompeurs.

Du fond de l'archapelle, la voix de l'archéole l'interpella :

– Comme je suis content de ta visite matinale, Soléane ! Vraiment très content ! Doline m'a dit que ta mère a été emmenée comme laitière. Je sais bien que tu es émancipée désormais, mais tout est si rapide ! Je m'apprêtais à partir, mais avant, j'ai besoin que tu me rassures : est-ce que tu vas bien ?

La sollicitude que Soléane percevait dans ses paroles lui fit monter les larmes aux yeux. Bien sûr que non, tout n'allait pas bien !

Elle maîtrisa cette bouffée d'émotions. Elle était marquée saine. Elle était une adulte. C'était à elle, aujourd'hui, d'assumer sa vie, quelles qu'en soient les épreuves. Elle répondit :

– Ça va. Il faut que ça aille. Mais le traqueur est repassé chez moi, cette nuit.

– Je vois.

L'archéole hocha la tête d'un air entendu et ajouta :

– Il t'a fait peur ? Peut-être même a-t-il proféré des menaces à ton encontre ?

L'homme interpréta le silence de la jeune fille comme une approbation. Il poursuivit :

– Être craint fait partie de sa mission au service de l'Empera. Leur travail n'est pas toujours facile, et les traqueurs n'ont d'autre choix que de s'endurcir. Mais pour Cobugès, depuis que sa mère est passée, c'est bien pire !

Soléane pinça les lèvres. Elle savait que Cobugès n'avait nul besoin de s'aguerrir. Exercer le peu de pouvoir qu'il détenait ne suffisait pas à son plaisir. Comme tous les médiocres, il tirait jouissance des humiliations de ses victimes.

Elle demanda :

– Maintenant que je suis marquée, Sem-Archéo, pourriez-vous m'attribuer une maison au sein du bourg ? Je me sentirais plus rassurée.

– Allons, allons, jeune fille ! Tu n'as pas encore fait ton choix de voulu ! Tu sais bien qu'il faut être deux pour bénéficier d'une première demeure. T'en confier une sans attendre serait une injustice. Tu ne voudrais pas créer une injustice, n'est-ce pas ?

– Non, bien sûr que non.

– N'aie crainte, Soléane. Maintenant que te voilà déclarée saine, le chignon solidement dressé sur ta tête, les garçons se présenteront à toi plus nombreux que des poissons autour d'un leurre. Plus tu te décideras vite pour un compagnon, plus rapidement tu obtiendras une maison. Ce n'est pas plus compliqué que cela.

– Oui, je sais bien, soupira Soléane.

Elle qui espérait remettre le choix d'un voulu à plus tard !

Quitter la maison maternelle ne l'inquiétait pas. Mais elle ne ressentait pas l'envie de partager sa vie avec un garçon. Elle connaissait presque tous ceux du bourg, et si elle en appréciait certains, aucun ne provoquait les effets que son amie Belgha lui avait décrits : le cœur qui bat plus fort, la chaleur qui envahit le ventre, le sourire qui ne s'efface plus.

Soléane avait été témoin de ces signes qui ne trompent pas. Quand Belgha restait séparée de Mani, son voulu, le manque prenait l'allure d'une obsession. L'envie de le toucher, de le serrer contre elle, de le sentir justifiait les entorses aux règles que Belgha s'autorisait. Elle était prête à tout ! Rien n'avait pu l'arrêter. Rien, à l'exception du bannissement.

– Allons, Soléane, ne soupire pas, dit l'archéole. Je n'ai pas le temps de rester discuter avec toi, alors nous reparlerons de tout ça. Mais une chose est sûre : tu feras le bonheur d'un garçon, c'est une belle vie qui t'attend !

Le bonheur d'un garçon, songea la jeune fille, et le malheur des autres. Car, dès leur vingtième anniversaire, les hommes qui n'avaient pas été choisis par une femme intégraient les équipes des non-voulus et passaient le reste de leur existence à assurer les tâches ingrates du Coracle.

Pauvre Mani ! Qu'avait-il bien pu devenir après le départ de Belgha pour la bannîle ? Belgha ramait désormais sur ce grand radeau, et Mani avait disparu de Borho. Soléane espérait qu'il avait trouvé une compagne dans un autre bourg. Cela aurait été un tel gâchis qu'il devienne un non-voulu !

Soléane sentit l'archéole attraper son menton entre ses doigts et l'obliger à relever la tête pour le regarder dans les yeux.

– C'est bientôt fini, cette petite mine ? Certes, ta mère est désignée laitière. Mais, qui que soit son père, ton frère ne pouvait espérer de meilleure famille que celle de Doline pour attendre son retour. Et toi... Toi, tu as tout l'avenir qui s'offre à toi, tout l'avenir ! Tu ne voudrais pas que ta mère apprenne que tu baisses les bras ? Ça la rendrait tellement triste. Alors, souris !

La jeune fille étira ses lèvres en un sourire sans vie.

– C'est un début. Allez, suis-moi, je vais t'ouvrir la chambre d'invité de l'archapelle. Tant pis si je suis un peu en retard. Tu y resteras quelques jours, le temps que Cobugès revienne à la raison. Ici, tu seras tranquille... quoique avec le bruit de l'orguéole qui résonne dans la galerie au-dessus de ta tête, je suis certain que tu auras bientôt envie de rentrer chez toi ! Et ce soir, quand je serai de retour, nous mangerons ensemble. D'accord ?

– Merci, Sem-Archéo !

Soulagée, Soléane suivit l'archéole jusqu'à son nouveau foyer. L'homme de l'Arche ne la laissait pas tomber. Sa présence bienveillante formait l'un des piliers qui soutenaient sa vie ébranlée.

La petite chambre était parfaite : un lit, une table, deux chaises, un dessalinisateur, un poêle, une fenêtre. Tout le nécessaire se trouvait rassemblé, sans rien d'inutile. Elle servait d'habitude à héberger les apprentis et les facteurs de la Guilde quand ils passaient accorder l'orguéole. Elle accueillait également les visiteurs de passage. Les voyageurs étaient peu nombreux sur le Coracle.

Soléane jeta sur le lit le sac que sa mère avait préparé la veille. Elle n'aurait pas besoin de tout son contenu. Pourquoi fuirait-elle alors qu'elle se sentait désormais à l'abri ?

Comme pour confirmer son sentiment de sécurité, l'archéole posa une main rassurante sur son épaule.

– Je dois partir. Ça ira ?

Elle répondit par l'affirmative, et il s'éclipsa. Elle ne pouvait pas le retenir davantage et décida de profiter de la soirée pour lui parler de la pierre et de la terrible bêtise de jeunesse de sa mère qui leur avait valu d'être fichées. L'installation ne lui prit que le temps d'une portée de musique.

Quant à son tour elle sortit de l'archapelle, Soléane se sentait mieux. Il lui restait quelques heures avant le repas du soir pour préparer ses arguments en faveur de sa mère. Elle croqua avec appétit dans un bulbe grillé. Elle avait tant à faire ! Passer voir Saméo, récupérer des provisions au magasin, faire la tournée des malades à la place de sa mère… la journée y suffirait à peine !

13

Le soir venu, l'archéole poussa la porte de l'archapelle et y entra avec satisfaction. La journée avait été rude et, après son déplacement au Palatréa pour le forum de l'avant-veille, il aspirait à une bonne nuit de sommeil.

Un pli barra son front quand il aperçut Cobugès appuyé contre la rambarde et plongé dans la contemplation de l'océan qui clapotait au fond du puits.

– Je vous attendais, Sem-Archéo ! Vous êtes au courant pour Lana ?

– Oui. Appelée comme laitière. Heureusement que la petite Soléane vient de s'émanciper, le bourg ne restera pas sans herbière.

– C'est pas ça.

Le traqueur jeta un regard alentour pour vérifier que l'archapelle était vide. Il sortit un cylindre de papier qu'il déroula. Sem-Archéo reconnut le reflet rougeâtre des messages en provenance du Palatréa.

– C'est arrivé par tourterelle, précisa Cobugès. Elles sont fichées, toutes les deux.

– Elles ?

– Les herbières. Voici l'ordre d'arrestation.

Sous l'effet du saisissement, l'archéole s'accouda à son tour à la margelle. Ses jambes le soutenaient à peine. S'il y avait bien deux personnes qu'il n'aurait jamais soupçonnées d'être fichées, c'était bien elles ! Comment cette femme et sa fille auraient-elles pu fomenter quelque complot que ce soit contre les autorités alors qu'elles passaient leurs journées à soigner les habitants du bourg? Il les côtoyait si souvent, il s'en serait forcément aperçu!

Cobugès patienta, debout, attendant que l'archéole reprenne ses esprits.

L'homme de l'Arche brisa le silence après un instant.

– Dis-moi, Cobugès, sais-tu pourquoi elles sont fichées?

– C'est pas mon problème! Elles sont fichées, c'est tout. J'ai arrêté la mère au labo tout à l'heure. J'ai fait tout comme ils ont demandé, les ordres étaient clairs: je l'ai envoyée sur le radeau de la bannîle. Vous trouvez pas ça bizarre, Sem-Archéo? D'habitude, faut toujours que je me tape d'escorter les fichés jusqu'au Palatréa. Mais là, non, y a des gars qui sont venus pour l'emmener à la bannîle.

La remarque du traqueur eut l'effet d'un déclic sur l'archéole. La longue litanie des consignes que le GrandArchéole avait répétée à la fin du forum défila dans son esprit. « Le jour où la femme sera retrouvée, il conviendra d'agir avec une grande prudence. Pas question d'alerter le peuple avec des déploiements de force. Pas question de l'emmener au Palatréa où elle risquerait de renouer d'anciennes alliances. Elle sera conduite à la bannîle, et transférée à la Grandarchapelle au dernier moment. »

Sem-Archéo sortit un linge de sa poche et essuya la transpiration qui inondait son front. Se pouvait-il que ce soit elle? L'herbière qui officiait à Borho serait la fugitive, prétendue morte, que le GrandArchéole recherchait depuis si longtemps?

La nouvelle lui semblait inconcevable. Et pourtant... Une mère et sa fille, les dates, tout concordait! Il était arrivé au bourg dix ans auparavant. L'herbière et sa fille étaient installées là depuis trois ans, l'enfant en avait six. La femme lui avait raconté qu'elle n'avait pas souhaité rester auprès de sa mère qui dispensait ses soins au Palatréa. Il n'avait eu aucune raison d'en douter. Il l'avait crue, et aujourd'hui, il comprenait qu'il s'était fait berner.

La respiration de l'archéole s'accéléra encore lorsqu'il réalisa que l'arrestation menaçait aussi Soléane. Pourquoi fallait-il que ce soit cette enfant ? Elle lui rappelait tant… Il secoua la tête, refusant d'y penser plus avant.

Cobugès assistait à la crue des émotions de Sem-Archéo. Submergé par le désarroi, l'archéole peinait à retrouver son sang-froid.

Le traqueur ne prononça pas un mot, mais le frémissement de ses narines montrait combien le comportement de l'archéole le déstabilisait. Jamais encore il n'avait vu l'homme de l'Arche réagir si vivement. L'archéole avait-il des sentiments pour Lana ?

Le traqueur renifla. C'était impossible. Il était bien placé pour savoir que Sem-Archéo n'était pas le père de Saméo. Dans cette histoire, Cobugès ne regrettait rien. Cette garce de Lana avait laissé mourir sa mère, elle avait bien mérité des représailles ! Mais si Lana avait été l'amante de l'archéole, elle serait allée se plaindre auprès de l'homme de l'Arche pour ce que le traqueur lui avait fait subir. Or, le comportement de l'archéole n'avait jamais changé à son égard. Non, l'archéole et Lana n'étaient pas amants.

Cobugès patienta avec cette certitude en tête.

Après quelques instants, l'archéole se redressa le dos bien droit. Il avait repris ses esprits et parlait d'une voix ferme d'où filtrait une juste autorité.

– La petite ne devrait plus tarder, je lui ai proposé de dormir dans la chambre des invités et je l'ai conviée à partager mon repas. Elle se sentira en confiance avec moi, et je sonderai son cœur pour voir s'il est noir. Elle ignore peut-être tout des agissements de sa mère. N'aie crainte, quelles que soient mes conclusions, je trouverais un prétexte pour partir et tu accompliras ta mission dès qu'elle se sera endormie.

– L'ordre est précis : je dois la traquer dès réception du message.

Les épaules de l'archéole s'affaissèrent.

– Mais vous avez été bon pour ma mère, ajouta le traqueur.

Un pincement serra le cœur de l'archéole. Lorsque sa mère était tombée malade, Cobugès s'était effondré, au point de ne plus pouvoir travailler. Sem-Archéo lui avait proposé de contourner la règle et de doubler les portions de lait attribuées à sa mère. Le traqueur lui en avait été reconnaissant. La maladie avait évolué très vite, la mère était passée peu de temps après.

– Je vous dois un service, Sem-Archéo… Alors, d'accord, je l'arrêterai pas tout de suite, mais c'est seulement parce que c'est vous. J'attendrai la nuit et je la cueillerai dans sa chambre. Voilà comment que je vais faire.

L'archéole se tourna vers lui et lui tapota l'épaule.

– Vous êtes un type bien, Cobugès, vraiment bien. Un bon fils. Et un bon traqueur.

À ces derniers mots, une musique se déploya dans l'archapelle. Les deux hommes la sentirent vibrer jusque dans leurs os, leurs tripes, leur tête. L'orguéole appelait à l'interruption du travail de la journée pour prendre le repas du soir. Soléane ne tarderait plus à arriver. Sem-Archéo se pencha à l'oreille du traqueur pour lui proposer de se cacher dans l'une des pièces voisines de sa chambre. Ainsi, il pourrait surveiller le déroulement de la soirée. Cobugès opina du chef et tourna les talons.

À peine quelques secondes plus tard, la porte de l'archapelle claqua. L'archéole regarda Soléane venir à lui, un sourire confiant sur le visage. De taille moyenne, le corps harmonieux, un visage ovale aux traits fins surmonté de son chignon noir, elle était jolie, mais ce n'était pas ce physique que l'archéole remarquait. Il la voyait s'approcher, fraîche comme une enfant, le tableau même de l'innocence ! Qu'elle soit émancipée ne changeait rien ; pour lui, elle était encore la petite fille de six ans dont il avait fait connaissance à son arrivée.

Soudain, la jeune fille grimaça, ses yeux aux sourcils froncés fouillant la pénombre du fond de l'archapelle. Sem-Archéo lui sourit :

– Un souci, Soléane ?

14

– Un souci, Soléane ?

La porte de l'archapelle claqua en même temps que la question de l'Archéole. Sem-archéo se tenait accoudé au puits central. Soléane lui répondit par un sourire hésitant. Elle avait cru distinguer la silhouette du traqueur qui s'éclipsait dans le fond du bâtiment. Elle s'était sûrement trompée.

Elle se reprit et franchit la vingtaine de pas qui les séparaient puis, à son tour, se pencha par-dessus la margelle. Le bruit des vagues qui se fracassaient contre les parois montait jusqu'à eux. D'un air soucieux, Sem-Archéo ajouta :

– J'ai rarement vu des courants aussi puissants, vraiment rarement. J'espère qu'aucune vague ne submerge le bourg. Le Coracle ne dépasse plus beaucoup le niveau de la mer. Dire que lorsque j'étais enfant on pouvait compter jusqu'à dix avant que les blocs de sel qu'on y jetait atteignent l'eau !

– C'est vrai que les vagues ont pris de l'ampleur depuis ce matin, approuva Soléane, ça annonce probablement une belle tempête pour les jours à venir.

Malgré cette perspective, Soléane se sentait sereine. Après avoir quitté la chambre de l'archapelle quelques heures auparavant, sa journée avait été bien remplie. Elle avait soigné la main qu'un enfant avait plongée dans une flaque acide. Dans ces trous d'eau peu profonds, la concentration intense en minéraux créait des lésions encore plus douloureuses et dévastatrices que les piqûres de méduse. Mais elle était intervenue à temps et, cette fois-ci, il n'y aurait pas de séquelle. Elle était ensuite passée chez Doline, où elle avait constaté que

Saméo se portait à merveille, déjà complice avec la petite fille dont il partageait le berceau. Autres bonnes surprises, aucune victime de la maladie des ossoudés ne menaçait de passer dans les prochains jours, et le magasin lui avait délivré de quoi se nourrir pour la semaine à venir. Il ne lui restait plus qu'à dévoiler l'existence de la pierre pour faire annuler leur fichage et la vie pourrait reprendre presque comme avant. Elle avait hâte de commencer le dîner pour pouvoir enfin en parler à Sem-Archéo.

Ce dernier la regarda pensivement.

– Avec ce vent, j'espère que l'orguéole ne sera pas trop assourdissant. Ce n'est pas facile de s'en tenir si près quand on n'a pas l'habitude.

– Ça ne me dérangera pas, le rassura-t-elle.

– C'est une chose d'entendre la musique *fortissimo* depuis l'extérieur, c'en est une autre de la vivre à l'intérieur. Je parle d'expérience. Parfois, je me dis que les bannies doivent apprécier le silence, là-bas, sur leur radeau.

– Sem-Archéo, je peux vous poser une question ?

D'un coup de menton, l'homme incita Soléane à poursuivre.

– Croyez-vous que Belgha et les autres rameuses parviendront bientôt à tirer le Coracle jusqu'à la Terre ?

L'archéole hocha la tête lentement, les sourcils froncés. Il répondit :

– Pourquoi cette question, Soléane ? As-tu des doutes ? As-tu appris quelque chose qui te tracasse ?

– Non, je m'interrogeais, comme ça, pour rien.

L'archéole attrapa la main de la jeune fille dans les siennes et réfléchit quelques instants. Bien sûr, il n'était pas question de révéler la vérité. L'archéole savait que le Coracle était condamné et que les bannies ne ramaient que pour donner de l'espoir aux habitants. Mais qu'y pouvait-il ? Les hommes devaient mourir puisque les dieux en avaient décidé ainsi. Le Coracle s'abîmerait au fond de l'océan, tel un point final à cette nouvelle épreuve divine. Et seuls les êtres choisis par le GrandArchéole pour former une humanité sans péché monteront à bord de la nouvelle arche pour gagner la Terre. SemArchéo choisit avec soin les mots qui sauraient convaincre la jeune fille.

– J'ai confiance en nos dieux. J'ai confiance dans le chemin qu'a tracé pour nous le GrandArchéole. Ne te soucie pas de ces questions-là, Soléane. N'es-tu pas heureuse de vivre en paix, dans un lieu où chacun dispose d'une place clairement définie ?

– Si, mais...

– Le doute est le pire ennemi de notre Coracle, la graine par laquelle germent les peurs et les conflits. Alors, chasse tes doutes, Soléane. Chasse-les comme les bulbes moisis qui risquent de contaminer la récolte.

Soléane hocha la tête. Elle n'allait pas avouer à l'archéole qu'il arrivait parfois que ceux du bourg commencent à douter. Bien sûr, les parents des bannies et des non-voulus bénéficiaient d'un traitement de faveur : nourriture abondante, y compris pour les mets les plus rares, logements confortables, hommages lors des offices... Mais malgré le respect que les autorités leur témoignaient, les parents meurtris par le départ de leur fils parmi les non-voulus ou par le bannissement de leur fille, tout comme ceux qui perdaient un être cher à cause de la maladie des ossoudés, devenaient parfois si amers qu'ils ne pouvaient s'empêcher de chercher des responsables à leur malheur. Seule la menace du traqueur les empêchait d'en parler ouvertement. Belgha elle-même avait partagé ses doutes avec elle. Belgha craignait que le Coracle ne coule avant d'arriver à la Terre. Elle se demandait même si les bannies ramaient vraiment dans la bonne direction. Ce jour-là, Belgha avait ébranlé les certitudes de Soléane durant un instant. Mais Belgha avait été bannie, et Soléane avait confiance en l'archéole. Elle savait bien que l'homme ne lui mentait pas.

– Bien, ajouta l'archéole, que dirais-tu de passer à table ?

La jeune fille aurait dû savourer les mets délicats au moins autant que l'honneur que lui faisait l'archéole en l'accueillant à sa table. Mais l'idée d'évoquer la pierre de Terre lui nouait l'estomac. Ce qui lui semblait n'être qu'une formalité une heure auparavant s'affichait désormais dans son esprit avec tous les risques. Sa révélation risquait d'attirer l'attention des autorités sur un vol oublié. La pierre pourrait être l'élément de preuve qui manquait pour condamner sa mère.

Il fallut toute l'habilité de l'archéole pour mettre Soléane en confiance. Il orienta la conversation sur des sujets futiles puis demanda :

– Ma chère enfant, tu sembles tendue. Que se passe-t-il ? Es-tu inquiète pour ta mère ? Pour ton petit frère ?

Soléane songea que le moment était enfin venu de parler de la pierre. Ce serait un tel soulagement de pouvoir compter sur l'archéole pour régler les problèmes ! Pourtant, la sensation de malaise qu'elle avait ressentie au début du repas prit encore de l'ampleur. Sa mère avait dissimulé l'existence de la pierre durant des années. Soléane avait-elle le droit de la dévoiler de son propre chef ? Elle aurait préféré avoir son autorisation avant de se lancer.

De caractère réservé, la jeune herbière savait que sa grande sensibilité lui jouait parfois des tours, mais son intuition ne l'avait que rarement trompée. La prudence l'emporta. Elle décida de reporter au lendemain ses révélations. D'ici là, elle pourrait se rendre au laboratoire des laitières pour en discuter avec sa mère.

– Tu sais que tu peux tout me dire, mon enfant, tout sans exception !

L'insistance de l'archéole conforta Soléane dans sa décision.

Demain, elle y verrait plus clair.

L'arrivée de l'orguéoliste mit fin au repas. L'homme s'approcha, précédé par le bruit chuintant de sa canne qui glissait sur le sol. Il salua l'archéole et le prévint qu'une habitante se tenait à l'entrée de l'archapelle et réclamait sa présence. L'archéole se leva.

– Je dois m'en aller, Soléane. Ne m'attends pas, je passerai une partie de la nuit chez cette pauvre mère qui ne se remet pas du bannissement de sa fille.

– Désolée, Sem-Archéo, s'excusa Soléane, j'ai trop bavardé !

– Nullement ! J'aime parler avec toi. Il ne te manque plus que quelques années pour apprivoiser les petits tourbillons qui s'agitent en toi. Mais je sais que tu y parviendras. Je le sais avec certitude. Tu n'ignores pas combien toute la communauté compte sur toi pour la soigner, n'est-ce pas ?

– Je ferai de mon mieux, Sem-Archéo.

Soléane se leva sur cette dernière phrase. Elle salua poliment l'orguéoliste qui lui répondit d'un hochement de tête. Le visage fermé, le regard figé de ses yeux aveugles, les lèvres mutiques, l'homme de la Guilde ressemblait aux méchants des histoires que les enfants se racontent pour se faire peur.

Tandis que la porte de l'archapelle claquait et que Sem-Archéo s'éloignait, Soléane marcha vers sa chambre, luttant contre l'envie de se retourner pour observer l'étrange personnage. Elle résista. Elle n'était plus une enfant qui espionne les adultes.

Une fois à l'abri des regards derrière la porte close, elle effectua une rapide toilette. Sa main souleva le bouchon de liège du pot d'onguent pour en enduire sa nuque. Elle fronça les sourcils. Sa mère lui avait appris à fermer les pots hermétiquement afin de ralentir la prolifération des microbes, mais elle n'avait pas eu à fournir l'effort familier pour extraire le bouchon enchâssé dans le pot. Quelqu'un l'avait-il ouvert puis refermé ? Elle le reboucha sans l'avoir utilisé.

D'un regard méfiant, elle observa la chambre autour d'elle. Ses vêtements de rechange étaient posés en pile à gauche de la table. Ne les avait-elle pas jetés en vrac sur la droite, alors qu'elle vidait sa besace de tout poids inutile ?

L'idée d'un voleur qui fouillait la pièce s'imposa à elle. La porte n'était pas fermée, il suffisait de la pousser pour se servir.

Pourtant, ses affaires étaient toutes là, aucune ne manquait à l'appel. Elle se moqua d'elle-même. Qui pourrait bien en vouloir aux maigres possessions qu'elle transportait ? L'angoisse de ses dernières épreuves lui montait à la tête, mieux valait dormir, et vite.

Elle préleva un peu d'huile de poisson de la lampe à mèche qu'elle mélangea à l'onguent pour enduire sa brûlure à la nuque. La douleur apaisée, elle dénoua son chignon et regarda la flamme de la bougie au travers de la pierre translucide. Les rayons lumineux se trouvaient concentrés en un point qu'on ne pouvait fixer sans cligner des yeux tant sa lumière était vive. Soléane se demanda si cette pierre de Terre avait une autre utilité que de créer de la beauté. Sa mère n'était pas du genre à risquer sa vie pour un objet inutile, encore moins la vie de sa fille ! Elle reforma son chignon autour de la pierre et se glissa sous la couverture.

Les événements de la journée repassèrent dans sa tête.

C'était sa première journée depuis son émancipation. Elle avait su faire la preuve de ses capacités d'adulte. Recroquevillée dans son lit, elle en tirait un peu de fierté, assombrie par un sentiment inconnu : la solitude.

Sa mère lui manquait. Le geste tendre qu'elle avait pour remettre une de ses mèches à l'abri derrière son oreille, le chaud murmure de sa voix lorsqu'elle lui disait bonsoir, son odeur qui imprégnait la maison, tout lui manquait !

Doucement, Soléane chantonna la berceuse que sa mère susurrait à Saméo pour l'endormir. La ritournelle, lancinante, l'entraîna peu à peu dans le monde des rêves.

L'orguéoliste monta à la tribune. Il avait pris connaissance de la vitesse et de la direction du vent et fit pivoter l'entrée d'air de l'instrument en conséquence.

Dans l'immense éventail de partitions qu'il avait mémorisées au sein de la Guilde depuis qu'il était enfant, il puisa celle du couvre-feu et sélectionna les jeux de tuyaux correspondants. Puis il débloqua la trappe par laquelle le vent se glissait, prêt à s'engouffrer dans les tuyaux.

Alors seulement, il caressa du bout des doigts les trois claviers de corail. Chaque touche qu'il abaissait actionnait, par le biais d'une enfilade d'ossements cartilagineux, l'ouverture des tuyaux percés.

Les notes soufflées par le vent s'immiscèrent dans la tête de Soléane avec tant de puissance qu'elles réveillèrent le monstre des profondeurs. Le cauchemar s'invitait à nouveau en elle.

15

Tahis poussa la grande porte de la cuisine du Palatréa. Dans cette pièce de la taille d'une maison du bourg s'activaient des hommes et des femmes chargés de nourrir le personnel affecté au Palatréa et ses habitants.

Elle s'approcha de la marmite qui contenait la bouillie de l'Empera. Tout semblait identique à la veille, les mêmes personnes, la même lumière, la même odeur. Et pourtant, elle avait envie de danser, de chanter et d'embrasser tous ceux qu'elle croisait !

Moins d'une heure avant, c'est ici que Tahis avait pris des plateaux de mets joliment arrangés accompagnés de jus d'algue fermentée. Elle les avait portés, l'un après l'autre, jusqu'à la salle du conseil de l'Arche. Les archéoles s'y réunissaient plus souvent, ces derniers temps. Ils se taisaient dès qu'elle entrait. Mais parfois, lorsqu'ils se laissaient emporter par leur échange, sa discrétion la faisait oublier. Elle tendait l'oreille, informée de ce que les habitants ignoraient. Elle écoutait sans en avoir l'air et repartait, enragée de ne savoir comment agir pour empêcher les plans des archéoles de se réaliser.

Ce jour-là, elle avait perçu que quelque chose s'était passé. Quelque chose d'important. La fébrilité des archéoles imprégnait l'air du parfum fétide de leur sueur. Ils suintaient un mélange d'espoir et de peur.

Elle avait reconnu le prénom murmuré alors que la porte se refermait sur elle : Alna.

Sa joie avait jailli en un éclair d'orage, électrisant ses inquiétudes sur son passage.

Tahis n'avait jamais cru à sa mort car Jemuel lui avait raconté ce qu'il s'était passé le jour de l'accident. Mais elle ignorait tout de ce qu'il était advenu de cette femme : avait-elle fui ? Avait-elle été tuée ? Entendre ressurgir son nom la réjouissait. S'il y avait une personne sur le Coracle capable d'éclairer la population sur les réalités, c'était bien elle ! Tahis savait que le Coracle coulait. Elle avait compris depuis longtemps que les archéoles ne feraient rien pour l'en empêcher. Mais elle avait échoué à sortir de sa solitude pour partager ce lourd secret.

Et voilà que si peu de temps après avoir retrouvé son voulu, Alna refaisait surface, après tant d'années ! Trop d'années ?

Tahis attrapa le bol de bouillie que la cuisinière lui tendait. Elle ferma les yeux, comme font les enfants lorsqu'ils s'adressent aux dieux des vents, et pria pour qu'il ne soit pas trop tard.

Dans la chambre au fond du Palatréa, Tahis posa la main sur le front de l'Empera. L'homme s'agitait, secouant la tête. Elle se dit qu'il devait rêver. À moins qu'il ne s'agisse d'un cauchemar.

Doucement, elle lui parla et glissa ses bras sous ses aisselles pour le relever. Il se réveilla sans sortir de cet état de demi-sommeil duquel il n'émergeait jamais.

Tahis bataillа pour la première cuillère.

– Chut, chut, ça va aller.

L'Empera déglutit.

Elle changea le lit et les vêtements du malade. Elle le massa longuement. « Alna »... Ce nom flottait dans son esprit, sans qu'elle ne s'autorise à le dire à voix haute. Elle craignait la réaction de l'Empera. Lui parler de celle qu'il avait aimée il y a si longtemps, évoquer devant lui celle qui avait disparu risquait de provoquer un tel choc que l'Empera pourrait bien en oublier de respirer !

Elle poursuivit ses soins en parlant du quotidien. Les oiseaux du jardin, les icebergs qu'on apercevait au loin, les herbes de poivre-salé qu'on retrouvait enfin sur le marché. Elle évoquait les petites choses qui font la vie.

Puis elle sentit grandir en elle le besoin de partir.

– J'ai fini de te masser, Empera, et aujourd'hui, je ne reste pas. Jemuel est revenu, mais il est blessé. Il a besoin de moi. N'aie crainte : un jour, tu émergeras. Un jour, tu agiras.

Tahis sortit de la pièce et courut en dehors du Palatréa. Elle regagna sa petite maison de sel après avoir empli son seau au dessalinisateur d'eau de la rue.

Lorsqu'elle s'approcha de son voulu, elle ne put retenir un cri dans lequel la joie se mêlait à la surprise. Les yeux grands ouverts, Jemuel la regardait venir.

– Jemuel ! Que les dieux des vents soient remerciés de leur grâce, tu as repris conscience !

Malgré la douleur, l'homme lui tendit les bras et sa femme s'y glissa, jusqu'à poser ses lèvres sur les siennes.

Mais déjà, une inquiétude assombrissait leurs retrouvailles.

Tahis se redressa, le cœur partagé entre l'envie de savoir et de garder espoir.

– Notre fils ? demanda-t-elle.

– Vivant, articula l'homme, il est vivant.

– Où est-il ?

– Il est resté là-bas, ombre parmi les ombres, la rassura l'homme. Il est grand maintenant, il sait tout de la manière de se cacher !

– Et tu l'as laissé, fugitif solitaire, dans une zone pleine de dangers ?

– Je n'avais pas le choix, Tahis. Dans mon état, j'étais devenu une menace pour lui. Si un traqueur m'avait retrouvé, Tyll ne m'aurait pas abandonné, il se serait laissé arrêter pour tenter de me sauver.

– Tyll ?

Le ton de Tahis s'était fait réprobateur. Elle détestait savoir son fils exposé aux menaces qui pesaient sur les fugitifs. Pour elle, il était tel qu'elle l'avait vu la dernière fois, un enfant de trois ans, innocent. Un enfant dont la joie rejaillissait chaque jour sur son entourage. Et voilà qu'elle découvrait que son voulu avait rebaptisé leur fils.

– Il a oublié son autre identité, précisa l'homme. Il le fallait, Tahis. Car s'il avait été arrêté, ce nouveau prénom pouvait lui éviter d'être reconnu et lui sauver la vie.

Tahis savait que son voulu avait choisi la voix de la raison. Mais le simple fait de savoir que durant toutes ces années, son fils avait répondu à un prénom différent de celui qu'elle prononçait chaque soir en pensant à lui la bouleversait.

– Que t'est-il arrivé, pourquoi es-tu blessé ? demanda-t-elle en tentant de maîtriser ses émotions.

L'homme baissa les yeux, comme pour avouer une faute.

– Une flèche. Un traqueur m'a touché alors que je revenais du camp des insoumis.

La colère submergea Tahis. Ses yeux brillaient de fureur tandis qu'elle repassait en elle ce constat douloureux : son voulu avait lutté contre les autorités, son voulu avait mis leur fils en danger.

Bientôt, la colère changea de cible. Tahis songeait aux sombres desseins que le GrandArchéole réservait aux habitants du Coracle. S'il y avait un homme à blâmer, c'était bien lui, celui qui entraînait tout le monde à la mort ! Celui qui ne laissait pas d'autre choix à des hommes comme Jemuel que de lutter contre son projet.

Sans un mot, Tahis ressortit. Elle avait besoin d'un peu d'air. Les mâchoires serrées, elle observa les murs de la Grandearchapelle qui dominait le bourg de Palatréa.

Johen était reparti deux jours auparavant pour accomplir son voyage d'études. Son appartenance à la Guilde le protégeait des traqueurs. Mais il restait exposé aux risques que connaissaient bien les voyageurs du Coracle, et notamment le plus important : disparaître dans une crevasse de la trame.

Tahis grimaça. Elle avait autant envie de pleurer que de hurler.

16

Était-ce les bruits étouffés qui réveillèrent Soléane ? Ou bien le cauchemar assourdissant qui grandissait en elle ? Elle sortit du sommeil en sursaut, les cheveux mouillés de transpiration.

« Fuis, Soléane, fuis ! »

L'écho des mots de sa mère vibrait en elle, l'injonction s'était emparée de ses rêves. Un sentiment d'urgence lui comprimait les poumons.

Assise sur le lit, elle s'appliqua à respirer.

Dehors, la nuit régnait dans le calme, bercée par le vent qui n'avait pas cessé de souffler. La mélodie du réveil des non-voulus ne résonnerait pas avant plusieurs heures.

C'est à peine si Soléane perçut à nouveau le discret frottement des semelles sur la dalle de sel de l'archapelle. Son cœur reprit sa cavalcade. S'agissait-il de l'archéole qui rentrait, sa mission accomplie ?

Pas question d'attendre la réponse.

« Fuis, Soléane, fuis ! » Son intuition la guidait autant que le ressac du cauchemar qui l'avait réveillée.

Enfiler un pantalon et une tunique ne lui prit qu'un instant. Puis elle posa sa main sur le loquet de la porte.

Trop tard. Le bruit était ténu, mais pas assez pour l'empêcher d'entendre quelqu'un approcher. Cette fois, c'était certain : on ne lui voulait pas que du bien. Aucun être bienveillant ne se serait glissé subrepticement dans la nuit pour la surprendre dans son sommeil ! Une seule réaction lui semblait sensée : s'échapper.

La précipitation avec laquelle Soléane traversa la chambre manqua de la faire trébucher. Renonçant à maîtriser ses tremblements, elle attrapa sa besace et ouvrit la fenêtre. Le vent plaqua les battants contre les parois de sel en un vacarme terrifiant.

La panique prit le contrôle de ses mouvements. Enjamber l'appui, sauter, courir à tâtons, s'abriter contre une maison du bourg, Soléane enchaîna les actions sans réfléchir, portée par cette force qu'elle avait déjà découverte en elle : l'instinct de survie.

Quelqu'un avait allumé une lampe dans la chambre que Soléane venait de quitter. Le dos collé au mur d'une maison située à une cinquantaine de mètres de l'archapelle, Soléane vit la tunique rouge du traqueur se pencher à la fenêtre. Cobugès la cherchait. Mais les dieux des vents étaient avec elle. La brise masquait le bruit de sa respiration haletante. Et la faible lueur de la lune la laissait se fondre dans l'obscurité. Pourtant, sous le regard de l'homme qui fouillait les lieux, elle se sentit aussi nue et désarmée qu'un nouveau-né.

Sans qu'elle ne puisse rien y faire, ses muscles se contractèrent en un dérisoire bouclier.

Soléane détestait être ici. Elle détestait savoir sa mère loin d'elle. Elle détestait savoir que l'incursion du traqueur dans son monde n'était pas qu'une initiative malheureuse prise sous l'empire de l'alcool. Si Cobugès était là ce soir, c'est qu'il avait reçu pour mission de la traquer. Et tout ça, pourquoi ? Pour cette pierre, dont la beauté et le mystère l'encombraient ! Ne ferait-elle pas mieux de l'arracher à ses cheveux et de la jeter vers Cobugès ? Mais sa mère la lui avait confiée. Alors, que faire ?

Comme elle regrettait l'insouciance de ses derniers jours d'enfance !

Le traqueur enjamba l'appui de la fenêtre et s'écria :

– Je sais que t'es là, Soléane. L'autre soir, j'avais bu, mais tu sais bien que j'te veux pas de mal ! Allez, viens, on va arranger tout ça. Ta mère t'attend, je viens te chercher pour t'emmener à elle.

Deux jours auparavant, Soléane serait sortie de sa cachette, en digne et obéissante citoyenne du Coracle. Aujourd'hui, les choses étaient différentes.

La silhouette du traqueur se détachait sur le halo lumineux de la fenêtre. Toute son attitude contredisait le caractère rassurant de ses paroles. Les jambes solidement plantées au sol, le menton relevé et pointé en avant, à l'affût du moindre bruit, Cobugès flairait sa proie. Les dents serrées pour leur éviter de claquer, Soléane observa la scène sans un bruit, parfaitement immobile, son intuition en éveil.

Mille piques glacées envahirent la jeune fille. Il mentait ! Cet homme était insensible à la pitié, ses belles paroles n'étaient qu'un moyen de la manipuler. Un frisson hérissa ses poils tandis que l'image de sa mère s'imposait à elle. Et s'il lui avait fait du mal ?

Le traqueur patienta. Quand il fut évident que sa tentative n'aboutirait pas, il changea de ton :

– Ah, tu veux t'amuser à ce petit jeu-là ! Alors un conseil : regarde bien derrière toi. Parce que j'vais te coller au cul, sale petite racole. Et le jour où je te traquerai, tu pourras toujours me supplier de t'épargner !

Il retourna dans l'archapelle par le même chemin. La fenêtre claqua, la lumière s'éteignit.

Jamais Soléane n'aurait pensé garder son sang-froid en pareille circonstance.

Les minutes et les heures pesèrent sur ses épaules, alourdies par le poids de l'attente. L'aube s'annonçait. Les premières notes de l'orguéole ne tarderaient pas à sonner le levé des non-voulus.

Ses jambes fatiguèrent. Elle sentait se déployer en elle l'envie irrésistible de rentrer chez elle, de se coucher dans son lit, de fermer les yeux en espérant que la lumière du jour chasse le cauchemar qu'elle vivait. Pourtant, elle n'esquissa pas un mouvement. Sa survie se jouait dans sa tête. Tant que la nuit durait, son immobilité garantissait sa sécurité.

Soléane se força à réfléchir, imaginant des hypothèses, mesurant ses chances.

La mère de Belgha accepterait-elle de la cacher ? Peu crédible, la vieille femme affaiblie par ses épreuves ne résisterait pas à un interrogatoire.

Lorin saurait peut-être l'aider ? Trop risqué, sa compagne était une bavarde.

Et ses compagnons de jeu ? Depuis qu'ils avaient fêté leurs douze ans et commencé l'apprentissage d'un métier, elle ne les voyait plus si souvent. Leurs liens s'étaient distendus.

Les habitants du Coracle dépendaient des autorités pour leur survie : l'attribution de nourriture, de matériel de culture et de pêche, l'accès aux dessalinisateurs, la possibilité d'avoir une maison. Tout dépendait des autorités. Un écart minime aux règles du Coracle se voyait aussitôt sanctionné. Soléane savait qu'héberger une fugitive coûterait très cher à ceux qui l'aideraient. Elle ne pouvait les mettre ainsi en danger.

Quelles que soient les solutions qu'elle explorait, elle revenait toujours à sa première réaction : fuir, s'enfoncer dans la zone de régénération et disparaître.

La réflexion était essentielle car, de son côté, Cobugès suivrait vraisemblablement le même raisonnement qu'elle pour décider de la meilleure manière de la traquer.

Elle prit sa décision au moment où le traqueur ressortait de l'archapelle pour se diriger vers la maison la plus proche. Le bruit de son poing sur les battants de la porte brisa le calme de la nuit. Le traqueur bousculait les habitants ensommeillés pour pénétrer dans leur demeure. La fouille avait commencé.

17

Soléane se déplaça vers l'archapelle, mince silhouette fondue dans la demi-obscurité.

Le traqueur la chercherait dans le bourg, sur les pistes qui s'en éloignaient et dans la zone de régénération. Elle espérait qu'il n'envisagerait pas qu'elle puisse se cacher dans le bâtiment d'où il l'avait chassée.

Elle se glissa dans l'entrebâillement de la grande porte et courut à pas feutrés le long du mur. Le claquement qui retentit violemment dans l'archapelle la tétanisa. La porte !

– Oh, non ! chuchota-t-elle.

Elle serra les poings de rage. Elle avait oublié de retenir la porte ! Le traqueur avait bien raison de la prendre pour une idiote !

Rien ne se passa mais elle savait que le traqueur se précipitait déjà vers l'archapelle. Le bruit avait été si puissant, il ne pouvait pas ne pas l'avoir entendu ! La panique lui embrouillait les idées. Où se cacher ? Sans réfléchir, elle s'engagea dans les escaliers qui se trouvaient à proximité.

En haut de la galerie, l'orguéoliste se tenait assis sur son banc, face aux trois claviers des mains et à celui des pieds, devant l'immense coffre de bambou qui encerclait la forêt de tuyaux.

Ses doigts dansaient sur le clavier, tandis que, la tête penchée en arrière, il paraissait écouter une musique merveilleuse.

Pourtant, il n'y avait que le silence. L'orguéole, privé d'air, restait muet. L'heure du réveil des non-voulus n'avait pas encore sonné.

L'aveugle ne pouvait pas voir Soléane, mais il pouvait l'entendre. Quand elle s'insinua entre la paroi de l'orguéole et le mur du bâtiment, il ne tourna pas la tête, mais les doigts posés sur les touches cessèrent leur ballet.

Derrière l'orguéole, l'accès aux tuyaux n'était qu'une petite trappe carrée de cinquante centimètres de côté fermée par un morceau de cuir d'orque au niveau du sol et qui permettait aux facteurs d'orguéole d'accorder l'instrument.

Un coup d'œil à gauche et à droite confirma à Soléane qu'il n'existait aucun autre lieu où se dissimuler. Accroupie, elle poussa sa besace à l'intérieur de l'orguéole puis rampa entre les tuyaux.

Le claquement de la porte de l'archapelle l'incita à accélérer encore sa progression. Le traqueur revenait. Dans moins de deux minutes, il aurait gagné la galerie.

Les alignements de tuyaux de tailles variées se succédaient en un dédale tortueux. Le facteur d'orguéole avait agencé les troncs en ménageant des espaces à peine suffisants pour s'y glisser. À force de contorsions, Soléane se retrouva au centre de l'énorme instrument.

Les pas du traqueur frappant les dernières marches de l'escalier lui parvinrent aux oreilles. Elle s'immobilisa, respiration bloquée.

– Toi, là, t'as vu passer quelqu'un ?

Seul un silence répondit au traqueur. Cobugès hurla :

– Eh, l'orguéoliste, j'te parle ! Tu vas arrêter de pianoter sur ton clavier pour rien ? Enlève tes foutus bouchons antibruit et réponds-moi !

– Quelle est votre question ?

Le ton calme de l'orguéoliste contrastait avec l'exaspération du traqueur. Cobugès répliqua :

– Une fille, jeune, elle est fichée par l'Empera, alors j'te conseille de dire la vérité. Parce que si j'la ramène pas, y se pourrait bien que, Guilde ou pas Guilde, je t'emmène à sa place. Tu l'as vue ?

– Je suis aveugle, je ne vois rien.

– C'est ça, fous-toi de moi ! T'as deux oreilles, non ? Alors, est-ce que tu l'as entendue ?

– Personne ne serait assez fou pour venir se cacher ici. Au plus près de ses tuyaux, la puissance du vacarme de l'orguéole briserait la raison d'un homme. Alors, une jeune fille...

Sur ce dernier mot, l'orguéoliste ouvrit la trappe des vents et plaqua un accord sur les claviers, des deux mains et des deux pieds.

Il n'en fallait pas davantage pour chasser le traqueur de la galerie.

La vibration et l'intensité du bruit emplirent la caisse de résonnance de l'orguéole avec la brutalité de la foudre.

Soléane crut que son cœur explosait. Les mains appuyées de part et d'autre de son crâne, elle luttait contre la puissance de la musique.

À mesure que le nombre des tuyaux ouverts augmentait, une douleur insidieuse se répandit dans sa tête. Poussé à son paroxysme, le son ne laissait place qu'à la douleur.

Noyée dans la forêt de tuyaux, Soléane cria. Personne n'aurait pu l'entendre, au milieu de la tempête de sons. Seule, terrifiée, elle hurla sa peur, sa rage, sa haine. Non, elle n'était pas une criminelle ! Non, elle n'accepterait pas qu'on lui enlève sa mère ! Elle hurla jusqu'à sentir sa gorge s'assécher.

Alors elle se tut, éreintée.

Ses oreilles la faisaient souffrir comme si une vrille tentait d'en perforer le tympan.

Elle perdit connaissance.

18

D'une main hésitante, Soléane agrippa la rampe et risqua un pied sur la première des marches qui descendaient de la galerie. Le jour faiblissait et les peaux de cétacés tendues au sommet de l'archapelle laissaient filtrer une lumière chétive. Elle avait passé toute la journée dans l'orguéole.

La jeune fille se sentait nauséeuse. L'escalier en colimaçon ondulait sous ses yeux. Sous l'effet du tournis, elle manqua de dégringoler la tête la première. Elle inspira longuement, gonflant ses poumons à bloc.

Après plusieurs heures passées, inconsciente, au sein de l'orguéole, elle mesurait sa chance. Lorsqu'elle s'était réveillée dans la matinée, elle n'était plus couchée au milieu de la forêt de tuyaux, mais à sa lisière.

Quelqu'un l'avait tirée par les pieds pour la rapprocher de la trappe d'accès et l'écarter du centre de l'instrument. Deux bouchons antibruit lui obturaient les oreilles. Une couverture l'avait gardée au chaud. Une flasque d'eau douce était posée à ses côtés.

Elle était sortie de la caisse de résonnance de l'orguéole sans réussir à s'en éloigner. Le reste de la journée s'était écoulé, entrecoupé de phases de sommeil et d'éveil hébété. L'orguéole avait à nouveau retenti à intervalles réguliers tout au long du jour, mais ses bouchons d'oreilles l'avaient protégée.

Son sauveur lui avait évité la surdité, et peut-être davantage. Sans lui, son cerveau soumis à l'insupportable violence des vibrations de la musique aurait pu finir noyé par une hémorragie.

Soléane s'engagea sur la deuxième marche de l'escalier.

Le visage de l'orguéoliste s'imposait à son esprit. Lui seul pouvait savoir où elle se cachait. Lui seul avait pu l'aider. Et il ne l'avait pas dénoncée au traqueur. Un sentiment de gratitude lui arracha un sourire.

Les marches suivantes s'enchaînèrent aussi vite que son équilibre précaire le lui permettait.

Aucun bruit ne résonnait dans l'archapelle, hormis le chuintement du vent sur les toiles de toit et le grondement régulier de l'océan au fond du puits.

La grande porte se dressait à quelques pas de l'escalier. Plus qu'une dizaine de pas, et elle la franchirait.

Elle traverserait le bourg en courant et s'enfoncerait dans la zone de régénération.

Dans moins d'une demi-heure, elle serait à l'abri.

– Soléane !

Un seul pas. La jeune fille n'avait avancé que d'un pas sur la dalle de sel et déjà l'archéole l'avait découverte.

– J'étais si inquiet pour toi ! Vraiment inquiet. Le traqueur te cherche partout depuis ce matin. Où étais-tu passée ? Il a des nouvelles de ta mère !

La sincérité qui émanait de ses paroles la fit hésiter. Il semblait réellement ignorant des véritables intentions du traqueur. Devait-elle le fuir comme une menace ? Ou tout lui expliquer pour solliciter son aide ?

Elle opta pour la confiance et se tourna vers lui.

– Sem-Archéo, il m'arrive quelque chose de terrible.

L'homme traversa l'archapelle pour la rejoindre, un sourire apaisant sur son visage.

– Cobugès m'a expliqué que tu es fichée. Il ne te fera pas de mal, tu sais. Ne te fais pas de souci, Soléane, c'est probablement une erreur qui sera vite rectifiée.

Soléane sentit la main chaleureuse de l'homme tapoter son avant-bras. Elle avait envie d'y croire.

Un coup de vent agita les peaux tendues qui servaient de toit à l'archapelle.

L'archéole la réconforta :

– Parle-moi, tu te sentiras soulagée. On m'a parlé d'une pierre de Terre. Raconte-moi ce que tu sais sur elle.

– Mais je ne sais pas, je ne sais rien ! s'exclama Soléane en reculant d'un pas.

Entendre l'archéole évoquer la pierre avait déclenché une vive réaction de défense. Les doigts de l'archéole se crispèrent autour de son bras en un réflexe d'oiseau de proie. Stupéfaite, elle le dévisagea d'un air interrogatif. Aussitôt, l'archéole relâcha son étreinte.

– Excuse-moi, Soléane. J'ai peur pour toi, tellement peur ! Je serais tellement triste si Cobugès devait te traquer et s'il t'arrivait quelque chose. Tu ne voudrais pas me rendre triste, n'est-ce pas ?

– Non !

– Alors tu vois, le plus simple est de rester avec moi. Je parlerai en ta faveur. Je vous protégerai, ta mère et toi.

Le buste incliné vers elle, la tête penchée sur le côté, l'archéole lui adressait un sourire. Il paraissait si certain de la décision de Soléane !

Sa proposition avait déclenché une tempête dans l'esprit de la jeune fille. Saisir la perche tendue par l'homme de l'Arche constituait peut-être l'unique moyen de sauver sa mère. Elle hésita jusqu'à ce que les paroles de Lana s'imposent à elle.

« Fuis, Soléane, fuis ! »

Les derniers mots de sa mère lorsqu'elles s'étaient dit au revoir avaient été pour la pierre. Et voilà que l'archéole en parlait lui aussi. Elle se demandait ce qu'avait cette pierre de si important pour qu'il s'en préoccupe ainsi. À nouveau, l'idée que la pierre pouvait servir à quelque chose l'effleura. Elle ignorait sa fonction, mais décida qu'elle ne pouvait pas l'abandonner avant d'avoir éclairci ce mystère. Il serait alors temps de négocier la libération de sa mère sans trahir la dernière recommandation qu'elle lui avait faite.

Soléane esquissa un nouveau pas en arrière pour se soustraire à l'emprise de l'homme. Le sourire de l'archéole s'effaça à peine une seconde, vite remplacé pour une mimique compréhensive.

– Je ne te retiendrai pas, Soléane, mais dis-moi au moins où tu vas.

Soléane secoua la tête. Elle le connaissait depuis qu'elle était enfant, mais elle ne lui dirait rien de sa destination. Comment l'aurait-elle pu alors qu'elle-même ignorait où elle serait le soir même ?

– Si je ne peux t'aider, un ami le pourra peut-être. Je connais bien Cham-Archéo, l'archéole du bourg de Basol. Essaie de passer là-bas, donne-lui de tes nouvelles et il m'adressera une tourterelle messagère. Il ne dira rien de ta présence et ainsi, je serai rassuré.

La jeune fille marcha vers la sortie, poussa la porte et, les lèvres pincées pour affermir sa décision, dit :

– Prenez soin des malades, Sem-Archéo, et trouvez vite une herbière pour le bourg.

Dehors, les toiles de peaux du toit claquaient sous les bourrasques et le vent la happa dans ses tourbillons glacés. La nuit était presque tombée. Une main plaquée sur sa besace, Soléane avança à vive allure vers la zone de régénération.

Dans sa tête, ses pensées s'agitaient au même rythme que sa course folle. Elle devait trouver les insoumis dont elle ignorait tout pour leur donner une pierre dont elle ne connaissait pas le secret. C'était impossible... Même en admettant qu'ils existent !

Une fugitive n'avait que peu de chance de survivre. Elle ne reverrait probablement jamais l'archéole. Ni lui, ni tous les amis qui avaient partagé ses jeux d'enfant, ni Saméo.

Elle ne reverrait plus sa mère.

D'un bras rageur, elle essuya les larmes qui coulaient sur ses joues et entra dans la zone.

19

Les habitants regagnèrent leur foyer aux premières notes de l'orguéole. L'obscurité s'étendait sur le Coracle et la lune n'émergerait pas avant une heure ou deux.

Soléane pesta à mi-voix. Pour l'avoir souvent expérimentée avec sa mère, elle connaissait la difficulté de se déplacer une fois le soleil couché. Mais se rendre au chevet d'un patient en suivant les pistes de bambou n'était qu'une promenade au regard de ce qu'elle vivait sur ce terrain sauvage. Broussailles, arbralgues, joncs-goliaths, la végétation touffue de la zone de régénération s'alliait à la pénombre pour la faire trébucher.

Un bras plié à hauteur de sa tête pour protéger son visage, l'autre tendu devant elle pour détecter les obstacles, elle progressait à petits pas au milieu des arbres dessalants. De jour comme de nuit, leurs racines pompaient l'eau de l'océan qui remontait dans la trame et en filtrait le sel. Soléane, qui aimait tant le spectacle qu'offraient leurs ramures blanchies par le sel, les découvrait sous un nouvel aspect. Tranchant. Les basses branches lui labouraient les membres, accrochaient ses vêtements, cisaillaient sa besace.

Un craquement stoppa sa progression. Soléane savait que la trame de la zone de régénération, recouverte d'humus, ne présentait qu'un faible risque d'affaissement. Mais le son qu'elle venait d'entendre ne correspondait pas à la simple dilatation de la trame sous l'effet des changements de température, il évoquait davantage une de ces fissures qui fendillent le sol puis s'élargissent en crevasse jusqu'à traverser le Coracle de part en part.

Elle resta à l'arrêt une longue minute, frissonnante, à l'écoute du silence. Encore une dizaine de pas pour s'éloigner de la zone à risque, et la jeune fille s'effondra. Ses jambes refusaient de la porter plus avant. Ses dents grinçaient sous ses mâchoires trop serrées. Même ses mains tremblaient alors qu'elle dénouait le lacet qui fermait sa besace.

Soléane était épuisée.

Grâce à son expérience d'herbière, elle connaissait la conduite à tenir pour museler l'anxiété et la fatigue. Boire, manger, se reposer.

Le dessalinisateur était vide. Le couvercle dans une main, elle s'étira sur les joncs mouillés jusqu'à le plonger dans une flaque. Soléane s'était arrêtée loin d'un arbralgue et l'eau recueillie était trop chargée en sel pour qu'elle puisse la boire sans danger. Elle versa le liquide dans le dessalinisateur et patienta. La mélodie chantait, ploc, ploc, ploc, au rythme des gouttes qui s'écoulaient à travers le filtre dans le bol inférieur, en une symphonie d'éclaboussures mineures. Enfin, l'eau fut prête.

À peine éclairée par la lune qui s'était levée, elle débloqua le couvercle et le retira pour en ôter le filtre. L'ensemble lui échappa des mains, bascula sur le côté, entraînant le bol à sa suite. Elle le redressa d'un mouvement réflexe et sonda le contenu du bout du doigt. Trop tard, il ne restait tout au fond qu'une ou deux gorgées d'eau.

– Merde !

Son hurlement d'exaspération n'eut pour seul résultat que l'envol d'un oiseau niché à proximité. Une crainte fouetta son cœur. Avait-il alerté davantage qu'un inoffensif volatile ? Et si le traqueur n'attendait qu'un signe pour se mettre en chemin vers sa proie ?

– M'en fous ! Merde, merde, merde ! J'en ai marre ! Marre. C'est clair ?

Les cris soulagèrent Soléane mieux que des larmes. Elle en avait assez de subir tout ce qui lui arrivait ! Assez de s'escrimer à rester la gentille Soléane alors que tout partait de travers !

Elle but le liquide restant. Puis, mâchoires serrées, elle s'étira pour recommencer son manège. Récupérer de l'eau salée ; la filtrer ; la porter à sa bouche. Ses gestes se firent rageurs et déterminés. Ce n'était pas une incursion nocturne dans une zone de régénération inconnue qui allait l'empêcher de se désaltérer ! Oh que non ! Elle était prête à se battre ! Soléane marmonnait son dépit pour s'interdire de craquer.

Mais une nouvelle fois, elle s'interrompit, tous les sens en alerte. Quelque chose avait attiré son attention de manière trop fugace pour qu'elle en détermine l'origine. Quelque chose, mais quoi ?

Elle pensa d'abord à un autre oiseau de nuit. Le sifflement caractéristique des ailes glissant dans les airs la conforta dans son idée. Puis le doute grandit à mesure des secondes qui passaient. Bientôt, ce fut une certitude : quelqu'un approchait.

Elle n'avait pourtant perçu aucun bruit, à peine un mouvement, mais elle le sentait au lourd silence qui régnait soudain dans la zone. Et la discrétion que l'individu déployait visait probablement à la surprendre. Un seul point la rassurait : cette discrétion ne ressemblait pas aux manières d'agir du traqueur.

La fatigue annihila toute prudence. Après tout ce qu'elle avait traversé, elle n'avait plus la force de bâillonner son bouillonnement intérieur. Puisque l'inconnu savait qu'elle était là, autant passer à l'attaque ! Elle prit les devants, sa seule colère en guise de bouclier :

– Stop ! N'approchez pas plus loin ! J'ai une lame et je sais m'en servir.

– Oh ! là, doucement madame la râleuse ! On se paye une petite crise de nerfs ?

La voix masculine n'était pas celle du traqueur mais une voix jeune, grave, plus ironique que menaçante. C'est à peine si Soléane s'en trouva soulagée. Après ces journées chargées de danger, l'exaspération dépassait la raison.

– Je ne suis pas sûre d'être la plus râleuse des deux, monsieur le comique. On ne t'a jamais appris à te présenter ? Qui es-tu ?

Un long silence suivit sa demande. Soléane se morigéna : avait-elle fait fuir le seul être humain qui se terrait lui aussi dans la zone ? Son cœur, déjà malmené, accéléra encore sa danse.

La voix jaillit enfin :

– Tyll, je m'appelle Tyll.

– Moi, c'est Soléane.

Elle hésita à poursuivre. Son éducation la poussait à s'excuser. Elle avait fait preuve d'une agressivité injustifiée à l'encontre de l'inconnu. Mais à quoi bon jouer la jeune fille sage puisque Tyll – à supposer qu'il s'agisse de sa véritable identité – n'était probablement qu'un non-voulu qui avait fui le sort que les autorités lui réservaient, à l'affût de ce qu'il pourrait lui voler ? Face au silence qui s'éternisait, elle déclara :

– OK, je suis de mauvaise humeur. J'ai passé une très mauvaise journée. Mais en matière de politesse, tu ne fais pas vraiment d'effort non plus !

Après ces semi-excuses, Soléane s'attendait à ce que Tyll adoucisse à son tour ses manières. Il n'en fut rien. Non seulement le garçon persista à se dissimuler dans l'obscurité, mais en plus il conserva son ton moqueur.

– Tu me parles de « politesse » ? Non mais, tu te crois où ? Sous l'archapelle de ton bourg, en excellente compagnie ? Je te signale qu'ici, c'est la zone. La politesse ne te sera d'aucune utilité pour survivre. Maintenant, si ma présence t'insupporte, chèèèère Soléane, tu n'as qu'à dire un mot. J'ai bien mieux à faire que de converser avec une petite fugueuse. C'est bien ce que tu fous là, non ?

À nouveau, l'épuisement de Soléane devint colère. Les larmes de rage qui se tenaient en embuscade refluèrent. Toute la puissance de sa hargne se déversa dans ses mots.

– Ce que je fous là ? explosa-t-elle, ce que je FOUS là ? Je vais te le dire, petit malin. J'essaie d'oublier. D'oublier ma mère emmenée comme foutue laitière, d'oublier ce foutu traqueur qui me recherche, d'oublier le foutu fichier dans lequel mon nom apparaît, d'oublier ce foutu orguéole qui m'a secoué le cerveau, d'oublier cette foutue zone de régénération. Voilà ce que je fous là. Et accessoirement, j'essaie de sauver ma foutue peau. Ça te va, Tyll ? Pas trop de politesse pour tes oreilles de zonard ?

À peine la question posée, Soléane regretta tout ce qu'elle venait de dire. Elle avait révélé ses secrets à l'inconnu sans même y être obligée ! Son comportement lui apparaissait comme la plus stupide de toutes les bêtises qu'elle avait pu faire au cours de sa vie. Il pouvait désormais la vendre aux autorités en échange d'un peu de clémence à l'égard de sa situation de non-voulu !

– C'est bon, je cerne la situation. Pas la peine d'être aussi grossière... Moi qui croyais avoir affaire à une personne bien élevée !

L'ironie de la répartie déstabilisa encore davantage la jeune fugitive. Elle se sentait proche du point où elle perdrait la raison. De rage, elle attrapa une poignée de boue mêlée de flocons d'ajoncs et la lança à l'aveuglette dans le noir.

La voix amusée de Tyll résonna, loin de la cible.

– Raté ! Un peu d'aide pour retenter le coup ?

La lumière d'une dizaine de lucioles jaillit soudain de l'obscurité. À peine sortis de la poche où ils étaient retenus prisonniers, les insectes s'éparpillèrent dans toutes les directions, en un éventail d'étincelles.

Tyll éclata de rire, de ce rire qui ne s'arrête pas, qui tétanise les abdos, qui fait surgir les larmes. Il s'abandonnait au rire comme d'autres au sommeil.

Soléane trouva un étrange réconfort à regarder voler les petits points de lumière. Peu à peu, elle sentit son trop-plein d'émotion fondre sous la chaleur du rire de Tyll. À son tour, elle s'esclaffa. Son propre rire l'amusait tant il paraissait incongru dans ce monde hostile. Devenu fou, le rire l'entraîna dans une dépense physique qui chassait ses crispations. Chaque hoquet, chaque tentative de reprendre sa respiration se soldait par un mieux-être. Quand elle s'apaisa, la tension qui torturait ses nerfs s'était réduite de moitié.

Le calme revint dans la zone sauvage, et avec lui le mouvement rassurant de la vie. On entendait les bruits des oiseaux de nuit à l'affût des insectes. On devinait les proies qui cheminaient à l'abri des végétaux décomposés sur le sol.

Tyll restait silencieux.

Soléane savait qu'il était là, elle le sentait. Elle ignorait encore tout de lui, et pourtant il lui semblait familier. Même si sa raison lui chuchotait de s'en méfier, elle avoua à haute voix, comme si elle se parlait à elle-même :

– Tout ce dont j'ai envie, c'est de rentrer chez moi, d'allumer un feu et de me coucher sous ma couette.

– Sauf que chez toi, ça ne ressemble plus à rien.

– Qu'est-ce que tu veux dire ?

– Le traqueur est venu. Il a fouillé les lieux. Les ustensiles de cuisine, le linge, les potions, tout a valdingué. Il y a tellement de pots brisés au sol qu'une pondeuse n'oserait pas y poser le bout de sa patte.

Soléane se figea, interdite. Tyll connaissait sa maison ? S'il savait où elle habitait, il savait aussi qui elle était !

– Qu'est-ce que tu faisais chez moi ? Tu travailles pour le traqueur ?

– D'abord, c'est pas chez toi, mais chez ta mère. Et depuis quelques jours, ta mère me laissait de quoi manger, chaque soir, là-bas, près de votre maison. Quant au traqueur, il me tuerait s'il me croisait.

Sa voix s'éteignit presque avant de poursuivre :

– Tout ce que je peux faire, c'est t'accueillir chez moi. Bienvenue dans mon monde grand confort ! Lit d'algues gluantes, chaises et tables en branches d'arbre, et les rayons de la lune réchauffent les soirées où soufflent les vents glacés. Un vrai paradis !

L'ironie grinçante des propos de Tyll sonnait vrai. Soléane enferma ses genoux entre ses bras et baissa la tête. Assise sur le sol humide, elle bascula son corps d'avant en arrière.

Dans son esprit passaient les images de sa maison saccagée. Le pire n'était pas la perte des objets familiers ni le travail à effectuer pour tout remettre d'aplomb. Le pire se cachait dans la signification profonde de ce pillage : Soléane n'avait plus de chez-elle.

Comme s'il poursuivait une discussion menée en lui-même, Tyll asséna :

– Je suis bien content quand même. Ce sale traqueur ne l'a pas trouvé.

Soléane cessa son balancement pour demander :

– Qu'est-ce qu'il n'a pas trouvé ?

– À toi de me le dire ! rétorqua Tyll. Qu'est-ce qu'il cherchait ?

La pierre.

D'un geste automatique, Soléane posa la main sur son chignon et se rassura au contact de l'objet qui y était enfermé.

– Comment veux-tu que je le sache ? répondit-elle. Le traqueur ne m'a pas fait de confidences !

Tyll approcha de quelques pas.

– Ce truc que le traqueur recherche et dont, soi-disant, tu ignores tout, je te conseille de bien le cacher. Parce que vu l'état de la baraque, ce « foutu » traqueur, pour parler comme toi, a l'air capable de n'importe quoi pour le récupérer.

20

Sem-Archéo n'envisagea pas de se reposer, il n'en avait pas le temps. Couvert de la poussière de la route, les muscles endoloris par la longue cavalcade sur le dos d'une pondeuse, il confia sa monture à un garde et traversa les jardins du Palatréa sans en apprécier l'agrément.

Le GrandArchéole l'attendait, et les nouvelles que Sem-Archéo apportait ne lui plairaient pas. Mieux valait les lui porter en personne.

Arrivé devant la porte de la Grandarchapelle, Sem-Archéo inspira longuement en guise d'encouragement avant de la pousser.

– Enfuie ?

Les narines frémissantes du GrandArchéole en disaient davantage sur l'intensité de sa fureur que l'unique mot qu'il venait de prononcer.

– Je l'ai interrogée, précisa Sem-Archéo. Elle ne sait rien de la pierre, j'en suis certain.

– Enfuie ? Alors qu'elle était avec toi ?

– Je n'avais ni la force ni l'expérience pour la ceinturer !

Un ricanement ponctua la confession de Sem-Archéo.

– Une gamine de seize ans ? Sem-Archéo, mieux vaudrait te taire que de proférer ce type d'excuses ineptes.

Sem-Archéo baissa la tête, soumis. Décevoir le GrandArchéole lui coûtait beaucoup.

Sa mission, il l'accomplissait avec ferveur, même si la responsabilité l'écrasait parfois sous son poids. Il distribuait le lait à des villageois dans la force de l'âge qui le buvaient avec confiance. Il informait le centre des aspirations à la révolte de certaines jeunes filles afin d'orienter la désignation des bannies. Il affirmait à chaque office que le Coracle voguait vers la Terre.

Ces mensonges servaient un idéal qui dépassait sa modeste personne. Il n'était qu'un outil au service des dieux pour accomplir leurs desseins concernant l'humanité.

Ce jour-là, face au GrandArchéole, il se sentait coupable. S'il n'avait pas demandé au traqueur de reporter l'arrestation, Soléane serait déjà en chemin vers la bannîle. Il l'avait protégée, inconsciemment. Cet attachement à la jeune fille n'était que stupidité nostalgique. Il était si difficile de se débarrasser des fantômes du passé ! Que de progrès il lui restait à faire encore pour mieux servir les dieux...

Le GrandArchéole fit durer longtemps le silence contrit de Sem-Archéo. Lorsque enfin il lui ordonna de poursuivre le récit de la soirée, l'archéole de Borho expliqua le piège qu'il avait tendu à la jeune fille fugitive.

– Elle ne tiendra pas longtemps dans la zone et finira par chercher de l'aide auprès de Cham-Archéo. Il faut envoyer des traqueurs là-bas.

Le GrandArchéole secoua la tête, une mimique dubitative sur les lèvres.

– Inutile, elle doit se méfier de tout le monde, désormais. De plus, envoyer des traqueurs éveillerait l'attention des villageois. As-tu déjà oublié le plus important ? Le secret, Sem-Archéo, il faut garder le secret. Demande à Cham-Archéo de me prévenir et de la garder enfermée dans sa pièce sans fenêtre si, par chance, elle se présente à lui. Je lui enverrai une escorte.

– Je m'en occupe, approuva Sem-Archéo.

Le GrandArchéole posa une main sur son épaule en signe d'apaisement.

– La bienveillance est parfois une qualité utile, mon ami, mais pas dans ces circonstances. La pierre nous est nécessaire pour créer l'humanité nouvelle. Et cette pierre n'a pas pu disparaître comme ça. Entre la mère et la fille, il y en a au moins une des deux qui nous ment. Reste à trouver laquelle.

Partie 2

Fuir sans ailleurs

21

Soléane ne se rappelait pas avoir basculé dans le sommeil.

Avait-elle seulement dormi ?

Elle se souvenait d'avoir sorti un morceau de pain aux algues de sa besace. Un bol d'eau filtrée, une couche d'onguent sur la marque de sa nuque, et puis plus rien ; l'épuisement avait sans doute eu raison de sa conscience.

Le soleil était encore bas, le jour à peine levé. Soléane étira ses bras vers l'arrière, bâilla et, les yeux lourds, fouilla les alentours du regard.

Tyll était là, étendu à quelques pas, sur un matelas de jonc qui l'isolait de l'humidité du sol. Bien qu'il lui ait affirmé la veille n'avoir aucune intention de dormir à proximité, il était resté. Le soulagement envahit Soléane. Son intuition ne l'avait pas trahie, Tyll ne l'avait pas dénoncée. Refusant d'admettre sa soudaine envie de se précipiter vers lui pour lui témoigner sa reconnaissance, elle masqua son sentiment en râlant intérieurement. Il n'était peut-être pas un délateur, mais quel menteur. Et quel égoïste ! S'il lui avait donné la moitié de sa paillasse, elle en aurait garni la petite cuvette que son corps avait imprimée dans l'humus du sol. Faute de quoi, elle avait passé la nuit allongée sur une couche de boue et sa peau ridée ressemblait à celle d'un vieux mollusque.

Allongée sur le côté, elle palpa son chignon. La pierre n'avait pas bougé. La tête posée sur une main, le coude planté dans le sol, elle se trouvait à son aise pour observer son interlocuteur de la nuit.

Le même âge qu'elle, à peu près. Plutôt grand, même s'il lui serait difficile d'en juger tant qu'il ne se serait pas levé. Attifé comme un non-voulu, ou plutôt, supposa-t-elle, comme un fugitif obligé de voler ses vêtements.

Il n'avait pas pris soin de rassembler sa tignasse en chignon. Sa chevelure ébouriffée entourait un visage fin au menton obscurci par l'ombre d'une barbe. Plus inattendu, un large bracelet de cuir d'orque serré par un lacet recouvrait son avant-bras gauche, depuis le poignet jusqu'au coude.

Rien dans son attitude ne laissait entrevoir ce qu'il était vraiment. Mais sans qu'elle puisse s'en expliquer la raison, Tyll lui inspirait confiance.

Elle ignorait s'il s'agissait réellement d'un fugitif. Il aurait pu tout aussi bien être un de ces gars avides de sensations fortes qui décident de dénouer leur chignon et de s'aventurer dans la zone de régénération le temps d'une nuit. Ils n'étaient pas si rares ! Combien de fois avait-elle entendu l'archéole mettre en garde ces têtes brûlées lors de l'office ? Dix, vingt ou plus encore ? Il s'en trouvait toujours de plus obtus que les autres pour passer outre les avertissements.

En détaillant son visage, Soléane retroussa son nez en une moue de réprobation. Elle lisait sur ses traits tous les défauts qu'elle avait perçus dans sa voix : l'arrogance, l'insolence, tout ce qu'elle détestait ! Même dans son sommeil, le garçon affichait un sourire supérieur !

Les fossettes de ses joues se creusèrent un peu plus et, sans un seul tressaillement des paupières, Tyll annonça :

– Quand tu auras fini ta petite inspection, tu préviens, j'arrêterai de faire semblant de dormir.

– Continue, ça m'arrange, répliqua Soléane. Au moins, quand tu dors, j'ai la paix. Et puis ça t'évitera d'esquiver mes questions comme hier. Rappelle-moi d'où tu viens, déjà ?

Si Soléane avait espéré faire réagir Tyll avec cette référence, c'était raté. La veille au soir, elle l'avait interrogé, curieuse de savoir pourquoi il traînait dans la zone de régénération. Il avait éludé une première fois.

À la deuxième, il avait prétexté qu'il cueillait un bouquet de fleurs pour sa pondeuse domestique lorsqu'il avait été surpris par l'obscurité. L'absurdité de sa répartie montrait qu'il ne tentait même pas de l'abuser par un mensonge crédible.

Elle était revenue à la charge à une troisième occasion, sans plus de succès.

La seule chose qu'elle avait obtenue de lui était un constat. Il avait souligné la chance qu'elle avait de ne pas être arrivée quelques jours plus tôt dans la zone. Il n'était seul que depuis peu car celui qui l'accompagnait avait été blessé par des soldats. Tyll avait la gorge serrée en évoquant le ratissage de la zone auquel lui-même avait échappé.

Après ça, le garçon s'était réfugié dans le mutisme. Soléane en avait fait autant. Leur silence s'était prolongé, enferrés qu'ils étaient dans leur fierté. Le garçon était aussi buté qu'un gamin mal élevé, et voilà que la matinée s'annonçait sous les mêmes auspices !

Soléane grimaça. Elle attrapa sa besace tandis que la trame protestait en grinçant contre sa décision de s'asseoir.

– Une part de poisson séché contre ta véritable identité, ça te va ?

Un nouveau craquement ponctua sa proposition. Tyll se redressa à demi, la paume de sa main tendue vers elle.

– Ne bouge pas !

– Oh, Tyll, fais un effort. Tu ne seras pas perdant : j'ai aussi des galettes au miel à partager.

– Ne bouge pas !

– On joue à quoi, là ?

– Soléane, ne bouge pas, c'est très sérieux. Tu as entendu la trame qui travaille ?

Le ton suppliant du garçon n'avait plus rien d'arrogant. Une appréhension envahit Soléane.

– C'est juste des petits grincements comme ceux d'hier soir. C'est le même genre de bruit quand on emprunte les pistes.

– Sauf qu'ici, il n'y a pas de bambou de consolidation, il n'y a qu'une couche d'humus boueux aussi fine qu'une feuille d'arbralgue qui dissimule une trame friable comme du sable.

D'un haussement des sourcils, Soléane marqua ses doutes. Cette zone était entrée en régénération depuis une centaine d'années, un laps de temps bien suffisant pour être recolonisée par les végétaux. En l'absence d'exploitation humaine, les plantes s'épanouissaient et leurs racines contribuaient à renforcer la trame. Le pourrissement progressif de leurs fibres et feuilles formait une couche d'humus. Le risque de crevasse était bien moindre en ces lieux qu'en tout autre point du Coracle.

Tyll ne la lâcha pas du regard. Il répéta :

– Ne bouge pas ! Pense tout ce que tu veux, mais ne bouge pas. Je sais bien que l'archéole t'a servi toutes ces bêtises de racines et de couche d'humus épaisse qui consolident le Coracle. Des mensonges. Si les zones sont interdites d'accès, c'est seulement parce que la trame y est devenue trop fragile pour y vivre.

Soléane hésitait. Tyll essayait-il de lui jouer un mauvais tour pour se payer sa tête, ou y avait-il un réel danger ? Son air soucieux plaidait en la faveur de la deuxième hypothèse. L'inquiétude incita la jeune fille à appuyer sur son pied pour se glisser hors de la zone instable.

Un bruyant craquement vibra jusque dans ses os.

Il n'y avait plus de doute. La trame menaçait de l'engloutir tout entière.

22

Les deux paumes tendues dans la direction de Soléane, Tyll se leva et ramassa un long bambou. Mais il ne s'approcha pas, préférant contourner le cercle dont elle formait le centre.

– La première chose à faire, c'est de ne pas paniquer.

– Oh non, gémit Soléane, évidemment que je panique !

– La deuxième chose à faire, c'est de te coucher au sol, bras et jambes écartées pour répartir ton poids et là, doucement, très doucement, tu rampes vers moi.

– Me coucher ? Mais si je bouge d'un millimètre, tu sais bien ce qui m'attend. Plongeon direct dans l'océan. Je vais passer ! Voilà la réalité. Je n'ai que seize ans et je vais passer !

– Arrête ! De toute façon, ici on ne passe pas ; on crève.

– Tu vas m'aider ou tu poursuis tes analyses de vocabulaire ?

– Fais ce que je te dis, couche-toi.

Les abdos durs comme le bambou, le buste de Soléane descendit lentement jusqu'à toucher le sol. Pour s'alléger, la jeune fille jeta sa besace un peu plus loin puis se retourna sur le ventre avec précaution tandis que de petits craquements continuaient à se faire entendre.

– Je n'aurai jamais le temps avant l'effondrement !

– Ferme-la ! Ne réfléchis pas et avance vers moi. Allez. Vas-y. Délicatement. Allez.

Au fil des encouragements de Tyll, Soléane progressa dans sa direction.

Il ne manquait plus qu'une longueur de buste pour être sortie d'affaire quand un sinistre craquement venu de l'océan traversa les épaisseurs d'alvéoles en plastique jusqu'au sommet du Coracle. Au même moment, Tyll sauta, les deux mains crispées sur un bambou taillé en pointe. Il le planta à un pouce du crâne de Soléane avant de rebondir pour atterrir dans le secteur préservé.

La moitié du bambou était enfoncée dans la trame, seul un petit mètre en dépassait.

Un instant après, le sol s'affaissa, laissant un cercle obscur aussi vide que parfait à l'endroit où la jeune fille avait passé la nuit.

L'incrédulité se lisait dans les yeux grands ouverts de Soléane tandis qu'elle entendait un hurlement vibrer à ses oreilles. Quand elle comprit qu'il s'agissait du sien, elle se tut. Son corps pendait dans le puits depuis ses hanches jusqu'aux orteils. Elle ne devait sa survie qu'au bambou de Tyll qu'elle enserrait de ses deux bras. Trois mètres plus bas, l'eau sombre de l'océan murmurait sa chanson.

Le monstre ! Le monstre attendait sûrement sa chute pour l'entraîner dans les profondeurs comme il le faisait chaque nuit depuis toujours.

– Ne bouge pas. Je vais te sortir de là.

À son tour, Tyll s'allongea sur le sol pour ramper dans sa direction. À chaque reptation, il veillait à répartir équitablement son poids sur tous ses appuis, en un périmètre le plus large possible. Ce mode de déplacement constituait l'unique moyen de limiter les risques d'un nouvel affaissement, sans les écarter complètement pour autant.

Soléane ne le quittait pas des yeux, comme si son regard parvenait à diffuser les encouragements qu'elle n'avait pas la force de formuler.

La simple idée de tomber dans cet océan sans fond lui donnait la nausée. Sa respiration s'était faite courte et rapide. Mais elle commençait à reprendre espoir.

Puis, il y eut l'appel.

– Ohé ? Il y a quelqu'un ?

La voix inconnue était proche, bien que celui qui parlait se trouvât dissimulé par la végétation. Une nouvelle salve fut lancée :

– Il y a quelqu'un ? Un problème ?

La voix venait dans leur direction.

Tyll esquissa un geste de recul. Soléane sentit son vernis de sang-froid s'évaporer sous la brûlure de la panique. Le garçon qui devait la sauver s'apprêtait à l'abandonner ! Elle supplia :

– Ne me laisse pas, Tyll. S'il te plaît, ne me laisse pas.

Mais celui qui désormais progressait en marche arrière ne ressemblait plus au Tyll de la minute précédente. Le visage fermé, le regard dur, il chuchota :

– Pas la peine d'être deux à se faire prendre. Ne lâche pas le bambou.

Soléane savait qu'il avait raison. C'était la loi des fugitifs. Bloquée dans son trou, elle n'avait aucune chance d'en sortir avant que celui qui continuait à lancer ses appels ne la débusque.

Mais les arguments et la logique ne valaient rien face à ses sentiments. Tyll l'abandonnait. Elle le détestait.

En un instant, il fut loin.

Il se déplaçait avec agilité, esquivant les algues gluantes, slalomant entre les bambous, s'agrippant aux branches rugueuses des arbres dessalants. Quelle grâce ! On aurait dit qu'il dansait.

Soléane sentit ses muscles douloureux commencer à trembler sous l'effet de l'effort violent qu'ils produisaient. Elle cria :

– Par ici ! Je suis là !

Qu'il soit un traqueur ou un fugitif, l'inconnu était sa dernière chance de s'en sortir. Elle serra les dents.

Surtout, ne pas penser à l'océan qui clapotait à deux ou trois mètres d'elle.

Surtout, ne pas imaginer ce qu'il se passerait si elle lâchait le bambou.

Elle se concentra sur Tyll.

Quoiqu'il lui arrive ensuite, elle avait obtenu une réponse à sa question. Elle savait qui il était.

Seul un fugitif aguerri pouvait se fondre avec autant d'aisance dans les taillis de la zone.

23

Dans la chambre au fond du Palatréa, Jemuel s'était assis sur une chaise. Son regard se posa sur l'Empera, s'évada, revint, s'échappa à nouveau. La vision était insupportable. Le chef exécutif du Coracle gisait dans un lit d'enfant, inconscient, à peine capable de manger les cuillerées de bouillie que Tahis lui glissait entre les dents pour le maintenir en vie.

L'estomac de Jemuel se révolta, emportant jusqu'à sa gorge la brûlure amère de ce spectacle honni. L'homme, si longtemps fugitif, comprenait comment le GrandArchéole avait réussi à entraîner le Coracle à sa perte. Personne ne s'était dressé sur son chemin ! Personne ne s'était opposé à ses idées folles ! Trahi par son corps, l'Empera avait baissé les bras.

Le travail des insoumis pour sauver le Coracle de la perdition lui semblait soudain si futile ! Comment pourraient-ils lutter à eux seuls contre l'inexorable ?

Beaucoup d'habitants du Coracle n'avaient jamais entendu parler de leur existence. Pour la plupart des autres, les insoumis n'étaient qu'une légende colportée pour se redonner un peu d'espoir. Même ceux qui croyaient à leur combat renonçaient à les rejoindre. Les villageois connaissaient les conséquences d'un ralliement à la cause des insoumis : leurs filles seraient bannies, leurs fils enrôlés chez les non-voulus, eux-mêmes seraient menacés et ils mourraient sans personne pour les porter sur leur radeau funéraire.

À défaut de croire à une véritable perspective de changement, les habitants privilégiaient la survie immédiate. À quoi aurait pu servir de se révolter alors que nul ne savait comment atteindre la Terre ? Ils préféraient s'appliquer à ne pas voir le Coracle couler, et tant pis si la noyade finale les emportait vers la mort.

Tahis s'était postée devant la fenêtre de la chambre de l'Empera. Les grains de céréales qu'elle avait dispersés sur le bord avaient été emportés en quelques minutes. Au fil des années, les oiseaux s'étaient habitués à sa présence et n'hésitaient plus à grimper sur ses mains pour picorer dans sa paume.

Mais ce jour-là, les doigts de Tahis trituraient nerveusement le collier que Jemuel lui avait rapporté. Composé de treize petites perles de nacre enfilées sur un épais fil de soie, il représentait à lui seul tout le temps passé loin l'un de l'autre. Treize ans. Treize années durant lesquelles son bébé était devenu homme. Ses pensées s'envolaient vers son fils aîné qu'elle savait vulnérable. Tyll... elle avait encore du mal à s'y faire, mais ce prénom n'avait plus d'importance. Une seule chose comptait : qu'il ne lui soit rien arrivé !

Dehors, le jardin s'animait sous le chant des centaines d'oiseaux qui y nichaient. De gros coquillages se répartissaient autour des fontaines pour permettre aux volatiles de se baigner et de s'y désaltérer. Nombre d'habitants de Palatréa venaient ici pour observer leur manège. Algues grimpantes, buissons foisonnants et arbralgues plus que centenaires les incitaient à s'arrêter, à s'asseoir, à se détendre. Tahis les voyait sourire, inconscients de l'avenir funeste que leur traçait l'Arche.

Elle revint à l'instant présent avec le sentiment de s'arracher à des souvenirs perdus. Il était temps de commencer le massage de l'Empera.

Jemuel regarda Tahis tandis qu'elle soignait l'homme inconscient. Son état lui inspirait de la tristesse. Il demanda depuis quand il était ainsi plongé dans ce demi-sommeil.

– Depuis le premier jour, soupira sa femme, depuis le grand accident.

Les lèvres de son voulu se pincèrent. Quel gâchis !

Jemuel en voulait à l'Empera... Par sa faute, il avait dû quitter sa femme. Par sa faute, leur fils n'avait connu qu'une vie de fugitif. Et quel choc Jemuel avait ressenti en découvrant qu'il était père d'un deuxième garçon !

Johen... Tahis avait choisi un beau prénom. Si seulement il avait su que sa femme était enceinte ! Si seulement il avait réussi à trouver une solution pour se rapprocher d'elle !

La culpabilité dévorait Jemuel. Leur deuxième fils n'avait pas eu la vie plus facile que le premier. Déclaré orphelin, élevé au sein de la Guilde, Johen n'avait appris sa véritable identité que lorsque Tahis l'avait estimé assez grand pour garder le secret.

Leur famille était brisée.

Jemuel poussa un long soupir, révélant tout son chagrin. La vie ne revient pas en arrière.

– Au moins, dit Tahis comme si elle avait suivi le fil de ses pensées, nous sommes en partie réunis désormais. Tu iras chercher Tyll quand tes blessures seront soignées et que tu pourras à nouveau marcher. Nous vivrons ensemble. Nous serons heureux.

Le sourire d'approbation de Jemuel sonnait faux. Il se mordilla les lèvres jusqu'au sang en repensant au jour où il était allé trouver l'herbière. Il savait où la trouver : au moment de leur fuite, elle lui avait indiqué le village dans lequel elle pensait occuper la place d'herbière. Il savait également qu'elle avait emporté la pierre et il en avait prévenu les insoumis.

Pendant des années, ces derniers n'avaient pas voulu se mettre en danger pour la récupérer. Tant qu'ils n'avaient pas terminé de construire le matériel nécessaire pour faire avancer le Coracle, la pierre ne leur était d'aucune utilité. Dans le même temps, le plus âgé d'entre eux, Filiol, avait étudié le mouvement des étoiles pour apprendre à se situer et à se diriger. Lorsque les préparatifs avaient été bien avancés, les insoumis avaient demandé à Jemuel d'aller récupérer la pierre. Il était temps de vérifier l'exactitude des repères célestes de Filiol.

La fugitive qui s'était faite herbière ignorait tout des insoumis. Elle avait été tellement soulagée quand Jemuel lui avait révélé leur existence ! Elle avait caché la pierre toutes ces années avec un sentiment de gâchis, puisqu'elle ne pouvait pas l'utiliser. Mais à cause de sa blessure, Jemuel n'était pas en état de ramener la pierre aux fugitifs. Elle lui avait promis de le faire, lui demandant juste quelques semaines pour s'organiser et trouver un prétexte à son voyage.

Ce jour-là, Jemuel avait demandé à l'herbière de s'occuper de Tyll au cas où il lui arriverait quelque chose. Comme il le regrettait...

Car depuis, les autorités avaient repéré celle qui détenait la pierre. Si elle avait tenté de fuir dans la zone, elle avait sûrement conduit les traqueurs qui la surveillaient jusqu'à la cachette de son fils ! Il ne faisait aucun doute pour lui qu'elle avait déjà été arrêtée.

– Tu devrais partir, maintenant, annonça Tahis, interrompant ses sombres pensées. Fais attention à rester discret.

Jemuel regagna seul la maison de Tahis. Après ses longues années passées dans la zone, son corps s'était affiné et voûté, ses traits s'étaient durcis. Il était devenu méconnaissable pour la plupart de ceux qui le côtoyaient à l'époque. Il restait cependant prudent, à l'affût d'un visage connu, prêt à se cacher à tout instant. Mais personne ne le remarqua.

24

Soléane entendit les joncs plier sous le poids de celui qui s'approchait. Le bruit des pas dénotait une démarche lente, presque malhabile. Elle supputa un homme grand, très grand, gros peut-être, prudent sûrement.

Malgré son appréhension à se trouver face à un traqueur, Soléane espérait voir le géant surgir rapidement de la végétation. Ses forces déclinaient. Elle n'osait pas bouger de crainte de déclencher un deuxième affaissement qui lui offrirait l'océan en guise de linceul.

Elle regarda avec colère le rideau de verdure derrière lequel Tyll avait disparu. Ah, le pleutre ! Le lâche ! Certes, il ne la connaissait que de la veille ; certes, il s'était mis en danger en tentant de la sauver, mais comment avait-il osé l'abandonner au son d'un minable « ne lâche pas le bambou » ?

Le ressentiment de Soléane décuplait ses forces ; son envie de vengeance intensifiait sa volonté. Non, elle ne lâcherait rien, et surtout pas le morceau de bambou qui l'ancrait sur le Coracle !

Quand le géant surgit entre les buissons, la stupeur la laissa muette. Un géant, lui ? Le garçon n'avait pas fini de grandir ! Il avait quoi… douze, treize ans ? Bien évidemment, il ne portait pas la tunique rouge des traqueurs. Elle doutait même qu'il soit capable de la tirer de ce mauvais pas.

Le bruit de sa démarche l'avait induite en erreur. Ses pieds étaient équipés de raquettes destinées à répartir son poids sur une large surface. Soléane savait que ce type de matériel existait, mais il était d'ordinaire réservé aux non-voulus pour leurs interventions sur la trame fragilisée.

Le regard calme du garçon se posa sur Soléane.

– Tu es blessée ? Tu tiens le coup ?

– Ça va, mais je commence à fatiguer.

Le garçon sortit une corde de son sac.

– Je vais l'attacher autour d'un de tes poignets.

Le garçon déchaussa ses raquettes et entreprit de ramper vers elle en employant la même technique que Tyll.

Une fois la corde nouée, il recula peu à peu jusqu'à atteindre un arbre dessalant planté là au moins quatre siècles auparavant.

En quelques coups de lame, il débarrassa l'écorce de ses couches de sel accumulées, sur une largeur de dix centimètres. Il obtint ainsi une gouttière au sein de laquelle il installa la corde qui y coulisserait sans dommage.

Il fit de même sur un deuxième arbre et engagea la corde dans cette nouvelle goulotte. Il annonça :

– Accroche-toi !

Elle approuva d'un hochement de tête, incapable de parler. Il était temps. Elle sentait que ses bras allaient lâcher d'un instant à l'autre.

Arc-bouté sur la corde, un pied posé contre le tronc d'arbre, le garçon déployait toutes les forces dont il disposait pour dégager Soléane.

Dès qu'elle sentit la traction exercée par la corde sur son poignet, elle lâcha le bambou et crispa son autre main sur le lien qui la rattachait à la vie.

Elle s'aidait des bras et des coudes pour soulager son poids sans risquer de déclencher l'ouverture d'une nouvelle fissure.

Avec force ahanements, le visage aussi rouge qu'un crustacé à carapace bien cuit, le garçon parvint à sortir suffisamment Soléane de la crevasse pour qu'elle puisse appuyer l'un de ses genoux plié sur la trame. Elle rampa, attrapa son sac et s'éloigna pour se mettre à l'abri. Recroquevillée contre le tronc d'un arbre, elle serrait sa besace dans ses bras, comme s'il s'était agi d'une ancre.

Le garçon s'effondra à ses côtés. L'effort pour la tracter avait soumis son organisme à rude épreuve. Il tourna la tête vers la rescapée, lui tendit une main et, malgré la violence de son essoufflement, murmura :

– Johen. Ravi.

Soléane serra sa main dans la sienne.

– Soléane. Merci !

Le sauveur répondit d'un sourire. Il n'avait pas assez récupéré pour parvenir à parler.

Assise contre le tronc de l'arbre dessalant autour duquel la corde serpentait encore, Soléane observa Johen. Le garçon buvait l'eau qu'elle venait de filtrer.

Il n'était pas très grand, plutôt fluet, mais ses traits encore juvéniles laissaient supposer qu'il grandirait encore et il portait ses cheveux longs et lâchés, comme tous les garçons de moins de quinze ans. Sa peau foncée et ses vêtements sombres expliquaient pourquoi Soléane n'avait pas réussi à le discerner dans l'obscurité des broussailles alors qu'elle l'entendait s'approcher.

La jeune fille avait repris des forces et hésitait à s'enfuir. Johen lui avait sauvé la vie, mais rien ne l'assurait qu'il ne la dénoncerait pas !

Avant qu'elle ait pris sa décision, il bondit sur ses pieds, lui tourna le dos et s'agenouilla au son d'une exclamation enthousiaste.

– Tu as vu ça ? Comment ai-je pu passer à côté sans le voir ? Il est magnifique ! Par les vents de toutes les mélodies, je crois que c'est moi qui vais te remercier de m'avoir conduit ici, Soléane, c'est le plus beau que j'aie trouvé depuis mon départ !

Interloquée, la jeune fille l'observa effleurer un bambou du bout des doigts puis l'entourer de ses deux mains. Les yeux fermés, il ajouta :

– Et il vibre si fort ! Je le sens chanter jusque dans mon sang. Vient écouter ça, Soléane, ça vaut le coup !

Elle rejoignit Johen et s'installa à ses côtés.

Il attrapa ses mains, les plaça de part et d'autre d'un bambou et, sans aucun signe de gêne, les recouvrit des siennes.

Soléane resta immobile. Tout cela lui semblait ridicule ! Les mains d'un garçon inconnu sur les siennes, un bambou d'une banalité évidente, et rien ne se passait.

Johen demanda :

– Tu sens ?

– Non.

– Tu manques d'entraînement. Mais celui-ci chante tellement fort que je pensais que tu réussirais à l'entendre. Attends, on va essayer autrement.

Il décrocha un cocon de soie de la branche d'un arbre voisin. Soléane ignorait quelle larve s'y transformait à l'abri de la paroi tissée. Elle le prit au creux de ses mains comme Johen le lui conseillait. Peu après, il l'interrogea :

– Tu sens quelque chose ?

– Je ne sais pas. Un peu de chaleur, peut-être.

L'expérience était si surprenante que Soléane ne songea pas à y mettre fin, tout entière concentrée sur les sensations de ses mains. L'exercice la détournait de ses préoccupations et cette parenthèse n'avait rien d'inconfortable.

C'est alors qu'elle sentit quelque chose. Une très légère secousse, à peine un frisson. Comme si le fil ténu de la vie qui grandissait dans le cocon venait lui chatouiller la peau.

À l'émotion qui s'affichait sur son visage, Johen comprit ce qu'il se passait.

– C'est la vie qui vibre comme ça. Elle chante.

Il ôta le cocon et replaça les paumes de Soléane autour du bambou.

– Et maintenant, tu sens ?

Elle resta silencieuse, appliquée à percevoir ce qui résonnait en Johen, mais que son corps lui refusait d'entendre. Puis elle remua la tête en laissant tomber ses bras.

– Rien du tout. C'est juste un bambou comme des milliers d'autres.

Il lui adressa une de ces grimaces emplies de mansuétude qu'on fait aux enfants trop petits pour comprendre.

– Non, c'est un bambou unique. Unique parmi des milliers d'autres.

Johen repoussa les raquettes qui traînaient au sol, ouvrit le sac qui se cachait en dessous et en sortit une trousse de cuir de requin nouée en son centre par un lacet de peau d'orque. À l'intérieur se déployait une impressionnante panoplie d'outils, tous sculptés dans des matières aussi précieuses que la nacre, le coquillage de mer chaude, le bois de l'arbre dessalant.

Chacun des objets, depuis la trousse jusqu'au plus petit outil, constituait une infraction majeure au droit d'exploitation des matières rares. Johen transportait dans son sac assez d'éléments pour être jugé en archapelle et condamné à être envoyé par le fond.

Pourtant, il ne porta aucune attention à la stupéfaction de Soléane. Penché vers le pied du bambou, il entama les fibres durcies à petits coups de scalpel.

À le voir travailler avec minutie, le regard enfiévré par l'enthousiasme de sa découverte, Soléane comprit enfin à qui elle avait affaire.

Elle demanda :

– Tu fais partie de la Guilde ?

25

Très vite, Soléane renonça à fausser compagnie à son sauveur. L'attitude surprenante de Johen l'inquiétait, mais bien moins que les pièges que lui réservait la trame fragilisée de la zone. Et puis les membres de la Guilde étaient réputés pour leur neutralité. Leur détachement des affaires quotidiennes revenait à cautionner les choix opérés par les autorités, mais Soléane supposa que Johen ne se sentirait pas investi d'une mission de délation à son égard. De toute façon, elle se sentait encore trop affaiblie pour affronter les dangers de la zone toute seule.

Depuis qu'il s'escrimait à taillader son bambou, Johen n'avait pas dit un mot.

Le frottement des outils sur le tronc avait eu raison de son épaisse écorce. Le bambou se trouvait désormais percé d'un trou d'une dizaine de centimètres de diamètre. À l'aide d'une lame abrasive, le garçon en polissait les contours, limant chaque écharde l'une après l'autre, malgré le grincement qui irritait les tympans.

Soléane avait bu, elle avait mangé, mais à sa proposition de partager ses provisions, Johen ne lui avait opposé qu'indifférence.

Il s'arrêta de sculpter le bambou en prononçant une phrase comme une prière :

– Que les vents t'épargnent, mon ami, et qu'ils te laissent pousser bien droit vers le ciel.

Le garçon avait passé tant de temps agenouillé qu'il peina à se relever. Ses mains prirent appui sur ses cuisses pour dérouler son dos ankylosé.

Alors seulement, il sembla se souvenir de la présence de Soléane dans son univers. Il hocha la tête dans sa direction :

– Tu as raison.

Elle lui jeta un regard interrogatif.

– J'ai raison à propos de quoi ?

– Je suis un apprenti de la Guilde.

Elle le dévisagea sans un mot. Avait-il conscience du caractère insolite de sa réaction ? Il répondait à la question qu'elle lui avait posée une heure auparavant, sans même faire l'effort de la reformuler. Son intervention sur le bambou avait-elle requis son attention au point qu'il en oublie le temps ?

Depuis des années qu'elle entendait parler des facteurs de la Guilde, elle n'en avait jamais rencontré d'autres que les orguéolistes qui venaient jouer en l'archapelle. L'organisation cultivait le secret ; on n'en connaissait qu'une chose, en plus de sa neutralité : la Guilde recueillait des orphelins et les formait à la facture et à la pratique de l'orguéole.

Cette maîtrise de la musique leur offrait le contrôle sur l'unique outil qui régissait la vie sur le Coracle et leur conférait ainsi un grand pouvoir. Pourtant, la Guilde ne se mêlait ni des affaires de l'Empera, ni de celles de l'Arche. Veillant à rester neutre, elle régnait sur les orguéoles, jamais au-delà.

Sa curiosité éveillée, Soléane demanda :

– Tu construis un orguéole ?

– Oh non ! Je suis encore trop jeune. C'est mon voyage d'apprentissage. Je cherche les meilleurs bambous dans les zones de régénération et je perce dedans un orifice du vent. Dans trois ans, quand ils auront poussé, je reviendrai les couper. Alors seulement, je créerai un orguéole. Et si j'ai bien choisi mes bambous, si je les évide sans les fendre, si je les accorde bien ensemble, mon orguéole possédera sa propre voix, et elle ressemblera à celle qui chante en moi.

Soléane hocha la tête. Elle ne savait rien des orguéoles, mais elle comprenait Johen au-delà des mots qu'il prononçait. Elle aussi aurait aimé œuvrer de telle sorte qu'elle soit en accord avec celle qu'elle était au plus profond d'elle-même. Mais la vie en avait décidé autrement, et elle était devenue fugitive.

Johen fouilla dans son sac pour en tirer une pochette de tissu. Il versa dans sa main une poignée des graines qu'elle contenait.

– Je vais les planter près du lieu de l'effondrement. C'est ainsi qu'on agit, nous, ceux de la Guilde : si on prévoit de couper un bambou, on le remplace à l'avance.

– Pas la peine… les bambous sont traçants. Ils poussent n'importe où !

– Justement, je plante des graines d'arbralgues. Dans trois cents ans, ils atteindront la taille de cet arbre dessalant !

– Dans trois cents ans, tu ne seras plus là pour le voir.

– Et alors, quelle importance ?

La sincérité de la question désarma Soléane. Elle se sentit égoïste, ne trouva rien à répondre. Johen vint à son secours :

– Et toi ? Raconte… Comment es-tu tombée dans ce piège de la trame ?

La demande d'explication de Johen ramena Soléane à des considérations plus urgentes. Un mensonge. Il lui fallait imaginer un mensonge.

Les mains du garçon rassemblaient l'humus autour des graines qu'il avait enfoncées dans le sol.

– Je suis herbière, dit-elle. Je cueillais des plantes qui ne poussent pas hors zone.

Il hocha la tête. Elle poursuivit :

– Tu ne diras rien, hein ? Je sais bien que ce n'est pas autorisé, mais c'est pour les malades des ossoudés. Je ne peux pas les abandonner, tu comprends !

– Je ne dirai rien, tu peux être tranquille. Que tu ramasses des herbes. Ou pas.

Un frisson parcourut la colonne vertébrale de Soléane. Il ne la croyait pas ! Il se doutait de quelque chose. Elle tenta de mimer l'indifférence, mais le rythme de sa respiration qui s'emballait la trahit. Johen ajouta :

– Je suis peut-être plus jeune que toi, mais tu me prends pour plus naïf que je ne suis, c'est tout. Mais j'appartiens à la Guilde. Je ne soufflerai pas un mot de ta présence ici, tu peux me faire confiance. Je suppose que ce n'est pas la peine de te proposer de m'accompagner jusqu'au bourg ?

Elle secoua la tête en signe de dénégation.

– Alors j'y vais. Sois prudente, Soléane !

Il ramassa le cocon qu'il avait déposé sur une branche et le lui tendit.

– Tiens, garde-le avec toi, en guise de souvenir… D'ici quelque temps, il devrait en sortir un papillon.

– Merci, Johen, accepta la jeune fille en glissant le cocon dans la poche de sa besace.

Johen ajusta son sac sur l'épaule et reprit son chemin, ses larges raquettes aux pieds, après un signe amical de la main.

Soléane enfila sa besace en bandoulière, tourna le dos au bourg et s'enfonça dans la zone. Seule, elle n'avait aucune chance de s'en sortir. Et Tyll avait besoin d'une bonne leçon. Elle finirait bien par le débusquer.

26

La zone n'avait rien à voir avec les descriptions qu'en faisaient l'archéole et les villageois. Il ne s'agissait pas d'un espace sauvage au sol épais et fertile susceptible d'accueillir les cultures lorsque les nutriments des champs se seraient épuisés. La couche d'humus était si fine qu'elle laissait la trame affleurer par endroits. Une végétation anarchique poussait à tout-va, avec ses racines dévastatrices. En se rapprochant du bord du Coracle, certains espaces étaient lessivés par les vagues, sans plus aucune protection pour empêcher la trame de se crevasser. L'océan pénétrait la zone lors des tempêtes, arrachant broussailles et algues folles. De larges pans de trame s'étaient déjà effondrés dans l'eau. Soléane évita soigneusement de s'approcher de ces lieux. Si seulement elle avait possédé les mêmes raquettes que Johen, elle aurait été plus sereine !

À chaque pas, elle tendait l'oreille, à l'affût des craquements. Elle marcha ainsi une heure durant. Une heure à sentir son cœur pulser ses vagues d'anxiété dans ses organes, ses muscles, ses os. Une heure à appréhender un nouvel effondrement.

La vigilance extrême dévorait la maigre énergie du repas qu'elle avait avalé tandis que Johen taillait son bambou.

Les arbralgues et les feuillus dissimulaient ses repères habituels. Même les collines de sel, qui culminaient à une centaine de mètres d'altitude, restaient invisibles.

Soléane s'arrêta un peu plus loin, assez longtemps pour que les oiseaux reprennent le cours de leur existence sans plus s'inquiéter de sa présence. Le tronc d'un feuillu déraciné par une tempête lui servit de siège.

À l'aide de son bambou pointu, elle fourailla jusqu'au cœur du bois d'arbralgue pourri. Larves et insectes en jaillirent en vagues successives avec une telle abondance qu'elle put choisir ses proies avec minutie.

Elle écarta ceux dont la consistance spongieuse l'écœurait ainsi que ceux, munis d'un dard, qui exigeaient une préparation et opta pour les coléoptères qui croustillaient sous la dent en dégageant leur saveur subtile. Sa collation s'acheva par quelques larves zendettes dont elle prit soin d'arracher la tête noire.

Les premières notes lointaines d'une mélodie d'orguéole déferlèrent sur la zone. Là-bas, au bourg, l'orguéoliste faisait courir ses doigts sur le clavier de corail. Dans les maisons, aux champs, autour des aires de pêche, femmes et hommes s'activaient. La vie continuait. Sans elle. Au moins savait-elle désormais dans quelle direction se situait Borho.

Soudain, des vocalises toutes proches la mirent en alerte ; quelqu'un chantait en suivant la musique d'orguéole. Une voix masculine, une voix jeune. Un sourire éclaira le visage de la jeune fille. Qui d'autre que Tyll aurait l'impudence de chanter ainsi sans avoir peur d'être repéré ?

Elle se mit en route, déployant un trésor de précautions à chaque pas.

Moins de cent mètres plus loin, elle s'immobilisa, les yeux grands ouverts devant la beauté du spectacle. Les bambous et les joncs encadraient une clairière inondée de soleil. Au centre, les arbres dessalants avaient poussé en arc de cercle, délimitant à leurs pieds une vaste cuvette d'eau douce. La voix jaillissait au cœur de ce lieu de rêve.

Depuis la rive opposée, Tyll la repéra et lui adressa un grand signe, l'invitant à l'imiter. Soléane réprima un cri vindicatif. Cet idiot s'apprêtait à plonger dans la vaste nappe d'eau potable.

Parmi toutes les matières précieuses, l'eau douce tenait une place à part. Des années s'avéraient nécessaires avant qu'un arbre dessalant remplisse son office. Et c'est une véritable forêt qu'il fallait pour transformer un réservoir d'eau de mer en eau potable. Et voilà que cet inconscient était prêt à contaminer en quelques minutes ce que la nature avait mis des lustres à créer !

Tyll plongea, indifférent à l'agitation de Soléane. Des vaguelettes concentriques ridèrent le lac à l'endroit où Tyll avait disparu. La jeune fugitive était partagée entre indignation et jalousie. Si elle avait su nager, elle aurait peut-être cédé à la tentation de s'immerger dans cette eau brillante de soleil. Mais elle avait refusé d'entrer dans le bassin d'élevage des poissons où tous les enfants du bourg apprenaient à nager. Tandis que ses amis s'amusaient en riant à barboter, chatouillés par les nageoires, elle restait sur le bord, sans même y tremper ses orteils. Soléane avait peur de l'eau. Presque chaque nuit, elle rêvait qu'elle tombait dans l'océan et qu'un monstre venu des profondeurs l'entraînait vers les abysses. Ce cauchemar l'effrayait trop pour qu'elle se risque à entrer dans l'eau, même dans un bassin où elle avait pied.

Elle contourna le lac jusqu'à gagner le lieu où Tyll avait posé ses vêtements. Quand l'orguéole cessa de jouer, le garçon remonta sur la berge, son sous-vêtement dégoulinant d'eau.

– Tu vois, je t'ai retrouvé, constata Soléane.

– Parce que je t'ai guidée, précisa Tyll. J'ai une jolie voix qui porte, pas vrai ?

– Tu viens d'abandonner lâchement une amie, et tout ce que tu trouves à faire, c'est pousser la chansonnette…

– Une amie ? Tu vas trop vite, on ne se connaissait pas il y a deux jours ! En plus, je savais que quelqu'un arrivait et te tirerait de là. Partir, ce n'était pas risquer ta vie, c'était sauver ma liberté. Il faut être prêt à tout pour rester libre, quand on est un fugitif.

Soléane haussa les épaules tandis que Tyll continuait à parler. Elle ne pouvait pas lui reprocher d'avoir refusé de risquer sa vie pour une inconnue. D'autant que, à l'écouter, elle comprit que Tyll avait assisté au sauvetage, tapis dans les broussailles, et qu'il ne l'avait quittée des yeux que lorsqu'elle s'était trouvée hors de danger.

– Qu'est-ce que tu comptes faire, maintenant? demanda-t-il.

Soléane prit une inspiration pour lui répondre, mais resta muette. Qu'allait-elle faire, maintenant? Elle l'ignorait. Elle n'avait pas eu le loisir de se poser la question, emportée par les épreuves qui ponctuaient sa fuite.

Elle savait que son projet d'échanger la pierre contre la clémence des autorités n'avait plus aucune chance d'aboutir maintenant qu'elle avait fui.

S'installer dans la zone semblait la solution la moins risquée, malgré sa récente expérience de la fragilité de la trame. Avec le temps, elle apprendrait à apprivoiser cet environnement hostile, surtout si Tyll acceptait de l'initier à cette vie de fugitif.

Mais comment rester en paix avec son esprit alors que sa mère lui avait confié une mission avant d'être arrêtée? Si au moins Soléane savait comment s'y prendre pour trouver ces insoumis.

Un brusque espoir jaillit en elle. Elle pressentait que Tyll était un fugitif de longue date. Si les insoumis étaient, comme elle le supposait, un petit groupe au sein des fugitifs, il saurait lui dire où les trouver.

– Et toi, qu'est-ce que tu vas faire? lui demanda-t-elle. Rejoindre les insoumis?

– Les quoi?

– Les insoumis, ces gens qui ne sont pas soumis, lança maladroitement Soléane.

– Pourquoi tu dis ça, tu les cherches ?

En l'absence de réponse, Tyll ajouta :

– Tes insoumis, je ne les connais pas. Moi, je fais partie des fugitifs, des gens qui fuient. Et tu connais la règle essentielle de survie pour les fugitifs ?

– Abandonner lâchement les autres ?

– Non, madame la râleuse, c'est de ne jamais se rhabiller avec un caleçon mouillé. Alors, ce que je vais faire, puisque tu me poses la question, mais que tu refuses de répondre à la mienne, c'est piquer un roupillon jusqu'à ce que je sois sec !

Sans plus s'occuper de Soléane, Tyll s'éloigna pour rejoindre un endroit inondé de soleil et, couché sur le côté, un bras replié sous sa tête, ne tarda pas à s'endormir.

Soléane soupira. La seule personne qui pourrait la renseigner sur les insoumis était sa mère. Lana pourrait lui expliquer d'où venait la pierre. Elle pourrait lui dire à quoi elle servait et s'il restait une petite chance d'échanger leur liberté contre sa restitution. À la simple idée de revoir sa mère, d'avoir de ses nouvelles, ou même de l'écouter parler, Soléane sentit sa gorge se serrer. L'envie de se rendre au laboratoire sans attendre grandissait. Mais le traqueur l'avait probablement placé sous surveillance. Se présenter là-bas revenait à se jeter dans ses bras !

La décision de Soléane germa lorsqu'elle posa son regard sur les vêtements de Tyll. Elle ramassa l'accoutrement du garçon, n'abandonnant sur le sol que le large bracelet de cuir.

Un aigle pêcheur, juché à la cime d'un arbralgue, exprima à grands cris son indignation. Soléane retint sa respiration, mais Tyll ne se réveilla pas.

Sans plus attendre, elle se déshabilla, enfournant sa tenue de fille dans sa besace. Puis, elle enfila celle de Tyll.

La sensation était curieuse : la tunique et le pantalon traditionnels des femmes étaient resserrés par un lacet à l'extrémité des jambes, des manches et au niveau de la taille. Ceux des hommes, au contraire, s'élargissaient aux poignets et aux chevilles.

D'un geste, Soléane dénoua son chignon. La pierre de Terre tomba dans sa paume. La chevelure rassemblée dans sa main gauche, elle entreprit de se recoiffer selon les règles des hommes : un chignon implanté en bas du crâne.

La douleur se réveilla lorsqu'elle effleura le triangle de peau brûlée qui ornait sa nuque. Un sourire amer se dessina sur ses lèvres. Elle avait été si heureuse d'être déclarée saine ! Mais c'était toute sa vie que la brûlure avait embrasée !

Elle n'était pas fière de ce qu'elle venait de faire, mais elle songea que ce n'était qu'un juste retour des choses. Voler ses vêtements ne menaçait pas la vie de Tyll. Et il était le premier à dire qu'un fugitif doit être prêt à tout.

Sa pierre bien serrée à l'abri du chignon, Soléane passa sa tête dans la sangle de sa besace. Elle avança en direction des embruns puis longea le bord de trame à distance jusqu'à croiser l'orée de la zone. Un peu plus loin, elle distinguait la piste couverte de bambou qui menait au bourg.

Juste avant de quitter la zone, elle cueillit une brassée de joncs-goliaths et entama leur écorce. La sève des végétaux suinta le long des entailles qu'elle avait tracées. Elle s'en barbouilla le visage. En séchant, la substance rétracta les chairs et forma des sillons similaires à des rides. Petite fille, elle s'était amusée plus d'une fois avec ses amis à se déguiser ainsi. Aujourd'hui, il n'était plus question de jeu. Encore quelques feuilles de bambou, qu'elle tressa en l'un des chapeaux que les hommes portaient aux champs et à la pêche, et elle fut prête.

Le traqueur attendait une jeune fille ?

Qu'il attende.

C'est un vieil homme qui se montrerait.

27

Le soleil écrasait la piste sous un air moite et collant. Seule la vue de l'océan offrait l'impression d'une once de fraîcheur. Soléane tamponna la peau de son visage avec l'écharpe sortie de sa besace en veillant à ne pas en ôter la sève de jonc-goliath.

À chaque pas, les habits de Tyll se collaient à sa peau humide. La chaleur inhabituelle de cette fin d'après-midi n'était pas l'unique responsable de sa transpiration. Soléane suait de peur.

Durant ses deux heures de marche sur la piste entre la zone et le laboratoire, elle avait aperçu deux hommes, une femme, un groupe d'enfants. La tête penchée vers le sol, le dos courbé, les épaules enroulées, elle avait lutté contre l'envie folle d'abréger la rencontre en se sauvant aussi vite que possible. Mais nul ne court quand il fait chaud, encore moins un vieil homme.

Elle s'était concentrée sur l'ombre d'un oiseau volant en cercles réguliers dans le ciel. La raison l'avait emporté. Nul ne fuit lorsqu'il est innocent.

La démarche lourde et lente qu'elle avait adoptée, cette démarche caractéristique des ossoudés, lui avait évité des regards trop appuyés. Ceux qui la croisaient détournaient les yeux. La chaleur et le tonnerre qui grondait au loin les incitaient à ne pas s'attarder. L'orage menaçait. Elle avançait.

Enfin, elle atteignit sa destination. Un troupeau de pondeuses se tenait tassé à l'ombre d'un appentis placé au sein d'une grande cour encadrée par les deux bâtiments du laboratoire : un local technique et une bâtisse d'habitation. Les volatiles sentaient la tempête arriver sans pouvoir s'échapper : de hauts murs d'enceinte en fermaient l'accès.

Soléane observa la construction qui hébergeait les laitières, un long rectangle aux murs de sel percé de quelques fenêtres haut perchées, trop pour qu'elle puisse envisager d'y accéder en escaladant les murs lissés par les vents.

La tension monta brutalement ; Soléane sentit palpiter une veine dans son cou. Elle traversa la cour déserte jusqu'à la porte formée de lanières de tissu léger qui empêchait les insectes de pénétrer dans le bâtiment.

Un ultime contrôle de son apparence – vêtements, position du chignon, chapeau de jonc tressé, peau ridée – et elle entra.

Le contraste de luminosité l'obligea à s'immobiliser le temps que ses yeux s'habituent à la pénombre du hall. Sur sa droite, une femme demanda :

– Vous désirez, monsieur ?

Soléane s'approcha de la banque d'accueil d'une lente démarche de malade, le visage baissé, et s'exprima avec une voix la plus grave possible.

– Bonjour, ma fille est la sœur de lait d'une de vos nouvelles laitières. Elle voudrait savoir quand elle peut emmener le petit voir sa mère.

D'un coup d'œil, Soléane vit la femme de l'accueil l'observer en plissant les paupières. L'évidence lui sauta aux yeux. Son plan ne pouvait pas marcher ! Quelle fille sensée enverrait son vieux père malade marcher pendant des kilomètres sous une chaleur étouffante pour obtenir un petit renseignement ?

Sous l'effet de sa découverte, elle recula d'un pas. Malgré le manque de lumière, le subterfuge du jonc-goliath ne résisterait pas à une exploration plus poussée. Que l'hôtesse appelle le gardien et c'en était fini de sa liberté !

Soléane déploya un gros effort pour s'obliger à ne pas partir en courant.

– Le nom de la laitière ?

– Lana.

Un grognement dubitatif accompagna la consultation du registre. L'hôtesse suivait des lignes de noms du bout de son doigt.

– Lana, Lana, Lana, Lana... Non, pas de Lana.

– Mais, pourtant...

Soléane se tut brusquement. Sous l'effet de la surprise, elle avait repris son timbre plus aigu.

La femme semblait n'avoir rien remarqué et demanda :

– La date de son arrivée ?

– Il y a trois jours, répondit Soléane, la voix grave et le dos courbé.

– Trois jours ?

Après un regard autour d'elle, l'hôtesse se leva, contourna la table qui la séparait de Soléane et posa une main sur son épaule.

– Peut-être que j'ai vu le traqueur débarquer une femme, lui chuchota-t-elle à l'oreille. Et peut-être qu'elle est pas restée là plus d'une nuit. Peut-être même qu'elle a pas été enregistrée, à cause qu'elle était fichée. OK ?

Soléane hocha vivement la tête.

– Peut-être aussi qu'un traqueur du Palatréa est venu l'emmener. Peut-être, hein, je peux pas le jurer, ni rien.

La déception envahit les traits du visage de Soléane. Bien sûr ! Le risque d'évasion était trop élevé pour que les traqueurs acceptent que sa mère continue à donner son lait au laboratoire. Mais que faire, désormais ? Le Palatréa était à l'autre bout du Coracle ! Et les lieux étaient forcément bien gardés.

Un violent coup de tonnerre éclata dans le ciel. L'orage s'approchait.

L'hôtesse attrapa le bras de Soléane pour la conduire jusqu'à la sortie. Elle murmura :

– Le traqueur de Borho a demandé à être prévenu au cas qu'une jeune saine se présente. Vu que t'as une tête de vieil homme, peut-être que je vais me rendre compte que t'es une jeune saine seulement à la fin de la journée. Alors file, petite, et vite ! Avec l'orage, faut te mettre à l'abri. Et la prochaine fois que c'est qu'tu veux passer pour un homme, pense à te bander la poitrine ! On n'a jamais vu un gars en avoir comme ça !

– Un problème ?

Soléane reconnut le traqueur à l'instant même où il posa cette question. Sans l'hôtesse d'accueil, elle serait déjà partie en courant, portée par la panique et l'instinct de fuite. Mais la femme serra son bras si fort que Soléane sentit ses ongles s'enfoncer dans sa chair. La douleur l'aida à reprendre ses esprits.

– Tout va bien, Cobugès, annonça l'hôtesse, je raccompagne ce brave homme.

Elle marcha à petits pas jusqu'à la porte alors que Soléane s'attendait chaque seconde à être reconnue. Elle s'étonnait que le traqueur n'entende pas son cœur tambouriner dans sa poitrine tant il résonnait fort dans sa tête.

– Merci ! s'exclama-t-elle d'une voix enrouée en franchissant les lanières de la porte que l'hôtesse soulevait.

– À votre service, monsieur, en vous souhaitant une agréable fin de journée.

28

La démarche de Soléane sur la piste, mêlant le pas et la course, donnait corps au combat qui se déroulait en elle : sa raison la poussait à continuer à jouer au vieil homme malade tandis que sa peur l'incitait à s'enfuir aussi vite que possible. Instinctivement, elle s'était dirigée à l'opposée du bourg. Mais pour aller où ?

Sans s'arrêter, Soléane mit sa main en visière pour fouiller les alentours du regard. L'air chaud du Coracle se troublait sous l'effet des rayons du soleil. En cette fin d'après-midi, la chaleur avait encore augmenté, insoutenable. L'atmosphère lourde présageait d'un de ces violents orages, si fréquents lorsque le Coracle voguait le long des courants glacés.

Sous ses pieds, Soléane sentait déjà les oscillations du Coracle malmené par les vagues. Dans quelques heures, au plus fort de la tempête, des murs d'eau déferleraient sur les côtes, entraînant maisons et végétation, arrachant des pans de la trame fragilisée par le temps.

Mais la tempête n'était pas la menace la plus immédiate.

En se retournant, Soléane aperçut la silhouette d'un homme galopant sur une pondeuse. Sa tunique rouge flottait au vent. L'uniforme du traqueur.

Que Cobugès ait eu un doute sur l'identité du vieil homme ou que l'hôtesse ait parlé, la raison de sa présence n'avait pas d'importance. Seul comptait le fait qu'il montait une pondeuse tandis que Soléane allait à pied.

La jeune fille n'eut pas besoin de réfléchir. Elle sortit de la piste, courut dans les champs, sans un regard vers la trame, droit vers les montagnes de sel. Elle comptait sur la prudence de la pondeuse qui, d'instinct, ralentirait l'allure dès qu'elle poserait une patte sur la trame. Elle comptait surtout sur la chance pour s'en sortir vivante.

Si elle parvenait à atteindre les montagnes, Cobugès serait obligé de mettre pied à terre. Les pondeuses refusaient de pénétrer au sein de ce désert stérile et sans vie dans lequel seuls les non-voulus s'aventuraient pour porter les excédents de sel raclé dans les champs. Alors peut-être réussirait-elle à courir assez vite pour empêcher le traqueur de la rattraper ? La probabilité était mince. Mais c'était sa seule chance.

Ses pieds écrasaient les bulbes, ses mains écartaient les plants. Soléane courait avec l'énergie du poisson qui fuit son pêcheur. Un mouvement du sol la déséquilibra, les vagues de la tempête soulevaient le Coracle tout entier. Elle se redressa. Il n'était plus temps de penser. Courir, il fallait courir.

Derrière elle, le traqueur se rapprochait.

La pluie s'abattit brutalement, drue et épaisse, gorgée du froid glacé de l'altitude.

Soléane tenta d'accélérer encore. L'air lui manquait, ses poumons la brûlaient, une douleur lancinante au côté la faisait grimacer. Dans le vacarme des vents soufflant à ses oreilles, au milieu de la soudaine obscurité du ciel d'orage, elle avança, le buste plié vers l'avant, luttant contre les rafales.

Comme elle l'avait prévu, la pondeuse ralentit le pas. Dans la pluie froide qui s'abattait sur elle, Soléane entendit le traqueur hurler son nom. Les sons qui parvenaient jusqu'à elle, ce « o-ane » qui franchissait le torrent d'eau qui les séparait, l'encourageaient à ne pas lâcher.

Sa volonté inondait chaque cellule de son corps, aiguillonnant ses muscles, étouffant ses douleurs. Soléane ne courait plus que par la force de son esprit. Son corps était épuisé.

Enfin, les collines de sel ouvrirent une vallée devant elle.

Soléane s'y engouffra, malgré l'atmosphère lourde et sinistre qu'elle sentit peser sur ses épaules. La pénombre ajoutait à l'ambiance oppressante. Les lieux manquaient d'odeurs, de couleurs, des saveurs de la vie. Seul le vacarme de la pluie et du vent emplissait l'atmosphère.

La fugitive essuyait les gouttes de son front. Sa main s'en trouvait couverte de petites boulettes grisâtres formées par la sève de jonc-goliath. Soléane la frottait sur la tunique avant de recommencer. Elle ne pouvait s'arrêter malgré les yeux qui la piquaient et sa vision brouillée.

Une nouvelle fois, elle se retourna.

Entre les hautes parois des deux géants de sel, elle scruta l'horizon noir de la tempête. Il n'y avait personne. Un soubresaut du Coracle la fit trébucher sur un petit pavé de sel. Elle tomba brutalement, les mains en avant. Quand elle tenta de se redresser, son corps éreinté se déroba à sa volonté.

29

L'après-midi était loin d'être achevé et, pourtant, elle dormit.

Malgré la pluie, malgré le tonnerre qui fracassait le ciel, malgré le traqueur qui se tenait peut-être en embuscade, Soléane plongea dans un sommeil sans rêves ni cauchemars.

Dès son réveil, effrayée à l'idée que la nuit pourrait bientôt tomber, elle se redressa. Le traqueur n'était pas en vue, il s'était probablement abrité en attendant que le plus gros de la tempête soit passé. Il fallait qu'elle s'éloigne et se cache avant que la tempête ne cesse et que le traqueur ne puisse reprendre sa traque, sans quoi Cobugès ne rencontrerait plus aucune difficulté à la retrouver.

D'une démarche heurtée, en raison de ses muscles douloureux, elle se remit en marche au cœur de la vallée dessinée par les deux montagnes de sel.

Lorsqu'elle déboucha de l'autre côté, le spectacle qui l'attendait la surprit au point qu'elle s'arrêta pour le contempler. Malgré la pluie, elle reconnut un paysage de désolation.

Devant elle, des rampants s'étendaient à perte de vue. Soléane en avait déjà vu autour de Borho, bien sûr, mais jamais sur de telles surfaces ! Elle avait souvent entendu l'archéole décrire les effets néfastes de la plante. Les longues tiges feuillues pompaient l'eau du sol et sinuaient sur des centaines de mètres de distance en étouffant toute autre végétation. Présents en excès, les rampants acidifiaient le sol et laissaient dans leur sillage des flaques d'un liquide corrosif. Soléane avait souvent soigné les mains ou les pieds des enfants qui s'étaient aventurés dans des espaces colonisés par les rampants.

Sans l'intervention des non-voulus pour en débarrasser la surface, le Coracle serait depuis longtemps devenu un désert de sel, sec et stérile.

Soléane découvrait que cette prédiction que Sem-Archéo assénait pendant l'office pour inciter les cultivateurs à travailler dur était en train de se réaliser. Rien d'autre ne poussait ici que ces rampants à la sève toxique que ni les hommes ni les animaux ne pouvaient manger.

Elle reprit sa course en accélérant malgré la sensation de brûlure dans ses poumons et le poing de côté qui irradiait à nouveau dans son ventre. Elle laissa les montagnes de sel derrière elle pour s'engager dans les rampants, ignorant où elle allait, n'ayant à l'esprit qu'une idée : s'éloigner du traqueur.

Obsédée par cet objectif, elle ne prit conscience d'une présence que bien trop tard pour s'enfuir. Elle se retourna, ses espoirs s'effondrèrent à la vue d'une tunique rouge avant de recommencer à palpiter en reconnaissant celui qui la portait. Elle s'arrêta et attendit que la pondeuse la rejoigne.

– Tyll ? Mais qu'est-ce que tu fais ici ?

– Quand j'ai vu que tu allais traverser les montagnes de sel, j'ai préféré faire demi-tour. Avec la pondeuse, ça n'a pas été si long de les contourner. La preuve : je me suis planqué, j'ai attendu que tu ressortes de l'autre côté et hop, me voilà !

– C'était toi ? C'était toi qui me poursuivais ? Mais tu es fou ! J'ai failli me tuer en tentant de te fuir ! Qu'est-ce qui t'a pris de me suivre déguisé en traqueur ?

Soléane bouillonnait. Malgré son soulagement, elle en voulait à Tyll de la frayeur qu'il avait provoquée et des douleurs qu'elle avait endurées pour lui échapper.

– Tu crois que j'avais le choix ? demanda Tyll, que la fureur de Soléane avait contaminé. Je te rappelle que tu m'as volé mes habits ! Et se balader en sous-vêtements dans la zone, c'est pas une promenade de santé. J'ai volé la première tenue qui m'est tombée sous la main pour récupérer la mienne. Et puis, je t'ai appelée, je te signale. J'ai hurlé ton nom, mais toi, tu continuais à fuir ! Maintenant, tu vas me rendre mes vêtements. Tout de suite.

– Tes vêtements ? Tiens, les voilà !

En une succession de gestes rageurs, Soléane ôta la tunique et le pantalon trempés et les jeta à la figure de Tyll.

– Tu pourras enfiler ceux-là, rétorqua Tyll en enlevant à son tour la tenue de traqueur dégoulinante qu'il portait. Je suis sûr qu'ils iront comme un gant à ton sale caractère ! Et n'oublie pas de remercier ton ami Cobugès pour son prêt.

La tunique rouge sang détonait sur les tons gris du ciel de tempête. Soléane se calma brusquement à la mention du nom du traqueur.

– Comment as-tu eu cette tunique ? demanda-t-elle.

– Après ton départ, j'ai retrouvé ta trace assez vite. Heureusement que j'ai reconnu ta besace parce que tu jouais ton rôle de petit vieux à merveille ! Comme j'étais à moitié à poil, je devais me cacher dans les champs à chaque fois que j'apercevais quelqu'un sur la piste. On peut dire que tu m'as fait courir ! Je suis donc arrivé au labo alors que tu en sortais. J'allais t'alpaguer pour te dire ma façon de penser quand j'ai vu Cobugès sortir à son tour. Il te regardait fixement. Ensuite, il a disparu quelques instants en tenant une tourterelle messagère dans les mains. J'imagine qu'il demandait à ses copains de rappliquer vite fait pour te traquer. Il l'a lâchée. Quand je l'ai vu prendre une pondeuse, j'ai compris que tu n'avais aucune chance. Par un hasard incroyable, sa tête a heurté mon gourdin. Pauvre homme ! À cette heure-ci, il doit être raide comme un bambou en travers du chemin.

– Tu l'as tué ?

Le ton de Soléane dévoila son dégoût. Tyll abandonna aussitôt l'ironie guillerette avec laquelle il narrait ses aventures pour adopter une attitude provocante.

– Qu'est-ce que ça peut te faire ? Ça te gêne ?

– Je ne sais pas. C'est vrai qu'il est... Mais c'est un homme, quand même.

– Ce que tu peux être naïve ! s'énerva Tyll. Je te rappelle que tu es une fugitive et, crois-en mon expérience, ce n'est pas en prenant en pitié tes ennemis que tu réussiras à survivre ! Mais si ça peut te consoler, il était encore en vie quand je suis parti.

– Je ne suis pas naïve. J'ai des principes et tuer n'en fait pas partie. Et puis, je ne t'ai rien demandé ! Mais merci quand même.

La pluie changea de régime. Ce n'était plus l'averse d'orage mais cette petite pluie fine et continue qui semble ne jamais vouloir s'arrêter.

Un silence glacé sépara les deux compagnons de route. Tyll enfila ses vêtements mouillés dont les manches dissimulèrent son large bracelet de cuir, tandis que Soléane sortait les siens de sa besace en laissant ceux du traqueur sur le sol.

La stupéfaction laissait la jeune fille pantoise. Qu'est-ce qui lui prenait de s'énerver contre Tyll ? Sans son intervention, elle serait déjà aux mains du traqueur !

Quand elle releva la tête, ses lèvres tremblaient.

– Excuse-moi, Tyll. Sans toi, je... Enfin, je veux dire... Tu vois... Bref, merci. Mais tu ferais mieux de ne pas rester là. La tempête a peut-être retardé un peu la tourterelle, mais elle doit être arrivée maintenant. Les autres traqueurs ne vont pas tarder à rappliquer.

Tyll éclata de rire.

– T'inquiète pas pour l'oiseau. Un ami à moi s'en est occupé !

– Un ami à toi ?

– Ce serait trop long à t'expliquer. Viens, on va se chercher un coin pour dormir. Et là, je te le présenterai.

Sans rien comprendre à ce mystère, Soléane approuva d'un signe de tête. Un sentiment étrange l'envahit, comme si quelqu'un venait de lui faire part d'une nouvelle rassurante. Elle se concentra pour essayer de comprendre d'où lui venait cet apaisement. Et soudain, elle saisit. La pluie ! La pluie avait enfin cessé.

30

Les habitants s'étaient réunis sous la Grandarchapelle du bourg de Palatréa. Malgré la foule, l'immense construction de sel était loin d'être remplie. Le bâtiment avait été construit pour accueillir ceux des quatre bourgs lors des cérémonies de changement de saison.

À quelques pas du puits des courants, le GrandArchéole officiait. Il était installé debout, tandis que l'Empera se tenait assis à ses côtés, sur un siège d'apparat. Le chef de l'exécutif avait les yeux entrouverts mais son esprit était ailleurs, égaré dans un autre monde.

Après les premières phrases rituelles bruissèrent les murmures blasés de l'assemblée. Les chants résonnaient à peine, écrasés par le son de l'orguéole.

Le peuple n'avait plus le cœur à honorer les dieux alors que l'avenir si terne n'offrait d'autre perspective que de revivre, jour après jour, le même présent épuisant. La fatigue pesait sur les épaules. Elle étouffait les émotions. À quoi bon se révolter ?

Les habitants supportaient les ritournelles qui orientaient chacun de leurs pas, comme on s'attache à une routine pour mieux supporter une vie sans espoir.

Le peuple écouta le GrandArchéole lire la légende de la Terre et annoncer que le Coracle, un jour, atteindrait ses rives.

Il l'écoutait sans savoir que, tel un iceberg rongé par les courants chauds, le Coracle était prêt à basculer et à les précipiter au fond de l'océan. Sa trame achevait de se déliter sous l'effet des puissants courants chauds et froids qui se percutaient en cet endroit de l'océan.

Quand l'office se termina, hommes, femmes et enfants quittèrent la Grandarchapelle, sans précipitation, sans bruit, sans paroles.

Le GrandArchéole laissa l'Empera regagner sa chambre dans les mains de ses porteurs. Il était temps pour lui de rejoindre les archéoles dans la salle du forum. Le nouveau rapport qu'il avait commandé sur les insoumis était achevé. Il avait hâte d'en découvrir les conclusions.

– Je suis inquiet, Sem-Archéo.

Debout dans un coin de la pièce, une tasse d'algues brunes à la main, le GrandArchéole discutait en aparté avec l'archéole de Borho.

– Tu as senti l'assemblée de ce matin ? L'espoir est trop mince, les habitants trop résignés, reprit-il. Ce n'est pas bon ! Si le peuple ne craint plus rien, le risque de révolte s'accroît. Il suffirait d'une petite étincelle pour tout embraser. Les insoumis pourraient en être une.

– Jadus, qui a mené l'enquête, a des retours rassurants à ce sujet.

– Bien, bien, répondit le GrandArchéole, on va voir ça. Mais ça ne suffit pas. Il faut donner aux habitants de quoi palpiter, de quoi s'émouvoir, de quoi expurger la colère qui se cache derrière la résignation.

– On leur ment déjà sur l'essentiel.

– Non, non, il faut plus que ça, il faut du spectaculaire. Je me demandais s'il ne serait pas temps de remettre au goût du jour les sacrifices ? Si un insoumis paye le prix du sang, on marquera les esprits en plus de décourager les vocations à la révolte.

Sem-Archéole resta silencieux. Cela faisait bien longtemps qu'aucun homme n'avait été précipité dans un puits du courant dans l'objectif d'amadouer les dieux du vent. Ces pratiques étaient d'un autre âge. Mais le GrandArchéole semblait y réfléchir sérieusement.

– Il ne faudrait pas que ce soit n'importe qui, murmura-t-il comme s'il se parlait à lui-même, il faudrait quelqu'un d'emblématique.

Sa voix adopta une puissance nouvelle pour signaler la fin de l'aparté et décréter :

– Il est temps de commencer le forum. Asseyez-vous. Jadus, nous vous écoutons !

Le dignitaire religieux avait convoqué le chef de la petite armée du Coracle à la table du forum des archéoles. Jadus, qui dépendait de l'autorité de l'Empera, ne s'était jamais plié de bon cœur à l'autorité du GrandArchéole. Cependant, l'état de santé de l'Empera ne lui laissait pas le choix. Depuis treize années, il prenait donc ses ordres auprès de l'Arche.

Jadus déroula au centre de la table une grande carte esquissée à l'encre de seiche sur un parchemin en fibres de bambou.

Il s'exprimait de manière claire, indiquant du bout d'une baguette toutes les zones que sa troupe avait fouillées à la recherche des insoumis. Le GrandArchéole soupçonnait un rassemblement de leurs membres en un lieu unique. Cela l'inquiétait bien plus que de savoir quelques révoltés disséminés dans les bourgs.

– Le ratissage a été systématique, à l'exception de certains secteurs des rampants trop inextricables dans lesquels aucun homme n'aurait pu se glisser. Au sein des bourgs, des signalements de bons citoyens ont permis d'aboutir à l'arrestation d'une dizaine de personnes. Elles ont été remises au traqueur du bourg pour intégration à une équipe de non-voulus. Dans les zones de régénération, quarante-deux fugitifs ont été trouvés. La plupart n'ont pas survécu à la traque. L'un d'entre eux a été blessé, mais n'a pas été capturé, malgré les recherches. Il est probable qu'il ait traversé la trame en une fissure trop étroite pour qu'on la détecte. Aucun rassemblement d'hommes n'a été vu ni entendu. Le seul espace dans lequel pourraient s'être réfugiés les insoumis, s'ils existent vraiment, est la presqu'île.

– Bon travail, Jadus, approuva le GrandArchéole. Pensez-vous qu'il reste des insoumis dans les bourgs ? Certains ont pu être assez discrets pour ne pas se faire repérer.

– C'est possible, oui. Mais si tel est le cas, ces hommes se trouveraient muselés. Après le ratissage systématique que nous avons opéré, je doute qu'ils courrent le risque de se faire remarquer en parlant autour d'eux. Je pense qu'il n'existe ni organisation, ni même de groupe structuré. Les insoumis semblent être une légende issue des histoires racontées par les fugitifs qui ne s'appuient que sur quelques hommes révoltés au sein des bourgs.

– Sauf s'ils ont colonisé la presqu'île.

– Comme je vous le disais, GrandArchéole, des hommes peuvent s'être regroupés sur le territoire au-delà de la grande fissure. Si c'est le cas, très bientôt, quand cette portion du Coracle se sera détachée, nous n'entendrons plus parler d'eux.

– Il n'est pas question d'attendre, intervint le GrandArchéole. Envoyez vos troupes là-bas pour vérifier ce qu'il en est, et pour les arrêter si leur présence est avérée.

Un long silence suivit cet ordre. La presqu'île constituait un territoire qui s'était progressivement séparé du Coracle jusqu'à n'y être plus rattaché que par une mince portion de trame. Le chef de l'armée hésita à répondre, mais l'invraisemblance de cette demande lui semblait si évidente qu'il préféra faire part de son opinion.

– Le surpoids de la troupe sur le sol pourrait accélérer le processus de détachement. Le morceau de trame qui relie encore la presqu'île au Coracle est au bord de la rupture.

– Et alors ? interrogea le GrandArchéole d'un ton sévère.

– Il serait moins risqué de détacher la presqu'île. Car si mes soldats s'y engagent pour la fouiller et qu'à ce moment-là elle se sépare du Coracle...

– Je n'ai que faire des hommes ! l'interrompit le GrandArchéole en tapant du poing sur la table. Seuls les dieux décident de notre destinée. Les hommes l'accomplissent, car telle est leur raison d'exister. L'auriez-vous oublié, traqueur Jadus ?

– Non, balbutia Jadus, je ne l'ai pas oublié. Le chef des soldats déglutit et affermit sa voix pour annoncer : j'ai bien noté la mission que vous me confiez et j'en suis honoré. J'enverrai la troupe à la recherche des insoumis sur la presqu'île.

Tahis poussa la porte de la salle, un plateau de galettes de miel à la main. D'un signe, le GrandArchéole demanda que la réunion s'interrompe. La femme fit le tour de la pièce, distribuant les pâtisseries.

Dès qu'elle ressortit, elle colla son oreille sur le battant. Les voix, indistinctes, ne lui permettaient pas de saisir les échanges. Elle traversa l'archapelle et monta sur la galerie. Là-haut, l'orguéoliste aveugle n'avait pas quitté son poste. Il laissait ses doigts courir sur le clavier de l'instrument éteint.

Tahis prit place à ses côtés.

– C'est moi. C'est Tahis.

L'homme hocha la tête. Ses mains suivaient une partition jamais écrite, jamais apprise. Il jouait, mais seul le silence résonnait.

Tahis regardait ses doigts danser sur les touches de corail. Elle sentit une vague de liberté l'emporter tandis qu'une résolution grandissait en elle.

Pour Jemuel, pour ses fils, elle serait forte.

31

L'essoufflement gagnait Soléane tandis qu'elle poursuivait la pondeuse que Tyll avait relâchée. Concentrée pour ne pas se laisser distancer, elle avait renoncé à imiter la démarche aérienne du fugitif : un premier contact avec le sol du bout des orteils prolongé par un appui de l'ensemble du pied, alors seulement le deuxième décollait du sol. Les mouvements, forgés par la nécessité, allaient à l'opposé d'une allure naturelle. Ils permettaient de réagir très vite à tout craquement suspect.

Tyll se retourna vers Soléane et, d'un geste du bras, l'engagea à accélérer.

– Faut pas la laisser s'échapper ! De toute façon, il y a peu de danger de crevasse ici. C'est l'avantage des rampants, ils poussent en couche et répartissent notre poids sur une plus grande surface.

– Tu sais… où… elle va ? réussit-elle à demander en trois respirations heurtées.

– Elle a dû repérer des nids. Avec un peu de chance, il y aura une omelette au menu de ce soir.

Le souffle court, la jeune fille renonça à répondre. Elle se sentait à bout de forces, mais elle savait que plus ils s'éloignaient de la piste, moins ils risquaient d'être repérés. À cette idée, elle jeta un œil alentour. Une lueur irisée attira son attention. L'espace d'un instant, la luminosité grise et terne s'était réfléchie sur une surface lisse en un brillant éclat.

– Tyll, attention devant !

Tyll s'immobilisa aussitôt.

– À deux mètres de toi, sous les rampants, je crois que c'est une flaque acide !

L'explication de Soléane fit reculer Tyll de deux pas.

– Eh ben ! Heureusement que tu étais là !

Dire qu'il avait failli enfoncer un pied dans ce bain mortel ! Il suffisait d'observer les cadavres d'oiseaux grisâtres jalonnant les berges de la mare pour comprendre à quoi il avait échappé. Même s'ils parvenaient à sortir du lac, faute d'eau douce pour se rincer, les pauvres volatiles se déshydrataient et se trouvaient réduits en moins de deux jours à de hideuses momies séchées.

La pondeuse avait contourné la mare pour s'arrêter à quelques mètres du bord. Elle fouillait le sol du bec, à la recherche d'algues, d'insectes et de plancton. Près d'elle, un grand amoncellement de brindilles sèches formait un cercle qui recouvrait les rampants.

– Voilà le nid, annonça Tyll.

– On dirait qu'il y a des œufs.

– Oui, trois, peut-être même quatre. Ça te dit d'en piquer un, Soléane ? Il faudra faire vite, pendant que je détourne son attention.

Malgré des années de domestication, la pondeuse n'avait rien perdu de l'instinct nomade qui la poussait à chercher un nid à la nuit tombée. Elle y couvait les œufs laissés aux soins du hasard par d'autres pondeuses.

Tandis que Tyll s'approchait paume ouverte du volatile affamé, la jeune fille se glissa sans bruit jusqu'au plus proche tas de brindilles recouvert de plumes. En son centre trônaient trois énormes œufs. Soléane s'agenouilla, en emmaillota un dans une tunique, le glissa sous son bras et s'éloigna.

L'oiseau s'était approché de Tyll et émit un piaillement de frustration devant sa main vide. Le tour était joué.

Par chance, l'œuf n'était pas fécondé. Faute de feu pour le cuire, Tyll cassa le haut de la coquille et mélangea le blanc au jaune. Assis au milieu des rampants, les deux fugitifs burent chacun leur tour dans ce récipient improvisé. Soléane avala sa dernière gorgée avec un soupir de satisfaction. Un estomac plein valait tous les discours d'espoir ! Tyll sortit de sa besace une petite cage aux fins barreaux de bambou.

– Tu comptes enfermer qui, là-dedans ? demanda Soléane

Le garçon esquissa un sourire énigmatique. D'un doigt posé sur ses lèvres, il l'invita au silence. Une minute plus tard, un concert de grillons s'élevait entre eux. Soléane observa de plus près le contenu de la cage.

– C'est une prison à grillons ! La nuit où le traqueur m'a menacée chez moi, j'ai entendu des grillons. C'était toi ?

– Tu les trouves beaux ?

– Appétissants, oui. Mais rassure-toi, je ne vais pas te les manger.

– Tant mieux, parce qu'ils ne te sont pas destinés, ils sont pour l'ami que je vais appeler.

Dès la fin de sa phrase, Tyll glissa deux doigts dans sa bouche et tendit son bras vers l'avant. Son long sifflement monta à l'assaut du ciel comme une note d'orguéole. Puis ce fut le calme. Même les grillons s'étaient tus.

Soléane s'apprêtait à protester contre ce bruit qui risquait d'attirer l'attention des traqueurs lorsqu'un mouvement dans le ciel suscita son inquiétude. Un oiseau volait dans leur direction. En quelques battements d'ailes, sa silhouette sombre piqua vers les deux amis. La jeune fille protégea son visage de son bras plié. Une tempête de plumes et d'ailes s'était abattue sur eux. Dès le calme revenu, elle regarda.

Juché sur le manchon de cuir de l'avant-bras de Tyll, un aigle pêcheur l'observait, identique à celui qu'elle avait croisé dans la zone.

Jamais encore la jeune fille n'en avait vu un de si près. Son bec courbé souligné de jaune, ses petits yeux brillants à l'affût, son plumage brun et sa queue blanche lui conféraient une allure majestueuse.

Tyll savourait la stupéfaction qu'il lisait sur les traits de Soléane. Il ouvrit la trappe de la cage à grillons. L'aigle y enfourna son bec avec appétit.

– Je te présente Galil. Mon père l'a recueilli alors qu'il n'était qu'un oisillon. Il est plus que mon ami, il est mes yeux, mes oreilles, mon nez. Sans lui, les traqueurs m'auraient déjà capturé cent fois ! C'est lui qui s'est occupé de la tourterelle messagère de Cobugès.

– Un grand merci, Galil !

Soléane tendit une main hésitante vers l'oiseau, mais un rapide coup de bec lui entama la peau jusqu'au sang.

– Désolé, annonça Tyll, c'est un méfiant qui n'a pas l'habitude d'avoir de la compagnie. Il est comme moi, finalement !

– Je te trouve un chouïa moins agressif !

Ils rirent tandis que l'aigle, d'ordinaire friand de poissons, semblait également apprécier les grillons.

Quand l'aigle rassasié reprit son envol, Soléane s'étonna que Tyll le laisse partir ainsi, libre d'aller et venir à sa guise.

– Mon père disait que moins on s'encombre, plus on est libre. Et la liberté, c'est le bien le plus précieux du fugitif. Je n'ai pas besoin d'entraver mon oiseau. Il ne m'appartient pas.

– Ton père était avec toi ? Qu'est-ce qu'il est devenu ?

– On était en chemin pour aller dans la zone jusque vers chez toi. C'est là qu'une armée de traqueurs nous a pistés. Mon père a reçu une flèche dans la jambe, et il ne s'en est sorti que parce que la soldate qui l'a repéré ne l'a pas dénoncé. On a quand même continué à marcher. Le dernier jour, il n'arrivait même plus à sautiller sur un pied sans gémir de douleur. Mais il disait qu'il avait quelqu'un d'important à rencontrer.

– Tu sais de qui il s'agissait ?

– Ta mère, je pense. C'est elle qui l'a soigné. Quand il est revenu de chez vous, mon père voulait partir en me laissant ici. Il avait peur que je me sacrifie pour l'aider à marcher au cas où les traqueurs reviendraient. Mais j'ai refusé, je ne pouvais tout de même pas l'abandonner dans l'état où il était ! La nuit suivante, il s'est sauvé sans me prévenir. Ce n'était pas la première fois qu'il me laissait seul pendant plusieurs jours. Sauf que là, j'ai compris qu'il ne reviendrait pas. Il est parti pour me donner plus de chances de survie. Je sais que c'était pour mon bien, mais…

Il n'alla pas plus loin. Elle poursuivit à sa place :

– Mais tu lui en veux quand même. Comme j'en veux à ma mère de ne m'avoir rien dit sur le fait qu'elle était fichée.

– Ta mère, je l'ai croisée le lendemain de la disparition de mon père. Elle était entrée dans la zone. Je me suis caché en haut d'un arbre dessalant. Ta mère a vidé toutes les provisions de sa besace au sol et elle est partie. Elle m'avait repéré, j'en suis sûr. Après ça, elle m'a laissé à manger dans la zone ou parfois sur le bord de votre fenêtre. Voilà pourquoi j'ai chassé le traqueur à coups de blocs de sel, l'autre jour. Je croyais qu'il s'en prenait à elle.

– Et c'est moi que tu as sauvée, conclut Soléane.

Tyll frissonna, autant d'émotion que de froid. Le vent n'en finissait pas de sécher leurs vêtements mouillés. Malgré le regain d'énergie apporté par l'œuf, il était difficile de se réchauffer. Il se leva, ôta sa tunique et son pantalon, et entreprit de se frictionner.

Soléane l'imita, mais à mesure qu'elle se séchait, des gouttes d'eau coulaient de ses cheveux mouillés. Elle hésita à défaire son chignon. Tyll remarquerait inévitablement la pierre ! Mais n'était-ce pas le moment de lui faire confiance ?

D'un geste précautionneux, elle dénoua sa coiffure et libéra la pierre de Terre.

– Tiens, dit-elle à Tyll en la lui tendant, à mon tour de te montrer mon bien le plus précieux. C'est ça que Cobugès cherchait en fouillant chez moi. Tends cette pierre vers le ciel et regarde au travers.

Tyll attrapa la pierre, l'observa attentivement, la soupesa puis la tint à bout de bras en direction des nuages. Le spectacle le stupéfia : d'abord grise, la pierre avait viré au violet, mais à la moindre variation de son inclinaison, la luminosité diminuait.

– C'est la première fois que je vois une pierre de Terre. Je ne savais pas qu'il en existait des translucides. Regarde ! On dirait qu'elle polarise la lumière quand on la place dans l'axe du soleil.

– T'as raison, approuva Soléane, et ça marche même s'il y a des nuages !

– Et ces petits signes, là, gravés sur les côtés, ils servent à quoi ? demanda Tyll.

– J'aimerais bien le savoir !

Chacun leur tour, les deux amis manipulèrent la pierre, s'étonnant du rayon qu'elle dirigeait vers l'un de ses bords.

– On dirait un soleil, une feuille, peut-être un nuage, s'exclama Tyll. Le dernier, je ne sais pas. Ça pourrait être des saisons, un peu différentes des nôtres ?

Soléane scruta la pierre malgré la faible luminosité. Elle avait pensé que les signes étaient une écriture indéchiffrable, mais la remarque de Tyll lui montrait soudain l'évidence : la pierre était divisée en quatre parties représentant les saisons.

– Et le reste des lignes, c'est peut-être des directions ? supposa Soléane. Regarde, là, les croix.

– C'est peut-être un point à atteindre, comme une direction à suivre.

Ils échangèrent un regard. Sur le Coracle, le point à atteindre ne faisait aucun doute.

– … la Terre ! murmura Soléane.

Un silence stupéfait s'invita entre eux deux. La conclusion à laquelle ils étaient arrivés était aussi inattendue qu'inespérée.

Ils tenaient dans leurs mains le moyen pour le Coracle d'atteindre la Terre !

– Tu crois que le GrandArchéole en a une pareille pour orienter les bannies ?

Le regard navré que Tyll lui lança provoqua l'impatience de Soléane.

– Quoi ? J'ai dit une bêtise ?

Le garçon secoua la tête en se pinçant les lèvres.

– Pendant un temps, j'ai oublié que tu venais juste de te sauver du bourg. Tu crois encore aux bêtises dont on t'a abreuvée ? L'Arche ne conduit pas le Coracle vers la Terre. Voilà la vérité. Les bannies rament, mais le Coracle tourne en rond.

– Ce n'est pas vrai ! s'insurgea Soléane.

– Pourquoi crois-tu que le GrandArchéole saurait mieux que nous dans quelle direction aller pour rejoindre la Terre ?

– Mais parce qu'il parle aux dieux !

– Bon sang, Soléane, réfléchis un peu…

La nuit était tombée quand Tyll parvint enfin à la convaincre. Tous deux s'étaient rhabillés avec leurs vêtements humides, leurs jambes recroquevillées sous leur tunique dans la dérisoire tentative de conserver un peu de la tiédeur de leur corps. Soléane s'était recoiffée, emprisonnant la pierre dans son chignon. Elle tremblait. Mais le froid n'était pas le seul responsable de la chape glacée que Soléane sentait peser sur elle.

Elle avait tenté de réfuter tous les arguments de Tyll un à un, refusant de croire que l'Arche bernait les habitants du Coracle tout entier. Mais elle avait dû se résoudre à admettre qu'il s'agissait de la vérité. Chaque année, le Coracle croisait le courant froid qui emportait les icebergs. Chaque année, on retrouvait dans le ciel la même disposition des étoiles. Chaque année, des dizaines de bannies ramaient à longueur de journée, depuis des décennies, et pourtant jamais le Coracle n'avait atteint la moindre terre !

– Mais pourquoi les bannies ne se révoltent pas ?

– Les fugitifs racontent qu'elles portent un collier tissé par l'araignée que les autorités leur injectent sous la peau du cou. Si elles essaient de s'évader de la bannîle par la mer, le collier se gorge d'eau et les entraîne vers le fond. Je suppose que si elles refusent de ramer, leurs gardiennes les jettent à l'eau. Elles n'ont pas le choix...

– Quoi ? Une araignée dans le cou, mais c'est horrible !

Soléane avait rendu les armes. Elle se sentait épuisée comme si elle n'avait pas dormi depuis des lustres, comme si on l'avait vidée de tout espoir. Tyll lui avait ouvert les yeux, et elle détestait ce qu'elle découvrait.

– Je ne comprends pas ! Pour quelle raison le GrandArchéole empêche-t-il le Coracle d'atteindre la Terre ? Ça n'a pas de sens !

– La folie ? L'aveuglement ? La méchanceté ? suggéra Tyll. Crois-tu qu'il y ait vraiment besoin de comprendre les raisons qui l'animent ?

– Non, c'est vrai. L'essentiel est de savoir qu'il ne mène pas le Coracle au bon endroit. Alors que le seul moyen de sauver les habitants, c'est d'y arriver avant que le Coracle coule, constata-t-elle. Je comprends maintenant... Voilà pourquoi il était si important pour ma mère que j'apporte la pierre aux insoumis. Parce que ces insoumis sauront l'utiliser pour contrecarrer les projets du GrandArchéole.

– Qu'est-ce que tu vas faire ? demanda Tyll.

– Il faut que je débusque les insoumis. Il le faut. Je leur donnerai la pierre. Et je les aiderai à faire ce qu'il faut pour sauver le Coracle.

Aucun doute n'assaillit Soléane quand elle prit cette décision. Pourtant, elle en mesurait les conséquences : rechercher les insoumis la mettrait encore plus en danger qu'elle ne l'était déjà, car elle serait obligée de s'exposer. Mais il ne s'agissait plus seulement d'obéir à une demande de sa mère. Elle avait pris conscience qu'elle disposait du moyen de changer l'avenir du Coracle. La détermination qu'elle en tirait était inébranlable. Elle trouverait les insoumis, au risque d'y perdre la vie.

Tyll perçut la sérénité et la motivation qui émanaient de Soléane. Il y retrouva le même calme résolu qu'il avait deviné chez de vieux fugitifs décidés à lutter. Il baissa la tête.

– Je t'ai menti, Soléane. Je sais qui sont les insoumis. Et je sais aussi où ils se cachent.

Dans le nid tout proche, la pondeuse avait glissé sa tête sous son aile. Elle dormait.

32

Soléane sentit la lueur du jour à travers ses paupières fermées. En voulant se frotter les yeux, ses doigts s'emmêlèrent dans une fine cordelette. Un juron lui indiqua que Tyll rencontrait la même difficulté. Impossible d'esquisser le moindre mouvement : tous les deux étaient recouverts d'un large filet destiné à la chasse à l'orque. Des piquets à crémaillères les maintenaient ficelés au sol.

– Ça y est, mes petits chéris ? Bien dormi ?

Soléane reconnut le ricanement qui accompagnait les questions. Cobugès les tenait à sa merci, plaqués au sol sous un filet de pêcheur qu'il avait tendu et fixé à la trame pendant leur sommeil. Tyll s'agita pour se dépêtrer de son emprise, mais n'obtint pour unique résultat qu'un resserrement des mailles autour de lui. Le traqueur l'encouragea :

– Vas-y, gros malin, continue à gesticuler... Tu t'étrangleras tout seul, ça me fera moins de travail !

En trois pas, il s'approcha du garçon, le dominant de toute sa hauteur.

– Alors comme ça, c'est toi le lâche qui m'a cogné par-derrière ? C'est toi qui m'as volé ma tunique ? Tu sais que j'ai été obligé d'enfiler les habits d'un gars qui passait par là ? Je déteste qu'on me prenne pour un villageois.

Il donna à Tyll un brutal coup de pied dans les reins. La douleur arracha un hurlement au garçon. Cobugès sourit :

– Ah oui, ça fait mal. Ça aussi...

Le traqueur sortit sa matraque et donna libre cours à sa hargne en frappant Tyll à tour de bras.

Soléane cria, suppliant le traqueur de cesser. L'homme se contenta de la dévisager d'un air narquois. Il précisa :

– Tu veux ta part, la sauvageonne ? Je t'aurais bien punie comme ta mère. Mais les consignes, c'est les consignes, faut pas t'abîmer avant que tu sois interrogée. Alors que lui... Un fugitif de plus ou de moins, qu'est-ce que ça change ?

Tyll tentait en vain de se protéger des supplices de son tortionnaire. Au fil des coups, Soléane entendit ses cris faiblir. L'homme s'arrêta avant qu'ils ne s'éteignent.

– S'agirait pas que tu tournes de l'œil. Faudra marcher tout seul, compte pas sur moi pour te filer ma pondeuse.

Soléane avait cessé d'implorer la brute. Couchée sur les rampants, à moins d'un mètre de Tyll, les yeux fermés, elle grimaçait pour retenir ses gémissements d'horreur.

Le traqueur retira les piquets du sol et ôta le filet qui maintenait les deux jeunes gens prisonniers. Il agrippa le menton de Soléane et bascula violemment sa tête en arrière :

– Ouvre les yeux ! Regarde la loque qu'est devenu ton ami !

La jeune fille garda les paupières obstinément clauses. D'une voix suave, Cobugès insista :

– Allons, la sauvageonne, sois raisonnable. Sinon je le frappe, et cette fois, je ne m'arrêterai pas. Regarde !

Un sanglot brutal fit tressaillir Soléane. Elle avait ouvert les yeux sur le bouleversant tableau qu'offrait Tyll. Couvert de sang, le visage meurtri, il respirait à peine. Cobugès hocha la tête :

– Eh oui, tu l'aimes bien ton ami, et c'est dur de le voir souffrir, peut-être même encore pire que de souffrir soi-même, pas vrai ? J'en sais quelque chose ! Ta mère t'a raconté comment elle a tué la mienne ?

Soléane ne répondit pas. Sans un mot, Cobugès se tourna vers Tyll et leva sa matraque.

– Tu vas répondre, ma jolie !

– Ne le frappez pas ! hurla précipitamment la jeune fille pour stopper le coup, je vous réponds. Ma mère ne m'a rien dit. Elle ne m'a rien dit du tout.

L'homme revint se pencher au-dessus de Soléane, l'obligea à s'étendre sur le dos et entreprit de fouiller ses vêtements. Après avoir acquis la certitude qu'elle ne cachait rien, il se jucha à califourchon sur ses hanches, l'écrasant de tout son poids. Son visage s'approcha du sien jusqu'à polluer l'air qu'elle respirait de son haleine écœurante.

– Quand ma mère a attrapé cette foutue maladie, l'archéole a accepté de lui donner deux rations quotidiennes de lait. Deux fois plus de lait... et pourtant, la maladie est allée deux fois plus vite au lieu de ralentir. Et pourquoi, à ton avis ?

– Je ne sais pas, murmura la prisonnière.

– Parce que ta chère mère l'herbière a empoisonné ma mère au lieu de la soigner, voilà pourquoi ! J'ai retourné le problème dans ma tête et y a pas d'autre explication. Ta garce de mère a tué la mienne avec ses foutus poisons parce que je suis le traqueur et que ma tête lui revenait pas. Je lui ai déjà fait payer, à cette garce. Ça a été un vrai plaisir. Et tu sais ce que j'ai fait, quand je l'ai récupérée au labo ? Je lui ai glissé moi-même l'araignée des bannies dans le cou, lentement, pour qu'elle sente bien la bête arriver dans ses chairs. À ce jour, elle doit déjà avoir filé une jolie petite toile, la bestiole ! Bientôt, ta mère pourra plus arracher son collier tellement que ça lui fera mal. Et si elle veut fuir, elle se noiera ! Tu vois, je suis sûr qu'à chaque nouveau fil, elle pense à moi !

Tyll avait profité de l'absence de filet pour ramper sur quelques mètres.

Cobugès l'interpella, sans résultat. Malgré l'évidence de l'inutilité de sa tentative, malgré les douleurs, le jeune homme continuait de s'éloigner.

L'homme se leva et rejoignit le fuyard d'un pas nonchalant.

– Où c'est que tu vas comme ça ?

Tyll glissa deux doigts dans sa bouche. L'état pitoyable de ses lèvres transforma son sifflement en un cri aigu à mi-chemin entre la supplique et le gémissement, puis il articula avec difficulté, la voix à peine assez forte pour que le traqueur l'entende :

– Nulle part, j'en avais juste marre de tes jérémiades à propos de ta mère. Deux fois plus de lait et elle est morte deux fois plus vite. T'as pas encore compris ? Le poison, il n'était pas dans les herbes, mais dans le lait que toi, son abruti de fils, tu lui as servi. C'est toi qui l'as tuée.

Les traits de Cobugès se crispèrent en une mimique haineuse.

– La ferme ! Le lait soigne les malades, et l'archéole a été bon avec nous en lui attribuant deux rations par jour. T'es qu'un menteur. T'entends ? Un sale petit menteur.

Il souleva son pied, prêt à l'abattre sur le visage du fugitif. Mais avant qu'il n'ait eu le temps d'achever son mouvement, l'aigle pêcheur, répondant à l'appel strident de son maître, piqua sur le traqueur, planta ses serres sur son crâne et attaqua à coups de bec la chair fine de ses joues.

Sans plus s'occuper de sa victime, l'homme recula en agitant les bras pour tenter de chasser l'oiseau. Encore un pas en arrière, et il risquait de tomber dans la mare acide.

Soléane se leva, les lèvres serrées. Trop occupé à se débarrasser de l'oiseau, le traqueur ne remarqua pas son manège. Elle s'avança jusqu'à lui, et d'une violente poussée, le précipita dedans.

Le liquide corrosif agressa l'épiderme du traqueur au premier contact. L'homme ferma la bouche, les yeux. Une peur panique s'infiltra par tous ses pores mis à mal. Les picotements caractéristiques envahissaient déjà le haut de son corps, des hanches jusqu'au cou. L'aigle cessa ses attaques et se posa sur le nid vide de la pondeuse.

D'instinct, Cobugès rampa sur la rive. Mais la douleur était trop intense. Il sentit ses yeux se révulser, son esprit s'éteindre. La déshydratation était amorcée.

Soléane tenait ses deux mains plaquées sur sa bouche. Les efforts de Cobugès pour s'extirper du piège mortel lui firent prendre conscience des conséquences de son geste. Devant l'homme qui gisait évanoui à ses pieds, elle resta immobile, abasourdie.

Le cri de l'aigle qui s'éloignait à grands coups d'ailes l'aida à émerger de sa torpeur. Sans réfléchir, elle se précipita vers leurs besaces. Le traqueur les avait fouillées, elle retrouva les outres d'eau posées à côté.

L'ombre de l'aigle décrivit de larges cercles autour de son maître tandis qu'elle s'agenouillait auprès de Tyll. Elle humecta un tissu et le posa sur le seul endroit préservé de son visage tuméfié : le front. L'oiseau continuait à la surveiller depuis le ciel.

Lorsque Soléane se releva, elle entoura ses mains d'un tissu sec et, ainsi protégée, déchira la tunique et les jambes du pantalon du traqueur. Sa peau avait pris la couleur d'un crustacé cuit. Les réflexes d'herbière guidèrent Soléane alors qu'elle versait le reste d'eau douce sur toutes les parties du corps brûlées. Le liquide limiterait les dégâts, mais Soléane savait déjà que, privé de soins, le traqueur avait peu de chance d'en sortir vivant. Elle s'en détourna. Une autre priorité l'attendait.

Tyll grimaça. Chaque mouvement était douloureux. Le bras du garçon passé sur ses épaules, sa main le soutenant sous l'aisselle, Soléane l'aida à se lever puis l'accompagna, moitié tirant, moitié portant, jusqu'à la pondeuse du traqueur. La leur avait fui dès les premiers cris.

Il lui fallut s'y reprendre à trois fois pour hisser Tyll sur la monture. Quand enfin il se trouva installé sur la selle, elle utilisa son écharpe pour le sangler sur le dos de la bête. Elle ramassa les besaces à la va-vite. Tyll gémissait, inconscient. Son temps était compté.

L'animal se mit en route dès que son capuchon fut soulevé.

Soléane courut à ses côtés. Les lianes des rampants entremêlées dissimulaient des congères de sel. Elle trébuchait. À chaque perte d'équilibre, elle se relevait sans ralentir. La panique l'avait transformée en marionnette débordante d'adrénaline. Elle avançait tel un non-voulu ayant basculé dans la folie, un œil à l'affût des flaques acides, les oreilles tendues vers le craquement annonciateur de crevasses.

Elle courait sans savoir où elle se rendait.

Sa course folle se solda par un point douloureux sous la hanche. Alors seulement, les souvenirs de la scène vinrent la hanter. Elle avait poussé le traqueur dans la flaque acide. Elle l'avait abandonné à son sort.

Mâchoires serrées, Soléane accéléra le pas et tenta de chasser l'homme de son esprit. Elle avait choisi Tyll. Il avait besoin d'elle. Rien d'autre n'avait d'importance.

Elle examina toutes les possibilités. Une seule permettrait à Tyll d'être soigné et de se reposer : l'archapelle de Cham-Archéo, dans le bourg voisin de Basol.

Demander à l'ami de Sem-Archéo de les héberger n'était pas sans danger. Elle savait qu'il pourrait les trahir et les dénoncer. Mais Sem-Archéo était un des piliers de sa vie d'avant, un pilier qu'elle refusait de voir s'effondrer. Son pari ? Que l'affection qu'il lui portait soit plus forte que son devoir. Elle décida de garder confiance en lui. Mais avait-elle vraiment le choix ?

Elle écrasa les rampants d'un pied rageur.

Elle mentirait sur leur identité.

33

Tels des poussins tassés sous les ailes de leur mère, les maisons de Basol étaient rassemblées autour d'une archapelle majestueuse. Les coquillages noirs insérés dans les blocs de sel formaient des volutes aux motifs aériens sur toute la hauteur des murs du bâtiment. Les peaux du toit semblaient tendues de la veille. L'orguéole les faisait vibrer avec intensité malgré la faible brise qui soufflait.

Soléane choisit des petites rues pour s'en approcher. L'ombre d'un oiseau de proie cheminait à ses côtés en formant de larges arabesques sur le sol. Soléane jeta un œil en l'air pour vérifier son intuition. Galil suivait son maître.

Sur la place principale, des habitants debout sur le pas de leur porte lui lancèrent le regard méfiant qu'on réserve aux étrangers. Ils la détaillaient des pieds à la tête avant de s'intéresser au paquetage qu'elle transportait.

Dissimulé sous une large couverture, Tyll somnolait sans bruit, bercé par le roulis des enjambées de la pondeuse autant que par la tisane de plantes soporifiques que Soléane l'avait obligé à avaler en chemin. Lorsqu'elle s'arrêta devant la haute porte, elle s'assura que le garçon demeurait sous l'effet de sa boisson narcotique. Elle s'engagea dans l'archapelle.

– Cham-Archéo ? S'il vous plaît ? L'archéole est-il là ?

Sa voix résonna dans le dernier écho des notes d'orguéole. Un bruit de pas lui répondit. Un homme approchait. La vue de ses cheveux divisés en deux chignons noués au-dessus des oreilles la réjouit : c'était lui, elle n'aurait pas à l'attendre.

– Bonjour, vous me cherchez ?

Moins impressionnant physiquement que Sem-Archéo, l'archéole de Basol dégageait une bonhomie et une chaleur qui la mirent en confiance. Soléane sentit une brusque rougeur envahir son visage. Elle n'avait pas l'habitude de mentir.

– Bonjour, je ne suis pas d'ici, mais je vou...

– Ne va pas plus loin ! Tu es tout à fait conforme à la description que Sem-Archéo a faite de toi. Tu es Soléane, c'est ça ?

Au pied du mur, la jeune fille approuva d'un signe de tête. Elle qui croyait pouvoir berner l'archéole quelques heures, ou même quelques jours ! La défaite était cuisante.

– Mon frère d'Arche semblait très inquiet pour toi. Viens, entre, ne reste pas là, tu dois être épuisée.

Soléane baissa la tête, partagée entre le soulagement de se voir bien accueillie et la crainte de découvrir qu'il ne s'agissait que d'une façade. Mais il était trop tard pour les regrets, et chaque minute gagnée augmentait les chances de rétablissement de Tyll.

– Je ne suis pas seule, annonça-t-elle.

– Vraiment ? s'étonna l'archéole en fouillant les lieux du regard.

– Mon ami est blessé, il n'est pas en état de marcher. Je l'ai laissé dehors.

Un silence d'à peine une seconde interrompit la conversation. Une seconde assez longue pour glacer le cœur de Soléane. Sa peur était à la hauteur de l'enjeu : un abri ou la fin de la liberté.

L'archéole posa ses deux mains sur sa bedaine rebondie.

– Eh bien, qu'attends-tu pour me mener à lui ? Il sera bien mieux dans un lit !

Un énorme soupir soulagea Soléane du poids qui enserrait sa poitrine. Elle avait eu raison d'avoir confiance en Sem-Archéo. Grâce à lui et à Cham-Archéo, Tyll était sauvé.

L'accueil de Cham-Archéo dépassa toutes les espérances de Soléane. L'homme, pourtant visiblement peu adepte des exercices physiques, porta Tyll sur son dos jusqu'à une paillasse tendue de draps propres. Il s'excusa de la simplicité de la chambre dépourvue de fenêtre qu'il leur offrait : deux lits sobres, une paire de lampes à graisse, un brasero. L'autre chambre réservée aux invités et aux voyageurs était plus spacieuse et lumineuse, mais se trouvait déjà occupée.

Il s'éclipsa pour quérir des herbes et de l'eau. Il rapporta trois seaux, de quoi nettoyer les plaies du blessé, se laver et se désaltérer. Confuse, Soléane ne savait comment le remercier et balbutiait sa reconnaissance.

– Allons, jeune fille, je ne fais que mon devoir. Me crois-tu vraiment capable d'abandonner un enfant de l'Arche sans lui porter secours ?

Ces paroles résonnèrent de manière lugubre en Soléane. L'image du traqueur inconscient s'imposa à son esprit.

Elle avait beau s'en défendre, elle avait beau tenter de se convaincre que Cobugès méritait ce qui lui était arrivé, les reproches s'accumulaient en une boule douloureuse au bas de son ventre. Elle avait abandonné un homme à la mort. Aucun homme, même le plus odieux, ne méritait de mourir ainsi.

– Il y a un autre blessé, avoua-t-elle

D'un regard interrogateur, l'archéole l'invita à parler.

– Un traqueur. Au bord d'une flaque acide, à deux heures de marche sur la piste qui mène de Borho à Basol. Je l'ai arrosé d'eau douce, mais...

– Par tous les vents du ciel, s'exclama l'archéole, il n'y a plus de temps à perdre ! Je file donner l'alerte.

Il alluma les lampes et ferma la porte de la chambre. Soléane l'entendit s'éloigner à petits pas pressés.

Sur la table, l'archéole avait posé un assortiment d'herbes basiques, de celles que n'importe quel parent garde à portée de main pour soigner ses enfants. Elle mit l'eau à chauffer sur le foyer et regarda la porte. Si l'archéole les avait trahis, il l'avait fermée à clé. Il suffirait à Soléane de la pousser pour être fixée. Mais découvrir qu'ils étaient prisonniers n'aurait fait que la paniquer. Or, elle avait besoin de se concentrer. Plus rien ne devait la détourner des soins à prodiguer.

34

Dans la lumière chiche de la lampe à huile, Soléane s'activait. Quatre heures s'étaient écoulées depuis le départ de l'archéole sans qu'elle ne souffle une seule minute. L'odeur des plantes imprégnait la chambre.

Pour la vingtième fois, elle s'assit sur le bord du lit et passa un linge humide sur le front de Tyll puis dans les paumes de ses mains. Elles semblaient plus vieilles que lui, déjà usées par la vie. De nombreuses petites cicatrices témoignaient de son existence de fugitif.

Tyll se redressa brutalement, arrachant sa main à celles de Soléane. En pleine confusion, le blessé se croyait attaqué. Elle le rassura :

– C'est moi, Tyll ! C'est Soléane.

– Où on est ? bredouilla-t-il.

– Tu es blessé, Cobugès t'a tabassé. Tu te souviens ?

– Où on est ?

– À Basol, dans une chambre de l'archapelle.

Tyll se redressa sur un coude. Les chairs enflées gênaient l'ouverture de ses paupières et il observa la pièce au travers d'une fente aussi mince qu'une feuille d'arbre. La pénombre masquait ses dimensions, mais pas la solide porte de bambou. Il peina à prononcer :

– Faut... par... tir.

– Pas question ! Tu n'es pas en état de marcher, tu as besoin de soins. L'herbière du bourg doit venir. Elle aura des plantes plus efficaces que celles que j'ai utilisées.

– L'archéole, il sait ?

Chaque mot lui arrachait une grimace. Chaque tressaillement l'assaillait de douleurs. Malgré tout ce qu'elle avait déjà entrepris pour les soulager, Soléane se sentait désarmée par ses souffrances. Son impuissance la mettait en rage. Elle répondit d'un hochement de tête.

La tête de Tyll oscilla, accompagnée d'un gémissement. Il tapota ses lèvres avec le tissu mouillé puis articula à peine :

– La porte.

Soléane ne discuta pas davantage. Il était temps de savoir si elle avait fait le bon choix. Sa main souleva le loquet. La légère impulsion qu'elle donna ne suffit pas à faire bouger le battant. Elle appuya plus fort, la tira, en vain.

– Il nous a enfermés.

Cette découverte lui fit l'effet d'une claque. La trahison était d'autant plus difficile à accepter qu'elle venait de Sem-Archéo. Ses poings serrés frappèrent l'enchâssement des tiges de bambou de plus en plus fort, les ébranlant à peine.

Tyll n'intervint pas, la laissant déverser sa hargne à coups de poing.

Peu après, la porte s'ouvrit brutalement.

Le corps replet de l'archéole se tenait dans l'encadrement. La désolation se lisait sur ses traits autant que dans le ton qu'il employa pour expliquer :

– Si tu savais comme j'aurais aimé faire différemment, Soléane. Mon frère d'Arche m'a dit quelle jeune fille exceptionnelle tu es. Mais l'équilibre de notre communauté passe avant toute considération personnelle. Je n'ai pas d'autre choix que de te retenir ici en attendant l'arrivée des traqueurs de votre escorte. Ils ne tarderont pas, d'ici deux jours, trois au maximum. Vous aurez tout ce dont vous avez besoin, y compris le nécessaire pour soigner le malade.

Des bruits de pas résonnaient derrière lui. Soléane imaginait déjà les hommes envoyés pour les ligoter. L'archéole se retourna pour s'adresser à ceux qui arrivaient.

– Portez-le dans la chambre des invités. Son occupant l'a libérée tout à l'heure, quand je lui ai appris qu'un blessé allait y être soigné.

Dans la pénombre de l'archapelle, Soléane vit les porteurs d'un brancard s'avancer vers la chambre voisine de la leur. Sur la litière gisait un homme recroquevillé, la peau tirée au point de lui entrouvrir la bouche et d'écarquiller ses paupières.

Soléane peina à déglutir. Cobugès était méconnaissable, mais vivant.

Elle croisa son regard comme on touche une braise. Les yeux du traqueur brûlaient de haine.

35

La troupe menée par le chef Jadus avait installé son camp à une centaine de mètres de la presqu'île. Depuis plusieurs mois qu'il dirigeait cette mission de traque des insoumis, Jadus avait acquis le respect des membres de son unité. Il accomplissait ses tâches avec rigueur, n'exigeant rien des hommes qu'il ne s'imposait à lui-même. Son discernement leur avait valu quelques succès dans leurs recherches. Et ses talents de meneur d'hommes se trouvaient confortés par sa capacité à régler les conflits d'une manière juste et équitable.

Jusque-là, la troupe l'avait donc suivi sans réticence. Il en allait tout autrement depuis qu'il avait annoncé la nature de leur prochaine mission.

– Progression en ligne de quatre ! ordonna-t-il aux douze membres de la troupe qu'il avait désignés. On avance jusqu'au point de rattachement de la presqu'île.

Les traqueurs obéirent à contrecœur. Ils ralentirent à mesure qu'ils s'approchaient de la presqu'île. Les craquements de la trame se faisaient plus nombreux, plus bruyants, plus longs. Il était évident que la zone était fragilisée et qu'elle menaçait de rompre à chaque instant.

– Halte ! exigea Jadus.

Il se tourna vers le groupe, sourcils froncés et lèvres serrées. Son inquiétude s'affichait, et l'un des membres de la troupe en profita pour faire une suggestion.

– On pourrait détacher la presqu'île ! Si on produit un choc assez violent, la trame finira de se fissurer et la presqu'île sera emportée par les courants. On n'aura pas à y aller. Et même s'il y a des insoumis, ils ne survivront pas.

Jadus secoua la tête.

– Impossible ! Le GrandArchéole l'interdit.

La réponse de leur chef déçut la troupe en même temps qu'elle leur redonna de l'espoir. Le fait qu'il ait examiné la proposition montrait qu'il ne serait pas hostile à une autre solution.

– On retourne au camp, indiqua Jadus. J'aviserai de ce qu'il convient de faire.

Tous firent demi-tour, soulagés de s'écarter de ce lieu de malheur. Ils regagnèrent le camp où les attendait le reste de l'unité.

Le chef s'enferma sous sa tente et n'en ressortit qu'une heure plus tard. Il ordonna de rassembler l'ensemble de la troupe et patienta jusqu'à ce que le brouhaha se calme. Les traqueurs de l'Empera, attentifs, se tenaient prêts à l'écouter.

– Le GrandArchéole m'a confié une mission, la fouille de la presqu'île. Aucun d'entre nous n'en ignore les dangers. C'est pourquoi j'ai décidé de procéder par étapes. Y a-t-il un volontaire pour s'y rendre en éclaireur ?

Avec cette seule question, les hommes avaient déjà compris où leur chef voulait en venir. Engagés dans l'unité d'élite de l'Empera, habitués à œuvrer ensemble vers un même but, les soldats échangèrent des coups d'œil. L'idée de Jadus leur plaisait, car elle leur offrait la perspective d'éviter la presqu'île. Mais tous savaient qu'il faudrait recourir au tirage au sort.

Face au silence de la troupe, le chef ordonna de se placer en formation. Il avait déjà prévu le matériel nécessaire et leva un sac à bout de bras.

– Dans ce sac, il y a autant de cocons que de soldats. Tous sont blancs, à l'exception d'un noir. Celui qui le piochera sera désigné éclaireur volontaire.

L'homme se présenta devant le premier traqueur. La main plongea dans le sac et en retira un cocon blanc. Jadus passa au suivant. Le troisième soldat était une femme. Elle entrouvrit à peine les doigts pour voir la couleur du cocon et le jeta au loin avec un cri de rage.

Le reste de la troupe fut secoué de frissons, partagés entre l'empathie pour leur collègue et le soulagement d'échapper à la mission. Ils se rassemblèrent autour d'elle, lui tapotant l'épaule, l'encourageant par un mot gentil ou par un sourire. Son mouvement d'humeur était pardonné. Qui aurait pu rester stoïque en se découvrant le jouet du sort ?

– Traqueuse Eldone, appela Jadus, vous irez choisir votre équipement dans ma tente. Voici vos ordres : vous devrez fouiller la presqu'île. Si vous trouvez des fugitifs, vous évaluerez leur nombre, leurs armes éventuelles. Puis vous rentrerez faire votre rapport. Compris ?

– Oui, chef.

Comme tous les autres membres de la troupe, Eldone avait également compris ce qui n'était pas dit. S'il y avait des fugitifs sur la presqu'île, ils entendraient les craquements de la trame à chacun de ses pas. Elle n'avait aucune chance de revenir vivante. Son absence aurait valeur de témoignage. Jadus serait alors en droit de détacher la presqu'île du Coracle sans qu'on puisse lui en reprocher les conséquences. Face à une agression, un chef se devait de protéger ses troupes.

Le silence régnait sur le camp quand Eldone traversa la centaine de mètres qui la séparait de l'étroit pont de trame reliant la presqu'île au Coracle. Les craquements de la trame résonnèrent, sinistres, jusqu'aux oreilles des soldats. La soldate avançait, son arc bandé à la main, une flèche engagée dans son encoche. Elle disparut derrière la végétation. Au sein du camp, le malaise était palpable.

Le passage de la trame s'ouvrait sur la presqu'île sans qu'on puisse en deviner les contours. La végétation était dense et ce ne fut que grâce à son entraînement qu'Eldone remarqua les traces dans les herbes couchées. Plusieurs personnes étaient passées là et avaient tenté d'effacer la piste. Son bras cessa de bander l'arc. Elle ôta la flèche qu'elle avait emportée avec elle et posa l'arme au sol. Puis, elle s'avança d'une dizaine de pas, les mains en l'air, en signe de reddition.

Après un long moment, le doute s'immisça dans son esprit. Elle était pourtant certaine de trouver ici les insoumis ! Mais ses muscles devenaient douloureux et ils ne se manifestaient pas. Elle décida de parler à voix haute :

– Je viens en amie.

Le choc des deux poings qui percutèrent le haut de son dos lui coupa le souffle. Propulsée par la violence du coup, elle se retrouva allongée au sol. Un homme lui coinça un bras autour du cou, tandis qu'il enfonçait son genou au creux de son dos. La position était douloureuse. Eldone tenta d'échapper à son tortionnaire qui riait de la voir s'agiter. Une voix autoritaire le fit cesser.

– Ça suffit. Lâche-la.

– Mais c'est une traqueuse, Filiol, elle vient pour nous tuer.

– J'ai dit, ça suffit.

Eldone perçut dans ces mots une autorité qui s'imposait à son tortionnaire. Celui qui l'avait attaquée la lâcha enfin. Quand Eldone se retourna, elle découvrit un jeune homme qui n'avait même pas l'âge d'être déclaré non-voulu. À ses côtés se tenait un homme d'âge mûr.

Elle s'adressa à lui pour tout lui expliquer.

– Je viens en amie. Je ne suis pas une traqueuse venue pour vous...

Mais à peine eut-elle prononcé ces quelques mots qu'il lui fit signe de se taire.

– D'ici, les soldats pourraient nous entendre. Allons au camp.

Le jeune insoumis ramassa l'arc et la flèche et fit signe à Eldone de marcher. L'homme les précédait de quelques pas. Ils avancèrent ainsi, les uns derrière les autres, jusqu'à arriver devant un plan d'eau. Eldone songea que la trame avait dû s'effondrer depuis plusieurs années, laissant l'eau remplir l'espace ainsi creusé. À sa grande surprise, leur guide ne tenta pas de contourner le bassin, mais s'y engagea après avoir ôté ses chausses. Poussée par le jeune insoumis, Eldone n'eut pas le temps d'enlever les siennes. Elle se retrouva debout, les pieds immergés. L'eau lui arrivait au milieu des mollets. Sa supposition était fausse : la trame ne s'était pas affaissée, mais avait été rabotée d'une dizaine de centimètres pour créer ce bassin d'eau de mer. Tandis qu'ils traversaient, elle s'émerveillait de voir avec quelle ingéniosité les insoumis avaient protégé leur camp. Aucun soldat n'aurait eu l'idée, au moins de prime abord, de s'engager sur une trame déjà à moitié enfoncée au risque de s'y retrouver piégé ! Cette barrière était le meilleur des stratagèmes pour tenir les ennemis à distance.

Le camp se trouvait en bordure d'océan. Eldone remarqua quelques masures formées de joncs, un foyer dans lequel aucun feu ne brûlait, et un sol couvert de bambou de sécurité. Mais le plus étonnant était l'enfilade de bassins ronds entre lesquels s'intercalaient des plates-formes jonchées de choses blanches qu'Eldone ne parvenait pas à reconnaître. Un peu plus loin, à l'ombre de quelques arbralgues, des hommes se tenaient debout devant des métiers à tisser et s'échinaient à fabriquer de longues bandes de tissu blanc.

L'arrivée d'Eldone et de ses deux gardes créa une polémique parmi les insoumis qui vinrent les accueillir. Beaucoup assénaient des reproches à l'homme qui avait guidé Eldone jusque-là.

– Tu amènes une traqueuse ! En plein cœur de notre camp ! As-tu perdu la tête, Filiol ?

L'homme secoua la tête.

– Le jeune lui a sauté dessus sans préavis et elle avait posé son arme. On n'allait pas la tuer !

– Et pourquoi pas ? Une fois qu'un intrus nous repère, il n'y a pas d'autre choix, surtout quand cet intrus porte un uniforme de soldat de l'Empera.

– S'il vous plaît, s'exclama Eldone, je peux...

Filiol l'interrompit comme si elle n'existait pas et répondit à l'insoumise qui l'avait pris à partie.

– La tuer n'aurait rien résolu. Et puis, c'est plus compliqué que ça. L'uniforme cache peut-être quelque chose. Je l'ai observée tandis que les soldats tiraient au sort pour savoir qui viendrait en repérage. Elle a triché. Et je suis curieux de savoir pourquoi elle était si motivée à l'idée de nous rencontrer.

Filiol avait la voix calme de ceux qui savent qu'ils sont écoutés. Il était respecté et reconnu pour son expérience et sa sagacité. Les insoumis se tournèrent vers Eldone, le regard interrogatif.

– C'est vrai, confirma-t-elle, j'ai triché pour être désignée éclaireur. D'habitude, seules les femmes stériles ou celles dont le voulu est mort avant d'avoir enfanté s'engagent dans la troupe des soldats de l'Empera. Ce n'est pas mon cas. J'ai menti pour être engagée, comme j'ai triché pour venir sur la presqu'île. Car je veux vous aider, vous, les insoumis, mais aussi tous les fugitifs, tous ceux qui luttent contre l'autorité.

Un éclat de rire du jeune insoumis ponctua ses paroles.

– Penses-tu sérieusement sauver ta peau avec ce genre d'idioties ?

– Je l'ignore, répondit-elle, je dis la vérité, c'est tout. Depuis la traque des insoumis, j'ai permis à deux d'entre vous de s'échapper avant d'être tués. Il y a peu, la troupe avait blessé un homme d'une flèche, un fugitif. Il s'était réfugié sur un arbralgue de la zone. Je l'ai repéré, je lui ai laissé de quoi se soigner, et j'ai dit à mon chef qu'il n'y avait personne.

– N'importe quoi ! s'exclama le jeune insoumis. Cette fille est en train de nous manipuler. Si tu voulais vraiment nous aider, tu ne serais pas devenue traqueuse, tu nous aurais rejoints !

– Ne suis-je pas plus utile ainsi ? Te crois-tu le seul détenteur du droit de haïr le GrandArchéole et ses sbires ?

Les insoumis qui l'entouraient hochèrent la tête. Un homme se leva pour verser du jus d'algue brune dans des verres. Il invita Eldone à s'asseoir autour d'une table, sous une masure de joncs.

– Dis-nous la raison de ta haine contre l'Arche. Si nous te croyons, nous te ferons confiance.

Eldone lui jeta un regard froid que la détermination faisait briller en un vernis de dureté.

– Je ne te dirai rien. Tue-moi si tu veux. L'information que tu me demandes de révéler m'appartient, et je ne me trahirai pas pour sauver ma peau.

Un silence suivit sa réponse. Le refus de la jeune soldate confirmait la véracité de ses propos. Elle n'aurait pas inventé cette histoire de trahison pour accepter ensuite d'en dévoiler les raisons :

– Que nous proposes-tu ? demanda l'homme qui l'avait guidée jusqu'au camp.

– Laissez-moi repartir et j'indiquerai à la troupe que la presqu'île est déserte.

Un ricanement résonna dans son dos. Eldone se tourna vers le jeune insoumis.

– Réfléchis ! Si vous me gardez ici, la troupe détachera la presqu'île. Si vous me renvoyez et que je vous trahis, la troupe en fera autant. Mais si j'honore votre confiance, la troupe partira et vous serez tranquilles pour longtemps. Dans les deux premiers cas, vous n'avez aucune chance de vous en sortir. Dans le dernier, c'est une chance sur deux.

Eldone sortit de la bâtisse pendant le conciliabule qui suivit sa proposition. Sous l'œil attentif d'un insoumis affecté à sa garde, elle traversa le camp jusqu'au bord d'un bassin et découvrit un nombre impressionnant de méduses qui se laissaient flotter à sa surface.

– Vous les mangez ? demanda-t-elle à une femme qui se tenait là.

Cette dernière lui sourit sans répondre.

Eldone hocha la tête. Elle ne faisait pas partie de son monde et n'obtiendrait pas de réponse.

Elle regagna la masure dès que Filiol l'en pria.

– Nous allons te ramener au bord de la grande fissure, annonça l'une des femmes du groupe. Nous avons décidé de te faire confiance.

Eldone planta son regard dans le sien.

– Vous n'aurez pas à le regretter.

Elle reprit le chemin inverse en compagnie de Filiol et du jeune insoumis, ignorant l'agitation qui suivit son départ. Les habitants du camp se préparaient à une attaque. Les cordes qu'ils avaient installées pour réarrimer la presqu'île au Coracle au cas où les deux se sépareraient furent tendues et vérifiées. Tout était prêt.

– C'est Eldone ! Voilà Eldone !

Jadus sortit de sa tente dès qu'il entendit les exclamations de ses hommes. Il avait peine à croire au retour de la soldate.

Cette dernière, son arc en bandoulière, se présenta devant lui.

– Traqueuse Eldone, chef, au rapport.

– Je vous écoute.

– J'ai fait tout le tour de la presqu'île. La trame craquait comme si elle allait se fissurer sous mes pieds ! C'est impossible de vivre là-bas. À part les bassins pleins à ras bord de ces saloperies de méduses venimeuses, j'ai rien vu.

Le chef approuva son rapport d'un hochement de tête. Il se savait observé par l'ensemble de la troupe et réfléchissait à la manière de procéder. Il se tourna vers un soldat qu'il considérait comme son bras droit. Il comptait sur son intelligence pour comprendre la manœuvre.

– Vous savez, traqueur, que le GrandArchéole ne pourrait se contenter du rapport d'un seul individu.

La tension s'invita aussitôt dans les rangs. Tous les hommes tendaient l'oreille.

– Oui, chef.

– Alors, dites-moi, avez-vous vu des insoumis de votre côté ?

Le soldat dévisagea Jadus, l'air interrogatif. Il lui fallut quelques secondes avant de saisir ce qu'il attendait de lui.

– Tous les rapports convergent, chef. Pas d'insoumis à signaler.

– C'est vrai, ajouta un autre soldat. Je n'ai aperçu aucun insoumis tout le temps que j'étais là-bas.

– Et moi, j'espère ne pas remettre les pieds sur cette presqu'île avant longtemps ! précisa un deuxième.

Peu à peu, tous les traqueurs énoncèrent les choses telles qu'elles auraient dû se passer. Ils faisaient comme s'ils avaient tous fouillé la presqu'île et qu'ils en étaient revenus bredouilles. Jadus opina du chef. Les soldats avaient compris où se trouvait leur intérêt. Désormais, tout le monde était impliqué dans le mensonge. Si l'un s'avérait tenté de révéler la vérité au GrandArchéole, les autres se chargeraient de le faire taire.

– Préparez-vous au départ pour demain matin, ordonna-t-il. Puisque la presqu'île est vide, la prudence exige de s'en éloigner très vite. Si elle ne se détache pas à la prochaine tempête, ce sera sûrement à la suivante !

Le lendemain à l'aube, les insoumis, dissimulés par la végétation luxuriante de la presqu'île, assistèrent au départ de la troupe. Ils retournèrent à leur camp sans attendre. La discipline qu'ils s'imposaient ne tolérait pas de retard. Ils avaient des voiles à tisser.

36

Assise à même le parquet de bambou, Soléane laissait libre cours à ses pensées. Elle avait fouillé chaque centimètre carré de la pièce, secoué les lattes, bousculé les murs, sondé le plafond sans trouver d'échappatoire.

Fatiguée, elle s'était résignée à attendre. De l'autre côté de la paroi, dans la deuxième chambre de l'archapelle, elle entendait Cobugès gémir. Peu d'hommes survivaient à une immersion dans une mare acide. Les brûlures prolongeaient une agonie qu'on ne pouvait souhaiter à son pire ennemi.

Soléane imagina les soins prodigués par l'herbière du bourg. Un cataplasme de graines de dragan broyées et mélangées à de la graisse d'orque pour empêcher la propagation de la déshydratation et apaiser les douleurs. Des tisanes de fleurs de nica pour accélérer la récupération. L'herbière connaissait-elle les vertus de la sève de rampant ? Beaucoup la pensaient toxique, mais Soléane savait par sa mère qu'en usage modéré, elle augmentait les capacités du corps à lutter contre l'infection. Si seulement elle en avait cueilli une brassée ! Tyll en aurait eu besoin. Elle ne disposait que d'une poignée de plantes communes et du petit pot d'onguent qu'elle avait pris pour soigner sa brûlure à la nuque qui la tiraillait encore.

Après le passage de l'archéole, les deux fugitifs avaient été fouillés. La femme qui avait isolé Soléane dans une autre pièce l'avait obligée à se déshabiller, à s'accroupir et à tousser pour s'assurer qu'elle ne cachait rien dans son intimité. Soléane sentait encore le goût piquant de la bile remonter de son estomac.

L'humiliation lui avait donné la nausée. Mais un sentiment de triomphe la vengeait : la femme n'avait pas pensé à défaire son chignon !

Tyll sortit brutalement de son sommeil en criant. Tirée de ses songeries, Soléane approcha une tisane de ses lèvres gonflées. Il but par petites gorgées, sans laisser de gouttes s'échapper, preuve qu'il allait mieux. Par l'orguéole, Soléane savait que l'après-midi était à peine entamé. Elle se réjouit. Tyll récupérait plus vite qu'elle ne l'avait espéré.

Il se rendormit.

Les heures passèrent, la nuit tomba. Tyll se réveilla et sa question démontra qu'il avait retrouvé l'esprit clair.

– Pourquoi es-tu venue ici ?

– Tu crois que j'avais le choix ? Tu étais à moitié mort !

Tyll secoua la tête.

– Tu aurais pu partir. M'abandonner là-bas.

Soléane haussa les épaules.

– Tu aurais pu m'emmener dans la zone de régénération, reprit Tyll.

– Et tes blessures se seraient infectées. Tu dois encore avoir de la fièvre pour proférer ce genre d'idioties !

Elle approcha la tisane des lèvres du blessé. L'ironie de sa réponse dissimulait son désarroi. Ils avaient été piégés par sa faute. Elle avait fait confiance à Sem-Archéo. Et cet homme qu'elle respectait autant qu'un père l'avait trompée.

L'amertume de ce constat lui arracha une grimace de dégoût. Elle n'éprouvait pas seulement du ressentiment. La boule qui se formait dans son ventre à l'évocation de l'archéole était durcie par la haine ; elle le détestait avec la force de celle qui a été trahie.

– Tu es naïve, remarqua Tyll, et tu le payes.

Soléane vida ses poumons en une longue expiration pour chasser les miasmes de son dépit.

– Oui, j'étais naïve. Il y a encore quelques jours, j'étais une fille heureuse d'être déclarée saine, prête à vivre selon les règles de l'Arche dans mon bourg du Coracle. Le seul grand problème de ma vie, c'était de réussir à endormir mon petit frère. Aujourd'hui, ma mère est bannie, mon frère est chez sa mère de lait, je suis en compagnie d'un fugitif et les traqueurs ne tarderont plus à nous récupérer. Mais si être naïve, c'est garder l'espoir, alors je le suis encore. Je suis naïve, car je veux croire qu'il est possible d'apporter la pierre aux insoumis.

– Ça, c'est pas de la naïveté, c'est de l'inconscience ! Mais je crois que je suis atteint du même mal que toi !

Le vacarme de l'orguéole jouant la musique du couvre-feu obligea les fugitifs à se taire. Ils patientèrent jusqu'au retour du calme.

Soléane aida Tyll à porter les cuillerées de bouillie à sa bouche. La douleur irradiait ses muscles à chaque mouvement, mais ses capacités à récupérer étonnaient l'herbière.

Le garçon s'étendit sur le dos, les paupières à moitié fermées, et demanda :

– Sais-tu où ta mère a trouvé cette pierre ?

– Je l'ignore. Jusque récemment, je croyais que ma mère était née à Borho. Pas facile de connaître l'histoire de ses parents puisqu'on n'était pas là pour la vivre avec eux... Et ton père ? Pourquoi était-il fugitif ?

– Installe-toi bien, j'en ai pour un moment.

Soléane avait soufflé la flamme de la lampe. Allongée sur l'autre paillasse, elle écouta Tyll raconter son histoire.

Les parents de Tyll vivaient au Palatréa.

– Mon père s'appelait Jemuel et il était le garde d'Alna. Tu sais qui c'est ?

– Non.

– La femme de l'Empera. Mon père l'accompagnait partout. Le matin, il la suivait sur la grève du bord de mer où elle se promenait avec ses deux enfants. Une petite fille et un bébé. Le pauvre ! Avec ses poumons malades, le bébé respirait mal. Il avait besoin des embruns qui l'aidaient à s'oxygéner. Les problèmes ont commencé le jour de l'accident.

Ce jour-là, la fille de l'Empera avait insisté pour porter son frère dans les bras. Ce n'était qu'une petite fille de trois ans et elle avait bondi de joie quand sa mère avait enfin cédé ! La petite portait le bébé comme un objet fragile, bras tendus, toute crispée, concentrée pour ne pas le laisser tomber.

Le drame était survenu soudainement. Une fissure s'était ouverte dans la trame, imprévisible, en un lieu qu'Alna et le garde avaient déjà foulé mille fois. La crevasse avait happé les deux enfants vers les profondeurs.

– Mon père n'a pas réfléchi. Il a fait ce que son instinct lui ordonnait.

Le père de Tyll s'était engagé dans la crevasse, mais lorsqu'il était remonté en appuyant ses pieds de chaque côté de la paroi, il ne tenait que la petite dans les bras. Le bébé malade avait été emporté.

– La douleur a rendu l'Empera fou de colère, conclut Tyll. Il a perdu la tête. Il en voulait tellement à mon père de ne pas avoir sauvé son fils ! Il disait que le garde n'avait pas tout tenté puisqu'il en était ressorti vivant. Même sa femme préférait ne pas l'affronter dans cet état de colère. Le GrandArchéole a conseillé à mon père de fuir sans attendre. Il lui a dit de m'emmener, avec ma mère, pour éviter que l'Empera, dans sa folie, ne se venge sur moi. Un fils contre un fils. L'Empera risquait d'attenter à ma vie.

Tyll secoua la tête. La décision de quitter le Palatréa avait dû être difficile à prendre. Son père était parti avec son fils, mais en abandonnant sa femme derrière lui.

– À cette époque-là, ma mère était un peu malade. Elle était affaiblie et elle n'aurait pas tenu deux jours dans la zone de régénération.

– Elle ne risquait pas de devenir la victime de l'Empera ?

– L'Empera ne la connaissait pas. Elle s'est sûrement faite toute petite. On ne sait pas ce qu'elle est devenue.

Après un silence, Tyll reprit son récit. Il parlait lentement pour éviter la douleur que les mouvements brusques de ses lèvres déclenchaient.

– La nuit, dans la zone, mon père rêvait parfois de ma mère. Il prononçait tout haut son nom, « Tahis ». Je suis sûr qu'il ne s'est pas passé une seule journée sans qu'il ne pense à elle ! Une fois par an, il m'emmenait en dehors de la zone, dans un trou d'eau vers les rampants. On ramassait des coquillages et on les ouvrait jusqu'à ce qu'on trouve une perle. Ça pouvait durer plusieurs jours ! Il en faisait un collier, une perle pour chaque année passée loin d'elle. Il voulait le lui offrir quand ils se retrouveraient.

L'obscurité empêchait les prisonniers de se voir. Soléane avait la gorge nouée par l'émotion. Ce récit résonnait en elle au-delà des mots. Toute l'existence de Tyll découlait de cette tragédie ! Un accident, dont nul n'était responsable, l'avait condamné à une vie de fugitif.

Elle prit une longue inspiration, chassa les hoquets de sa respiration et dit :

– Et maintenant, c'est à ton tour d'écrire le reste de l'histoire.

– Oui, mais je le ferai avec toi.

37

Le GrandArchéole laissa sa monture aux traqueurs de son escorte et se dirigea vers la porte de l'archapelle de Borho. L'âge venant, il ne quittait que rarement le bourg de Palatréa et ce long voyage à dos de pondeuse l'avait épuisé.

– Sem-Archéo ! appela-t-il sous le toit de l'archapelle. Vas-tu donc te montrer ?

Sem-Archéo reconnut sa voix et sortit précipitamment de sa pièce de travail. Sa surprise se teinta d'inquiétude car cette visite n'avait pas été annoncée, ni par tourterelle ni par quelque catastrophe justifiant ce déplacement. Malgré son appréhension, il accueillit le GrandArchéole avec déférence et s'empressa de lui préparer une tasse d'algue noire.

Une fois confortablement installé, entre deux gorgées du jus brûlant, le GrandArchéole s'expliqua :

– Je vois que ma présence ici te laisse pantois, mon ami, mais je voulais t'apporter en personne la grande nouvelle. Ton plan a marché. Cham-Archéo m'a envoyé une tourterelle. La fille a été capturée avec un autre fugitif.

– Je m'en réjouis ! répondit Sem-Archéo.

Pourtant, ses traits contrariés contredisaient ses paroles. Certes, il se sentait soulagé que son erreur soit réparée. Mais il connaissait la menace qui pesait sur la jeune fille et malgré tous ses efforts pour rester indifférent, cette perspective l'affectait.

– Allons, mon ami, le morigéna le GrandArchéole, ne fais pas cette tête-là ! Tu sais que la fille et la mère sont un obstacle à l'accomplissement de notre mission divine. Il faut te libérer de tout attachement personnel susceptible de te détourner du droit chemin. Accepte avec humilité de n'être qu'un outil entre les mains des dieux. Car, en vérité, les dieux, dans leur gracieuse bonté, t'ont donné la vie pour les servir.

– C'est vrai, je suis désolé. Soléane… la jeune fille, elle a l'âge de… Désolé, je vais me reprendre. Est-elle condamnée ?

– L'affection que tu portes aux autres ne doit pas te faire perdre ta lucidité. Car sinon, que feras-tu quand le grand jour sera venu ?

Sem-Archéo resta silencieux tandis que le GrandArchéole poursuivait :

– Le déluge de Noé a duré quarante jours, l'épidémie des mammifères quatre cents jours et voilà quatre siècles que le Coracle vogue. Les dieux nous ont envoyé cette nouvelle épreuve pour mesurer notre capacité à les servir. Le Coracle coule et tu sais que nous ne pourrons pas sauver tout le monde, car telle n'est pas notre mission. Est-ce que Noé a bâti des maisons sur pilotis pour protéger les hommes de son pays ? Non ! Il a obéi à la volonté des dieux. Il a fabriqué son arche et il a sauvé le meilleur de l'humanité. Est-ce que nos ancêtres ont épargné tous les hommes de la Terre en les éloignant des mammifères ? Non ! Seuls les femmes allaitantes et leurs voulus ont pris la mer sur le Coracle. Nous sommes les nouveaux Noé, Sem-Archéo. Il est de notre devoir de faire honneur à nos dieux. Nous achèverons la construction de notre radeau, cette arche des temps nouveaux. Nous la peuplerons d'hommes pieux, à même d'amender l'humanité. Et nous retournerons sur la terre de nos ancêtres. Le Coracle est condamné, Sem-Archéo, et tous ses habitants avec eux.

– Je ferai ce qui doit être fait, GrandArchéole.

– Comprends bien que bâtir la nouvelle arche ne suffit pas. C'est à nous de donner assez d'espoir au peuple pour qu'il ne se révolte pas. C'est à nous de lui faire croire qu'il sera sauvé.

Le peuple doit penser que nous les guidons vers la Terre, sans quoi il risque de contrecarrer nos projets.

– J'ai toujours été loyal et je le serai toujours, tu le sais.

Le GrandArchéole se resservit une tasse d'algue noire. Bien sûr qu'il savait Sem-Archéo loyal. Car il n'y a pas de meilleur fils que celui qu'on a arraché au désespoir, et le GrandArchéole avait pris grand soin que tous ses archéoles lui doivent la vie, après que tout leur passé avait été détruit. Mais il cernait suffisamment bien la nature humaine pour savoir que la reconnaissance n'est jamais éternelle. Avec les années, elle risquait de laisser place à la sédition.

De sa main libre, le GrandArchéole se caressa le menton tandis qu'il réfléchissait. Cette situation pouvait être l'occasion de refidéliser Sem-Archéo pour quelques années.

La mère de la jeune fugitive avait été isolée sur la bannîle, afin d'éviter qu'elle ne retrouve d'anciens alliés au Palatréa. Les tentatives pour la faire parler avaient toutes échoué. Elle n'avait pas la pierre.

Quant à la fille, elle avait été fouillée, en vain. Rester à l'interroger, ce qui serait fait prochainement... Pour peu qu'on sache s'y prendre, une si jeune fille ne résisterait pas longtemps !

Le GrandArchéole avait annoncé qu'une cérémonie du prix du sang approchait, il était temps de ramener la mère au Palatréa. Les habitants apprécieraient un sacrifice public. Mais si l'exécution concernait une mère et une fille, cela risquait d'inciter la foule à les prendre en pitié. Mieux valait éloigner la fille. Il l'enverrait ramer sur la bannîle. Quant au fugitif qui l'accompagnait, il ferait un excellent sacrifié.

Deux exécutions pour une même cérémonie... de quoi décourager les candidats à l'insoumission !

Tous ses objectifs se combinaient à merveille : la mort de la figure de proue des insoumis, la pierre retrouvée, le bannissement de la fille. Que demander de plus ? Sa décision prise, le GrandArchéole se leva, plaça ses mains sur les épaules de Sem-Archéo et, d'une voix douce, annonça :

– J'ai confiance en toi, Sem-Archéo, et ton opinion m'importe plus que tout autre. Veux-tu épargner la vie de cette Soléane ?

Sem-Archéo baissa la tête en signe d'assentiment.

– La cérémonie du prix du sang approche, je vais ordonner le retour de la mère au Palatréa. Toi, tu vas envoyer la fille sur la bannîle. Ainsi, elle vivra. Et je prendrai le fugitif à sa place.

Le sourire ému et reconnaissant de Sem-Archéo conforta le GrandArchéole dans l'idée qu'il avait réussi son coup. L'homme lui assurerait un soutien inconditionnel encore quelques années.

Sem-Archéo sortit de l'archapelle, prétextant une visite à réaliser. Il s'éloigna du bourg, craignant qu'on ne le surprenne à pleurer. Il ressentait un tel soulagement. Soléane était sauvée !

38

Les deux jours de détention dans cette geôle sans lumière naturelle leur semblèrent sans fin. Pourtant, Tyll et Soléane ne pouvaient oublier le temps, rythmé par les vibrations de la musique d'orguéole qui faisaient trembler les murs.

Chaque heure qui passait les rapprochait de l'arrivée des traqueurs. En comptant l'envoi d'une tourterelle messagère, la prise de décision des autorités et le voyage à pondeuse des soldats depuis le Palatréa de l'Empera, ils disposaient de trois jours, dans le meilleur des cas. Deux s'étaient déjà écoulés. Il n'en restait plus qu'un.

Avant même que Tyll s'avère capable de se déplacer seul, ils envisagèrent toutes les manières de s'échapper de leur prison. Sous le parquet de bambou, la trame n'offrait aucune perspective. Toute tentative pour y creuser un tunnel se solderait par une crevasse. Les murs de sel se révélaient trop résistants. À la vitesse à laquelle ils parvenaient à l'effriter, le Coracle aurait coulé avant qu'ils ne s'y frayent un passage. La porte, formée de bambous enchâssés les uns dans les autres, était trop solide pour s'y attaquer. Les villageois ne l'ouvraient qu'à deux : le premier s'occupait de la livraison d'eau et de nourriture, le deuxième les surveillait.

Leur unique espoir résidait dans le loquet extérieur, une barre, probablement un fanon de baleine, fixée au milieu du battant de la porte et dont l'extrémité mobile s'encastrait dans un logement taillé dans le mur. Il suffisait d'insérer un objet mince et rigide entre la porte et le mur pour le soulever. Ils testèrent tout ce qu'ils avaient sous la main, en vain. Aucune matière n'était assez résistante et assez fine pour faire levier.

Sous l'œil expert de Soléane, Tyll se risqua dès le lendemain de leur arrivée à s'asseoir, se lever puis marcher. Il récupéra rapidement sa mobilité. À la fin du deuxième jour, ses douleurs s'étaient déjà bien atténuées.

Les visites régulières de l'herbière dans la chambre d'à côté leur indiquaient qu'il en allait tout autrement pour le traqueur.

Tyll manqua de s'étouffer de dépit quand il découvrit que Soléane avait épargné le traqueur grâce à l'eau de sa gourde.

– T'aurais dû le laisser crever. C'était lui ou nous !

Soléane ne répondit pas, laissant le silence s'installer. À cet instant, ils entendirent un bruit de frottement venant de la porte. Le temps d'approcher, le bruit avait cessé. C'est à peine s'ils perçurent le son assourdi d'un pas qui s'éloignait de leur prison.

Intriguée, Soléane examina le sol. Un objet avait été glissé là, dans la poussière, telle une longue écharde de bambou. Elle s'exclama :

– C'est un couteau plat !

Tyll la rejoignit. Il lui prit l'objet des mains, le soupesa puis, d'une pression exercée entre ses pouces et ses index, testa sa solidité.

– Tu as raison !

Les traits de son visage affichaient son incrédulité. Les couteaux vivaient au fond de l'océan. Peu nombreux étaient les pêcheurs qui en remontaient dans leurs filets. La possession d'un seul de ces coquillages inscrits dans la liste des matières rares était lourdement sanctionnée.

Soléane fronça les sourcils. Ni elle ni Tyll ne pouvaient compter sur un allié. L'arrivée inespérée de cet objet ressemblait à un piège.

Des voix étouffées retentirent sous les peaux d'orque du toit de l'arche.

L'oreille collée sur les bambous, Soléane reconnut celle de l'archéole.

La voix qui lui répondit était trop assourdie pour que la jeune fille en comprenne le sens.

– Quelqu'un parle avec Cham-Archéo, sûrement celui ou celle qui nous l'a glissé sous la porte ! Piège ou pas piège, ça vaut le coup d'essayer. Le couteau est assez fin, on pourra soulever le loquet. On attend la nuit et…

– Tu t'échappes.

– Et on s'échappe ensemble !

Tyll esquissa un geste du bras pour désigner son corps, de la tête aux pieds.

– Non mais, regarde-moi ! Il me faut plus de temps pour traverser cette pièce qu'un malade des ossoudés pour escalader une montagne de sel.

– Tu viendras. Ou c'est moi qui reste.

– Tu fais exprès d'être idiote ? Tu ne me dois rien, Soléane.

– Si je ne t'avais pas volé tes vêtements, tu n'en serais pas là.

– C'est faux, je t'aurais suivie de toute façon. Cette histoire d'habits n'était qu'un prétexte. Ça n'aurait pas été la première fois que je serai allé au village pour en voler ! La vérité, c'est que je ne voulais plus être seul.

– Pas la peine de me mentir.

– Tu ne connais pas la solitude, Soléane. Moi, je la connais très bien. Quand j'étais avec mon père dans la zone, il lui arrivait de partir en me laissant seul. Ça ne durait que quelques jours, mais c'était bien assez long pour me rendre fou ! C'est pour ça que je t'ai suivie.

– Alors, viens avec moi !

– Je préfère cent fois me retrouver seul que te laisser partager ma prison parce que tu as pitié de moi.

– Et ton père ? Et ta mère ? Tu ne les retrouveras jamais si tu restes ici !

– Mon père est probablement mort. Quant à ma mère... J'avais trois ans quand je l'ai quittée. Je ne sais même pas à quoi elle ressemble. Depuis le temps, elle m'a oublié.

– Une mère n'oublie jamais son enfant.

Sans plus s'occuper des réticences de son ami, Soléane regroupa dans les besaces les quelques affaires qu'on ne leur avait pas confisquées. Elle remplit les outres d'eau, y glissa des herbes fortifiantes.

Qu'importe les obstacles qui se dresseraient sur sa route. Une perspective se dessinait enfin !

Le passage de l'herbière de Basol dans la chambre voisine, le repas livré par les villageois, le dernier morceau d'orguéole, tout s'enchaîna jusqu'à la nuit.

Soléane patienta encore un temps qui lui sembla infini, puis réveilla Tyll :

– C'est l'heure, debout !

– Tu ne serais pas un peu du genre butée, toi ? protesta Tyll. Je sais bien que je suis irrésistible, mais il faut te faire une raison. Sauve-toi toute seule !

– Tu n'as rien d'irrésistible. Si je t'emmène, c'est parce que c'est mon devoir.

– Ton devoir... Ah, je vois, les grands mots ! Ne pas tuer le traqueur. Faire confiance à l'archéole... Réfléchis deux secondes, Soléane. Ton devoir, c'est de partir d'ici pour trouver les insoumis et leur donner la pierre.

Soléane se tint debout, les bras le long du corps. Tout était si compliqué. Elle savait que Tyll la ralentirait. Devait-elle pour autant abandonner son ami ? Le visage de Belgha s'imposa dans son esprit. Elle renifla.

– Ma meilleure amie s'appelait Belgha.

Tyll lui jeta un regard intrigué.

– Tu l'aurais adorée, se remémora Soléane en souriant. Elle était drôle, joyeuse, elle valait mille fois plus que moi. Le jour où elle a été bannie, elle est venue se cacher chez moi. Elle s'était échappée du centre. Quand le traqueur a frappé à la porte, elle m'a suppliée de ne pas répondre. Mais je lui ai ouvert, parce que je croyais que c'était ce qu'il fallait faire. Elle est partie, les mains ligotées, sans un regard vers moi. Après ça, j'ai essayé de ne plus penser à elle. Mais tu sais quoi ? Elle revient le soir, dans mes pensées, avant de m'endormir. Elle revient, et mes remords avec.

Soléane s'accroupit jusqu'à se situer au niveau de Tyll et planta ses yeux dans les siens. La détermination transpirait de tout son être.

– Alors, arrête avec tes leçons de morale ! Sacrifier une amitié au nom du devoir, ça fait mal, plus que tu ne peux l'imaginer. Et je ne referai pas cette erreur aujourd'hui. Tu vas très vite récupérer et tu ne m'empêcheras pas de trouver les insoumis. Au contraire, ta présence les rassurera, ça me facilitera la tâche.

– Faire son devoir ou se sentir coupable... Mais si un jour tu dois choisir entre la pierre et une vie, entre ton devoir et quelqu'un que tu aimes, comment feras-tu ?

– J'en sais rien. Et maintenant, suffit les blablas. Tu m'accompagnes, même si je dois te tirer par la peau du cul jusqu'au dos d'une pondeuse. C'est compris ?

– Sur le dos d'une pondeuse ? répéta Tyll.

Il se sentait incapable de marcher, mais avec une pondeuse, la situation se présentait sous un jour différent.

– OK pour la pondeuse.

39

– Raconte-moi, Tahis. S'il te plaît, raconte-moi.

Tahis ôta la cuillère de la bouche de l'Empera et regarda son voulu. Elle comprenait son besoin de découvrir ce qui s'était produit en son absence, de reconstituer le puzzle de son existence. Mais repenser à ces jours passés était douloureux. Aujourd'hui encore, elle ignorait si son fils aîné était vivant. Le passé n'était pas de l'histoire ancienne.

Elle se leva et se dirigea vers la fenêtre. Déjà les oiseaux l'attendaient, pressés de becqueter les miettes qu'elle leur apportait chaque jour.

Sauf qu'aujourd'hui, elle les avait oubliées.

D'un coup de cuillère le long des parois du bol, elle recueillit ce qui restait de bouillie et le posa sur le bord de la fenêtre. Puis elle s'assit sur une chaise, en face de son voulu.

– Le jour où tu as emporté notre fils, le jour où vous avez fui, j'ai senti la haine me dévorer les entrailles.

Jemuel hocha la tête, se gardant bien de l'interrompre. Il savait que ce récit ne pouvait se faire en pointillé.

– Alors, je suis allée chez l'Empera. Je venais venger mon voulu et mon fils. Je voulais aussi venger la femme de l'Empera qui avait dû fuir la folie de son voulu pour mettre leur fille à l'abri ! Comment un homme digne de ce nom pouvait-il condamner sa propre famille ? Je n'acceptais pas cette injustice.

La main de Tahis passa sur sa bouche, un bâillon d'une seconde. Puis elle poursuivit.

– J'ai pris un bambou taillé, assez large pour le tenir bien en main, pas trop pour réussir à le planter dans le cœur d'un homme. Je suis allée trouver l'Empera pour le tuer. C'est en entrant dans sa chambre que j'ai compris. On nous avait menti. Ce n'était pas lui le responsable, il n'était qu'une victime. Je l'ai vu, recroquevillé dans le lit de son fils, dans le lit de ce bébé mort sous le Coracle. L'Empera était enfermé dans les limbes d'un sommeil de brume. Il n'en est plus jamais sorti. Le GrandArchéole m'a surprise alors que je me tenais juste là, à côté. Il semblait ignorer qui j'étais. Ce jour-là, j'ai fait comme si quelqu'un m'avait chargé de surveiller l'Empera. Je voulais être là quand il se réveillerait, tu comprends. Je voulais être là pour qu'il m'explique pourquoi tout cela était arrivé. Mais il ne s'est jamais réveillé. Et j'ai commencé à me poser des questions.

Tahis baissa la tête en regardant les mains de Jemuel qui s'étaient posées sur les siennes.

– Puis, quand j'ai compris que j'étais enceinte, j'ai eu peur pour l'enfant. J'ignorais si le GrandArchéole avait mené son enquête, s'il me gardait au service de l'Empera pour mieux me surveiller dans l'espoir de te retrouver et donc de retrouver la femme de l'Empera. La vieille herbière m'a aidée à accoucher. C'est elle qui a porté Johen jusqu'à la Guilde.

Des larmes coulaient sur les joues de Tahis sans aucun autre signe pour trahir ses pleurs. D'un revers de main rageur, elle les essuya et se leva pour rejoindre la fenêtre.

– Jemuel !

L'homme releva la tête, écrasé par le chagrin de ces treize années gâchées.

– L'oiseau !

Au creux des paumes de Tahis gisait un oiseau mort.

Tous deux échangèrent un regard.

– L'oiseau a mangé la bouillie, constata Tahis, et il est mort.

– D'où vient la bouillie ?

– De la cuisine ! Chaque jour je vais la chercher et je la donne à manger à l'Empera. Chaque jour, je...

Elle ne termina pas sa phrase. Toutes ces années, elle avait empoisonné l'Empera pour l'empêcher de sortir de son coma !

– Mais pourquoi n'y ai-je jamais pensé ? se reprocha-t-elle.

– Parce que tu ne pouvais pas imaginer des gens capables d'empoisonner l'Empera !

Tahis s'approcha de l'homme inconscient et prit sa main dans les siennes. Voilà treize ans qu'il ne quittait plus les brumes du sommeil à cause du poison dont elle le nourrissait quotidiennement.

– Tu crois que ce sont ceux de l'Arche qui ont fait ça ? demanda-t-elle.

– Qui d'autre aurait eu intérêt à maintenir l'Empera dans cet état pour conserver son pouvoir ? répondit Jemuel.

Tahis reposa doucement la main de l'Empera sur le lit. Elle se dirigea vers le mur qu'elle frappa de ses deux poings.

– Ça fait treize ans... Treize années de perdues, tu te rends compte ! Il est trop tard, maintenant. Les insoumis ont été traqués, le Coracle s'est enfoncé dans l'océan, l'Arche surveille tous les habitants.

– Non, il est encore temps d'agir, dit Jemuel. Dès que ma blessure sera guérie, je partirai alerter les insoumis, et j'irai chercher Tyll.

Tahis regarda l'oiseau qui gisait dans ses mains. Pour lui, il n'y avait plus rien à faire.

40

Dès que le loquet de la porte céda, Tyll et Soléane se glissèrent hors de leur cellule.

– Il faut qu'on sorte par la fenêtre de la chambre du traqueur pour ne pas se faire repérer.

Tyll secoua la tête vivement, en signe de dénégation. Cobugès pouvait avoir retrouvé assez de forces pour donner l'alerte, le risque était trop grand.

Sans tenir compte de sa désapprobation, la jeune fille tira la porte vers elle et entra. Tyll se résigna à lui emboîter le pas, un bras pressé contre son ventre douloureux.

Dans la chambre, l'atmosphère était étouffante, saturée de fumée d'herbes hallucinogènes et des relents rances du corps brûlé. Tyll plaqua sa main sur sa bouche et son nez pour contrôler son dégoût. Allongé sur un lit, Cobugès ne portait aucun vêtement. Ses membres, son torse, son cou avaient été recouverts de bandes de tissu imprégnées de cataplasme. Seul son visage, qui n'avait pas été immergé dans la flaque, avait été épargné.

De ses doigts tendus au-dessus de la bouche du traqueur, Soléane vérifia qu'il respirait. L'homme avait les yeux fermés. Rassurée par le souffle régulier, elle hocha la tête à l'intention de Tyll.

Soléane hurla sans pouvoir retenir ce cri de frayeur. D'un mouvement brutal, Cobugès avait attrapé son poignet. Sa main écrasait ses os avec une force que son état ne laissait pas soupçonner.

Le traqueur avait ouvert les yeux. Elle l'entendit balbutier avant de sombrer à nouveau dans l'inconscience :

– Deux rations.

– Il va crever, constata Tyll, et ce n'est que maintenant qu'il comprend ce qu'il s'est passé.

– De quoi tu parles ?

– Les deux rations de lait, pour sa mère. Il l'a tuée en croyant la soigner.

– Quand tu lui as dit ça, l'autre fois, dit Soléane, j'ai cru que c'était pour te venger de nous avoir piégés. C'est quand même pas possible que le lait soit empoisonné... Il n'y a aucune raison de faire ça !

– Ouvre les yeux, Soléane ! Tu crois vraiment que le Coracle peut nourrir tous les habitants ? Les rampants et la zone grignotent les espaces de culture. La trame est en train de pourrir, le Coracle de couler ! L'Arche doit faire durer l'espoir pour empêcher les habitants de se révolter jusqu'à ce qu'il soit trop tard ! Si la nourriture venait à manquer, ce serait une autre histoire. Alors moins il y a d'habitants sur le Coracle, moins il y a de risque de révolte.

Soléane se figea. Que le lait puisse empoisonner des hommes et des femmes lui semblait une abomination. Elle se remémorait les nombreux malades que sa mère avait aidés à passer en paix. Tous avaient subi la lente évolution de la maladie. Tous avaient senti leurs propres os se transformer en une prison fatale.

Elle n'eut pas le temps d'y penser davantage. Tyll la rappela à l'ordre en tirant sur sa manche. La tête commençait à lui tourner sous l'effet des herbes brûlées. Il grimaça en désignant la fenêtre.

Dès les premières minutes, Tyll sentit qu'il n'y arriverait pas. Ses forces s'épuisèrent alors qu'il escaladait l'appui de la fenêtre et qu'il s'éloignait de l'archapelle. Dans l'obscurité de la nuit, Soléane le soutint, ses épaules glissées sous son bras, jusque dans une minuscule ruelle perdue entre deux maisons où Tyll s'effondra contre un des murs de sel.

Désormais, la douleur éclatait dans le bas de son ventre et irradiait ses membres, son dos, jusqu'à son cou. Chaque mouvement était un supplice. Tyll gémit dès que Soléane tenta de le relever.

– À deux, on risque d'être repérés plus facilement. Prends de l'avance, je te rejoins.

– Tu me prends pour une idiote, Tyll ? Ça fait des années que je travaille avec des gens qui souffrent. Je reconnais les signes de la douleur. Assieds-toi là. Attends-moi. Je reviens avec une pondeuse.

La nuit n'était estompée que par la lueur timide d'un croissant de lune. L'orguéole avait sonné le couvre-feu une dizaine de minutes auparavant. Tyll appuya sa tête contre un mur sans trouver la force de protester.

Soléane glissa le long des façades, silhouette sombre à peine discernable. Très vite, il la perdit de vue. Il murmura :

– Tu vas me manquer.

Puis il sombra. Le doux sommeil de l'oubli lui ouvrait les bras.

Soléane marchait sur la piste, dans la nuit. Les ténèbres avaient avalé le bourg de Basol à mesure que les fugitifs s'en éloignaient. Leur évasion n'avait pas encore été découverte. Elle ne le serait probablement qu'au matin.

L'oreille aux aguets, elle se tenait prête à s'engager sur les rampants à la moindre alerte. La pondeuse volée dans l'enclos du bourg la rassurait : son instinct la guiderait pour contourner les endroits fragilisés de la trame et les flaques acides.

À l'horizon, un éclair de chaleur zébra le ciel. Un nouvel orage se préparait. D'une petite traction sur le capuchon,

Soléane arrêta l'oiseau géant. Mieux valait l'aveugler avant qu'il ne prenne peur.

Pour la troisième fois depuis le début du périple, elle récupéra une outre dans sa besace et versa de l'eau sur un tissu. Tyll l'inquiétait. Quand elle essora le tissu au-dessus de ses lèvres, il tressaillit. Elle insista :

– Tyll ? Est-ce que tu m'entends ? Tyll ?

Lorsqu'elle l'avait retrouvé dans la petite rue du bourg, il avait grimpé sur la monture dans un état de semi-conscience dont il n'était pas ressorti depuis.

– Tyll ? Ouvre les yeux.

Il fallut deux longues minutes pour le convaincre de s'arracher à sa somnolence. Il émergea, les sourcils froncés sous l'effet de la migraine qui tambourinait sous son crâne.

– On est où ? demanda-t-il

– Sur la piste, en direction du bourg de Trapor. Si tu ne t'es pas trompé, on va longer la presqu'île et on y trouvera les insoumis.

– Va dans la zone.

– Ça nous ralentirait et on doit s'éloigner du bourg le plus possible tant qu'il fait nuit. On s'y réfugiera à l'aube.

Tyll s'effondra, épuisé, sur le dos de la pondeuse. Effrayée par son état de faiblesse, Soléane annonça :

– D'accord, je t'emmène dans la zone.

Soléane redonna un peu de vue à la pondeuse en soulevant son capuchon. L'oiseau reprit son pas régulier. La jeune fille l'engagea dans les rampants. Elle mettrait Tyll à l'abri. Et dès qu'il serait rétabli, elle poursuivrait sa quête des insoumis.

Le sifflement caractéristique du vol d'un oiseau résonna dans le ciel. Masqué par la nuit, Galil n'abandonnait pas son maître.

41

La dispute éclata en un crescendo de murmures juste assez faibles pour ne pas interrompre les mille et un bruits crépusculaires de la zone de régénération.

Depuis trois jours qu'ils se cachaient dans cette clairière d'arbres dessalants, Soléane et Tyll se savaient menacés. Si les traqueurs soupçonnaient leur présence, ils n'hésiteraient pas à affronter les longues branches couvertes de sel et hérissées de concrétions effilées et tranchantes pour les capturer. Mieux valait rester discrets.

Ils avaient abandonné la pondeuse vers les rampants. Trop bruyante et peu adaptée aux déplacements dans la zone, elle aurait pu les faire repérer.

Perché au sommet d'un tronc mort, l'aigle pêcheur détaillait la scène, prêt à intervenir pour défendre son maître.

Dès le premier jour de leur fuite, l'oiseau avait répondu au coup de sifflet. Il avait fondu sur le manchon de cuir à une telle vitesse que Tyll avait crié sous la douleur de l'impact. Le garçon avait caressé l'animal, le berçant de paroles. L'oiseau semblait apprécier ces retrouvailles. Il avait repris son envol lorsque Soléane avait tenté de le toucher.

Le deuxième jour, Tyll avait récupéré un peu de ses forces grâce aux soins de l'herbière. Il parvenait désormais à marcher plus longtemps et les souffrances que déclenchaient ses mouvements restaient supportables.

Au troisième jour, les discussions s'étaient faites vives. Aucun d'eux n'acceptait de céder sur ce qu'il convenait de faire. Soléane souhaitait poursuivre son périple tandis que Tyll préconisait la prudence.

En ce quatrième jour, Soléane avait rempli les deux dessalinisateurs en prévision du départ. Assis sur l'amas de feuilles de bambou qui lui servait de matelas, Tyll s'opposait à ce projet.

– Mieux vaut nous faire oublier. Dans quelque temps, les traqueurs se seront lassés de nous chercher. Alors, nous partirons.

– Quatre jours de perdus, c'est déjà trop. Je veux rejoindre les insoumis.

– Ce que tu veux, ça ne compte pas, c'est ce que tu peux qui importe. Les traqueurs n'attendent qu'une chose pour te repérer : que tu bouges.

– Je n'ai qu'à longer la côte. Je marcherai de nuit.

– Parce que tu crois que les traqueurs vont passer leurs nuits à dormir pendant que tu avances ?

– Je crois que je peux y arriver.

– Tu n'y connais rien ! Est-ce que tu sais ce que ça fait que d'être poursuivi par un type dont la seule envie est de te capturer ? Moi, je le sais. Moi, je sais ce que ça fait de frôler la mort. On comprend vite qu'on est tout petit. Il faut accepter de se cacher pour survivre.

– Survivre ? protesta Soléane. En se planquant toute sa vie dans la zone ? À quoi bon mener une existence si elle est dépourvue de sens ?

– C'est celle que j'ai vécue jusque-là, constata Tyll. Tu penses que ma vie a moins de valeur que la tienne ?

– Excuse-moi, je ne voulais p...

– T'excuse pas ! Mais ne pars pas maintenant. Pas tant qu'ils sont sur les dents. Il suffit d'attendre. Deux ou trois mois.

D'un geste assuré, Soléane dénoua son chignon et tendit la pierre de Terre en l'air pour regarder le ciel au travers.

– Deux ou trois mois, c'est une éternité...

– Bien sûr que non ! rétorqua Tyll. Ça fait seize ans que tu ignores que tu es fichée. Ça fait seize ans que ta mère te cache qui elle est, qui tu es. Il y a quelques jours, tu ne savais même pas que ta fameuse pierre existait. Alors, tu n'es pas à deux mois près !

– Ça fait seize ans que je crois en l'Empera et en l'Arche. Ça fait seize ans que je leur obéis sagement, que je respecte les règles, que je ne décide jamais par moi-même. Mais maintenant, je sais que les autorités mentent, je sais qu'elles empoisonnent les gens, je sais qu'elles n'empêcheront pas le Coracle de couler.

– Et alors, tu vas sauver le monde ? Comme ça, à toi toute seule ? Tu délires, ma pauvre... Même si les insoumis récupèrent la pierre, qu'en feront-ils ? Ils n'ont pas de rameurs pour mener le Coracle jusqu'à la Terre. Il leur faudra du temps pour convaincre les habitants !

– Je n'attendrai pas. Même pas une minute. C'est moi qui décide de ma vie, désormais. Ma mère m'a confié cette pierre, elle m'a fait confiance, c'est à moi de jouer. Mais libre à toi de rester là, tu as retrouvé suffisamment de forces pour survivre.

Elle renoua sa chevelure autour de la pierre.

Tyll se releva trop brutalement, déclenchant une vague de douleur dans les muscles meurtris de son ventre. L'obstination de Soléane l'exaspérait. Cette fille n'écoutait rien ! Elle était incapable de mesurer les risques auxquels elle s'exposait.

Et lui, pour quelle cause serait-il prêt à se mettre en danger ? Quand son père avait disparu, il n'avait pas dépassé les frontières de la zone pour le rechercher. Il était resté seul. Seul à fouiller les troncs pourris à la recherche d'insectes qu'il mangeait en tête à tête avec un oiseau de proie. Il ne voulait plus de cette existence qui n'avait pas d'autre but que la survie. Il bougonna :

– Finalement, je vais venir avec toi. Mais c'est seulement parce que j'ai envie de voir à quoi ressemble le bourg de Trapor.

Elle lui sourit.

– Tu as raison. Il paraît qu'à l'embarcadère des bannies, il suffit de tendre le bras pour toucher les icebergs. Ça vaut sûrement le déplacement !

Soléane marchait en tête, à la lisière de la zone de régénération. La piste, qui serpentait à une centaine de mètres de là, les séparait de l'océan. Tyll suivait sans se plaindre, malgré les élancements douloureux qui le tenaillaient dès qu'il tentait d'allonger le pas.

La brise qui soufflait emportait jusqu'à eux des embruns au goût de sel. Sous leurs pieds, le discret roulis témoignait de la progression du Coracle sur les vagues. Au loin, la silhouette des montagnes de sel émergeait à la lueur de la lune

– On a déjà bien avancé, constata Soléane, on atteindra bientôt l'extrémité de la zone. On va s'arrêter un moment.

– Bien avancé ? ironisa Tyll. C'est à peine si on a marché trois heures. Et vu ma vitesse de progression, ça équivaut à peine à la moitié. Pourquoi s'arrêter ?

Elle s'effaça pour montrer à Tyll le paysage qui s'étendait devant eux.

– Voici le problème. Des kilomètres de rampants dans lesquels on ne pourra pas se cacher. Les traqueurs nous repéreront au premier coup d'œil. Il vaut mieux que tu récupères encore un peu avant qu'on s'y aventure.

– Dis donc, t'es une vraie girouette.

– Je ne vois pas le rapport.

– Le rapport ? s'esclaffa Tyll. Tu as la mémoire courte ! Il adopta une voix aiguë pour poursuivre : « Deux mois ? Aaargh, c'est l'éternité, plutôt mourir en chemin que de rester terrée dans la zone. »

Soléane leva les yeux au ciel et rétorqua :

– Très bien, gros malin, puisque tu y tiens, on y va. Tu es prêt ?

Tyll ne répondit pas. Sa longue tirade l'avait essoufflé. Il se concentra sur sa respiration pour n'en rien laisser paraître. Malgré ses attaques caustiques, il connaissait la raison des hésitations de Soléane : lui. Elle craignait qu'il ne tienne pas le coup. Mais il n'accepterait pas d'être celui qui entraverait son projet. Soléane voulait apporter la pierre aux insoumis ? Il l'accompagnerait, jusqu'à la bannîle s'il le fallait. Après des années passées dans la zone, il s'autorisait enfin à vivre. Ce n'était pas maintenant qu'il allait renoncer !

Partie 3

Sombrer sur la bannîle

42

La première nuit qu'ils passèrent à marcher sur la piste s'écoula sans encombre. Avant l'aurore, ils s'écartèrent de la sécurité du sol de bambou pour s'enfoncer dans les rampants. Le sol était recouvert d'une fine pellicule de sel, résultat de l'évaporation de l'eau salée qui s'instillait jusque-là. Seuls les rampants, dont la base se trouvait parfois à des centaines de mètres, parvenaient à s'étendre sur ce sol devenu stérile.

Soléane regrettait d'avoir libéré la pondeuse. Le sol crissait sous leurs pieds, sans qu'elle parvienne à déterminer s'il s'agissait du sel ou d'une fissure de la trame. Pour parcourir la courte distance qui les séparait du bord du Coracle, ils mirent autant de temps que pour trois kilomètres sur la piste de bambou. Mais ils n'avaient pas le choix. Le soleil pointait ses rayons à l'horizon. Il leur fallait se cacher. Les falaises du bord du Coracle étaient réputées friables et dangereuses, les traqueurs éviteraient de s'en approcher.

Dès qu'ils atteignirent leur but, à une dizaine de mètres du bord, Tyll s'en alla pourvoir à l'eau et à la nourriture. Ses années de fugitif lui avaient appris à trouver l'essentiel en tous lieux et toutes circonstances.

Dans le même temps, Soléane écarta les rampants sur une surface équivalente à un nid de pondeuse. L'épaisseur des végétaux leur offrirait un mince rempart derrière lequel s'abriter des regards. Plus tard, dans la journée, ils se glisseraient sous les tiges feuillues pour se protéger de la chaleur.

Le repas, constitué d'insectes, d'algues et de quelques petites crevettes, fut vite expédié. Un sifflement, et l'aigle pêcheur piqua depuis le ciel jusqu'à atterrir, ses serres autour du manchon de cuir. Tyll lissa ses plumes longuement. Dès qu'il reprit son envol, la fatigue s'avéra plus forte que la lumière du soleil levant. Tyll et Soléane s'endormirent, hermétiques aux bruits de ceux qui empruntaient la piste.

Une vague salée les réveilla brutalement. Le ciel avait viré au gris, le vent soufflait, un coup de tonnerre retentit. La tempête s'était levée sans qu'ils ne l'aient entendue arriver.

D'un mouvement réflexe, Soléane se jeta à quatre pattes sur sa besace que la vague emportait.

Tyll se redressa à son tour. D'un coup d'œil, il vérifia la piste, à plus d'une centaine de mètres de là. Comme il le supposait, elle était déserte.

Ils n'eurent pas le temps de se mettre en route pour la rejoindre. Une nouvelle claque d'eau salée les plaqua au sol. Ce n'était plus une besace que la vague menaçait d'entraîner en se retirant, mais les fugitifs eux-mêmes. Tyll et Soléane se sentirent glisser sur un bon mètre sans pouvoir rien faire.

– Entortille tes jambes dans les rampants ! hurla Tyll. Et donne-moi tes mains !

La jeune fille s'allongea sur la croûte de sel, entrelaçant bras et jambes dans les tiges de rampants. Tyll en fit autant en face d'elle, parallèlement à la côte. Au bout de leurs bras tendus vers l'avant, leurs mains étaient crochetées si fortement l'une à l'autre que rien ne semblait pouvoir les séparer.

La troisième vague s'abattit sur eux, plus puissante encore que la précédente. Les poumons écrasés par le poids de l'eau, Soléane chercha de l'air avec avidité. Au moment où elle respira enfin, elle sentit les mains de Tyll s'échapper des siennes. Les rampants avaient été arrachés tout autour de lui, la vague l'entraînait dans son sillage, et plus rien ne le retenait au sol.

D'un coup de pied, elle se propulsa vers l'avant et agrippa ses poignets. Tyll n'eut pas le temps d'enchevêtrer ses jambes parmi d'autres rampants que déjà, le vacarme de la quatrième vague fracassant la falaise leur brisa les oreilles.

Elle déferla sur eux comme si elle voulait les arracher au Coracle.

Soléane subit l'étirement douloureux des tendons de ses bras soumis à la traction de Tyll. La vague se retira, renonçant à emporter le garçon avec elle. Tyll profita du court répit avant la vague suivante pour emmêler ses bras et ses jambes dans d'autres rampants.

La tempête se déchaîna une heure encore, déployant une puissance digne d'un dieu en colère. Puis soudain, le vent tomba. L'océan s'apaisa à son tour. Un mince rayon de soleil couchant éclaira le désert des rampants. Tyll et Soléane, les mains toujours nouées, relevèrent la tête.

Sur une largeur d'une dizaine de mètres, tout le long de la côte, il ne restait de la végétation que des tiges dépourvues de feuilles.

– Ça va ? demanda Soléane.

– Sans toi, je ne m'en sortais pas.

– Tu vas avoir la force de repartir ?

Une étrange euphorie emplissait Soléane d'énergie. Les muscles de ses bras la brûlaient d'avoir trop travaillé. Sa bouche était sèche, ses yeux attaqués par le sel la piquaient. Pourtant, elle n'avait qu'une idée en tête : repartir. La tempête ne l'avait pas fait renoncer, bien au contraire. Elle l'avait confortée dans son projet. Après avoir affronté le déchaînement des éléments, la jeune fille se sentait la force de traverser le Coracle sans s'arrêter.

Tyll perçut la rage qui l'habitait. Il proposa :

– Mieux vaut attendre que la nuit soit tombée.

Ils rampèrent jusqu'à l'espace épargné par les vagues et patientèrent, couchés sous la végétation. Lorsque l'obscurité les protégea suffisamment des regards, Soléane défit sa coiffure que les vagues avaient mise à mal pour reformer un chignon bien serré autour de la pierre de Terre. Alors, ils se mirent en route.

43

De longs nuages rosés enflammant le ciel annonçaient l'aube. Soléane et Tyll avaient marché toute la nuit, avalant les kilomètres. Seuls deux villageois qui dérogeaient au couvre-feu les avaient obligés à se dissimuler. Les fugitifs avaient repris la piste peu après.

Satisfaite de la distance parcourue, Soléane proposa de gagner les rampants avant que la lumière ne dévoile leur présence. L'absence de traqueur la rendait méfiante. Tyll partageait son point de vue. La tempête avait peut-être interrompu la traque, mais depuis, les pondeuses auraient eu le temps de les rattraper. Les autorités n'avaient sûrement pas renoncé à les retrouver !

Ils s'avancèrent tous deux dans les rampants. Cette fois-ci, ils comptaient rester en retrait de l'océan.

Tyll donna l'alerte à voix basse.

– Soléane ! Là, quelqu'un qui dort.

Elle s'immobilisa aussitôt.

À une vingtaine de mètres de là, un inconnu se relevait déjà, frottant ses yeux emplis de sommeil. Une large bâche avait fait office de tente. Il avait visiblement passé la tempête et la nuit au milieu des rampants et s'apprêtait à reprendre son chemin.

L'individu tourna la tête dans leur direction. Il n'était plus temps de se coucher au sol pour se soustraire à son attention. Plantés comme ils l'étaient, tels deux bambous au sommet d'une colline de sel, seul un aveugle ne les aurait pas repérés.

– Qu'est-ce qu'on fait ? chuchota Soléane.

– On le tue, pas le choix.

– On l'assomme, ça suffira.

Résolus à maîtriser l'inconnu, ils se séparèrent pour le prendre en tenaille.

L'individu s'était levé. Il regardait fixement Soléane, sans porter attention à Tyll. Quand elle fut assez proche pour qu'il discerne ses traits, il s'exclama :

– Soléane ? Il me semblait t'avoir rec…

Soléane fit un geste à Tyll, mais trop tard. Ce dernier avait profité que l'inconnu soit concentré sur Soléane pour passer derrière lui et ramasser un bloc de sel. Il le lui abattit sur la tête. Assommé, celui qui avait installé son camp au milieu des rampants s'effondra tête la première sur le sol. Soléane se fâcha :

– Par tous les vents, Tyll, tu ne pouvais pas attendre une seconde avant de le frapper ? Tu ne l'as pas reconnu ? C'est Johen, l'apprenti de la Guilde que j'ai croisé dans la zone.

Tyll haussa les épaules.

– Et alors ? Au moins, comme ça, on ne court aucun risque.

– Mais regarde, Tyll, ce n'est qu'un gamin !

– Un gamin qui aura du poil au menton très bientôt ! Tu crois qu'il va te laisser t'enfuir juste parce qu'il t'a sortie d'une crevasse ? Les traqueurs interrogent sûrement tous les voyageurs. M'étonnerait qu'il tienne sa langue.

Soléane s'agenouilla auprès du blessé. Une bosse se dessinait sur son crâne. Malgré son envie de faire confiance à Johen, Soléane savait que Tyll avait raison. Le jeune apprenti ne les connaissait pas. Il travaillait pour la Guilde qui, même si elle exerçait ses talents avec discrétion et neutralité, restait une autorité du Coracle. Soléane elle-même avait trahi Belgha avec le sentiment de faire son devoir, alors pourquoi Johen ne dévoilerait-il pas leur présence aux traqueurs ? Aucun argument ne plaidait en faveur de son silence.

Elle se remémora les heures surprenantes qu'elle avait passées en sa compagnie. Tyll posa sa main sur son épaule :

– Il faut partir, Soléane. Le jour va se lever, on doit trouver un abri loin d'ici pendant qu'il est encore inconscient.

– Une minute, je voudrais juste…

Elle fouilla dans sa besace. Où donc avait-il bien pu se glisser ? Après l'avoir vidée, elle retrouva l'objet qu'elle cherchait : le cocon que Johen lui avait glissé dans les mains pour l'aider à sentir la faible palpitation de la vie. Il était encore humide de la tempête de la veille et elle ignorait si la vie continuait à grandir en lui. Mais à son tour, elle le déposa au creux de sa paume en s'excusant à voix haute :

– Désolée, Johen.

Elle n'avait pas fait dix pas que la voix de Johen la rattrapait :

– Drôle de manière d'exprimer ta gratitude ! Je te sors de ta crevasse, je vous libère de votre prison de l'archapelle et voilà comment vous me remerciez ? Ouh, ce que j'ai mal au crâne…

Tyll et Soléane se retournèrent en un même mouvement. Ils s'exclamèrent ensemble :

– Le couteau, c'était toi ?

Johen désigna son sac de travail :

– Où croyez-vous qu'on puisse trouver un couteau aussi rare, à part dans une trousse de facteur d'orguéole ? J'espère que vous me l'avez ramené !

Johen se redressa, manquant d'écraser le cocon qui roula sur le sol. Les deux fugitifs s'approchèrent, leurs mots mêlant excuses, remerciements et questions.

La confusion entraîna les rires, puis arrivèrent les présentations. Malgré le désordre apparent, le contact était facile, trop facile pour satisfaire Soléane. Elle ne parvenait pas à chasser le doute qui sapait les fondations de cette nouvelle amitié au fur et à mesure de leur édification. Après une demi-heure d'échanges, elle exposa ses inquiétudes :

– Johen, pourquoi nous aides-tu ? Tu cours le risque d'être sanctionné, tu n'as rien à gagner et tu ne nous connais même pas !

– Tu me crois trop jeune pour réfléchir par moi-même ?

Tyll se moqua :

– Tu es peut-être plus jeune que Soléane, mais on dirait que tu en as un peu plus sous le chignon !

Bonne joueuse, Soléane éclata de rire. Elle reprit son sérieux pour préciser :

– Ce n'est pas une question d'âge. Je ne comprends pas ce qui te pousse à nous aider.

– Est-ce que tu aimes la musique d'orguéole ? lui demanda Johen.

– Non, répondit-elle, surprise. Je l'entends, je comprends les consignes qu'elle délivre. Ça fait partie de la vie, c'est tout.

– J'ai passé mon enfance à apprendre l'orguéole, note après note, accord après accord, partition après partition, poursuivit le garçon. Et tu sais quoi ? Nous sommes nombreux dans la Guilde à inventer de nouveaux morceaux, à agencer les notes et les rythmes autrement, à créer des mélodies qui ne veulent rien dire.

– Comment ça ?

– Juste la musique ! Une musique qu'on n'apprend pas à décrypter, qui ne donne pas d'ordre, qui n'apporte aucune information. Une musique qui vient de là.

Johen indiqua de la main l'endroit où battait son cœur. Devant l'air étonné des deux fugitifs, il précisa :

– L'Arche nous interdit de les jouer, bien sûr. Alors, on laisse aller nos mains sur les claviers muets et on imagine. On entend résonner la musique sous nos doigts et dans nos tripes. Elle chante en nous comme vibrent les créatures vivantes. Elle est riche de tant d'émotions ! De la joie, de la tristesse, de l'espoir… cette musique nous emporte. Et vous savez pourquoi ?

Soléane répondit par la négative.

– Parce qu'elle est libre.

Un silence s'invita entre les trois compagnons. Tyll et Soléane saisissaient mal ce que voulait dire Johen. Mais, au-delà des mots, ils sentaient la puissance de son propos, ils percevaient combien cette musique du silence occupait une place importante dans sa vie. Johen conclut :

– Voilà pourquoi je vous aide. Parce que, comme de nombreux autres membres de la Guilde, j'ai envie d'entendre cette musique tonner dans les archapelles. J'ai envie que les habitants apprennent à décider par eux-mêmes la manière dont ils veulent vivre. J'ai envie qu'ils comprennent que l'Arche ne les guide pas vers la Terre.

– Ça n'a rien à voir avec nous ! répliqua Soléane.

– Ça a tout à voir, au contraire. Ça a à voir avec les insoumis.

Plongés dans leur discussion, les trois compagnons ne prêtaient plus attention à la piste. Le jour s'était levé, les premiers rayons du soleil balayaient les rampants de leur lumière rasante. Un mouvement attira l'œil de Tyll. Il s'aplatit au sol en murmurant :

– Là-bas ! Des traqueurs !

L'affolement des premiers instants se mua en une suite d'actions organisées par Johen. Il invita les deux fugitifs à se glisser sous les rampants. Du bout du pied, il poussa leurs besaces à leurs côtés. Puis, il vérifia qu'aucun indice ne révélait leur présence.

Alors il se rassit au milieu de son campement, tel un voyageur gagné par la fatigue, dont la nuit viendrait de s'achever à l'instant.

Le groupe des traqueurs arriva peu après. Il les accueillit d'un sourire, en s'étirant. Tout proches de lui, Soléane et Tyll s'appliquaient à respirer aussi discrètement que possible.

44

– Bonjour, l'ami. Mais je te reconnais ! Tu es l'apprenti de la Guilde qui a révisé l'orguéole au bourg de Borho ?

Soléane perçut un frisson glacé parcourir ses membres. C'était lui, Sem-Archéo. Elle s'attendait à sentir flamber en elle le ressentiment et la haine. Mais c'est une tornade de doutes qui s'empara d'elle. Ses intonations familières l'attiraient comme une maison chaleureuse, un lieu où elle pourrait se reposer en confiance. Il semblait si affable !

Peut-être qu'il n'était pas responsable de sa capture à l'arche de Basol ? Peut-être que Cham-Archéo en avait pris lui-même l'initiative, en trahissant Sem-Archéo ?

La tentation d'adopter un nouveau point de vue tourbillonnait en elle, attisée par l'espoir. Bien sûr, il la cherchait. Bien sûr, il était accompagné de plusieurs traqueurs. Mais l'archéole ne lui souhaitait pas de mal. Il ne pouvait pas lui souhaiter de mal.

Les dents serrées, elle chassa ces pensées tentatrices et tendit l'oreille.

L'archéole menait l'interrogatoire sur le ton de la conversation. Johen répondait aussitôt, avec naturel et sans buter sur les mots. Il précisa :

– Non, je n'ai vu personne, juste une équipe de non-voulus tôt ce matin. J'ai aussi aperçu des pêcheurs autour d'une crevasse hier après-midi, un peu plus haut sur la piste, avant la tempête. Des hommes, pas de femme. Il y avait un petit groupe d'enfants avec eux, de cinq ou six ans environ. Qui traquez-vous, si ce n'est pas indiscret ?

– Personne… Ils deviendront personne quand on leur aura mis la main dessus.

Soléane griffa le sol de sel avec le bout de ses doigts. Cette fois, c'était un traqueur qui avait pris la parole. L'intention du groupe était claire : anéantir les fugitifs.

La colère comprima ses mâchoires en un étau douloureux. Les dernières parcelles d'amour cédèrent la place à la haine.

Sem-Archéo était son ennemi. Plus jamais elle n'en douterait.

– Et cette chose, c'est quoi, mon ami ?

Soléane se demanda de quoi parlait l'archéole. La réponse de Johen l'éclaira.

– Juste un cocon qui s'est échappé de mon sac.

L'échange tournait désormais autour de broutilles sans importance. Soléane sentit l'espoir renaître. Ils allaient partir. Très bientôt. Avait-elle pensé trop fort ? La bouffée d'espérance disparut aussi vite qu'elle était apparue. Le silence qui régnait depuis quelques secondes n'augurait rien de bon.

Quand le traqueur se laissa tomber sur elle, les poumons de Soléane expulsèrent violemment tout l'air qu'ils contenaient sous l'ampleur du choc. Sa cage thoracique tout entière se trouvait verrouillée comme celle d'un malade des ossoudés. La panique l'envahit. Écrasée par une masse pesant deux fois son poids, elle ne parvenait plus à respirer.

La déchirure du manteau des rampants la libéra en même temps qu'elle l'exposait aux regards de son agresseur. Le traqueur annonça :

– Vous aviez raison. C'est la fille.

Une mêlée ponctuée de cris lui indiqua que Tyll venait d'être à son tour découvert.

Deux hommes attachèrent leurs poignets dans le dos. Puis ils les mirent debout sans ménagement.

– Amenez-les-moi ici, ordonna l'archéole.

Soléane n'opposa pas de résistance pour franchir les trois mètres qui la séparaient de lui. Derrière elle, elle entendait Tyll s'agiter et noyer ses gardiens sous les invectives.

La main chaude de l'archéole saisit le menton de Soléane et l'obligea à le regarder en face. Son visage débordait d'un mélange d'apitoiement et de compassion. Il pinça les lèvres en secouant la tête. Le jaillissement de quelques larmes n'aurait pas dépareillé dans ce tableau de désolation. Mais ses yeux étaient secs quand il annonça :

– Oh, Soléane, Soléane, Soléane... Quel dommage ! Les choses auraient été tellement plus simples si tu étais restée avec moi, tu ne crois pas ? Tellement plus simples... Regarde-toi, habillée avec des loques ! Pourquoi as-tu fui ?

– Pour survivre.

– Allons, je t'avais dit que j'empêcherais Cobugès de te faire du mal. Je sais qui tu es, désormais, mais ça ne change rien.

– Moi, j'ignore qui je suis.

– Qu'est-ce que ta mère a bien pu te dire pour que tu balayes toutes les valeurs qui étaient les tiennes ? Ta mère n'est pas ta mère... C'est ça qui te perturbe ? Mais cela n'a aucune importance !

Soléane n'écoutait plus l'archéole. Une phrase résonnait en elle, tel un écho glacé au cœur des montagnes de sel : « Ta mère n'est pas ta mère. » C'était ridicule. Bien sûr que sa mère était sa mère ! À moins que... Ses yeux s'écarquillèrent de surprise. Soléane ne ressemblait guère à sa mère. Ni ses cheveux, ni sa taille, ni sa carrure ne plaidaient en faveur d'un lien de parenté biologique.

Tout s'éclairait ! Voilà ce que sa mère n'avait pas eu le temps de lui révéler. Voilà le secret qui expliquait son attitude. Sa mère était probablement une insoumise qui avait recueilli Soléane, en même temps que la pierre, lorsque ses parents biologiques avaient été arrêtés.

Cette hypothèse amenait des questions sans que Soléane n'y trouve de réponses. Tout allait trop vite dans sa tête. Son cerveau s'était emballé, provoquant un chaos d'où aucun raisonnement sensé ne réussissait à percer.

L'archéole, inconscient du déferlement de pensées qu'il avait déclenché, poursuivait son laïus.

– Tout ce que tu dois savoir, jeune fille, c'est que ta liberté met en danger notre communauté. Et pourtant, je suis sûr que tu ne veux de mal à personne, n'est-ce pas ?

– Je veux savoir qui je suis, c'est tout.

– Et c'est déjà trop, mon enfant. Vois comme ton égoïsme génère des ravages. À commencer par la sécurité de tes jeunes amis.

– Je ne suis pas son ami, s'insurgea Johen.

Les prisonniers regagnèrent la piste sous la garde attentive des quatre traqueurs et de Sem-Archéo. Ce dernier désigna Tyll et décréta :

– Celui-là, je l'escorterai vers le Palatréa. Le GrandArchéole le veut pour le prix du sang. Arrimez-le.

Les gardiens obligèrent Tyll à se coucher dos au sol et attachèrent ses poignets et ses chevilles à deux harpons plantés dans les bambous de la piste.

Tyll échangea un regard avec son amie. Ni l'un ni l'autre n'avaient d'idée précise sur ce que signifiait ce « prix du sang », mais l'intitulé était suffisamment explicite pour leur donner des sueurs froides.

Encadrée par les traqueurs, Soléane se sentait désarmée. Elle chercha du regard la silhouette de Galil. Le ciel était vide. Tyll suivit la direction de ses yeux et secoua la tête. Un aigle ne suffirait pas à les débarrasser d'une escouade d'hommes entraînés. La mimique résignée de Tyll anéantit les derniers espoirs de Soléane.

L'archéole tendit un index accusateur vers Johen qui les avait suivis.

– Maintenant, jeune apprenti de la Guilde, à nous deux. Si je ne m'étais pas penché pour ramasser ce cocon, je n'aurais pas aperçu les pieds des prisonniers dans l'ombre des rampants. Tu les as donc cachés ! Sais-tu ce que ça coûte de dissimuler des fugitifs ? Le sais-tu ?

– Il n'a pas eu le choix ! s'écria Soléane. Nous l'avions menacé de représailles s'il parlait.

– Des représailles ? s'étonna l'archéole. Mais quand nous sommes arrivés, il n'y avait plus de représailles qui tiennent. Qu'auraient pu faire deux fugitifs contre des traqueurs ?

– Ce gros balourd est plus bête qu'une pondeuse ! ajouta Tyll. Voyez sur sa tête... une belle bosse a suffi à le rendre docile.

L'archéole observa Johen en silence. La bosse était bien là, accompagnée d'une ecchymose récente, mais l'histoire du garçon n'était pas crédible. Il les avait aidés, c'était l'évidence.

La lueur de provocation involontaire que Sem-Archéo lisait dans le regard de Johen plaidait en faveur de sa culpabilité. Cependant, un point le tracassait. L'Arche affrontait déjà les doutes de la communauté, ce n'était pas le moment d'entrer en conflit avec la Guilde. Cette puissante organisation entretenait et fabriquait les orguéoles. Elle seule formait les orguéolistes. Et si ses dignitaires laissaient tout loisir à l'Arche d'exercer le pouvoir sur le Coracle, ils risquaient fort de se fâcher en découvrant qu'un archéole avait sanctionné un de leurs apprentis.

Mieux valait éviter l'incident. La musique avait trop de place dans la vie du Coracle pour mettre en jeu l'équilibre des forces et des pouvoirs. Ce temps viendrait un jour. Plus tard.

– Tu es donc innocent, jugea l'archéole, et tu t'en tires bien. Une simple bosse, cela aurait pu être plus grave. Alors, reprends ta route en paix, mon jeune ami.

Johen enfila la sangle de sa besace, salua les traqueurs et l'archéole et se remit en marche. Lorsqu'il se trouva à bonne distance, Sem-Archéo adressa un triste sourire à Soléane.

– C'est à toi, maintenant !

Elle le vit plonger ses mains dans le sac accroché à la selle de sa pondeuse. Il en ressortit un morceau de bambou bouché, identique à ceux qu'utilisait sa mère pour y conserver ses poudres. D'un geste du menton, il ordonna aux traqueurs d'arrimer la jeune fille au sol, à côté de Tyll.

Elle n'opposa pas de résistance. À quoi bon ? Face à quatre traqueurs, l'issue ne faisait aucun doute.

Couchée sur le dos, bras et jambes bloqués par des cordelettes, elle essaya de deviner ce que l'archéole s'apprêtait à lui faire. L'homme ne cessait plus de parler. Il évoquait des souvenirs de moments partagés avec elle. Il implorait sa confiance. Il l'assurait qu'il faisait ce qui était bien pour elle.

À mesure que les mots s'écoulaient de sa bouche, la peur grandissait en Soléane. Lorsqu'il s'agenouilla derrière elle, calant sa tête entre ses genoux, c'est une vague de terreur qui la submergea. Pourquoi aurait-il adopté cette position si ce n'est pour lui trancher la gorge ?

Brusquement, Tyll s'agita, le corps arc-bouté contre les liens qui le retenaient au sol. Comme un écho aux pensées de la jeune fille, il cria :

– Ne lui faites pas ça ! Arrêtez, vous n'avez pas le droit !

Affolée, Soléane tenta à son tour de s'échapper de l'emprise de ses liens, mais sa tête immobilisée entre les cuisses de l'Archéole ne pouvait esquisser le moindre mouvement. L'archéole, un bambou à la main, caressa son front de sa main libre en murmurant :

– Ne t'inquiète pas, Soléane. Je ne suis pas un monstre. J'ai fait tout ce que j'ai pu pour toi. J'ai plaidé ta cause et j'ai obtenu ta grâce. Tu n'as rien à craindre pour ta vie. Mais tu comprends bien qu'on doit t'empêcher de continuer. Oui, je dois t'en empêcher, c'est mon devoir. Tu risques de briser le fragile équilibre du Coracle. Tu ne voudrais pas ça, n'est-ce pas ? Tu ne voudrais pas que les habitants payent ta rébellion ?

En l'absence de réponse, il poursuivit plus fort, afin de couvrir les hurlements de protestation de Tyll :

– Non, tu ne le voudrais pas. Tu es une gentille fille, je le sais bien. Un jour, tu comprendras. Un jour, tu accepteras ce que je vais faire. Un jour, tu comprendras qu'aujourd'hui, je te sauve la vie.

Les cris de Tyll redoublèrent d'intensité.

– Arrêtez !

Soléane respirait mal. Elle ignorait les détails, mais savait que l'archéole s'apprêtait à lui faire du mal. La terreur qu'elle percevait dans les paroles de Tyll alimentait la sienne.

– C'est l'araignée, Soléane ! Il veut te greffer l'araignée des bannies !

Tout le corps de Soléane se révulsa à cette idée. L'idée que son cou serve de nid à une araignée qui passerait sa vie à tisser le linceul soyeux de sa propre mort lui donnait des haut-le-cœur. Son sursaut de panique lui fit gagner quelques millimètres de liberté.

L'archéole raffermit sa prise autour de la tête de Soléane. Elle aussi hurlait à présent.

Sous l'effet de ses gesticulations, ses liens entamaient la peau de ses chevilles, de ses poignets. Soléane ne sentait rien, tout entière concentrée sur la menace qui s'approchait.

Stoïque, l'homme posa calmement l'extrémité du bambou sur la base du cou de la victime, entre ses deux clavicules. Puis, il fit coulisser avec précaution le volet d'ouverture.

Soléane se tut. Elle perçut une petite piqûre, à peine plus douloureuse que celle d'un insecte des champs. L'archéole relâcha sa tête et se leva :

– Tu vois, c'est fini ! Ce n'était rien du tout. Vraiment rien du tout. Cette araignée te garantit la vie sauve.

– Vous ne valez pas mieux que cette bestiole ! rugit Tyll d'une voix enflammée par la haine. Vous faites ça pour quoi ? Pour cacher les secrets de l'Arche ? L'Arche empoisonne ses habitants. Le Coracle ne vogue pas vers la Terre. Voilà la réalité ! J'espère qu'il coulera très vite. Et votre sale gueule avec.

D'un coup de pied dans la tempe, un des traqueurs le fit taire.

Libérée de l'emprise de l'archéole, Soléane tourna la tête. Son estomac se contracta, un jet de bile acide jaillit de sa bouche, seule défense trouvée par son corps pour lutter contre le dégoût.

Une démangeaison la titillait dans le creux de son cou. L'araignée s'était mise à l'œuvre.

45

Sem-Archéo se redressa sur sa pondeuse.

Il s'était assoupi, et cette hideuse berceuse était revenue le tourmenter.

Il songea à Soléane, que deux traqueurs conduisaient en ce moment même vers Trapor. Il lui avait sauvé la vie, c'est vrai. Mais cette victoire était amère, car Soléane ne l'avait pas compris.

Il soupira. Elle était encore si jeune ! Si sa fille avait survécu, elle aurait l'âge de Soléane aujourd'hui.

Ses épaules s'affaissèrent à nouveau. Le devoir était lourd à porter. Trop lourd, parfois.

Si le GrandArchéole ne lui avait pas demandé de ramener le fugitif au Palatréa, Sem-Archéo aurait accompagné Soléane jusqu'à Trapor. Il l'aurait regardée partir vers l'île des bannies. Puis, il serait retourné en haut de la falaise, là où tout s'était terminé, là où tout avait commencé. Et il se serait jeté dans le vide.

Mais il n'en avait pas le droit. Quelle folie de penser qu'on peut décider par soi-même !

Il y a bien longtemps, la mère de Soléane avait convaincu l'Empera de tout réformer. Tout ! Elle voulait lutter contre le déluge, elle voulait entraîner le Coracle vers la Terre, elle voulait sauver les habitants ! Quel blasphème de s'imaginer supérieur aux dieux ! L'Arche avait dû intervenir. Organiser l'accident. Neutraliser l'Empera. C'était elle la véritable responsable du bannissement de sa fille. Oui, vraiment, quelle folie de croire qu'un individu a une valeur personnelle en dehors du collectif !

Dans sa propre famille, songea Sem-Archéo, sa femme avait également mené leur fille à sa perte. Sa fille, sa raison de vivre. Les pensées hérétiques conduisaient à de tels désastres qu'il était difficile de pardonner ceux qui les formulaient.

Sem-Archéo se pencha sur sa pondeuse pour étirer son dos. Il avait hâte d'atteindre le Palatréa, hâte que la cérémonie s'achève, hâte de retrouver la routine sereine de Borho.

Un choc sourd le sortit de ses pensées moroses.

Devant lui, Tyll le fugitif venait de glisser, malgré les liens qui l'attachaient à sa monture. D'un coup de brides, l'archéole rabattit le capuchon de sa pondeuse comme venaient de le faire les traqueurs. L'un d'entre eux descendit de sa monture pour remettre le prisonnier en place.

– S'il vous plaît, ne me réinstallez pas sur le ventre. Je ne sens plus le sang dans mes bras. Et ma tête chauffe comme une méduse échouée au soleil. Est-ce que je peux rester debout ? Juste quelques minutes ?

Le traqueur resta sourd aux suppliques du jeune homme. Une pause pour soulager ses muscles ankylosés aurait retardé la troupe. Il fallait avancer s'ils voulaient conserver quelques heures pour dormir durant la nuit.

Quelques minutes plus tard, le rythme régulier de la pondeuse berça Sem-Archéo.

À nouveau, il s'assoupit.

Le corps jeté en travers de la monture, Tyll serra dans sa main le coquillage qu'il venait de ramasser. Des heures durant, il avait tourné la tête, malgré la douleur des muscles de son cou, de façon à surveiller le chemin que les traqueurs empruntaient. Ses efforts avaient été récompensés sous la forme d'un coquillage cassé posé entre deux bambous de la piste.

D'un violent coup de reins, il s'était propulsé au sol, tête la première, en un simulacre de glissement incontrôlé. Le risque était grand de se cogner trop fort et de sombrer dans l'inconscience, mais ainsi, personne ne pouvait le soupçonner d'avoir déclenché sa chute.

Un mal de tête lui enserrait le crâne. Le choc avait été rude, mais pas assez pour l'empêcher de mettre son plan en œuvre.

Du bout de l'index, il caressa la bordure du coquillage. La chance était avec lui. À l'endroit de la brisure, une des arêtes formait un angle droit.

Les traqueurs allaient de l'avant, sans se retourner, se passant la bride de sa pondeuse à intervalle régulier. Derrière lui, l'archéole de Borho somnolait sans lui prêter attention.

Tyll pivota son poignet pour amener le bord coupant du coquillage sur la corde qui le maintenait prisonnier. Il savait qu'il lui faudrait des heures pour parvenir à bout de cet enchevêtrement de fibres de bambou. Qu'importe… il avait tout son temps !

La nuit était tombée depuis longtemps lorsque les traqueurs ralentirent et s'arrêtèrent. L'archéole approuva leur choix. Enserré entre une zone de régénération et la piste, le lieu du camp était aisé à surveiller.

– On fait le minimum pour le camp. Un repas, une couverture et on repart aux premières lueurs du jour. Vous vous relayerez pour la garde.

Malgré la fraîcheur qu'apportait l'obscurité, Tyll transpirait abondamment. Il avait passé une partie de la journée à déchirer ses liens, fibre après fibre. La pause pour la nuit risquait de dévoiler ses agissements.

Une main l'attrapa par la tunique et le jeta à bas de la pondeuse. Tyll étouffa un gémissement. Ses jambes avaient cédé sous son propre poids.

L'archéole s'approcha pour défaire ses liens. Tyll se mordit la lèvre inférieure. L'homme verrait aussitôt que la corde ne tenait plus qu'à quelques fibres. Tout ce travail pour rien.

– Mieux vaut le laisser ligoté, Sem-Archéo, s'interposa l'un des traqueurs. Libre de ses mouvements, il pourrait bien nous fausser compagnie.

– Mais pour manger ? demanda l'archéole. Pour se soulager ?

– On lui mettra à manger par terre. Il a une bouche, il peut bien s'en servir. Et pour le reste... quelques habits sales valent bien la garantie qu'il ne s'échappe pas. C'est un fugitif, ne l'oubliez pas, un fourbe capable du pire !

Sem-Archéo porta son regard sur le garçon. Il se sentait gêné de lui imposer ça. Peut-être que s'il avait lu en lui une supplique, il y aurait cédé. Mais Tyll gardait les yeux baissés pour éviter d'influencer l'homme de l'Arche. En un soupir, Sem-Archéo approuva la décision des traqueurs. L'essentiel était d'arriver au plus vite. De toute façon, le pauvre garçon n'avait plus longtemps à vivre.

Tyll se tortillait sur le sol pour parvenir à saisir la nourriture entre ses lèvres. Les traqueurs n'avaient même pas fait l'effort d'aller cueillir une feuille d'arbre pour y déposer son repas. De la poussière salée se collait aux aliments et rendait leur ingestion difficile. Pourtant, Tyll ressentait une faim si forte qu'il aurait pu dévorer les bambous de la piste. Il mangea toute la portion qui lui avait été fournie. La nuit s'annonçait longue et il ne devait surtout pas s'endormir.

Le repas terminé, l'un des traqueurs s'installa sur sa couverture roulée pour assurer la garde. Tyll n'eut pas de problème à se tenir éveillé : les douleurs musculaires le faisaient souffrir en de nombreux points de son corps et l'empêchaient de sombrer.

Trois heures plus tard, un deuxième traqueur assura le relais de son collègue. Chez Tyll, la fatigue avait pris le dessus. Ses yeux le piquaient, sans qu'il puisse les frotter, ses idées s'enchaînaient en un tourbillon hypnotique. Plusieurs fois, il sursauta à l'instant précis où il basculait dans le sommeil. Puis vint un moment où il cessa de résister. Il s'endormit.

Des piqûres sur sa jambe droite le réveillèrent brusquement. Furieux contre lui-même, il comprit que le sommeil l'avait emporté, mais il ignorait sa durée. Le jour allait-il bientôt se lever ? De sa jambe gauche, il frotta son pantalon contre sa jambe droite, écrasant ainsi les fourmis qui l'avaient pris pour cible. Son remerciement muet ne les détourna pas de leur objectif. Les fourmis continuèrent à remonter vers son genou.

Tyll s'en moquait. En forçant sur les muscles de sa nuque, il avait réussi à soulever sa tête et à la tourner vers le traqueur de garde. Ce dernier se tenait assis sur sa couverture, mais sa tête penchée et sa respiration régulière laissaient penser qu'il n'était pas très attentif.

Tyll écarta ses poignets avec toute la force dont il était capable jusqu'à briser les dernières fibres de la corde qui le retenait prisonnier. Le frottement de ses mains sur le sol ne déclencha aucun mouvement d'alerte chez le traqueur.

Aussi lentement que le lui permettaient ses muscles endoloris, Tyll se redressa en position assise et s'attaqua au nœud des liens qui enserraient ses chevilles. Ses doigts, qu'il avait crispés autour du coquillage tout au long de l'après-midi, peinaient à accomplir des gestes précis. Le sang qui tambourinait dans sa tête ajoutait à la pression que ressentait le garçon. Lorsque enfin ses pieds furent libérés, Tyll hésita sur la meilleure manière de procéder. Fallait-il gagner la zone de régénération qui se trouvait à moins de cent mètres du camp ?

Le garde n'avait pas bougé, mais sa position assise montrait qu'il ne faisait que somnoler. Au moindre bruit, il émergerait de sa torpeur. Or, dès qu'il marcherait, la trame risquait de craquer sous les pieds de Tyll.

L'autre solution consistait à gagner la piste couverte de bambous, à s'éloigner du camp puis, une fois hors de portée d'oreille, à rejoindre la zone. Cette stratégie, plus silencieuse, laisserait Tyll exposé bien plus longtemps au regard des traqueurs. Il opta néanmoins pour cette solution.

Avec d'infinies précautions, le jeune fugitif se releva et, un pied prudent après l'autre, parcourut quelques mètres sur la piste avant de s'autoriser à allonger le pas. Son cœur battait la chamade tandis que la distance qui le séparait du camp augmentait. Peu après, il se mit à courir.

Lorsqu'il s'engagea sur la trame, les craquements lui semblèrent avoir la puissance du tonnerre. Ce n'est qu'une fois dans la zone qu'il commença à se sentir un peu plus à l'abri. Avec l'aisance du fugitif habitué à se déplacer dans ces taillis, même de nuit, il s'éloigna rapidement.

Le cri de rage du traqueur qui lui parvint lui arracha un sourire de triomphe.

Il avait réussi !

46

Sous l'effet de la fatigue et de l'inconfort de sa position, la rage des premières heures s'était érodée, laissant le découragement envahir Soléane. Au milieu du marasme, le seul point positif auquel elle s'accrochait concernait Tyll. Après le violent coup porté à la tempe, elle avait craint qu'il ne se relève pas. Mais il avait repris connaissance sans souffrir de séquelles.

Les traqueurs lui avaient réservé un sort similaire au sien : ligotée sur une pondeuse. L'escouade des traqueurs s'était divisée en deux : le groupe qui accompagnait Tyll, constitué de l'archéole et de deux traqueurs, s'était dirigé vers le Palatréa ; le sien, formé de deux gardes, avait emprunté la piste vers la bannîle.

Les consignes de vigilance données par l'archéole étaient respectées à la lettre. Les deux traqueurs se relayaient pour tenir l'oiseau par la bride. Le second marchait en arrière, matraque au poignet, attentif à ce qui se passait autour de lui.

Après une heure, Soléane sentit l'animal ralentir bien avant de voir ce qui avait alerté ses gardiens. Quelqu'un courait sur la piste pour les rattraper. Les tatouages traditionnels qui couvraient son visage indiquaient qu'il s'agissait d'un non-voulu.

Trois à quatre minutes plus tard, il s'arrêta devant l'escorte. Essoufflé, il reprit sa respiration et annonça :

– Sem-Archéo m'a chargé de venir vous aider.

Impassibles, les deux traqueurs attendirent la suite. Soléane comprit qu'ils ne connaissaient pas le non-voulu. Leur silence traduisait leur méfiance.

– Il a dit qu'avec elle – d'un coup de menton, il désigna Soléane –, je ne serais pas de trop. Pas pour la surveiller, bien sûr, mais pour donner un coup de main, porter vos sacs, partir au ravitaillement. Quand il a croisé mon équipe, il m'en a sorti pour ça.

Un échange de regards montra combien les traqueurs restaient incrédules. L'archéole leur avait parlé de tourterelles pour communiquer. Ils n'en avaient pas reçu. Et jamais leur chef n'avait fait allusion à un non-voulu. Tous les deux savaient qu'ils jouaient gros. Ils ignoraient qui était la fille, quel était son crime, mais les cris du fugitif concernant les secrets de l'Arche ne leur laissait aucun doute : s'ils la laissaient s'échapper, ils le paieraient cher.

Le non-voulu remarqua leur hésitation. D'un signe, il indiqua l'aigle pêcheur qui tournait très haut dans le ciel.

– La tourterelle n'osera pas se montrer tout de suite. Mais je suis à vos ordres en attendant qu'elle arrive. Si vous souhaitez que je rebrousse chemin, je pars. Je peux aussi marcher loin devant, pour vous prévenir si j'aperçois quelque chose d'inhabituel.

La solution proposée par l'homme au visage tatoué paraissait sensée. Le renvoyer à l'archéole risquait de leur être reproché. C'était un bon compromis. Les deux traqueurs esquissèrent un hochement de tête. Le plus âgé donna son accord :

– On fait comme ça, tu pars en éclaireur. Mais, au moindre pas de travers, je te balance dans une crevasse. C'est pas un non-voulu de moins qui va changer la face du Coracle. Compris ?

– Compris.

Tête baissée, dans l'attitude de soumission classique des non-voulus, il attendit l'ordre formel pour avancer sur la piste. Le deuxième gardien demanda :

– Ton numéro ?

– BHM96.

À l'énoncé de cette identité, Soléane tourna la tête pour scruter son visage. Tous les non-voulus perdaient leur nom lorsqu'ils quittaient leur bourg pour intégrer les équipes. Les deux premières lettres de leur numéro d'identification indiquaient leur provenance. L'homme venait de BH, le bourg Borho, son bourg.

Malgré les cicatrices qui constellaient son corps, héritage incontournable des travaux de force sur la trame, il paraissait jeune. Elle l'avait sûrement croisé au bourg avant qu'il ne s'en trouve chassé. En dépit de sa position inconfortable, Soléane souleva la tête pour mieux le détailler. Mais les tatouages qui recouvraient son visage remplissaient leur objectif : ils l'empêchaient de distinguer ses traits.

À l'inverse de l'intérêt que la jeune fille marquait pour lui, le non-voulu ne jeta pas un regard vers Soléane. Elle laissa retomber sa tête sur le flanc de la pondeuse. La poussière d'espoir s'envola. L'homme était un inconnu. Elle n'avait remarqué chez lui aucun signe de connivence, même le plus infime.

La première nuit, les heures prirent leurs aises pour s'écouler. Les poignets et les chevilles blessés par le contact des liens, Soléane n'aspirait qu'à voir le soleil se lever, résolue à ne négliger aucune possibilité de s'évader.

La veille, ses gardiens ne lui avaient permis de s'étirer qu'à peine une demi-heure avant de la garrotter à nouveau. Après le long séjour immobile sur la pondeuse, après les heures d'obscurité passées sans pouvoir bouger, ses muscles douloureux lui rappelaient à chaque instant son statut de prisonnière.

Au matin, lorsqu'un des traqueurs s'éloigna pour se soulager, elle s'adressa au non-voulu.

– Tu viens de Borho ?

Pour toute réponse, il haussa les épaules et s'écarta. Il rejoignit le deuxième gardien, à quelques mètres de là, qui s'activait à préparer un gruau de céréales.

Soléane se mordit l'intérieur des lèvres. La déception ne dura qu'un instant. La souffrance aida son esprit à se concentrer sur un unique objectif : trouver la manière de la faire cesser.

Deux journées et deux interminables nuits s'écoulèrent ainsi. La colonne avançait au pas. Trois fois par jour, la prisonnière était nourrie et abreuvée. À cette occasion, ses gardiens relâchaient ses liens.

Percluse de douleurs, Soléane s'obligeait à marcher, à mobiliser ses muscles, à enchaîner quelques mouvements pour lutter contre la tétanie. Elle scrutait les environs, à la recherche d'un moyen de fuite. Mais le regard des traqueurs ne la quittait jamais. Elle s'habituait déjà à l'humiliation de ne pouvoir s'éloigner pour ses besoins naturels.

Quand elle retournait sur la pondeuse, aidée par le bercement de l'animal, elle se réfugiait dans un demi-sommeil propice à l'émergence des souvenirs. Elle se repassait les images des temps heureux, s'appliquant à débusquer les petits détails qui ponctuaient ses journées. Plonger dans sa mémoire faisait s'écouler le temps plus rapidement.

Mais il suffisait d'une parole d'un traqueur, d'un changement de rythme ou d'un arrêt pour la ramener brutalement à la réalité. Elle n'avait pas le loisir de remonter sa garde, et les visages de sa mère et de Tyll s'imposaient à elle. Alors, l'angoisse fouettait son cœur, et la cavalcade de ses battements ne se calmait que bien longtemps après.

Au milieu du troisième jour, le paysage commença à se transformer. Les couches de sel qui tapissaient le sol dans le désert des rampants laissèrent peu à peu place à des champs cultivés.

L'espace était façonné par le travail des non-voulus qui raclaient l'humus qui recouvrait la trame et le débarrassait du sel venu de l'océan. C'était le seul moyen de préserver la fertilité du sol.

Plus loin, des crevasses de pêche, des pistes secondaires et des enclos de pondeuses formaient autant d'indices de l'existence d'un bourg à proximité.

Soléane respira l'air chargé de l'odeur de l'océan ; elle goûta le sel qui s'était déposé sur ses lèvres. Elle savait ce que cela signifiait : ils s'approchaient du bourg de Trapor, à l'extrémité du Coracle. Bientôt, ils atteindraient l'embarcadère de la bannîle. Alors, il serait trop tard pour s'enfuir. L'angoisse sourde ne la quitta plus.

Aucune bannie n'était jamais revenue sur le Coracle.

47

Tyll avançait comme son père le lui avait appris, un pied posé bien à plat, une pression pour tester la solidité du sol, puis l'autre pied qui enchaîne le même rituel. Il se trouvait à l'entrée de la presqu'île, sur cette étroite portion de trame qui la rattachait encore au Coracle. Malgré le danger, il se sentait soulagé car, après l'éprouvante traversée des rampants durant laquelle nul abri ne pouvait le soustraire aux traqueurs, il arrivait enfin en terrain connu.

Restait à découvrir si les insoumis habitaient toujours en ces lieux, comme Tyll avait un jour entendu son père le dire.

Le pont de trame s'ouvrait sur un pré d'herbes hautes couchées par le vent, au milieu duquel brillait une étendue d'eau. Pour n'importe quel habitant du Coracle, une seule conclusion se serait imposée : la trame de la presqu'île s'affaissait plus rapidement qu'ailleurs et l'eau de mer envahissait le trou ainsi creusé. Il n'aurait pas fait de doute que l'effondrement était pour bientôt.

Mais Tyll était un fugitif, habitué à l'observation fine dont dépendait parfois sa survie. Il traversa l'espace herbeux et se coucha au bord de l'eau. Sa main ouverte tâtonna le long des parois du bassin. Les arêtes de la trame brisée étaient coupantes et acérées, ce qui n'était jamais le cas lorsque s'opérait un tassement naturel de la trame. La profondeur de l'eau était faible. La seule explication pour justifier l'apparition de ce bassin tenait en deux mots : création artificielle. Cet obstacle, à l'entrée de la presqu'île, avait été fabriqué de main d'homme avec un objectif évident : effrayer ceux qui s'aventuraient jusque-là.

Rassuré, Tyll se leva et s'engagea dans l'eau.

Immobile, figé derrière le tronc d'un arbralgue, l'insoumis de garde l'observait tandis qu'il marchait vers l'autre rive. Il était trop loin pour avoir la certitude d'intercepter l'intrus avant que ce dernier ne puisse s'échapper. Il préféra le prendre de vitesse et traverser les broussailles au pas de course pour alerter le camp.

Tyll avançait au hasard, jusqu'à ce qu'il remarque une fine tige de bambou ployée. Les bambous ont la particularité de pousser droit. Quelqu'un l'avait donc repoussé pour se frayer un chemin, sans s'assurer de le remettre en place. À son tour, Tyll l'écarta de sa main droite.

Il n'eut pas le temps de comprendre ce qu'il se passait que déjà ses deux poignets étaient emprisonnés. Deux insoumis avaient surgi juste à côté de lui sans faire le moindre bruit. Ils lui lièrent les bras dans le dos. Tyll songea que, quel que soit le camp, le traitement des prisonniers ne différait pas.

Il avança docilement, encadré par ses deux gardiens.

Le camp s'offrit à ses yeux après quelques minutes de marche. Les lieux rappelèrent à Tyll les installations provisoires que son père fabriquait quand ils restaient plusieurs jours en un endroit. Elles n'étaient pas construites pour durer, comme ces cahutes légères qui entouraient le foyer où aucun feu ne brûlait. Dans la vie d'un fugitif, la fumée peut trahir. C'était encore pire sur cette presqu'île dont les habitants, une fois repérés, ne pouvaient espérer s'échapper. Son regard se tourna vers les insoumis qui travaillaient auprès d'intrigants bassins à l'eau laiteuse. Tyll ne parvint pas à comprendre ce qu'ils y faisaient. Un peu plus loin, d'autres personnes tissaient de longs bandeaux blancs. Dans quel but ? Malgré ses tentatives pour trouver la clé de ce mystère, Tyll ne trouva pas de réponse à sa question. Une chose s'avérait certaine : vu les loques que certains insoumis portaient en guise d'habits, le tissu n'était pas fabriqué pour servir de vêtement.

Une femme s'approcha.

– Tout s'est passé comme prévu, dit l'un des gardiens de Tyll.

– Parfait, répondit la femme sans détacher son regard de celui de Tyll. Maintenant, jeune homme, dis-moi qui tu es et ce que tu viens faire ici.

– Réponds !

L'injonction s'accompagna d'un mouvement du plus jeune des gardes destiné à remonter le bras de Tyll vers sa nuque. La douleur apparut aussitôt.

– Je m'appelle Tyll. Et je suis là parce que je vous cherchais.

– Pourquoi ? aboya le jeune insoumis en appuyant encore un peu plus sur le bras de Tyll coincé dans son dos.

– Je vous le dirai quand t'auras renoncé à me casser le bras ! J'ai déjà pris assez de coups comme ça ces derniers temps.

D'un signe du menton, la femme indiqua au garde de cesser la pression.

Alors que le prisonnier s'apprêtait à expliquer la raison de sa présence, la voix de Filiol retentit sur le camp.

– Tyll ! Est-ce bien toi ? Avec tous ces bleus sur ton visage, j'ai du mal à te reconnaître !

L'homme s'était écarté d'un des bassins blancs les plus éloignés et s'approchait du groupe à grands pas.

– Lâchez-le, mes amis, lâchez-le ! Nous n'avons rien à craindre de lui.

– Filiol ? s'exclama Tyll. Mais qu'est-ce que tu fais là ? Je croyais que tu...

– Que j'étais mort, oui, poursuivit l'homme en souriant. C'est ce que ton père et moi t'avons fait croire. Tu connaissais trop de choses sur moi. Je crois même que le seul élément que tu ignorais, c'était mon statut d'insoumis ! Il valait mieux que tu continues à n'en rien savoir. Si les autorités t'avaient arrêté, enfin, tu comprends...

– J'aurais pu te dénoncer.

Filiol hocha la tête et expliqua aux autres la situation.

– J'ai connu Tyll dans la zone, alors qu'il n'était pas plus haut qu'une algue folle ! Je l'ai vu grandir, à chacune de nos rencontres avec son père. Quand j'ai décidé de quitter la zone pour m'installer définitivement ici, j'ai préféré trouver une autre excuse à ma disparition.

– Je savais que tu étais un insoumis, dit Tyll. Je vous ai souvent entendu parler, mon père et toi, alors que je faisais semblant de dormir. C'est comme ça que j'ai su que pour vous trouver, il fallait aller sur la presqu'île. Mais je te croyais vraiment mort.

Pendant leur échange, les deux gardes avaient relâché Tyll et la femme avait croisé les bras devant sa poitrine en attendant d'en savoir plus. Filiol se tourna vers eux.

– J'ai le plaisir de vous présenter Tyll, le fils de Jemuel.

– Le fils de notre Jemuel ? demanda la femme.

Un hochement de tête approbateur lui répondit. À la grande surprise de Tyll, elle ouvrit les bras et le serra contre elle. Elle acheva son embrassade avec quelques tapes amicales dans le dos.

– Je suis heureuse de faire ta connaissance ! Ici, nous apprécions tous Jemuel. Il a plus d'une fois risqué sa vie pour faire passer des messages entre nous et Filiol, ou même à d'autres fugitifs qui voulaient rallier notre cause. On peut toujours compter sur lui. Et où est-il ?

Tyll baissa la tête, les lèvres serrées. Repenser à son père lui donnait envie de pleurer. Il inspira longuement avant de répondre.

– Il a été blessé par une flèche dans la jambe, un jour de battue des soldats. Il a survécu parce que celle des traqueurs de la troupe qui l'a repéré dans son arbre n'a rien dit.

– Nous avons rencontré cette femme courageuse, dit Filiol, elle s'appelle Eldone. J'ignorais que c'était Jemuel qu'elle avait sauvé.

– Mon père a été soigné par l'herbière de Borho. Mais il avait peur qu'une prochaine battue ne nous condamne tous les deux. Alors il est parti. Une nuit, sans me dire au revoir, il est parti. Et je ne sais pas ce que...

Tyll s'interrompit. L'émotion formait une boule douloureuse qui obstruait sa gorge et l'empêchait de parler. Filiol posa une main sur son épaule.

– Il l'a fait pour te protéger, Tyll.

Le silence dura quelques secondes avant que la femme annonce :

– Tu as bien fait de venir ici, nous t'accueillons avec plaisir.

Le garçon releva la tête :

– Je ne suis pas là pour ça ! Je viens chercher votre aide pour une bannie. Elle détient la pierre de Terre.

Les insoumis lui décochèrent des regards stupéfaits. Tyll sentit sa respiration s'accélérer. Aucun ne semblait se réjouir de la nouvelle.

48

Agenouillé au bord d'un des bassins du camp des insoumis, Tyll enrageait d'être obligé d'attendre. Les insoumis n'étaient pas organisés autour d'un chef. Spontanément, Filiol en assurait parfois la fonction, et quelques autres étaient respectés pour leurs avis et leurs points de vue, mais la règle qui prévalait au sein des insoumis était claire : toutes les décisions étaient prises en communauté. Les discussions se déroulaient le soir, et seule la mise en danger du groupe justifiait l'interruption du travail. Tyll était donc condamné à patienter jusqu'au soir, lorsque la nuit aurait mis fin au labeur et que les insoumis se seraient réunis pour partager le repas. Sa requête serait examinée à ce moment-là. La réponse lui serait apportée après un débat.

Impuissant à faire changer cette situation, Tyll choisit d'en profiter pour découvrir ce à quoi se consacraient les insoumis. Il plongea une main dans le bassin auprès duquel il s'était installé. L'eau n'était pas laiteuse, comme il l'avait cru en l'apercevant de loin, elle était emplie de méduses.

– Eh ! Enlève ton bras, vite ! lui conseilla une femme penchée au-dessus de l'eau. Les méduses d'ici ne sont pas aussi inoffensives que celles que les pêcheurs élèvent près des bourgs. Elles sont venimeuses !

Elle retira ses bras de l'eau, ôta les gants en fibre de bambou qui protégeaient ses mains et tendit ses paumes vers lui. La vision arracha une grimace au garçon. Sa peau boursouflée affichait la couleur vive d'un épiderme brûlé.

– Ce sont des méduses à l'anus rouge… les pires ! commenta la femme en pinçant les lèvres. Mais bon, on n'a pas le choix de l'espèce.

– Bien sûr que si ! Il suffirait d'aller ramasser des méduses près d'un bourg et de les faire se reproduire.

– Sais-tu à quoi servent nos méduses ?

– À vous nourrir ? supposa Tyll.

– Oui, confirma l'insoumise, mais seulement une infime partie de notre récolte est consacrée à ça. Tu vois les tisserands qui préparent la toile, là-bas ?

Tyll observa ceux qu'elle désignait, ces personnes qui, debout devant un métier à tisser vertical, glissaient la navette d'un côté à l'autre des fils de trame pour former un pan de tissu.

– Ils tissent du fil de méduse, reprit l'insoumise.

Les sourcils froncés de Tyll firent éclater de rire la récolteuse.

– Quand les méduses ont atteint la taille idéale, je les ramasse dans l'eau. Ensuite, je les transporte vers le plan de séchage. Tu ne le vois pas, il est caché au milieu de la végétation qui le protège des embruns. Là-bas, des gens découpent les méduses séchées en fines lamelles qui sont entortillées avec leurs filaments. Le fil qu'on obtient est plus résistant que du fil de bambou, plus léger que de la plume de pondeuse. Il résiste à tout : la traction, l'humidité, le vent. Le tissu qu'on fabrique avec est parfait pour ce qu'on veut en faire !

– Qu'est-ce que vous voulez en faire ?

– Tu ne devines pas, Tyll ? Entre nous, on s'appelle « les insoumis des vents ». Ça ne te donne pas une petite idée ?

Tyll se mordillait la lèvre inférieure tandis qu'il réfléchissait. L'idée germa sous forme d'une image qu'il retranscrivit aussitôt à l'oral :

– Vous voulez coudre des voiles pour que le vent emporte le Coracle jusqu'à la Terre !

L'insoumise le récompensa d'un sourire.

– Tu y es presque ! Viens avec moi, je vais te montrer.

Elle se releva, essuya ses mains sur sa tunique et invita le garçon à la suivre. Tandis qu'ils se rapprochaient d'une cahute du camp, Tyll réfléchissait. L'idée du vent, toute simple, le réjouissait. Maintenant qu'il l'avait à l'esprit, il ne comprenait pas comment il était possible que personne n'y ait pensé jusque-là. Il était pourtant évident que le Coracle se déplacerait plus facilement à la force du vent qu'à celle des poignets des bannies !

Il cessa d'y réfléchir en entrant dans la cahute.

À l'intérieur, deux hommes et une femme assemblaient de fines tiges de bambou en forme de losange. À leurs côtés, deux femmes et un homme tendaient la toile blanche sur la structure de bambou et la fixaient à l'aide d'un fil et d'une aiguille cartilagineuse.

– Des cerfs-volants...

La remarque de Tyll n'avait été qu'un murmure. Mais les insoumis présents dans la petite masure hochèrent la tête. Il avait compris.

– Des voiles montées sur des piquets fixés à la trame ne nous permettraient pas de diriger le Coracle aisément ni d'exploiter pleinement les vents. Alors qu'avec des cerfs-volants...

– Il n'y aura plus qu'à installer un gouvernail sur le Coracle ! conclut Tyll.

– Inutile, il y est déjà : les rames de la bannîle serviront à orienter le Coracle dans la bonne direction.

La mention de la bannîle rembrunit le visage de Tyll. Le souvenir de Soléane s'imposa à lui. Il était urgent de l'aider, et son impuissance à contraindre les insoumis à prendre une décision l'exaspéra.

– Je dois retourner travailler au bassin, annonça la femme qui l'avait accompagné jusque-là. Veux-tu t'asseoir ici et aider à fabriquer les cerfs-volants ?

Tyll haussa les épaules et rejoignit l'équipe des assembleurs de bambous. Puisqu'il était condamné à attendre, autant se rendre utile.

Le temps s'étira. Au bout d'une heure, Tyll avait des ampoules aux doigts à force de manipuler les baguettes. Encore une heure, et la petite équipe l'envoya découvrir le tissage. Tyll observa avec attention les gestes que les tisseurs répétaient sans fin, ajoutant une fibre à chaque passage de la navette entre les fils de trame. Millimètre par millimètre, le tissu s'allongeait à l'image des heures de cette journée.

Quand le soleil cessa de briller, les insoumis rangèrent leur matériel. La soirée allait enfin commencer.

À l'issue du repas, alors que la lueur de la lune dissipait à peine l'obscurité de la nuit, Tyll s'exprima devant l'assemblée silencieuse. Les insoumis l'écoutèrent raconter sa rencontre avec Soléane, leur découverte de la pierre, et cette consigne donnée par l'herbière du bourg Borho : « Les insoumis sauront quoi en faire. »

Étonné de ne pas être interrompu dans son récit, Tyll poursuivit, emporté par son histoire. La poursuite du traqueur, leur arrestation, la greffe de l'araignée, l'envoi de Soléane vers la bannîle, son évasion, tout s'enchaîna jusqu'à ce qu'il en arrive à cette soirée, au camp des insoumis.

– Voilà pourquoi je suis ici. Je suis venu vous demander de l'aide. Je veux délivrer Soléane de la bannîle.

Après ces mots, Tyll se tut. Il s'était levé, il se rassit. Le silence n'était agrémenté que par le bruit du vent soufflant à leurs oreilles. Aucun chuchotement, aucun murmure entre les insoumis. Et pourtant, Tyll sentait dans les échanges de regards, malgré l'obscurité qui les rendait difficiles à décrypter, que tous s'étaient mis d'accord sur la manière de lui répondre. Il songea qu'ils avaient probablement discuté durant la journée, alors qu'il s'escrimait sur les bambous des cerfs-volants.

Ce fut Filiol qui prit la parole au nom des autres.

– Nous te remercions pour ta confiance, Tyll. Mais nous n'irons pas au secours de cette jeune fille.

– Dans quelques jours, l'araignée aura tissé son collier de bannie, il sera trop tard.

– Nous n'irons pas, Tyll.

L'incrédulité de Tyll l'empêchait de saisir toute la portée de ces propos. Il refusait de croire que les insoumis puissent abandonner ainsi une alliée. Il ne réagit qu'au bout d'un long silence.

– Elle a tenté de vous emmener cette pierre au péril de sa vie, et tout ce que vous trouvez à faire, c'est de la condamner à ramer jusqu'à sa mort ?

– Ce n'est pas nous qui l'avons condamnée, Tyll, c'est le GrandArchéole.

– Mais si vous refusez de l'aider, ça revient au même !

Le ton calme que Filiol employait pour lui expliquer leur position exaspérait Tyll. Ces hommes et ces femmes, ces personnes qu'il avait toujours crues plus humaines que les autres préféraient continuer à fabriquer des cerfs-volants plutôt que de tenter de libérer Soléane. L'incompréhension céda peu à peu la place à un sentiment d'hostilité. Une seule raison permettait d'expliquer la décision des insoumis.

– Vous êtes des lâches.

Dans la bouche de Tyll, chaque mot prononcé résonnait comme une insulte.

– La tristesse t'égare, mon garçon.

– Je ne suis pas ton garçon.

– Essaie de comprendre que le GrandArchéole met tout en œuvre pour couler le Coracle en donnant l'illusion qu'il le conduit à Terre. Il est déjà très tard pour agir : la trame s'effrite, le poids des collines de sel pèse un peu plus chaque jour, le Coracle coule. Il nous faut mobiliser toutes nos forces pour tenter de le sauver. C'est notre rôle, notre mission. Nous devons privilégier l'intérêt collectif aux intérêts particuliers.

– Alors vous préférez fabriquer des cerfs-volants, répondit Tyll avec amertume.

– Oui. Ceux qui souhaitent lutter autrement peuvent nous quitter.

– Et vous les abandonnez à leur sort lorsqu'ils sont arrêtés.

Nombre des personnes présentes baissèrent la tête, mal à l'aise avec cette réalité. Tyll hocha la tête et ajouta aussitôt :

– Ce n'est pas en restant recroquevillés sur votre petit groupe que vous parviendrez à sauver le Coracle. Il faut parler aux habitants, à tous les habitants. Il faut leur révéler ce qu'il se passe. Vous les traitez avec le même mépris que l'Arche. Ils sont capables de comprendre ce qu'il se passe et de vous aider. Participez à la prochaine cérémonie de changement de saison, prenez la parole !

– Pour tous nous faire arrêter ? rétorqua Filiol. Non, Tyll, nous préférons avancer avec prudence, un pas après l'autre.

– En admettant que vous acheviez vos cerfs-volants avant que le Coracle ne coule, en supposant que vous démasquiez les intentions du GrandArchéole, que ferez-vous ensuite ?

– Ensuite ? Nous voguerons vers la Terre !

– Sans la pierre ? Qu'est-ce que vous suivrez pour vous guider… le dos des dauphins ? Les bancs de poissons volants ? Le pied imaginaire de l'arc-en-ciel ? Si vous refusez d'aider Soléane pour elle-même, alors faites-le pour la pierre ! Faites-le pour récupérer l'unique moyen d'amener le Coracle jusqu'à la terre des ancêtres !

Un soupir précéda la réponse de Filiol. Sa tête était penchée sur le côté, comme celle d'un parent expliquant quelque chose à un enfant réticent. Les traits de son visage exprimaient sa compassion tandis qu'il parlait d'une voix douce.

– La pierre nous serait utile, c'est vrai, mais pas autant que tu le crois. J'ai passé plusieurs années à suivre le mouvement des étoiles pour comprendre où nous nous situons et pour trouver le moyen de suivre une direction sans jamais en dévier... Je pense avoir trouvé le moyen de nous diriger. La pierre nous aurait permis de le confirmer et c'est pour cela que j'avais demandé à ton père d'aller la chercher. Mais on ne peut pas tout risquer maintenant pour la récupérer, il y a trop de choses en jeu. Je suis désolé, mon garçon.

– Je ne suis pas ton garçon, Filiol. Je ne suis le garçon de personne, ici. Et j'en suis heureux, car ainsi, je n'ai pas à avoir honte de mon père ou de ma mère. Vous vous êtes retranchés là, en évitant tout contact avec les villageois. Vous êtes convaincus de détenir des vérités et vous les mettez en œuvre sans vérifier qu'elles sont fondées. J'ai compris une chose, en venant à votre rencontre : vous n'êtes pas si différents de ceux contre lesquels vous vous battez. Vous vous êtes laissé aveugler par votre fameuse « mission », en oubliant que ce sont les hommes et les femmes qui vivent sur le Coracle qui pourraient, tous ensemble, changer les choses !

L'amertume débordait des paroles du garçon. Tyll se leva et marcha en direction de la sortie de la presqu'île.

– Tyll ! appela Filiol. Ne pars pas comme ça.

– Vous ne me laissez pas le choix.

– Il fait nuit, et la trame est fragile, attends demain.

– Par votre faute, j'ai déjà perdu trop de temps.

– Tyll, reviens ici !

Seul le battement d'ailes d'un rapace qui volait dans la nuit lui répondit.

49

Le plus âgé des traqueurs encapuchonna la pondeuse. Il n'avait pas choisi l'emplacement du camp de nuit au hasard : le bourg était assez proche pour s'y approvisionner, mais suffisamment éloigné pour que les villageois ne s'intéressent pas à leur présence.

– On ne va pas plus loin ! BHM, tu vas nous chercher à manger. Le prochain départ pour la bannîle n'est que demain matin.

Il entreprit d'ôter la sangle qui retenait Soléane sur le dos de la pondeuse. Le vent avait forci et le Coracle oscillait doucement. Privée du contact direct de ses pieds sur le sol, Soléane se sentait nauséeuse.

– Tu ne seras pas seule demain, annonça le traqueur, d'autres bannies rejoignent l'île.

Soléane hocha la tête. Dans sa situation, la moindre information pouvait s'avérer utile. Les deux traqueurs n'étaient pas des mauvais bougres. Inflexibles, ils appliquaient les mesures de sécurité sans jamais céder à ses demandes. Mais ils ne prenaient aucune initiative personnelle susceptible d'ajouter encore à ses douleurs ou son humiliation. En habitants disciplinés du Coracle, ils respectaient les ordres, ni plus, ni moins.

Le non-voulu s'éloigna à grandes enjambées vers le bourg.

Soléane fixa son regard sur l'archapelle dont elle distinguait les volutes de coquillages noirs qui se détachaient des murs blancs. Peu à peu, au fil des gorgées d'air qu'elle puisait dans la brise marine, son malaise se dissipa. Le roulis avait repris son caractère familier.

Après le rythme de marche soutenu que les traqueurs avaient imposé, l'après-midi de repos s'avéra bienvenu. Assise, une cheville attachée à un harpon fiché dans un bambou du bord de piste, les mains liées posées sur le ventre, Soléane savourait ce moment tout en restant à l'affût d'une opportunité de fuite.

Le camp était trop éloigné de l'océan pour qu'elle l'entende chuinter le long de la trame ou pour observer les vagues s'y briser. Mais déjà, la perspective de traverser le bras d'océan qui la séparait de la bannîle l'effrayait. Elle avait tellement peur que l'embarcation chavire ! Elle savait que le monstre de l'eau ne la laisserait pas s'en sortir vivante.

Pourtant, une forme d'excitation à l'idée de voir la bannîle l'habitait. Elle n'osait s'avouer à elle-même le secret espoir qu'elle avait caressé tout au long du trajet. Le traqueur avait inséré une araignée dans le cou de sa mère. Les autorités l'avaient donc probablement conduite là-bas. Et si elle y était toujours, alors... L'idée des retrouvailles musela son angoisse un court instant, avant que le visage de Tyll ne refasse surface. Elle aurait tant aimé savoir ce qu'il était advenu de lui !

À son retour au camp, le non-voulu apporta les nouvelles. Les soldats avaient arrêté le fugitif évadé que les traqueurs étaient censés emmener au Palatréa, pas très loin de la presqu'île. Il se tourna vers Soléane.

– Paraît que tu le connaissais... « Tyll », un nom comme ça.

La révélation eut l'effet d'un coup de poing au creux de l'estomac de Soléane. Elle suffoqua, peinant à reprendre sa respiration. Comment Tyll avait-il pu être arrêté près de la presqu'île alors qu'il était conduit par Sem-Archéo vers le Palatréa ? S'était-il échappé avant d'être rattrapé une deuxième fois ?

Une grimace de désespoir crispa son visage. Soléane imaginait le sentiment affreux qu'avait dû ressentir Tyll lorsque les traqueurs l'avaient retrouvé. Elle regarda le ciel de nuit en pensant à lui. Pourvu qu'ils ne l'aient pas frappé !

Indifférents à sa réaction, les trois hommes poursuivirent leur discussion. La conversation, banale, évoquait la culture céréalière, l'élevage de larves, la taille des radeaux funéraires, la construction de murs de sel. Ils enchaînèrent avec quelques parties de dés.

Le non-voulu sortit une outre d'alcool d'algues brunes trouvée au bourg.

– Je sais que ce n'est pas conseillé pendant les missions. Mais, dans mon équipe, on a l'habitude d'en prendre un petit verre avant les tâches les plus dangereuses. Quelques gorgées, pas plus.

Il se servit et tendit le récipient au plus âgé des traqueurs. Ce dernier n'hésita pas longtemps :

– Après tout, on l'a bien mérité !

La première tournée fut suivie d'une deuxième, d'une troisième. Ils s'arrêtèrent lorsque l'outre fut vidée.

L'alcool les berçait d'une douce euphorie sans leur faire perdre complètement la clarté de leurs idées ni la maîtrise de leurs mouvements.

Soléane avala son dîner avant de s'allonger. C'était sa dernière nuit sur le Coracle, et elle la passerait ligotée au sol.

Pourtant, ce qui lui manquerait le plus n'était pas le confort ou la chaleur de sa maison, mais quelque chose de bien plus précieux qu'elle n'avait expérimenté que tardivement : la liberté.

Le traqueur qui s'approcha d'elle pour resserrer ses liens et l'ancrer à la trame avait l'odeur sucrée de celui qui a trop bu.

Soléane hésita à poser la question à laquelle ses gardiens avaient refusé de répondre jusque-là. L'alcool délie parfois les langues. C'était l'occasion rêvée d'obtenir enfin une réponse. Mais Soléane savait combien l'alcool peut transformer les hommes. Qui sait si le traqueur n'en profiterait pas pour lui faire du mal ? Malgré son appréhension, elle demanda ce qu'il adviendrait de Tyll lorsqu'il arriverait au Palatréa. La réponse jaillit, instinctive, accompagnée d'un ricanement :

– Ton copain, t'es pas près de le revoir, crois-moi !

– Qu'est-ce qu'ils vont lui faire ?

– Tu ferais mieux de l'oublier, va, ça vaut mieux. Et puis ferme-la, j'ai pas le droit de te causer.

Les yeux perdus dans le ciel, Soléane tenta de se convaincre que le traqueur ignorait tout des intentions de l'archéole. L'Arche n'aurait pas mêlé un simple gardien à cette histoire. L'homme ne faisait qu'inventer, c'était certain. C'était probable. C'était possible.

Elle fouilla l'horizon à la recherche de l'aigle de Tyll.

Ce soir-là, comme toutes les autres fois à l'exception du premier jour, il ne se montra pas.

Ce soir-là, le sommeil tarda à venir.

Il en allait tout autrement pour le traqueur de veille. Malgré ses tentatives pour se tenir éveillé – se frotter les yeux, se tapoter les joues –, il peinait à lutter contre le sommeil.

Soléane écarquilla les yeux de surprise lorsqu'elle vit le non-voulu s'approcher et s'asseoir à côté de lui, en silence. Au moment où l'homme s'endormit et où son buste bascula en arrière, le non-voulu le retint d'une main ferme. Puis, avec la douceur d'une mère qui couche son nourrisson, il accompagna le corps du traqueur jusqu'au sol.

Le cœur battant, Soléane patienta avant de chuchoter au non-voulu :

– Tu me connais, c'est ça ? Tu vas m'aider à m'échapper ?

L'ironie grinçante qui résonna dans la voix du non-voulu la glaça :

– T'aider à t'échapper ? Est-ce que toi, tu as déjà aidé quelqu'un à s'échapper ?

Soléane frissonna sous l'assaut du souvenir. L'image de Belgha, recroquevillée sous la couverture de son lit, s'imposa à elle. Son amie, sa meilleure amie, était terrorisée. Elle avait été bannie dans la matinée. Ses grands yeux emplis de peur, ses lèvres pincées jusqu'au sang, ses larmes à fleur de paupière, tout son être la suppliait de ne pas ouvrir la porte au traqueur qui la cherchait.

Mais Soléane avait ouvert, convaincue de décider au mieux pour le bien de la communauté. Le Coracle avait besoin des bannies pour ramer. Le traqueur lui avait adressé un sourire mauvais avant de l'écarter. En trois pas, il avait mis la main sur la fugitive.

Belgha.

50

Le souvenir de l'arrestation de Belgha assombrit encore la nuit. Dans sa fuite, Soléane avait eu assez de chance pour croiser des inconnus qui l'avaient aidée : Tyll, Johen, la femme du laboratoire. Sur qui Belgha avait-elle pu compter ? Pas sur elle, la parfaite petite habitante du Coracle qui n'avait pas eu le courage de sauver son amie.

– Tu es le voulu de Belgha, c'est ça ? demanda-t-elle. Tu es Mani.

– J'étais Mani. J'aurais dû être son voulu. Maintenant, je suis le non-voulu BHM96. Ou plutôt, je ne suis plus rien puisque je me suis enfui le jour où je t'ai reconnue, dans un champ de bulbes, à Borho. Tu riais avec l'Archéole, comme si de rien n'était, comme si Belgha n'avait jamais existé. Ça m'a rendu fou ! Je t'ai suivie, je t'ai perdue mais j'ai fini par te rattraper. Je pensais prendre ton petit frère comme otage pour que tu fasses ce que je te demande. Mais finalement, on est là et tu n'as pas le choix.

D'un coup de menton, elle désigna les deux traqueurs couchés sur le sol.

– Tu les as drogués ? chuchota-t-elle.

– Quelques gouttes de sève de sélíriane dans l'alcool.

Elle connaissait l'effet soporifique de la plante utilisée pour aider les malades des ossoudés à passer. Les gardiens dormiraient d'un sommeil profond sans qu'aucune trace décelable ne les alerte au réveil.

Elle sentit battre son cœur au rythme de l'espoir que le non-voulu la libère. L'homme n'aurait pas drogué les deux traqueurs dans l'unique objectif de lui reprocher ses agissements envers Belgha. Puis, une nouvelle hypothèse se fit jour en elle. Le non-voulu n'avait plus rien à perdre. Peut-être était-il venu se venger ? Une perle de transpiration suinta sur son front, malgré l'air frais de la nuit.

– Belgha n'a pas eu de chance d'être bannie le jour de son émancipation, dit-elle.

– La chance n'a rien à voir ! se fâcha Mani sans que sa voix ne s'élève au-dessus du murmure. Comment peux-tu encore croire ces bêtises ?

– Qu'est-ce que tu veux dire ?

– Belgha était révoltée. Il ne lui manquait que de connaître l'existence des insoumis pour se joindre à eux. Elle n'acceptait pas le sort des bannies, celui des non-voulus. Elle pensait que les autorités de l'Arche ne visaient que le pouvoir.

– Elle ne m'en avait jamais parlé !

– Elle a bien fait. Tu l'aurais dénoncée, n'est-ce pas ?

Soléane resta silencieuse. Si aujourd'hui ce comportement lui semblait insensé, elle ne pouvait exclure que l'ancienne Soléane aurait réagi ainsi...

– Belgha avait tout compris, poursuivit Mani, elle savait que l'Arche n'a aucune idée de l'endroit où se trouve la Terre, que les bannies rament en rond, pour rien, ou plutôt si... pour que les habitants continuent à obéir sagement dans l'espoir naïf d'arriver un jour sur ses rives. Belgha, c'était...

Le non-voulu ricana amèrement sans finir sa phrase.

– Je suis désolée, chuchota Soléane. Elle était chez moi quand le traqueur a frappé à la porte. C'était trop tard.

– Ce n'était pas trop tard.

– Il aurait forcé la porte. Qu'est-ce que j'aurais pu faire ?

– Le tuer. Il faut être prêt à tout quand il s'agit de sauver ceux qu'on aime.

La réponse de Mani fit frémir Soléane. Tuer le traqueur, c'était devenir pire que lui. Tuer le traqueur, c'était accepter que la vie d'un homme n'en vaut pas une autre. Le silence de la nuit retomba entre eux. Soléane avait le cou douloureux. Ce n'était pas le travail de l'araignée qui la blessait, mais les regrets qui lui nouaient la gorge.

Se savoir incapable de réparer le mal auquel elle avait contribué était le plus difficile à supporter. Quand l'air parvint enfin à se frayer un passage jusqu'à ses poumons, elle proposa :

– Dis-moi ce que je peux faire, Mani.

– Je veux que tu sauves notre bébé.

La nouvelle enfonça la lame de la culpabilité un peu plus profondément dans le cœur de Soléane. Ainsi, au moment de son arrestation, Belgha était enceinte ! Soléane n'avait pas seulement trahi son amie, elle avait aussi condamné son bébé.

Tandis qu'elle mesurait les implications de cette information, Mani continuait ses explications.

– Il devrait avoir quatre mois, maintenant... S'il a survécu. Je me dis qu'elle a peut-être réussi à le cacher. Je connais Belgha, elle n'est pas du genre à baisser les bras. Mais même si elle a réussi, ça ne pourra pas durer. Tu dois aller le chercher. Et s'il est vivant, tu dois le sortir de la bannîle.

Sa voix fléchit. Soléane soupira.

– Aucune des filles n'a jamais pu s'enfuir.

– Mais toi, tu auras ça.

Il posa quelque chose en travers de son ventre. Toujours ligotée, elle essaya de voir de quoi il s'agissait.

– Des estomacs d'orque. Deux. Si tu les portes tout contre ta peau, ils deviendront souples, chauds, indétectables. Tu les remplis d'air, tu les noues, et ils flotteront bien assez pour quitter la bannîle et rejoindre le Coracle.

Il expliqua comment atteindre un point de rendez-vous, à la lisière de la zone de régénération.

– J'y viendrai deux fois par semaine au moins.

– Très bien, Mani. Je te fais la promesse de livrer les bouées et les informations à Belgha.

– Non.

La détermination qui imprégnait ce non fit frissonner Soléane. Il ajouta :

– C'est toi qui ramèneras le bébé.

La voix de Mani s'était faite plus puissante. Tous deux se figèrent, à l'affût d'une réaction des deux traqueurs. Plongés dans le sommeil, les deux gardes n'esquissèrent pas le moindre geste.

Avec l'arrivée de la nuit, la brise s'était apaisée. Le calme apparent du camp contrastait avec l'effervescence de leur échange.

– C'est impossible, Mani. Je ne pourrai pas. Tu ne préférerais pas revoir Belgha ?

– Je donnerais ma vie pour revoir Belgha. Mais je n'ai pas le choix. C'est toi qui dois agir.

De longues minutes de débat finirent par convaincre Soléane de déposer les armes. Les arguments de Mani étaient imparables. Voilà près d'un an que Belgha avait été bannie. Un an qu'une araignée tissait sa toile autour de son cou. Les fils de soie avaient durci jusqu'à façonner une masse inamovible qui se gorgerait d'eau au premier contact avec l'océan. Deux estomacs d'orque formeraient une bouée insuffisante pour faire flotter une bannie lestée de son collier.

– C'est l'unique chance pour le bébé, énonça Mani. S'il est encore en vie.

Soléane garda le silence.

Elle s'imaginait en lisière de la bannîle, l'océan à ses pieds. Oserait-elle sauter à l'eau ? Toutes les bouées du monde n'empêcheraient pas le déferlement de terreur qui la paralysait à l'idée de perdre pied. Le monstre se tenait autant caché dans son esprit que dans les profondeurs. Le danger était grand de périr noyé et d'entraîner le nourrisson avec elle.

Une montée acide lui brûla la gorge. Le bébé mourrait de toute façon. Peut-être même avait-il déjà été jeté à l'océan. Quant à elle... Une grimace d'amertume déforma ses lèvres. Elle ? Qu'est-ce qui l'attendait ? Maintenant qu'elle avait goûté à la vie, elle ne pouvait plus se contenter d'une survie prolongée chaque jour par son obéissance disciplinée à ramer. Elle annonça :

– Je le ferai, Mani.

La pénombre était trop sombre pour que Soléane le vît réagir. Il ne bougea pas.

– Détache-moi deux minutes, s'il te plaît, je veux juste refaire mon chignon.

– Trop risqué. Ils s'en apercevraient au réveil.

– Je veux juste le resserrer un peu.

Sans un mot, il sangla les bouées autour du ventre de Soléane. Puis il s'éloigna pour se recoucher auprès des braises.

Soléane retint une protestation. Fallait-il révéler l'existence de la pierre de Terre à Mani ? Si elle ne se recoiffait pas, elle finirait par glisser de son chignon. La pierre ne lui apportait rien, si ce n'est la nécessité de la cacher, et des ennuis assurés quand ses gardiens la découvriraient. Mais Mani n'allait pas courir le risque de fréquenter les insoumis alors qu'il attendait le retour du bébé qu'il n'avait jamais vu. À moins de garder la pierre jusque là-bas ? Si la pierre de Terre pouvait servir à quelque chose, c'était bien dans les mains des rameuses qui tiraient le Coracle à la force de leurs bras. Et qui sait... Dans le secret de son cœur, Soléane espérait encore retrouver sa mère qui déciderait à sa place.

51

– Tu crois que t'as besoin de te refaire une beauté pour aller ramer ?

Dès que ses liens avaient été dénoués, Soléane avait entrepris de se recoiffer. Ses efforts pour montrer un visage impassible étaient couronnés de succès : aucun des trois hommes n'aurait pu imaginer le rythme soutenu des battements de son cœur. À peine eut-elle touché le chignon avachi que la pierre tomba dans sa paume. Elle lissa ses cheveux et les rassembla au sommet de sa tête sans la lâcher. Puis, elle échafauda la cachette. Les mèches tiraient sa peau endolorie, elle n'aurait pu les serrer davantage. Même si elle n'avait pas l'occasion de refaire son chignon avant plusieurs jours, la pierre ne s'échapperait pas.

Tout au bout du Coracle, à portée de voix de Trapor, la trame avait été taillée en un large escalier qui débouchait, quatre mètres plus bas, sur un quai d'embarquement. Cette architecture étonna Soléane. Jusque-là, elle n'avait pas pensé qu'on puisse sculpter la trame pour atteindre l'océan !

Ses surprises ne s'arrêtèrent pas là. Sur le quai, deux groupes de femmes patientaient. Soléane dévisagea les gardiennes avec une mimique de stupéfaction. C'était la première fois qu'elle voyait des traqueuses. Ces femmes surveillaient trois jeunes filles debout face à l'océan, les mains liées. Leurs nuques étaient marquées du signe en croix des bannies.

Les traqueurs poussèrent Soléane vers elles et tendirent aux gardiennes la corde attachée à ses poignets.

Alors que la plus âgée s'en saisissait, Soléane tenta un sourire.

– Bonjour.

– Ta gueule ! Les bannies sont pas autorisées à parler. Les bannies sont autorisées à rien, sauf à trimer. Compris ?

Les trois autres filles baissèrent la tête. Soléane maintint la sienne levée.

La gardienne, excédée par ce qu'elle prenait pour de la provocation, tira violemment sur ses liens. Soléane sentit la peau fragilisée de ses poignets se déchirer. À son tour, elle ploya le buste en signe de soumission.

Par de petits coups d'œil jetés sur le côté, elle remarqua les stries rouges qui maculaient le cou des autres condamnées. Voilà donc à quoi ressemblaient les fondations du travail de l'araignée ! Bientôt, son signe en triangle qui faisait d'elle une saine serait enseveli sous le linceul de la soie blanche. Elle deviendrait bannie, à vie.

Son cou la démangeait. Elle avait le sentiment de percevoir chaque mouvement de patte, chaque poussée de soie, chaque déplacement de la créature qu'elle abritait au sein de sa propre chair. Cette sensation l'obséda d'autant plus que l'impossibilité de se gratter à cause de ses mains entravées la frustrait. Elle en oublia de s'inquiéter lorsqu'il fallut monter sur la barque de joncs tressés.

Sur ordre des traqueuses, les filles s'alignèrent en colonne et avancèrent vers le quai. Les gardiennes leur délièrent les mains.

Soléane ne voyait que les cheveux de celle qui la précédait. Elle sentait sur sa nuque le souffle de celle qui la suivait. Au signal, elles enjambèrent le bord de la barque et s'assirent sur les bambous placés en travers du fond, puis les gardiennes embarquèrent à leur tour. Les traqueurs qui avaient escorté Soléane aidèrent à dénouer les amarres. Les bannies se saisirent des rames. C'est à la force de leurs bras qu'elles vogueraient jusqu'à leur prison.

Soléane releva la tête pour regarder dans la direction qu'elles empruntaient. Les contours de la bannîle se distinguaient à peu de distance. L'immense radeau affleurait le niveau de l'eau et s'étendait sur une surface bien plus grande que ce qu'elle avait imaginé. Un nuage d'oiseaux noirs tournoyait au-dessus d'elle.

Les remous de l'océan créaient un discret tangage. L'angoisse submergea la fugitive. Sa terreur de l'eau venait de la rattraper.

Soléane imaginait le pire, la barque renversée, la chute dans l'océan, l'eau dans sa bouche. Les mains crispées sur les rames, elle ferma les yeux. Un mal de mer salutaire s'empara d'elle. Concentrée pour ne pas vomir, Soléane pensa à sa mère et aux herbes qu'elle lui aurait conseillées. À chaque coup de rame, elle sentit sa peur se recroqueviller jusqu'à se lover en une boule douloureuse derrière son nombril.

La bannîle, ce gigantesque radeau, était formée d'un amoncellement de bambous sanglés sur la hauteur d'un homme, bordée à intervalles réguliers de tours de surveillance. Sa largeur aurait permis d'y édifier un bourg entier.

Avant même de poser le pied sur les bambous, les nouvelles entendirent le tambour. Boum, boum, boum. À chaque frappe, les bannies plongeaient leurs rames, tiraient, les ressortaient pour recommencer. Leurs silhouettes se détachaient sur le ciel à l'avant de la bannîle, organisées en plusieurs rangs constitués chacun d'une quinzaine de bannies. Les rameuses étaient assises à califourchon sur un banc de rame, encadré de chaque côté par un espace d'eau dans lequel disparaissait l'extrémité des rames.

Au rythme du tambour, la bannîle avançait sur l'océan et tractait le câble sous-marin qui la reliait au Coracle. Ainsi, le

Coracle progressait sur l'eau à la vitesse lente, mais régulière, d'un iceberg porté par les courants glaciaires.

De l'autre côté de la bannîle, des femmes marchaient en colonne, le dos ployant sous la charge d'un seau jusqu'à l'endroit où elles le vidaient sur le sol. Elles revenaient le remplir sur le quai où les attendait une colline d'humus récemment débarqué.

Soléane avait l'impression que les bannies préparaient le sol pour le rendre cultivable.

Elle n'eut pas le temps d'y réfléchir davantage : le bateau accostait.

Soléane attrapa la main qu'une gardienne âgée lui tendait pour débarquer.

– Tu es celle à l'isolement ?

La jeune fille n'osa pas répondre, mais la grincheuse approuva :

– C'est elle. Pas de contact avec les autres.

– Je l'emmène.

– Attends ! Elle doit d'abord voir quelqu'un.

Soléane jeta un regard alentour.

C'est alors qu'elle reconnut sa mère, encadrée par deux traqueuses, qui venait vers elle. Les deux gardiennes ne furent pas de trop pour l'empêcher de courir la rejoindre.

Sa mère s'approcha à quelques mètres de Soléane avant que son escorte ne la contraigne à obliquer pour s'avancer vers le bord du radeau.

La gardienne en chef ricana :

– Je ne fais pas les présentations... Et désolée pour les retrouvailles, nos consignes sont claires : pas de contact.

Soléane ne l'écoutait pas. Elle dévorait des yeux cette mère qu'elle avait quittée peu de temps auparavant et qui pourtant ne ressemblait plus à celle qu'elle connaissait. Son visage portait des marques de meurtrissures. On avait visiblement tenté de la faire parler. Le collier des bannies formait une fine écharpe soyeuse autour de son cou. Mais le regard que sa mère lui portait était toujours le même. Il débordait d'amour pour elle.

Soléane repensa aux paroles de l'archéole. Il avait prétendu que Lana n'était pas sa mère. Soléane savait désormais qu'il mentait. Il suffisait de voir le regard que sa mère lui adressait pour comprendre qu'il se trompait. Ses yeux, son visage, son attitude, tout chez Lana exprimait l'amour qu'elle avait pour Soléane.

– Passons aux choses sérieuses, ajouta la gardienne-chef. Écoute-moi bien, jeune bannie. Le GrandArchéole te soupçonne d'avoir dissimulé un objet de valeur qu'il souhaite récupérer. Si tu parles, si tu me dis gentiment où il est, ta mère aura la vie sauve. Dans le cas, contraire, nous la pousserons à l'eau. Elle s'y noiera sous tes propres yeux. Je te laisse quelques secondes de réflexion et je te poserai la question. Une seule fois.

Le vent glaça la peau couverte de sueur de Soléane. Soléane lança un regard perdu vers sa mère. Que fallait-il faire ? Donner la pierre ? Mais la clarté du message qu'elle avait lu dans ses yeux s'était envolée. Soléane ne comprenait rien, si ce n'est la tension extrême qui tétanisait sa mère.

Sa mère d'un côté, la survie du Coracle de l'autre.

Soléane paniqua, écartelée entre deux perspectives parmi lesquelles il était impossible de trancher.

Les paroles de Mani lui revinrent à l'esprit. « Il faut être prêt à tout pour sauver ceux qu'on aime. » Aucun amour ne vaut d'être sacrifié au nom du devoir, et surtout pas celui d'une mère !

Il fallait qu'elle parle. Oui. Il le fallait.

Mais la raison revenait à l'attaque. La pierre était le seul espoir des habitants du Coracle. Sans elle, leur vie est condamnée. Voilà pourquoi Lana, malgré la torture, avait préféré ne pas parler. Soléane pouvait-elle aller contre le choix de sa mère de ne rien dire ? Car alors, sa mère aurait subi le pire, en vain.

Il ne fallait pas qu'elle parle. Non. Il ne le fallait pas.

Son regard résigné se porta sur sa mère, tandis que sa main s'approchait de son chignon pour en arracher la pierre.

– Je t'aime, hurla Lana.

Et Soléane vit Lana s'enfoncer dans l'océan. Sa mère avait sauté à l'eau.

Un violent coup sur la tête l'assomma.

Quand elle se réveilla, la plus vieille des gardiennes était assise à côté d'elle et épongeait son front à l'aide d'un linge mouillé.

– Ma mère ?

Il n'y eut pas de réponse.

– Je m'appelle Akéa, dit la vieille femme. Tu vas venir avec moi.

Sans protester, telle une marionnette privée d'âme, Soléane s'exécuta et marcha avec Akéa en direction d'une cabane.

– Tu n'as pas le droit d'aller avec les autres. À la moindre tentative, je serai obligée de te ramener et de te maintenir entravée jour et nuit. Pour toi comme pour moi, il vaut mieux que tu y réfléchisses à deux fois.

Elles s'approchèrent en silence de la cabane. Elle se trouvait à l'entrée d'une sorte de large quai qui s'avançait dans l'océan en direction du Coracle, telle une esquisse de pont raté. Une odeur désagréable flottait dans l'air. Des dizaines d'oiseaux tournoyaient au-dessus de leur tête. Quand la gardienne poussa la porte, Soléane demanda :

– Si je ne rame pas avec les autres, que vais-je faire ?

Akéa secoua la tête, un pli d'amertume sur les lèvres. Elle évita le regard de la jeune fille. Il n'y eut pas de réponse.

52

Dix jours avaient passé.

Dix jours qui auraient pu être dix ans tant ils avaient creusé le visage de Soléane.

En dix jours, il y avait eu trois corps, des bannies trop affaiblies pour survivre.

Akéa lui avait montré comment tirer le premier corps sur la plate-forme de bambou, à l'extrémité du ponton, les deux pieds coincés sous les aisselles, comme une charrette trop lourde.

Les oiseaux l'attendaient déjà. Les plus peureux tournoyaient dans le ciel. D'autres s'étaient installés sur les poteaux, défendant à coup de bec leur place sur les perchoirs. Les sentinelles de plume avaient salué son passage à grands cris. Dès qu'Akéa les lâcha, les pieds de la morte frappèrent le sol de bambou en un son mat. Les oiseaux prirent leur envol. Le corps ne bougerait plus de là.

Durant une journée et une nuit, Soléane avait couru et gesticulé, elle avait crié et hurlé. Elle avait lutté des heures pour empêcher les charognards de s'attaquer à la morte.

Akéa l'avait laissé faire. Elle l'avait regardée depuis la fenêtre de la petite cabane, sans un mot. Pas même l'ordre d'arrêter. Elle avait vu défiler plusieurs filles pour accomplir ce labeur sur le ponton. Elle savait que seul le temps aidait à accepter.

Akéa s'était approchée le matin suivant. Soléane titubait d'épuisement.

– Laisse les oiseaux venir, Soléane. Plus tu t'agiteras, plus cela sera difficile. L'air deviendra irrespirable. Bientôt, même les oiseaux refuseront de s'en occuper.

– Non. Je n'accepte pas. Je n'accepte pas que le corps de cette femme n'ait pas le droit au respect. Pourquoi ne lui fabrique-t-on pas un radeau ? Elle est passée alors qu'elle ramait pour tirer le Coracle. Elle faisait ça pour nous tous. N'a-t-elle pas le droit autant que les autres, et même plus que les autres, d'être honorée ?

Le regard de Soléane débordait de colère autant que d'impuissance.

– Il n'y a pas assez de bambous, expliqua Akéa.

– Pas assez ? Je ne suis pas aveugle, Akéa. Chaque jour, il y a des barques qui amènent des montagnes d'humus pour recouvrir la bannîle. Chaque jour, il y a des bambous qui sont déchargés pour construire des cabanes. Il y aurait de quoi créer un deuxième Coracle ! Et l'on ne pourrait pas trouver le minimum pour honorer les morts ?

La gardienne soupira. Soléane ne se contenterait pas des habituels mensonges. Il ne s'agissait pas seulement de dissimuler les chantiers du GrandArchéole. Toutes les bannies comprenaient qu'elles travaillaient à rendre le sol de la bannîle fertile. Et beaucoup se doutaient que les aménagements de la bannîle étaient destinés à rendre le radeau habitable. Mieux valait révéler la vérité en ce qui concernait les morts.

– La bannîle tire le Coracle derrière elle. Si on met un radeau funéraire à l'eau, il voguera jusqu'à heurter les bords du Coracle. Peu à peu, il se désagrégera et il glissera en dessous de la trame. Les pêcheurs remonteront des morceaux de cette femme dans leurs filets. Tu comprends mieux, maintenant ?

Soléane avait secoué la tête. Elle refusait de comprendre. Tout son être luttait contre la fin terrible que son peuple réservait aux bannies. Non seulement elles passaient leur vie prisonnière de l'île à ramer, mais leur condamnation les poursuivait jusque dans la mort. C'était plus que Soléane ne pouvait supporter.

– Et ma mère ? demanda-t-elle. A-t-elle glissé elle aussi sous la trame ?

Akéa avait posé sa main sur l'épaule de la jeune fille en exerçant une discrète pression.

– Maintenant, recule-toi, tu dois laisser les oiseaux faire leur travail.

La jeune fille avait dégagé son épaule. Son exaspération lui redonnait l'énergie de combattre l'inévitable. Elle passa la journée à marcher, chassant les oiseaux d'un revers de main. Elle les invectivait, les insultait. Elle les suppliait de s'en aller.

Ce soir-là, elle avait renoncé.

Terrassée de fatigue, elle s'était écroulée sur le pas de la porte de la cabane. Le vent lui avait apporté le murmure des chants des autres bannies. Les femmes condamnées se retrouvaient le soir après la journée de rame alors que l'équipe de nuit prenait le relais.

Soléane s'était interrogée sur les sujets de conversation que les bannies abordaient. Elles discutaient peut-être de leur famille, de leur vie d'avant, de leurs espoirs ? Sa mère leur avait peut-être parlé d'elle et de Saméo, qui sait ? Dans leurs chants se mêlaient la tristesse et la lassitude, mais aussi l'envie de vivre, la force de ceux qui n'ont plus rien à perdre.

Soléane avait grappillé des miettes de réconfort dans cette musique de liberté. Sa mère lui manquait. Tyll lui manquait. Ce n'était pas seulement l'inquiétude qui lui rongeait les tripes à l'idée du sort que les autorités lui avaient réservé. Elle n'arrivait pas à croire qu'en si peu de temps il s'était fait une place si grande dans son cœur.

Elle comprenait désormais ce que Tyll voulait dire quand il lui avait affirmé qu'on peut mourir de solitude. Cette solitude pesait sur ses épaules, tel un bloc de sel qui ne cessait de grossir. Elle ignorait combien de temps elle tiendrait sans trébucher.

Elle avait sombré dans le sommeil comme on se noie dans l'alcool d'algues.

La deuxième dépouille fut apportée le quatrième jour.

Un autre corps suivit trois jours plus tard.

Soléane accomplit sa tâche. Un imposant iceberg voguait tout proche de la bannîle. Le vent emportait vers elle ses effluves glacés sans qu'elle ne frissonne. Les vagues qui soulevaient la bannîle et faisaient pencher dangereusement le ponton la laissaient indifférente. Son corps travaillait tandis qu'elle obligeait son esprit à partir ailleurs.

Le transport, pieds sous ses aisselles.

Ses pensées s'envolaient vers Saméo, là-bas, au bourg. Il devait avoir bien grandi !

Le retournement, face contre sol.

Peut-être avait-il déjà appris à éclater de rire ? Rien n'est plus réjouissant qu'un bébé qui s'esclaffe. Soléane souriait au tableau que lui offrait son esprit.

Le regroupement et l'enlèvement des restes.

Comme elle aurait aimé le chatouiller, elle aussi, agiter ses mains en des marionnettes qui se cachent et se dévoilent !

Le nettoyage des éléments collés au sol.

Elle songeait à ce lac d'eau douce où Tyll se baignait. Elle imaginait y plonger un pied, puis l'autre. Elle prenait tout son temps, ne pas aller trop vite, faire durer le plaisir. Elle s'arrêtait quand l'eau atteignait son nombril. Ses mains et ses bras s'enfonçaient dans le liquide. Elle n'avait pas peur. Le monstre était mort avec son envie de vivre.

Le soir, elle avalait la bouillie apportée par Akéa et se couchait après avoir vérifié que les bouées données par Mani restaient bien sanglées autour d'elle. La cabane et le sol de bambou de la trame n'offraient aucune cachette. Malgré l'inconfort et les suées que lui valaient ses bouées, elle préférait ne pas les quitter. Avant de s'endormir, elle repassait au peigne de sa réflexion les différents moyens de rejoindre les autres bannies, de trouver Belgha et son bébé, de quitter la bannîle. Elle explorait sans fin chaque hypothèse. Elle changeait de point de vue pour débusquer des idées nouvelles. Mais il ne lui venait que des solutions pour s'évader seule de la bannîle : mimer la maladie, voler une barque, prendre une gardienne en otage... Fallait-il ne pas se préoccuper de l'enfant pour se laisser une chance d'apporter la pierre aux insoumis ?

Elle avait perdu sa mère. Son frère oubliait déjà son visage. Par sa faute, Tyll croupissait dans une prison de l'Empera et Belgha ramait à quelques centaines de mètres d'elle. Sa vie n'aurait plus aucun sens si elle s'enfuyait en solitaire. Elle avait donné sa promesse qu'elle ramènerait l'enfant de Mani. Pour elle, les choses étaient claires. Mieux valait mourir que trahir sa parole.

Mais le temps lui était compté. Jour après jour, heure après heure, l'araignée poursuivait son ouvrage. Si elle ne trouvait pas une solution très vite, bientôt, elle n'aurait plus besoin de monstre pour l'entraîner vers le fond, son collier s'en chargerait.

53

Le dixième jour, Akéa entra dans la cabane alors que le soleil se levait.

– Pas de corps, ce matin. Reste à l'ombre si tu veux.

– Je ne peux pas aller ramer ? demanda Soléane.

– Tu sais bien que tu es toujours à l'isolement.

Soléane marqua sa compréhension d'un hochement de tête. Elle se redressa et sortit.

L'ennui s'avéra le pire des ennemis. Elle passa une heure à s'imaginer dans son bourg, aux côtés de Saméo. Puis une heure encore à explorer le Coracle, se remémorant la beauté des arbralgues, la finesse de leurs branches couvertes de sel, la délicatesse du parfum des feuilles d'arbres-troncs, la force de la forêt de la zone de régénération.

Elle tourna ensuite ses pensées vers la Terre, esquissant dans sa tête le tableau d'un territoire de rêve, avec ses animaux à poils, ses reliefs, sa végétation. Il y avait de quoi imaginer tant de merveilles !

Mais peu à peu le désespoir s'empara de Soléane. Il grisaillait ses idées. Il effaçait les lueurs qu'elle tentait de raviver.

Assise à l'entrée du ponton, elle observa l'iceberg tout proche. Depuis des jours qu'elle était arrivée sur la bannîle, il était resté à la même distance, à croire qu'il y était amarré. L'iceberg était haut comme une colline de sel, mais Soléane savait que sa masse était bien plus imposante sous la surface, dans le courant glaciaire.

Elle agitait lentement ses jambes au-dessus de l'eau, le visage vide d'espoir. Les cernes creusés sous ses yeux assombrissaient son visage. Elle regardait sans les voir les vaguelettes qui scintillaient sous la caresse des rayons du soleil. Il faisait aussi beau et chaud dehors que brumeux et froid en elle. Une question la lancinait sans cesse : à quoi bon vivre ?

Elle ne porta pas attention à l'aigle pêcheur qui se posa sur un poteau tout proche. L'oiseau lissa ses plumes de son bec, passa d'une patte sur l'autre, picora l'extrémité fibreuse du bambou avant que Soléane ne le reconnaisse.

– Galil ?

L'aigle s'envola pour atterrir devant elle. Soléane tendit une main prudente vers lui. Il ne bougea pas.

– Galil ? répéta-t-elle, hésitant à y croire.

L'arrivée de l'aigle déclencha une bousculade d'hypothèses dans l'esprit de Soléane. Tyll emprisonné sans même une fenêtre pour voir le ciel. Tyll affaibli et blessé. Tyll assassiné, l'oiseau orphelin. Pourquoi l'oiseau serait-il venu la voir si ce n'était pour réclamer son aide ?

C'est alors que Soléane remarqua qu'un objet était sanglé autour d'une de ses pattes, à la manière d'un message de tourterelle. Le soulagement la traversa de son onde chaleureuse. Ainsi, Tyll lui avait intentionnellement envoyé son ami !

L'aigle pêcheur se laissa toucher la patte, sans la quitter des yeux, méfiant. Les fils qu'elle ôta avaient été arrachés à un vêtement. Ils maintenaient en place un objet entouré d'une feuille de rampant séchée.

L'oiseau prit son envol dès qu'elle l'en eut débarrassé, sans accepter ni caresse ni parole. Il piqua droit vers le Coracle. Soléane lui adressa un geste d'au revoir, accompagné d'un sourire amer. Même lui préférait l'abandonner.

La fibre du paquet se désagrégea et laissa apparaître une aiguille blanche.

Il s'agissait de l'une de ces arêtes creuses que les pêcheurs détachent des squelettes des gros poissons pour en faire des peignes, des crayons, des aiguilles. Aussi longue qu'une paume de main, elle était effilée, tranchante et pointue.

Soléane se demanda pourquoi Tyll lui envoyait cet objet. Il savait que Soléane avait été emmenée sur la bannîle. Il savait que personne ne s'en était jamais échappé vivant. Il savait qu'elle était condamnée à ramer jusqu'à en mourir. Alors, pourquoi cette aiguille ? Elle était trop fragile pour servir d'arme. La réponse surgit en elle avec la fulgurance d'un éclair d'orage. Un frisson glacé lui parcourut le dos.

La jeune fille observa les alentours. Personne. Akéa ne viendrait que dans plusieurs heures pour lui donner à manger et l'attacher pour la nuit.

L'horizon était troublé par la chaleur. Le ciel était magnifique. La brise caressait sa peau. C'était une belle journée.

Les lèvres pincées en une mimique déterminée, Soléane ramassa la longue arête effilée. Du bout des doigts, elle palpa son cou. De chaque côté de sa gorge, elle perçut les pulsations de son sang propulsé par son cœur.

Cachée sous sa peau, la vie battait sans relâche.

Soléane renifla. Les yeux lui piquaient sans que les larmes ne se décident à couler. À quoi bon vivre une existence de prisonnière ?

Les yeux posés sur l'imposant iceberg sculpté par les éléments, elle inspira. Oui, c'était une belle journée, malgré tout. Une bonne journée pour refuser de vivre privée de liberté.

Soléane appuya la pointe de l'arête sur la peau palpitante de son cou.

Et d'un coup, elle l'enfonça de toute sa longueur dans ses chairs.

54

Le GrandArchéole referma la porte derrière le traqueur.

L'homme ne repartait pas les mains vides. Le GrandArchéole avait acheté son silence, comme celui de tous les gardes. Les précautions étaient de mise. Nul ne devait découvrir qu'Alna était désormais enfermée dans la prison sous la GrandArche.

Treize ans auparavant, Alna avait convaincu l'Empera de montrer la pierre à tous les habitants lors de la cérémonie du changement de saison et de leur expliquer à quoi elle servait. Le GrandArchéole n'avait pas eu d'autre choix que d'éliminer les protagonistes capables d'une telle folie !

Si la connaissance de l'existence de la pierre se répandait parmi le peuple, plus personne ne comprendrait que l'Arche échouait à guider le Coracle vers la Terre. Plus personne n'accepterait de voir le Coracle s'enfoncer dans l'océan alors que le salut se trouvait à portée.

Alna avait défié les dieux en contrecarrant la grande épreuve qu'ils avaient envoyée à l'humanité !

Le GrandArchéole avait d'abord pensé au poison pour toute la famille. Mais il n'était pas certain de maîtriser les conséquences de cette solution. Il n'existait pas de poison mortel dont l'utilisation ne laissait aucune trace. Il pourrait y avoir des soupçons, des accusations, autant d'inconnues avec lesquelles le GrandArchéole préférait éviter de jouer.

Voilà pourquoi il avait commandité cet attentat, treize ans auparavant. La trame, sabotée, devait céder sous les pas de l'Empera, lors de sa promenade matinale. Un accident dramatique, mais banal. Une fois mort, sa femme et ses enfants auraient pu être facilement écartés. Mais les choses s'étaient déroulées de manière différente : ce matin-là, l'Empera n'était pas allé prendre l'air. L'accident avait coûté la vie au bébé, mais Alna et la petite fille étaient sauves et un garde était témoin des événements. Le GrandArchéole avait dû improviser : il avait réduit à néant le pouvoir de l'Empera, il avait écarté le garde en lui faisant croire que la vie de sa famille était menacée... Quant à cette peste d'Alna, il avait prévu de la faire accuser de haute trahison... mais elle avait fui avant qu'il n'ait eu l'opportunité de le faire. Qu'importe ! Le temps avait joué en sa faveur. Aucun fugitif ne pouvait rester invisible toute une vie sur la petite île du Coracle !

Le GrandArchéole sourit en repensant à ce temps lointain. Guidé par les paroles des dieux, il avait finalement atteint tous ses objectifs. Tous... sauf celui de récupérer la pierre. Il avait toujours soupçonné Alna de l'avoir emportée avec elle. Tant que la pierre restait cachée, ce n'était pas un souci.

Aujourd'hui, les choses avaient changé. Le Coracle continuait à couler. La nouvelle arche prendrait bientôt le large avec ses élus à bord. Le GrandArchéole avait besoin de la pierre pour guider l'humanité purifiée jusqu'à la Terre.

Le GrandArchéole s'assit sur une chaise de bambou, le regard perdu sur le mur de sel. Ses pensées défilaient sans que les muscles de son visage ne tressaillent.

Interrogée par les gardiennes de la bannîle, Alna avait refusé de révéler la cachette de la pierre. Elle avait même tenté de mettre fin à sa vie tandis qu'on questionnait sa fille ! Quelle impie ! Croyait-elle pouvoir disposer de sa vie comme elle en avait envie ? C'était à lui de décider et Alna serait bientôt jugée et condamnée.

L'aménagement de la bannîle était presque achevé, avec des stocks alimentaires et un iceberg amarré pour leur fournir de l'eau douce.

Les premières notes d'une musique d'orguéole résonnèrent dans la pièce. Le GrandArchéole se leva et posa une main sur son cœur. Tant pis pour la pierre. Les dieux se chargeraient de les guider en lieu sûr. Aussi sûr qu'il s'appelait Noé-Archéo, GrandArchéole du Coracle, il accomplirait sa mission.

Son destin le dépassait. Son destin était guidé par les dieux. On ne lutte pas contre la volonté des dieux.

55

Johen obliqua dans la petite ruelle juste avant l'entrée du Palatréa. D'un coup d'œil, il vérifia que personne ne pouvait le voir et poussa la porte de Tahis.

Sa mère bondit de sa chaise dès qu'elle l'aperçut.

– Johen ! Te voilà...

Les mains posées sur les épaules de son fils, elle le scrutait comme pour s'assurer qu'il ne lui était rien arrivé. Le sourire de Johen s'effaça quand il s'habitua à la pénombre de la maison et qu'il découvrit ses yeux rouges de larmes.

– Maman, qu'est-ce qu'il se passe ?

Sans répondre, elle l'invita d'un geste à s'asseoir autour de la table et entrepris de remettre de l'eau à bouillir pour lui préparer un jus d'algue brune.

Jemuel observa Johen tandis qu'il s'approchait timidement. Les lèvres frémissantes, il se leva, sans savoir comment accueillir ce fils dont il n'avait pas encore été le père.

Le garçon se tenait debout, tout aussi embarrassé. Il sentait l'émotion grandir en lui. Cet homme était son père et pourtant, tous deux ne se connaissaient pas. La dernière fois qu'il l'avait vu, Jemuel était inconscient, plongé dans le délire de la fièvre. Que devaient-ils faire, se serrer la main ? Une larme coula sur sa joue.

La goutte salée agit comme un déclic. Jemuel se précipita, bras ouverts, et le serra contre lui.

– Ne pleure pas, fils, ne pleure pas. Je suis tellement heureux !

Johen murmura un discret : « moi aussi », et s'écarta de son père. Il était bouleversé, au point qu'il sentait nécessaire de reprendre le contrôle. Jemuel hocha la tête, il comprenait. Tous deux s'installèrent à table, croisant et fuyant le regard de l'autre, échangeant des sourires gênés. Ils partageaient la même envie, mais il leur faudrait du temps pour s'apprivoiser.

Devant la tasse fumante, Johen se tourna vers sa mère.

– Pourquoi as-tu pleuré ?

– Pour te l'expliquer, je dois déjà te révéler un secret.

En quelques mots, Tahis lui raconta cette journée d'il y a treize ans, le jour où Jemuel avait pris la fuite pour se protéger de la vengeance de l'Empera. Mais quelque chose avait changé dans le récit que Johen connaissait.

– J'ai un grand frère ? hurla-t-il.

D'un signe, Tahis lui fit signe de baisser le ton. Il n'était pas question d'attirer l'attention des voisins. Mais la surprise se mêlait à la rage, et Johen peinait à maîtriser sa voix.

– Pourquoi ne me l'as-tu jamais dit ?

Jemuel posa une main sur le bras de son fils.

– Ta mère t'a protégé, Johen. Tant que tu ignorais son existence, les autorités ne pouvaient rien te reprocher. Tu restais un orphelin recueilli par la Guilde.

Johen se rembrunit. Il savait que sa mère avait cru bien faire, mais comment accepter d'avoir vécu toutes ces années sans savoir qu'il avait un frère ?

– Et peux-tu me dire comment il s'appelle, ou est-ce que son prénom menace aussi ma sécurité ?

Le ton caustique employé par Johen fit grimacer sa mère. Elle voyait qu'il souffrait de ne pas avoir été mis dans la confidence. Peut-être songeait-il qu'elle ne lui avait pas fait confiance. Et pourtant, ce n'était pas de son fils dont elle avait douté, mais du GrandArchéole et de ses manigances. Elle baissa la tête pour prononcer le prénom qu'elle avait elle-même découvert quelques jours auparavant.

– Il s'appelle Tyll, désormais.

– Tyll ? interrogea le garçon dans un souffle. Tyll, le fugitif ?

Jemuel et Tahis dardèrent leurs prunelles sur leur fils.

– Je l'ai croisé, expliqua Johen, pendant mon voyage d'apprentissage, il était avec une fille, une dénommée Soléane. C'est mon frère ? Par tous les dieux du vent, j'ai essayé de les aider, mais...

À son tour, Johen raconta à ses parents comment il avait contribué à leur évasion de l'archapelle de Basol et sa tentative ratée pour les dissimuler dans les rampants.

– Ils les ont arrêtés, ils ont greffé l'araignée dans le cou de Soléane et ils ont emmené Tyll. Je n'ai rien pu faire, rien. Même si j'avais su, je...

La grimace qui étirait la bouche de Johen contenait à grand-peine ses pleurs. Soudain, il repensa aux yeux rougis de sa mère et à ce secret qu'elle venait de lui révéler.

– Tu sais ce qu'il lui est arrivé ?

Tahis approuva d'un signe de tête. Sa gorge serrée rendait sa parole douloureuse. Mais Johen avait le droit à la vérité.

– Tyll est enfermé dans un des cachots du Palatréa. Il est condamné au prix du sang.

Après le temps de la sidération vint celui de l'échange. Au fil des hypothèses qu'il énumérait, Johen comprit que ses parents avaient envisagé toutes les possibilités pour sortir son frère de là. Sa mère avait entendu parler de l'arrivée d'un nouveau prisonnier au Palatréa alors qu'elle portait un panier de victuailles à l'une des séquestrées. Elle avait profité de son passage dans les cachots pour le rencontrer. Après avoir découvert son identité, elle avait à peine eu le temps de parler avec lui.

Les insoumis lui étaient immédiatement venus à l'esprit pour sauver son fils. Mais Tyll lui avait révélé qu'ils avaient refusé d'intervenir pour retrouver la pierre de Terre. Il était illusoire de penser qu'ils courraient le risque de se battre pour un fugitif.

Les gardes des cachots étaient acquis à la cause du GrandArchéole. Ils ne se laisseraient pas acheter.

Il n'existait aucun autre accès que le petit escalier creusé dans la trame. Johen ne pouvait même pas se présenter pour rendre visite à son frère. La sauvegarde du secret de son identité constituait la seule garantie de rester à l'abri du GrandArchéole.

– Crois-moi, Johen, dit Tahis, si quelque chose pouvait être fait pour le sauver, je l'aurais fait.

Elle plaqua sa main sur sa bouche comme si sa paume pouvait retenir ses pleurs. Il n'y a pas pire torture que de savoir son enfant en danger sans pouvoir se porter à son secours. Elle se leva brutalement et sortit de la pièce. Tout à coup, elle avait besoin de l'air de la mer pour ne pas étouffer.

Johen observa ce père encore inconnu en silence.

– Et l'Empera ? lui demanda-t-il. Est-ce qu'il ne peut rien ?

– Le poison a coulé en lui durant tant d'années, cela ne fait que quelques jours que ça s'est arrêté. Nous espérions qu'il reprenne conscience très vite, mais...

– Je vais aller parler à la Muse de la Guilde, annonça Johen.

– La Muse ?

– La musicienne, elle est la chef d'orchestre de la Guilde.

L'entrée de la Guilde ne différait en rien de celle d'une maison du bourg. Une porte très simple qui s'ouvrait sur une pièce. Mais cette pièce dissimulait un bâtiment d'importance. Édifiées en enfilade, des salles se distribuaient à droite et à gauche d'un couloir. Dans ces vastes locaux, un pensionnat accueillait les orphelins, et une école formait les plus talentueux à la musique. Filles et garçons, hommes et femmes étaient appelés à se consacrer à la musique. Durant de longues années, ils apprenaient à construire les orguéoles et à les entretenir, mais aussi à jouer les innombrables partitions des mélodies qui guidaient la vie des habitants. Une fois devenus des facteurs d'orguéole accomplis et des musiciens émérites, ils quittaient les locaux pour tourner quelques semaines dans les bourgs afin d'y jouer de la musique. Mais tous revenaient à la Guilde où ils passaient la plupart de leur vie.

Johen patienta dans la vaste cuisine avant d'être introduit devant la Muse. Il était difficile de donner un âge à cette femme dont l'embonpoint effaçait les rides. Noyé dans les joues rebondies de son visage, son sourire n'étirait ses lèvres qu'à moitié.

– Ton voyage s'est-il bien passé, Johen ? Je connais ton talent pour entendre les bambous vibrer et j'espère que tu as sélectionné les meilleurs pour l'orguéole que tu fabriqueras.

– Oui, Muse. J'ai veillé à choisir ceux qui chantaient sous la caresse du vent.

– Bien, bien. Tu peux donc regagner la compagnie des autres.

– Avant cela, si vous le permettez, j'ai quelque chose à vous demander.

La requête de Johen était assez inhabituelle pour retenir l'attention de la Muse.

– Je t'écoute.

– Pendant mon voyage, j'ai compris que l'Arche menait le Coracle à sa perte.

Les sourcils de la Muse se froncèrent.

– N'en dis pas plus, jeune apprenti. La Guilde n'est au service que de la musique. Tu dois fermer tes yeux et tes oreilles pour concentrer ton talent sur l'unique chose qui compte : la musique.

– Mais à quoi servira la musique si tout le monde coule avec le Coracle ?

– Cesse, Johen ! se fâcha la Muse. Depuis le jour où le Coracle a quitté le bord de la Terre, la Guilde s'est tenue en retrait du pouvoir. Tel est son rôle.

– Mais c'est faux ! La Guilde est au service du pouvoir. Nous jouons les mélodies qui bercent les habitants de fausses illusions. Nous leur faisons croire qu'ils vivent en sécurité sur le Coracle, qu'en respectant les consignes données par la musique il ne leur arrivera rien !

– La Guilde est neutre, car ce statut nous garantit la vie, une vie que nous consacrons à la musique. Songes-y, et cesse de te mêler des histoires sans importance. Seule la musique compte et toi, comme tous ici, tu dois te mettre à son service. Maintenant, va rejoindre les autres.

Johen défia la Muse du regard. La femme obèse ne baissa pas les yeux. Le garçon renonça à raconter tout ce qu'il savait. Il avait compris qu'elle ne se laisserait pas convaincre, qu'elle défendrait la neutralité de la Guilde comme ses maîtres le lui avaient appris, sans réfléchir, persuadée d'accomplir noblement son devoir.

Il se dirigea vers la porte et, avant de la franchir, s'exclama :

– La Guilde n'est pas au service de la musique, car sinon elle n'aurait pas laissé l'Arche l'enfermer comme elle l'a fait. Nous tous, ici, répétons les mêmes morceaux, les mêmes ritournelles, encore et encore. La musique, ce n'est pas ça. La musique, c'est attraper le son du vent qui souffle dans les branches d'un arbralgue. La musique, c'est capturer le rythme de croassement du batracien qui appelle sa femelle. La musique, c'est s'imprégner de la vie pour créer, inventer et offrir de nouvelles mélodies. La musique, c'est être libre. Muse, ouvre les yeux, aucun de nous à la Guilde n'est libre.

D'un geste de la main, la Muse, impassible, chassa Johen de la pièce.

Il sortit, la tête basse, après une dernière phrase.

– La neutralité, c'est être lâche. Je préfère mourir en accordant la musique de mon cœur sur la musique de la vie.

56

Des picotements sur sa joue, le rythme du tambour, la vibration des bambous sous le pas de celle qui s'approchait. Un cri.

– Dégage de là, sale bête !

Soléane ouvrit les yeux. La silhouette d'un oiseau s'éloignait. Akéa lui tendait une gourde.

– Tiens, attrape ça. C'est qu'il voulait te becqueter, cet oiseau de malheur !

Soléane se redressa sur un coude avant de s'asseoir. La tête lui tournait un peu. Elle se saisit de la gourde.

La douleur de l'aiguille enfoncée dans sa chair la tétanisa le temps d'une seconde. Un reflux, un souvenir. D'une main délicate, elle tâtonna la chair gonflée de son cou. La peau couverte de sang séché se craquelait sous la pression. L'aiguille était encore plantée, elle dépassait de la hauteur d'un ongle. Personne ne l'avait ôtée. Soléane emplit ses poumons de la brise chargée de l'humidité de l'océan tandis que la fierté l'inondait. Elle l'avait fait !

– Mais qu'est-ce qui t'a pris ? la gronda Akéa. On a toutes une bonne raison de se tuer, ici. Mais d'abord, il y a d'autres manières de le faire que de se transpercer le cou. Et surtout, on n'a pas le droit de le faire. Pas le droit, tu m'entends ?

Soléane baissa la tête pour dissimuler ses lèvres qui tressaillaient de satisfaction. Si Akéa, qui la connaissait bien, avait pensé à une tentative de suicide, alors toutes les autres traqueuses y croiraient aussi. Son stratagème avait fonctionné, elle avait réussi à les berner ! Elle avait accompli son premier pas vers la liberté sans que personne ne la soupçonne ! Elle espérait seulement ne pas l'avoir raté.

Les sourcils froncés de la vieille gardienne montraient plus d'inquiétude que de colère.

– Les autres gardiennes détestent les bannies qui veulent s'enfuir de cette manière. Il n'y a pas assez de main d'œuvre pour accepter d'en gâcher ainsi. Alors, pour faire un exemple, quand la fille se rate, elles la ligotent sur le ponton pour être becquetée vivante. Non mais tu te rends compte à quoi tu as échappé ?

Les mots d'Akéa parvenaient aux oreilles de Soléane sans trouver le chemin de son esprit. La jeune fille se concentra sur ses sensations internes, à l'affût du moindre mouvement, de la plus petite perception.

Rien, elle ne ressentait rien. Avait-elle réussi ?

– T'as de la chance d'être herbière, poursuivit Akéa. Si l'état de la gardienne-chef ne s'était pas dégradé et si elle n'avait pas fini par admettre qu'elle avait encore besoin de soins, tu y serais passée, comme les autres ! Même moi je n'aurais rien pu faire. C'est vraiment ça que tu veux ? Jouer ta vie à coups de « et si » ?

– Non. Ce n'est pas ce que je veux, rétorqua Soléane. Et ma mère, est-ce que vous avez repêché son… Est-ce que tu…

Elle avait répondu sans réfléchir, mais les mots, trop douloureux, refusaient de sortir.

Akéa ignora sa question pour lui ordonner d'un ton qui excluait la contradiction :

– Promets-moi de ne pas recommencer.

– Je ne recommencerai pas, la rassura Soléane.

– Promets-le-moi ! exigea la gardienne.

– Je te le promets.

D'un geste impératif, Akéa tapota la gourde que Soléane tenait toujours dans sa main.

– Bois.

L'aiguille se manifesta à chacune de ses gorgées en une souffrance aiguë. Mais l'eau apaisa la soif qu'elle n'avait pas remarquée.

Pour la première fois depuis qu'elle avait repris conscience, Soléane observa ce qu'il se passait autour d'elle. Elle était couchée sous un toit qui n'était pas celui de la cabane familière. Soutenu par des piliers, il servait d'abri aux bannies. Celui qu'elle occupait était vide, mais plus loin, les femmes de l'équipe de nuit dormaient à même le sol.

À cent mètres de là, installées sur les passerelles de bambou au-dessus de l'océan, des femmes plongeaient leurs rames dans l'eau au rythme du tambour. Un peu plus loin, d'autres prisonnières portaient des paniers d'humus sur le dos et s'employaient à en recouvrir les bambous.

– C'est toi, Akéa, qui m'as transportée jusqu'ici ?

La question de Soléane n'appelait pas de réponse. Elle imaginait la vieille gardienne se saisir de ses pieds, les glisser sous ses aisselles et tirer son corps comme elle l'aurait fait d'un cadavre. D'une main, elle tapota son ventre. Les estomacs d'orque, qu'elle avait noués autour de son buste, étaient remontés jusqu'à sa poitrine, mais ne s'étaient heureusement pas détachés. Ils avaient limité l'échauffement de sa peau pendant le trajet entre le ponton et le camp des bannies.

– La chef a levé ta quarantaine, expliqua Akéa. Tu es affectée aux rames. Le soir, elle veut que tu soignes sa maladie de peau. La précédente a laissé des algues, des écorces, des graisses, tout ce qu'il faut.

– La précédente, c'était ma mère ?

Le ton de Soléane se voulait anodin, mais elle n'avait pas tout à fait réussi à dissimuler le tremblement de sa voix. Akéa haussa les épaules en guise de réponse puis se releva.

– Je dois y retourner. J'ai une nouvelle recrue qui arrive. La journée se termine, les bannies ne tarderont pas et mes collègues n'aiment pas que je me mêle de leurs affaires. Ça ira ?

D'un petit sourire, Soléane la rassura. La gardienne pinça les lèvres, comme si elle regrettait de l'abandonner là. Elle désigna le bout de l'écharde plantée dans le cou de Soléane.

– Je te l'enlève ?

– Je vais m'en occuper moi-même. Merci, Akéa, merci pour tout.

Alors qu'elle s'éloignait vers le ponton des trépassées, la traqueuse lui fit un dernier geste de la main vers les tours de guet :

– Fini les bêtises, elles t'ont à l'œil ! Bonne chance...

Au sommet d'une tour, par l'encadrement d'une large fenêtre, Soléane devina la silhouette d'une traqueuse tournée vers elle, prête à sonner l'alerte. D'autres tours jalonnaient les bords de la bannîle.

Du bout des doigts, Soléane attrapa l'extrémité de l'arête qui dépassait de son cou. Elle la bascula en haut, en bas puis à gauche à droite. La plaie, ainsi élargie en forme de croix, se remit aussitôt à saigner. La sueur couvrait le visage de la jeune fille. Elle se concentra sur sa respiration pour ne pas perdre connaissance. La douleur lui faisait tourner la tête. Mais elle n'avait pas d'autre choix que de terminer ce qu'elle avait commencé.

Le rythme régulier du tambour des rameuses lui servit de décompte.

Sept-six-cinq... Couchée sur le dos pour éviter de se blesser au cas où elle s'évanouirait, elle essuya le sang sur l'extrémité de l'aiguille et la saisit fermement entre son pouce et son index. L'ouverture élargie de la plaie laissait le sang s'écouler.

Quatre-trois-deux... Elle inspira autant que ses poumons le supportèrent.

Un… La souffrance jaillit, gagnant chacun des neurones de son cerveau, chacun des nerfs de son ventre, chacune des terminaisons nerveuses de son dos, en une seconde d'irradiation. L'aiguille avait franchi la plaie. L'apaisement prit la forme d'une douleur sourde qui palpitait dans son cou. Alors, Soléane expira.

Elle porta l'aiguille à son regard. Sur sa pointe était empalée l'araignée, morte. La jeune fille sentit son cœur s'emballer sous l'effet de la joie. Son entraînement à palper les gorges à la recherche de la plus petite trace de pouls lui avait été utile.

Sur le ponton, elle avait cherché la bête à tâtons, attentive aux moindres mouvements qu'elle percevait dans son cou. Lorsqu'elle avait senti la créature s'agiter sous la pulpe de ses doigts, elle n'avait pas hésité. Elle s'était poignardée elle-même pour tuer la bête qui l'asservissait. Elle s'était poignardée au risque de se tuer. Mais elle était vivante ! Vivante et libérée de l'animal que l'archéole lui avait inoculé.

La bête minuscule, ses huit pattes recroquevillées autour de son corps, paraissait inoffensive. Soléane l'arracha de la tige sur laquelle elle l'avait empalée. Nul ne devait savoir qu'elle n'abritait plus cette créature dans son cou. Elle glissa le petit cadavre dans l'interstice entre deux bambous.

La jeune fille referma les paupières et pensa de toutes ses forces à Tyll. Où qu'il soit, il serait fier de ce qu'elle avait accompli grâce à l'aiguille qu'il lui avait fournie.

Ses larmes jaillirent en un torrent de soulagement. Du bout des doigts, elle toucha la marque de saine qu'on lui avait tatouée sur la nuque le jour de son émancipation. La brûlure était déjà presque recouverte par les fils de soie.

Mais, désormais, l'araignée avait cessé de tisser sa prison. Le répit durerait jusqu'à ce que les gardiennes se rendent compte de la stagnation du collier. Des heures, des jours, une semaine peut-être. Aussi court que soit ce répit, elle devrait le mettre à profit.

Ses sanglots nerveux se calmèrent. Soléane observa le dos des bannies, courbé sous l'effort. Belgha se tenait sûrement parmi elles. Elle la trouverait. Elle n'avait pas su l'aider quand elle en avait eu besoin. Il était temps désormais de réparer son erreur.

57

Les gardiennes logeaient dans une grande cabane de bambou située entre les abris des bannies et l'embarcadère. La chef poussa Soléane devant elle en maintenant l'extrémité du manche de son fouet entre ses omoplates. Elle était venue la chercher quelques instants auparavant, alors que la journée des bannies s'achevait, sans rien expliquer de l'ordre qu'elle avait aboyé : « Debout et avance ! » Soléane supposa que l'heure des soins dont lui avait parlé Akéa avait sonné. Depuis, elle marchait au rythme de ses mises en garde.

– Toi, je parie qu'après avoir tenté de crever, tu veux t'évader ? C'est ça ?

Soléane répondit par la négative. La chef poursuivit :

– Tu mens, toutes les filles veulent s'évader. Elles voient l'océan et elles se disent qu'elles vont le traverser à la nage jusqu'au Coracle. T'es comme les autres, t'y penses, mais je vais te dire pourquoi tu le feras pas. À leur arrivée, les filles croient qu'elles peuvent nager tant que leur collier n'est pas trop gros, comme le tien, ou même qu'elles peuvent voguer sur un petit radeau bricolé. Elles se trompent ! Et tu sais pourquoi ?

Une fois encore, Soléane agita la tête.

– Parce que l'eau de mer s'engouffre dans les minuscules trous percés par l'araignée. Et tu sais ce que fait la bestiole pour échapper à la noyade ? Elle creuse les chairs, elle perfore les muscles, elle cisaille les nerfs, elle déchiquette la trachée. Le supplice dure jusqu'à ce que la bannie soit crevée. Celles qu'ont entendu leurs cris savent une chose : mieux vaut mourir noyée...

Soléane s'arrêta sans s'en rendre compte. L'effroi lui broyait les poumons et le ventre. Sa mère avait-elle souffert ? Savait-elle, en sautant à la mer, qu'elle mourrait ainsi ?

– Ma mère, est-ce qu'elle...

– Avance ! hurla la chef en appuyant sa matraque entre ses épaules.

Soléane se remit en marche, en se palpant le cou. Après l'épouvantable tableau qu'elle imaginait pour sa mère, une peur rétrospective affolait son cœur. Son isolement avait été une chance. Si elle avait trouvé le bébé dès son arrivée, et si elle avait eu le courage d'affronter le monstre de l'eau, nul doute qu'elle serait morte à l'heure qu'il est, et le bébé également !

La traqueuse poursuivit son monologue.

– Depuis que t'as débarqué, tu cherches une solution pour t'évader. T'as bien tenté de nous quitter en crevant, mais ça, petite écervelée, ça ne marche pas. Alors, tu penses à autre chose. Une révolte, par exemple : tu serais prête à toutes nous tuer, nous les gardiennes. T'as vu que t'étais surveillée de loin, qu'on n'était pas si nombreuses... Mais réfléchis deux secondes, petite idiote ! Toutes les autres filles y ont pensé avant toi. Et si elles ne l'ont pas fait, c'est qu'il y a une bonne raison.

La femme attrapa Soléane par les épaules et l'obligea à pivoter jusqu'à se trouver face à face avec elle. Elle postillonna sa dernière information comme on crache son mépris au visage d'un lâche.

– En cas de grabuge, ceux du Coracle ont pour ordre de nous couper les vivres et de toutes nous tuer, bannies et traqueuses confondues. On crèverait ensemble, comme de vieilles amies ! Et y aurait assez de cadavres à bouffer pour ces foutus oiseaux pour qu'ils s'en pètent la panse !

D'une pression du manche de son fouet sur sa poitrine, la traqueuse la contraignit à reculer d'un pas.

– Tu vois, à part grimper sur un nuage pour t'envoler dans le ciel, t'as aucun moyen de t'enfuir. Aucun. T'as compris ça, maintenant ?

– J'ai compris.

– Tu fais bien. Je t'ai à l'œil. Maintenant, marche !

Soléane avança en écoutant la chef continuer à parler. Elles parvinrent au baraquement des traqueuses.

La cabane était sommairement meublée. Une enfilade de lits surmontés de paillasses, un coffre de rangement placé à leurs pieds, quelques tables entourées de chaises au milieu de la pièce, un poêle de cuisson. Un rideau dissimulait un espace que Soléane supposa être les lieux d'aisance et de toilette.

Le confort de vie des gardiennes dépassait à peine celui des bannies. Une odeur de sueur rance accueillit les deux arrivantes. Les lieux n'étaient pas souvent aérés.

La traqueuse renifla. Elle ôta la tunique qu'elle portait à même la peau, dévoilant deux gros seins lourds qui pendaient sur son ventre.

Il était difficile de lui donner un âge. Elle semblait plus vieille que beaucoup des villageois que Soléane avait vu passer vers la cinquantaine. À la base de son cou, des rides striaient sa peau. Les coins de sa bouche s'affaissaient en une grimace d'amertume. Mais la puissance qu'elle dégageait plaidait en faveur de la quarantaine. Malgré son embonpoint, on distinguait les masses musculeuses qui entouraient ses membres.

D'un doigt, la gardienne désigna un coffre au pied d'un lit sur lequel elle s'allongea, laissant Soléane ouvrir le couvercle.

– T'as ce qu'il faut là-dedans. Et pas d'entourloupe, sinon je te balance à l'eau.

Cette simple idée donna un haut-le-cœur à Soléane.

Elle sortit docilement le baluchon de toile que contenait le coffre et le posa sur la table la plus proche.

Lorsqu'elle en dénoua les coins, son ventre se contracta brutalement. Les plantes étaient liées en paquet d'une dizaine grâce à deux herbes résistantes placées tête-bêche. Une râpe taillée dans un bambou vert servait à prélever le lichen des écorces. Des bambous creusés, fermés par un bouchon de liège, garantissaient aux soins en poudre une conservation optimale.

Ces techniques, cette manière de ranger, les herbes utilisées, tout lui était familier. Soléane caressa le baluchon de la main. Elle avait sous les yeux le contenu de la besace de sa mère.

– Tu rêves ou quoi ?

Le rappel à l'ordre de la gardienne la fit sursauter. Elle se retourna. La femme soulevait ses seins, dévoilant de grandes plaques suintantes au niveau de la zone de frottement.

La mâchoire crispée, Soléane se retint d'afficher son dégoût. Elle savait combien les malades guettaient sa réaction pour se faire une opinion sur la gravité de leur mal. Marquer sa répugnance auprès de la chef des gardiennes risquait de lui coûter cher. Elle adopta un ton détaché pour annoncer :

– C'est une inflammation liée à la transpiration et à la macération. Il y a un onguent de prêt. Je vais vous l'appliquer. Et il faut laver la plaie à l'eau douce, deux ou trois fois par jour, puis la sécher en tamponnant. Il faut également soutenir votre poitrine pendant la journée.

– Je sais, je sais. C'est ce que disait l'autre. C'était guéri, mais ça a recommencé quatre ou cinq jours après l'arrêt des soins, et tu as vu, maintenant ? J'espère que tu seras plus efficace !

Soléane se lava les mains sous le robinet de la réserve d'eau. Elle passa la pommade en petits cercles légers sur la peau lésée.

– Il ne faut pas vous gratter, même si ça démange. Et il faut vous nettoyer les mains pour éviter la contamination.

– Hum. Tu sais qui c'était l'autre, hein ?

Soléane n'avait pas cessé d'y penser en même temps qu'elle énumérait les consignes de soins. Elle hésita à répondre avant de se convaincre que la récolte d'informations valait bien de courir des risques. Sa soif de découvrir ce qu'il était advenu de sa mère était la plus forte.

– C'est ma mère, Lana.

– Ta mère ? Lana ? La gardienne éclata de rire. Elle t'a peut-être élevée, mais ce n'est pas ta mère !

Les lèvres de l'herbière s'affaissèrent. Encore cette révélation... Était-il possible que ce soit vrai ? Sa mère ne serait pas sa mère de sang ? L'affirmation lui sembla peu crédible. Et puis comment une gardienne de la bannîle aurait pu être au courant alors qu'elle-même l'aurait ignoré pendant si longtemps ?

La bouche pincée par le mépris, la gardienne poursuivit :

– Tu ne me crois pas, hein ? Lana... Elle t'a menti sur toute la ligne ! Déjà, elle ne s'appelle pas Lana, mais Alna. Ensuite, ce n'était pas une simple herbière, mais la femme de l'Empera. Elle aurait dû payer le prix du sang depuis bien longtemps !

Les idées de Soléane se brouillèrent au point qu'elle en oublia de continuer le massage. Elle ne comprenait rien à ce que racontait la gardienne. Que venait faire l'Empera dans cette histoire ?

Sa surprise sembla réjouir la traqueuse. Elle repoussa Soléane d'une main et s'assit sur le lit.

– Alors tu ne sais rien du tout ? La si gentille Alna ne t'a rien avoué ? Tu l'aurais vu, cette garce, avec son petit air supérieur quand elle régnait au Palatréa. Alna la grande. Alna la belle. Alna la parfaite. J'étais une simple gardienne de porte, à cette époque. Elle marchait devant moi, son avorton malade dans les bras, toi qui trottinais à côté, et elle souriait avec son sourire bête. Elle me disait : « bonne journée ». Quelle idiote ! Qu'est-ce qu'elle imaginait ? Que les journées à rester debout pour ouvrir et fermer une porte étaient de « bonnes journées » ? Qu'est-ce qu'elle en connaissait, elle, qui passait les siennes à s'amuser avec sa gamine, à discuter avec la vieille herbière et à se promener au bord de l'océan ? Le pire, c'est qu'elle voulait tout changer sur le Coracle. Ce n'était qu'une intrigante. La preuve : le jour où l'Empera t'a ramenée, toi, un bébé dont nul ne sait avec quelle racole il l'avait fait, elle t'a adoptée comme si de rien n'était. À cette époque, tout le monde t'appelait Sola et te traitait comme si tu étais sa fille. Cette sale petite Alna aurait fait n'importe quoi pour rester la femme de l'Empera !

La traqueuse se recoucha sur le dos, souleva son deuxième sein. Un sourire mauvais déforma son visage quand elle s'aperçut que Soléane ne reprenait pas les soins.

Abasourdie par l'excès brutal d'informations, la jeune herbière se tenait debout, figée, les bras ballants, incapable de refermer sa bouche que l'incrédulité maintenait béante.

Admettre que Lana n'était pas sa mère s'avérait déjà difficile, mais admettre qu'elle, Soléane, était la fille de l'Empera relevait de l'impossible. Elle n'avait rien à voir avec cet homme qui laissait les autorités de l'Arche tuer son peuple à petit feu ! Jamais sa mère n'aurait accepté de partager sa vie avec un tel pleutre ! Et si Lana l'avait adoptée, qu'était-il arrivé à sa mère biologique ?

La traqueuse frappa la hanche de Soléane du dos de sa main.

– T'en reviens pas, hein ? Ta mère n'était qu'une sale garce. Et tu sais quoi ? Elle ne m'a même pas reconnue ! J'ai dû la travailler au fouet pour que surgissent ses souvenirs. Elle a voulu crever pour t'épargner d'avoir à choisir. Telle mère, telle fille ! Mais je peux te dire qu'elle s'en est mordu les doigts. Elle a gueulé et gueulé et gueulé pendant des heures après qu'on l'a sortie de l'eau, pendant que l'araignée tentait d'échapper à la noyade en creusant des galeries dans son cou ! Pire que le jour où elle avait tâté de mon fouet et de mes poings. Dommage que je puisse pas être là le jour où l'Empera la fera jeter dans le puits !

Elle se tut, laissant le rythme du tambour envahir la cabane. D'un geste automatique, Soléane plongea trois doigts dans le pot à onguent et entreprit de l'étaler sous l'autre sein.

Sa mère était vivante. Soléane osait à peine y croire. Mais la traqueuse s'était trop réjouie de sa souffrance pour avoir menti. Sa mère était bel et bien vivante. Et les autorités l'avaient ramenée jusqu'au Palatréa. Soléane demanda :

– Ce puits, qu'est-ce que...

– Ah ! Tu es trop jeune pour connaître ça ! L'Empera avait officiellement supprimé ces sanctions avant l'accident de son fils. Sous l'influence d'Alna, évidemment. Dans les archapelles, il y a toujours un puits au milieu, tu vois de quoi je veux parler ?

L'image du puits entouré de sa margelle s'imposa à l'esprit de la jeune fille. La gardienne poursuivit.

– Au Palatréa, c'est la même chose, sauf que le puits est cinq fois plus large et qu'il n'a pas de rambarde. Les condamnés sont debout, juste devant. L'archéole fait lecture du jugement. Et le traqueur les pousse. Et là, plouf ! Sous la trame !

Un hurlement de rire ponctua le geste du bras de la traqueuse mimant la chute du prisonnier dans l'eau.

Décomposée, Soléane la dévisageait les yeux écarquillés. Ainsi, voilà le genre de torture mortelle que réservait le prix du sang ! Les visions de sa mère qui souffrait à nouveau le martyre et de Tyll qui basculait dans le vide lui donnaient des sueurs froides. Ils n'avaient aucune chance d'en réchapper !

D'un coup de menton, la gardienne l'interpella avec agressivité :

– Quoi ?

– Je... je ne sais... je...

Un sourire narquois souligna l'échec de ses efforts pour s'empêcher de bafouiller. La chef se moqua :

– « Je, je, je... » eh bien tu, tu, tu ne vaux pas plus qu'elle. Toi aussi, tu devrais goûter au prix du sang. Après tout, c'est bien toi qui as tué ton petit frère !

58

Saméo ? Quelle affirmation ridicule ! Soléane ne lui avait rien fait. Saméo allait bien.

Mais dans l'esprit de Soléane, le visage de son petit frère laissa rapidement la place à celui, oublié, d'un autre bébé.

Les mots s'aggloméraient en un essaim de murmures qui bourdonnaient à ses oreilles et lui piquaient le cœur sans relâche. La gardienne ne l'épargna pas, bien au contraire. Soléane la voyait se repaître de son désespoir au fil de ses phrases. Chacun de ses propos était destiné à écorcher ses certitudes, à briser les souvenirs heureux de sa vie.

Soléane avait tout supporté, le prix du sang, Tyll précipité dans le puits sans fond, l'Empera qui avait pris la place d'un père, Alna et ses mensonges. Mais elle s'était effondrée quand la gardienne avait raconté l'histoire de son petit frère. L'histoire qu'elle savait vraie puisque Tyll la lui avait déjà narrée comme l'origine de sa vie de fugitif. Elle ignorait qu'elle en était la protagoniste principale.

Et soudain, le souvenir lui revint, à mesure que la gardienne le lui racontait.

À cette époque-là, Soléane avait trois ans. Elle était si fière ! Pour la première fois, elle avait eu le droit de porter son petit frère tandis qu'ils se promenaient sur la plage creusée au bord de la trame. Sa mère et le garde la regardaient en souriant. Elle avait marché, à peine quelques pas. La trame s'était effondrée sous ses pieds.

Agenouillée sur le sol de la cabane des traqueuses, Soléane ne douta pas de la véracité du récit, tant elle sentait résonner son écho au plus profond d'elle-même.

L'eau était partout, tout autour. Elle s'insinuait dans sa bouche, dans ses narines, dans ses oreilles. Le monstre s'amusait à la ballotter, elle n'entendait plus que son cœur qui tambourinait. Maman ! Maman ! Le monstre était là, tout proche. Le monstre le prenait, l'arrachait à ses bras et l'emportait, là-bas, au fond de l'océan. Un bras la saisissait, la sortait de l'eau. L'air emplissait ses poumons. Mais son frère n'était plus là.

Au loin, et pourtant toute proche, elle entendit le rire de la chef noyer ces images dans une vague de cynisme. Son esprit revint dans la cabane. Ainsi, le cauchemar qu'elle avait si souvent vécu toutes ces nuits était un souvenir ! Celui de la mort bien réelle de ce petit frère dont elle avait oublié l'existence. La femme continuait à parler et parler, sans s'arrêter. Soléane revivait chaque instant du drame, encore et encore.

La traqueuse martelait ses accusations comme elle aurait fait claquer son fouet.

– Si tu n'avais pas lâché le bébé, le garde l'aurait sauvé, lui aussi.

Sous la violence de l'attaque, Soléane s'écroula, recroquevillée au sol, les mains pressées contre ses oreilles pour ne plus rien entendre. Mais c'était trop tard, les images s'étaient installées en elle.

Après plusieurs minutes, elle sentit les coups de pied qui pleuvaient dans son dos. La voix de la traqueuse avait repris son timbre habituel.

– T'es sourde ou tu fais exprès ? Je t'ai dit de te lever ! Range ton merdier et tire-toi d'ici.

Les muscles de Soléane se déployèrent douloureusement. Une fois debout, la jeune fille rassembla l'onguent et les herbes dans le baluchon de tissu qu'elle replaça à l'intérieur du coffre. Elle avança jusqu'à la porte, de la démarche heurtée des malades des ossoudés.

C'est à peine si elle perçut le sens des mots ironiques de la traqueuse.

– Je te raccompagne pas, tu connais le chemin…

Soléane marcha droit vers l'abri. Elle semblait prête à s'écrouler à chaque pas.

Les bannies, qui avaient achevé leur journée, la virent se glisser parmi elles et s'effondrer dans le premier espace laissé libre.

Hébétée, la jeune herbière paraissait inconsciente de leur présence autour d'elle. Même les imposants colliers qui déformaient le haut de leur silhouette ne retinrent pas son attention. Soléane ne pensait ni à Belgha, ni à son bébé, ni à la pierre. L'amertume lui brûlait l'œsophage. Sa mère, Tyll, le bébé, ils étaient tous morts ou en passe de l'être !

Bien sûr qu'elle comprenait la colère de l'Empera ! Son fils, son unique enfant, son nouveau-né, avait perdu la vie à cause d'elle. Sa fureur n'avait pas connu de limite. L'Empera avait accusé Alna. Il avait accusé le garde. Il aurait accusé le Coracle entier si cela avait pu adoucir sa peine !

C'était donc par sa faute à elle que tous ces malheurs avaient commencé ! Elle qui avait lâché le bébé et qui l'avait laissé se noyer.

Elle chercha à déglutir pour soulager les remontées acides qui l'irritaient. Mais sa salive s'était tarie. Sa bouche était aussi sèche que son cœur.

Un hoquet secoua Soléane. La fatigue des émotions fortes la saisit par surprise. Elle sombra dans le sommeil.

Au travers de ses paupières, l'obscurité indiqua à Soléane que la nuit était là. Elle ignorait combien de temps elle avait dormi. Un mot l'avait tirée de sa torpeur :

– Rien !

Le volume de la voix baissa aussitôt. Une femme murmura :

– Voilà pourquoi il ne faut rien lui dire. Si elle m'a livrée au traqueur, elle sera capable de faire bien pire aujourd'hui.

– Une espionne ? demanda une autre.

– C'est possible, confirma la première. Je ne peux pas courir le risque.

Un silence suivit cette déclaration. Soléane en profita pour ouvrir les yeux et montrer qu'elle était réveillée. Le visage qui se pencha sur le sien lui arracha un cri de surprise :

– Belgha ? C'est toi ?

Soléane hésitait à reconnaître son amie. Ses traits, marqués par les épreuves de sa vie de bannie, surmontaient le volumineux collier de soie qui encerclait son cou.

Belgha lui adressa un sourire. Mais cette grimace forcée n'avait rien à voir avec la mimique joyeuse et spontanée dont Soléane se souvenait. Elle avait connu Belgha débordante de dynamisme, de franchise, aussi piquante dans ses analyses que dans ses réparties.

Le visage qui s'offrait à elle affichait au contraire une méfiance crispée, une hypocrisie mal dissimulée.

– C'est moi, oui. Qu'est-ce que tu fais ici, Soléane ?

L'échange que Soléane avait surpris en s'éveillant s'éclaira d'une nouvelle lumière. Belgha, sa meilleure amie, celle avec laquelle elle avait partagé tous ses secrets de petite fille, la considérait comme une ennemie. Et comment le lui reprocher ?

Soléane s'assit et chercha autour d'elle les indices de la présence d'un bébé. Elle n'en trouva aucun. Qu'était-il devenu ?

Elle choisit de ne pas en parler trop vite et préféra s'expliquer sur sa conduite passée.

– Je m'en veux tellement, Belgha ! J'étais si naïve lorsque Cobugès t'a emmenée. Je croyais que c'était nécessaire. Je croyais ce que l'archéole nous disait. J'aurais dû te cacher, t'aider, faire quelque chose...

– C'est loin, tout ça, s'exclama Belgha. Elle haussa les épaules. C'est oublié.

Mais ses mâchoires serrées démentaient ses paroles. Belgha lui en tenait encore rigueur. Elle la prenait pour une espionne des traqueurs. Ses mots rassurants n'étaient destinés qu'à endormir sa méfiance.

59

Dès le matin suivant, Soléane découvrit le rythme de travail harassant des bannies, le réveil à l'aube, les louches de bouillie de larves.

La moitié des bannies s'occupaient de décharger l'humus et les bambous des barques venues du Coracle et de les transporter jusqu'à la zone de fertilisation. Une part importante de la bannîle en était désormais recouverte et la végétation colonisait déjà ces espaces.

L'autre partie des effectifs œuvrait à la manœuvre des rames.

La traqueuse de garde affecta Soléane à cette dernière équipe.

La tension de la veille s'était dissipée, laissant place à une grande lassitude. Soléane se sentait si fatiguée qu'elle trouvait à peine la force de fouiller son nouveau cadre de vie du regard pour y débusquer le fils de Belgha.

La progression du Coracle connaissait une règle unique : ne jamais s'arrêter. Équipes de jour et de nuit se relayaient pour pagayer. Les pauses pour le repas s'échelonnaient. Même les passages aux latrines, un simple trou dissimulé par un paravent de tissu, étaient organisés à tour de rôle afin de ne pas interrompre l'avancée. Les bannies en profitaient pour s'y désaltérer dans le seau d'eau douce posé à l'entrée.

La déshydratation était l'ennemi principal des bannies, mais elle n'était pas le seul. Le mouvement des rames induisait parfois une transe quasi hypnotique. Le sommeil les guettait, menaçant les femmes d'une chute dans l'eau de laquelle on ne réchappait pas.

L'alimentation très nutritive évitait ces baisses d'énergie. Le fouet constituait une deuxième arme que les gardiennes n'hésitaient pas à manier. Sa corde laissait des zébrures rouges sous la tunique des prisonnières qui perdaient la cadence. Son usage restait limité et la force des coups maîtrisée. Mais il ne s'agissait pas de pitié, les gardiennes avaient simplement besoin de bannies en bonne santé pour tirer le Coracle. Elles veillaient à ne pas trop les abîmer.

Après le repas de midi, la journée se poursuivait selon le même schéma pour s'achever six heures plus tard, à la nuit.

Au matin du deuxième jour, Belgha interpella Soléane alors qu'elle se coiffait :

– Le chignon n'est pas obligatoire, ici.

Soléane regarda autour d'elle. La plupart des bannies portaient leurs cheveux relâchés. La main serrée sur la pierre de Terre qu'elle continuait à dissimuler dans son écrin capillaire, Soléane grimaça un sourire d'excuse.

– Je suis tellement habituée...

– Je vois. Ta mère le faisait aussi. Mais elle se coiffait comme un homme, pour protéger sa nuque du soleil.

L'effet de surprise amena Soléane à demander, sans réfléchir :

– Est-ce qu'elle allait bien ?

– Que veux-tu que je te dise ? Elle était là, sur la bannîle, et la chef a voulu l'interroger, alors...

– Est-ce qu'elle a beaucoup souffert ?

Belgha haussa les épaules.

– Une chose est sûre, elle était vivante quand elle est partie. Pour le reste, je n'en sais rien.

– T'a-t-elle parlé de moi ?

– Un peu, trois fois rien.

La colère monta aux joues de Soléane. Belgha lui mentait. Elle refusait de lui donner des nouvelles de sa mère.

– Qu'est-ce qu'elle t'a dit ? insista-t-elle. Dis-le-moi !

– Tu sais ce que c'est, on n'a pas trop le temps de discuter...

Soléane se rendit compte que Belgha ne souhaitait pas en révéler davantage. Même si elle comprenait sa méfiance, elle n'avait qu'une envie : la saisir par la tunique et la secouer jusqu'à ce qu'elle crache tout ce qu'elle rechignait à lui révéler ! Entendre parler de sa mère lui aurait fait tellement de bien !

Les poings serrés, elle s'en retourna vers un autre coin de l'abri. Dire que la seule raison pour laquelle elle ne s'était pas évadée était le bébé de Belgha ! Un bébé dont elle n'avait pas vu trace. Soléane doutait de son existence. Même si Belgha avait mené sa grossesse à terme, elle n'aurait pas pu le cacher : il n'y avait aucun endroit pour ça sur la bannîle. Les gardiennes s'en étaient sûrement débarrassé.

Pourtant, Soléane doutait encore. Elle aurait préféré que Belgha lui fasse suffisamment confiance et qu'elle lui raconte elle-même ce qu'il s'était passé.

Mais tant que Soléane continuerait quotidiennement à aller soigner la chef des gardiennes, les autres la soupçonneraient de jouer le rôle d'espionne. Elle devait se résigner à agir seule pour trouver ce qu'il était advenu du bébé.

Deux autres journées s'écoulèrent sans que Soléane avance dans son enquête. Au fil des heures, la probabilité déjà réduite de l'existence du bébé diminuait encore. Elle avait beau observer les allées et venues des bannies, elle ne remarquait rien d'anormal. Repas, rame, pause, travail, sommeil. Et pourtant, les bébés ont besoin de manger, d'être câlinés. Pour avoir entendu Saméo hurler, Soléane savait qu'un bébé ne passe pas facilement inaperçu !

Au cinquième jour, la chaleur devint écrasante, sans un souffle d'air. Le temps orageux pesait sur les esprits. L'humeur maussade des gardiennes s'accordait mal avec l'épuisement nerveux des rameuses. Les claquements du fouet se firent plus nombreux. Les bannies multipliaient les demandes de pause, ce qui ne manquait pas d'exaspérer la traqueuse en poste. Si bien qu'une heure avant la nuit, quand Belgha demanda à aller boire pour la troisième fois de l'après-midi, la gardienne se fâcha.

– Maintenant, ça suffit ! Fini les pauses pipi, c'est terminé.

– Mais… protesta Belgha

– T'es pas contente ? l'interrompit la gardienne. T'as qu'à te pisser dessus.

Au comble de l'énervement, elle désigna Soléane :

– Et toi ? Qu'est-ce que tu fous encore là ? T'es aussi lente que ton araignée : c'est à peine si on voit ton collier.

Il était l'heure des soins de la chef. L'herbière se leva sans un mot et rangea sa rame. Des gouttes de sueur ruisselèrent le long de sa colonne vertébrale. La chaleur lui faisait tourner la tête, mais pas assez pour l'empêcher de raisonner. Si les gardiennes commençaient à s'interroger sur son collier, cela signifiait qu'il ne lui restait plus beaucoup de temps pour agir.

Elle marcha vers la cabane des traqueuses en tentant de dissimuler son trouble. Elle n'avait plus le choix : à son retour, elle poserait la question de l'existence du bébé à Belgha.

Au fil des jours, l'infection diminuait. La chef grommelait tandis que Soléane massait les plaies avec l'onguent préparé par sa mère. Sous l'effet poisseux de la chaleur orageuse, la femme transpirait beaucoup. Ses deux seins tombaient de chaque côté de son torse.

– Il faut vous laver à l'eau douce, recommanda Soléane, vous le savez, je vous l'ai dit et redit.

– C'est où que t'as vu un dessalinisateur géant, toi, sur cette plate-forme plus lisse qu'un désert de sel ? Y a rien ici. Rien que des bannies, des gardiennes, trois cahutes et un coin à cadavre. Tu crois que j'ai que ça à faire de me laver à l'eau douce ? Ils ont bien planté des arbralgues dessalants, mais c'est pas demain qu'il y aura un lac pour nous faciliter le travail !

– Avec la chaleur, vous transpirez, insista Soléane. Vous guéririez plus vite en limitant la macération. L'infection dégage une odeur désagréable, ce serait mieux pour vos collègues aussi.

– C'est ça. Je suis pas comme ta « mère », moi. Je suis pas une jolie fille dont la seule raison de vivre est de s'occuper de ma beauté.

Soléane serra les dents. Les provocations s'enchaînaient tout au long des séances de soins. D'expérience, l'herbière avait découvert qu'y répondre ne contribuait qu'à attiser l'exaspération de la gardienne. La chef la haïssait, au moins autant qu'elle avait détesté sa mère.

Soléane rangea le pot dans la besace, la besace dans le coffre, puis se présenta debout devant la gardienne.

– M'autorisez-vous à regagner l'abri ?

Cette question était devenue un rituel pour clore l'heure des soins. Mais le poids de l'atmosphère orageuse n'épargnait pas la chef. Sa mauvaise humeur prit la forme d'une nouvelle humiliation.

– Lèche tes doigts d'abord.

L'incompréhension envahit Soléane.

– Lèche tes doigts, j'te dis.

Alors la lumière se fit. La chef connaissait le risque de contagion de l'infection. Soléane avait péché par excès de conseils et d'autorité. Ses mains étaient encore imprégnées de l'onguent mêlé de transpiration. Ses ongles hébergeaient les cellules mortes de la peau malade de la chef.

C'était sa punition.

L'herbière porta son index à sa bouche.

– Les autres aussi.

L'humiliation vengeresse se poursuivit jusqu'à ce que Soléane ait nettoyé de sa salive chacun de ses doigts souillés par l'infection.

Alors seulement, la chef la laissa partir.

60

Comme chaque matin, Tahis poussa la porte de la chambre et porta le bol de bouillie qu'elle avait elle-même préparé jusqu'au lit de l'Empera. Ce ne fut qu'après avoir repoussé les volets qu'une vague de panique la submergea. Le lit était vide, l'Empera avait disparu !

Un bruit très discret attira son attention. Elle se pencha et le découvrit. Recroquevillé sous le lit, l'Empera pleurait.

Tahis se précipita pour l'aider à sortir et l'installa sur une chaise, à côté de la fenêtre ouverte. Elle tira les volets pour empêcher le soleil de l'éblouir. L'homme souleva ses paupières, encore alourdies par des années de poison. Ses lèvres s'agitaient, se pinçaient, se tordaient, sans que les premiers mots ne parviennent à franchir leur barrière. Puis soudain, la question jaillit en un éclair.

– Alna ?

– Elle n'est pas ici, lui répondit Tahis.

– Alna ?

La femme prit ses mains dans les siennes.

– Vous avez dormi, longtemps, très longtemps.

Les paupières de l'Empera dévoilèrent ses yeux tandis que sa voix, de geignarde, devenait claire et exigeante.

– Où est Alna ?

– Votre femme s'est enfuie.

Un petit silence précéda la question suivante.

– Soléane ?

– Partie, elle aussi.

– Mon fils ?

Tahis baissa les yeux en secouant la tête.

– Je suis désolée, il n'a pas survécu.

L'Empera essuya ses joues d'un revers de manche et regarda avec curiosité ses mains décharnées. Il eut du mal à s'arracher à la vision de ces mains qu'il ne reconnaissait pas, mais il leva les yeux vers Tahis.

– Combien de temps ?

– Treize ans.

Un gémissement lui répondit. Dans la chambre, le soleil se frayait un chemin par l'interstice des volets clos. Tahis rapprocha un tabouret de l'Empera et s'y assit. L'histoire qu'elle avait à lui raconter était longue. Trop longue. Le temps était venu d'y mettre fin.

61

À peine la porte de la cabane des gardiennes franchie, Soléane s'arrêta pour vomir. Le dégoût physique s'ajoutait à l'écœurement moral. La cruauté vicieuse de la traqueuse la rendait malade.

Elle courut jusqu'au camp des bannies et se précipita vers les latrines pour laver sa bouche dans le seau d'eau douce. Elle avait le sentiment qu'un océan entier ne suffirait pas à la nettoyer. La femme l'avait salie de l'intérieur.

Mais alors qu'elle s'approchait, elle perçut un bruit qu'elle connaissait bien, un bruit suffisamment sonore pour parvenir aux oreilles des gardiennes malgré les injures et les encouragements dont elles abreuvaient les bannies.

Le bruit d'un bébé qui pleure.

Sa course s'accéléra encore. Un coup d'œil vers les bannies lui indiqua qu'elle n'était pas la seule à l'avoir entendu. Belgha, le dos tordu pour regarder en arrière, observait Soléane. Impuissante, enchaînée à son poste par la menace du fouet, Belgha entendait son bébé pleurer sans pouvoir le calmer. Face au rang des bannies, la traqueuse cessa de crier. Malgré le tambour, malgré le vent qui soufflait à ses oreilles, elle aussi avait entendu un son inhabituel. D'un signe, elle alerta le poste de guet pour requérir la vigilance de ses collègues. Il se passait quelque chose.

Soléane se glissa entre les voiles qui protégeaient les latrines. Son dégoût était oublié. L'urgence s'affichait dans tous ses gestes : il fallait trouver le bébé et le consoler pour qu'il cesse de crier.

Guidée par les pleurs, elle le découvrit, niché dans un creux formé au milieu des bambous, sous un couvercle de la même matière et dissimulé par les parois de tissu. Quelle évidence ! Où Belgha aurait-elle pu cacher son bébé ailleurs qu'en ces lieux où se relayaient les bannies toute la journée ? Ainsi, Belgha pouvait le nourrir à l'insu des gardiennes et les autres prisonnières s'assurer qu'il se portait au mieux !

Mais un grain de sable avait grippé cette organisation solidaire, cet après-midi-là, cet après-midi d'orage, où toutes les pauses avaient été annulées.

– Chut, c'est fini. Là, tout va bien.

Le bébé installé au creux de ses bras ne se calmait pas. Soléane, assise pour ne pas se montrer, chantonna la berceuse qui, parfois, apaisait Saméo. L'intensité des hurlements descendit d'un cran. Tandis qu'elle poursuivait sa mélodie, un sifflement des bannies l'alerta. Une gardienne arrivait pour vérifier ce qu'il se passait.

La panique ne dura qu'une seconde avant que l'évidence n'aide Soléane à retrouver son sang-froid. Si elle reposait le bébé sur son petit matelas, il recommencerait à pleurer et serait aussitôt repéré. Il n'y avait qu'une seule solution pour qu'il échappe à l'attention de la surveillante. Une solution qui risquait de lui coûter beaucoup, sans aucune garantie de succès.

Elle se recroquevilla sur les bambous, couchée, et nicha le bébé entre ses genoux et son torse. Ses bras enveloppèrent l'ensemble pour dissimuler l'enfant. Comme s'il sentait le danger, le bébé se laissa faire sans pleurer. Sa plainte prenait désormais la forme de discrets gémissements.

À son tour, Soléane commença à gémir, de telle sorte qu'il n'était plus possible d'entendre l'enfant.

La gardienne déchira la toile des latrines.

– C'est toi la responsable de tout ce bazar ? Tu vas te lever, et vite fait !

Soléane poursuivit son geignement. Un coup de pied dans les reins lui arracha un cri.

– Je t'ai dit de te lever et j'ai horreur de répéter !

La jeune fille n'eut pas besoin de mimer une maladie pour justifier sa position. La douleur du coup déclencha de nouveaux vomissements.

La chaleur céda brutalement quelques degrés tandis que le vent se faisait plus puissant. Le ciel, empli de nuages gris, ressemblait à la nuit. Le tonnerre gronda avec fracas. L'averse de pluie ne se ferait plus attendre très longtemps. Elle promettait d'être torrentielle.

Un peu plus loin, la gardienne de rame donna aux bannies l'ordre d'arrêter. Mieux valait s'assurer qu'elles soient ramenées à l'abri avant que la visibilité rende la progression difficile. Seule l'équipe réduite poursuivrait le labeur, une traction minimale pour continuer à mouvoir le Coracle à vitesse réduite. La force d'inertie de son énorme masse était trop conséquente pour permettre de le laisser s'arrêter.

Les femmes se regroupèrent autour des latrines. Les voiles déchirées ne cachaient rien de Soléane, immobile, sous le regard énervé de la traqueuse.

La gardienne de rame quitta son poste le temps d'aller constater par elle-même ce qu'il se passait. Elle interpella sa collègue.

– Pousse-toi, je vais m'en occuper, ça va pas traîner.

Le fouet zébra l'air, plus vif qu'un éclair. Ce premier coup fit l'effet d'une brûlure pire que celle que Soléane avait endurée sur sa nuque. Le bras de la gardienne se releva, une fois, deux fois, trois fois. Les coups provoquèrent une souffrance accrue. Sous l'effet de la douleur, Soléane peinait à respirer. Ses poumons tressautaient, comme pris de panique. À peine emplis, ils se vidaient déjà. Impossible de hurler. À court d'oxygène, la jeune fille suffoquait. Dans l'affolement, elle s'accrochait à une pensée rassurante. Le bébé s'était tu, il n'était pas touché.

– Qu'est-ce qui se passe là-bas ?

Les regards se tournèrent vers la gardienne-chef qui marchait vers la scène. Le fouet cessa son manège.

– J'ai entendu un bruit bizarre, expliqua la traqueuse de rame, alors j'ai déclenché l'alerte. C'est l'herbière. Elle s'est couchée là, elle refuse d'en bouger.

Le rire de la chef rugie jusqu'à exploser en un grondement de tonnerre.

– Couchée dans la pisse ? Laisse-la donc, elle y est à sa place, la petite donneuse de leçons. M'étonne pas qu'elle soit malade... Avec ce que je l'ai obligée à manger, elle en a pour toute la nuit à se purger les tripes !

Les gardiennes ricanèrent mais s'arrêtèrent net quand un rideau de pluie s'abattit soudainement sur leurs têtes. La traqueuse de rame attrapa les protections imperméables que les bannies enfilaient au-dessus de leur collier pour continuer à ramer sans qu'il soit mouillé, les distribua puis retourna à son poste tandis que les deux autres se dirigeaient vers leur cahute. Les bannies les suivirent des yeux jusqu'à ce qu'elles ferment la porte. Seules les traqueuses des tours assuraient désormais la surveillance du camp.

Agenouillées sur les bambous, les dernières rameuses reprirent leur travail sous le regard désormais indifférent de la traqueuse occupée à se protéger des éléments.

Debout collées les unes à côté des autres, les bannies au repos dissimulèrent Belgha qui s'accroupit devant Soléane. Elle berçait déjà son enfant dans ses bras. Les crampes de terreur que la jeune mère avait ressenties en voyant la gardienne s'approcher de la cachette du bébé s'estompaient doucement. Il dormait ! La gardienne ne l'avait pas repéré, son fouet ne l'avait pas effleuré. Réfugié dans le sommeil, son bébé n'avait pas la moindre égratignure.

Une autre bannie se pencha sur Soléane. Pour toutes celles qui avaient assisté à la scène, il était difficile de croire qu'elle ait survécu. Pourtant, la victime gémissait. Sous l'effet des coups répétés, elle avait basculé dans un état entre veille et inconscience. Dès qu'une main tentait de soulever sa tunique pour évaluer ses plaies, Soléane la repoussait avec la même énergie que si elle était menacée par une traqueuse. Son autre main se crispait sur son chignon, comme s'il avait le pouvoir de la raccrocher au fil de la vie.

Renonçant à la soigner, six bannies déployèrent le voile déchiré sur le sol de bambou. Doucement, elles firent rouler Soléane dessus et la portèrent sur ce hamac de fortune jusqu'à l'abri.

La pluie tombait dru, la violence de l'orage se déchaînait à plein.

Elles avançaient aussi rapidement que possible. Malgré leur protection imperméable, elles détestaient sentir les gouttes d'eau couler sur leur visage en direction de leur cou.

Inconsciente, Soléane conservait un visage crispé par la tension, un masque de cauchemar. La nuit tomba sans qu'elle ait retrouvé ses esprits.

L'obscurité mêlée de pluie tenait l'abri des bannies entre ses oppressantes griffes noires.

– Belgha !

La bannie s'éveilla en sursaut, prête à attaquer l'assaillante qui l'extirpait du sommeil en chuchotant.

– C'est moi, c'est Soléane.

Le soulagement stoppa Belgha dans sa tentative de défendre le bébé qui dormait à côté d'elle.

– Par tous les dieux du vent, tu es réveillée ! J'ai bien cru que tu ne t'en sortirais pas.

Elle se redressa et installa le bébé sur ses jambes croisées. Soléane, assise en tailleur, grimaçait en levant ses bras pour resserrer son chignon. Belgha s'en étonna, stupéfaite que la coquetterie prime sur la douleur alors que la situation appelait davantage à la survie qu'aux gestes futiles. Elle remarqua le tissu de la tunique éventré par les coups de fouet et s'exclama :

– Je ne sais pas quoi dire, Soléane. Et moi qui croyais que tu étais de leur côté ! Cet enfant que tu as sauvé, c'est le mien.

Soléane pencha son buste vers elle et murmura à peine assez fort pour couvrir le bruit de la pluie.

– Je sais.

Après la gratitude, la stupeur revint au premier plan. Belgha ne comprenait pas. Elle s'écria :

– Mais comment ?

– Chut ! ordonna Soléane. Tout le monde dort, il ne faut pas les réveiller.

– Tu n'as rien à craindre des autres filles. Aucune n'a été bannie par hasard. Regarde ma voisine, par exemple, elle était amoureuse d'une autre fille et refusait de prendre un voulu. Elle parle si souvent de son amoureuse ! « Eldone » par ci, « Eldone » par là. Mais un couple de femmes ne peut avoir d'enfant, alors les archéoles en ont banni une. Elle ne sait même pas ce qu'est devenu son Eldone !

– Tes amies sont peut-être fiables, mais je préfère qu'aucune ne soit au courant. Mani m'a fait passer le message.

Le visage de Belgha s'illumina.

– Mani ? Il est vivant ? Est-ce qu'il va bien ?

– Ils l'ont enrôlé comme non-voulu.

Un gémissement ponctua le déchirement que ressentit Belgha. C'est le désespoir qui désormais assombrissait ses traits.

– Si seulement j'avais tenu ma langue... Je venais d'entendre parler des insoumis, je voulais savoir où les trouver pour les rejoindre. Ils ont dû apprendre que je me renseignais, c'est pour ça qu'ils m'ont bannie. C'est ma faute, et c'est Mani qui en paye le prix.

– Tu n'as rien à te reprocher, Belgha. Ce sont eux les responsables. Eux, et personne d'autre. Écoute-moi, on n'a pas beaucoup de temps.

En quelques phrases murmurées à l'oreille de Belgha, Soléane raconta sa rencontre avec Mani et évoqua les deux bouées qu'il lui avait données pour s'enfuir. Elle souleva sa tunique :

– Touche ! Sans le cuir de baleine, j'aurai eu la peau lacérée par le fouet. Au lieu de ça, je suis peut-être couverte de contusions, mais je suis vivante !

Belgha tendit la main et sentit sous ses doigts une matière souple et épaisse. Mais elle avait vu trop de bannies mourir dans des tentatives de fuite pour approuver le projet de Soléane.

– Tu as oublié le collier. La chef ne t'a pas sermonnée avec son petit chapitre des horreurs ? Même si on ne voit pas la toile, l'araignée va creuser tes chairs jusqu'à te tuer ! Sans compter les gardes des tours de guet !

– Avec cette pluie ? Comment veux-tu qu'elles me repèrent ? Quant à l'araignée... Tu sais que les gardiennes pensent que j'ai essayé de me trancher la gorge ?

– On n'y a pas cru. On a supposé que c'était une manigance de leur part pour nous faire croire que tu étais avec nous.

– C'était une manigance oui, mais de ma part, pour tuer l'araignée. Je l'ai empalée avec une longue arête.

Belgha resta muette. Où était passée la naïve Soléane qui croyait tout ce qu'on lui disait ? Belgha lui en avait tant voulu d'avoir ouvert sa porte au traqueur ! Comme son amie avait changé ! Soléane faisait preuve de bien plus de courage et d'intelligence qu'elle n'aurait pu l'imaginer. Belgha brisa le silence en murmurant :

– Tu as raison. Si ton araignée est morte, les gardiennes s'apercevront bientôt que ton collier n'évolue pas. C'est maintenant que tu dois le faire. Je vais t'aider à t'enfuir.

– Je veux davantage que ton aide, Belgha. Je veux emporter ton bébé avec moi.

62

Qui, de la pluie ou des larmes, mouillait le plus le visage de Belgha ? Soléane n'aurait pu le dire. Son amie berçait son enfant dans ses bras, son imperméable noué sous son menton pour se protéger des gouttes qui coulaient le long de ses joues, indifférente au déluge qui s'abattait sur elle, à croire qu'elle avait oublié qu'une araignée se nichait dans son cou. Belgha parlait au bébé, lui expliquait. Elle lui disait au revoir.

L'enfant écoutait, ses yeux bien ouverts fixés vers le haut de la tête de sa mère.

– Je serai avec toi, mon bébé, dans ton cœur. Pour toute ta vie. Quoi qu'il arrive.

Que voyait-il ? Un halo ? La lueur d'un amour qui brille dans la tempête ? L'enfant était calme, attentif. Comme s'il se concentrait sur ce qu'elle souhaitait lui transmettre.

Cette nuit, sa mère se séparerait de lui. Cette nuit, sa mère lui sauverait la vie.

Malgré ce que cela lui coûtait, Belgha s'était rangée aux arguments de Soléane. Sa raison lui hurlait qu'il était urgent d'agir. Aux premiers rayons du jour, il n'y aurait plus de cachette pour dissimuler son fils. Si les gardiennes le trouvaient, elle savait le sort qu'elles lui réserveraient. Au mieux, elles le tueraient avant de le laisser aux oiseaux. Au pire, elles le jetteraient vivant à la mer, à titre d'exemple pour asseoir leur autorité.

Devant la réaction de son amie, Soléane sentait monter en elle l'angoisse qui assombrissait ses nuits. Sa mère lui avait confié son petit frère et le bébé s'était noyé alors qu'elle le tenait dans les bras. Voilà qu'elle s'apprêtait à emporter l'enfant de Belgha dans l'océan. Et Soléane ne savait même pas nager !

Soléane frissonna.

– Belgha, il faut y aller.

Il serait temps d'y penser plus tard.

Belgha et Soléane coururent courbées sous la pluie, contournèrent la cabane des gardes et s'avancèrent vers l'embarcadère.

Sur le ponton de bambou, aucune barque n'était amarrée.

Cachées derrière le tas d'humus, elles ne se souciaient pas des postes de surveillance. La pluie et l'obscurité formaient un rideau sombre impossible à percer et décourageaient les traqueuses d'effectuer leur ronde de garde.

À l'opposé, de l'autre côté de la bannîle, le tambour qui rythmait le travail de l'équipe de nuit des rameuses martelait le temps. Avec le fracas de la pluie, elles l'entendaient à peine.

L'eau de l'océan semblait d'encre. Battue par l'averse, elle grondait en projetant mille gouttelettes vers le ciel. Même son odeur avait changé. L'air vivifiant au goût de sel avait cédé la place à un parfum glacé, saturé d'humidité, prêt à avaler tout ce qui se risquerait à se glisser à l'eau.

Soléane sentit ses jambes flageoler sous l'effet de la peur. L'idée de se baigner par beau temps la terrorisait déjà. Le déploiement des forces naturelles ajoutait à la répulsion qui lui nouait le ventre. Son cauchemar se tenait en embuscade. Et si le monstre de l'eau l'attendait ? S'il l'entraînait jusqu'au fond ? Ou pire encore, si le monstre lui arrachait des mains le bébé mais lui laissait, à elle, la vie sauve ? Si tout recommençait comme la première fois…

Elle savait désormais que son petit frère était mort ainsi, seul, dans l'eau froide et noire, par sa faute. Elle avait trois ans, alors. Elle en avait seize à présent. Elle ne supporterait pas le poids d'un deuxième drame.

Assise sur le ponton, Belgha soufflait dans les bouées, son bébé posé sur ses genoux.

Soléane se tenait debout avec une seule tentation à l'esprit : fuir, rejoindre la sécurité de l'abri des bannies.

– Donne-moi ta tunique !

L'ordre de Belgha l'obligea à diriger ailleurs ses pensées. Soléane se déshabilla, révélant les larges et sombres hématomes qui parsemaient son dos. Belgha arracha quelques lanières de tissu pour sangler l'enfant à la première bouée. Elle attacha la deuxième sur le ventre de Soléane, nouant les extrémités au creux de ses reins. Avec les restes du vêtement, elle tressa une cordelette.

– Donne-moi ton poignet, Soléane. Je vais te relier à la bouée de mon fils avec un nœud de pêcheur indénouable comme ça tu ne pourras pas le laisser s'échapper.

La fugitive s'exécuta. Belgha avait pris les choses en main. Son sang-froid figeait ses traits en une grimace déterminée. Elle paraissait presque indifférente aux conséquences à venir tant elle se concentrait sur l'action.

Les préparatifs prenaient forme, tout serait bientôt prêt. Mais le doute qui habitait Soléane l'envahissait un peu plus à chaque instant. Ses forces lui manqueraient. Les douleurs de son dos l'empêcheraient d'avancer. Les bouées se perceraient. Elle se noierait. L'enfant n'avait aucune chance, il mourrait. Pourquoi en irait-il autrement cette fois-ci ?

– Assieds-toi là, je poserai la bouée quand tu seras dans la mer.

Les jambes ballantes au bord de la plate-forme, Soléane tourna son visage crispé par l'angoisse vers Belgha :

– Je ne peux pas. Je ne peux pas.

– Qu'est-ce qu'il se passe ?

– Je ne sais pas nager !

Durant un instant, l'aveu de Soléane réduisit Belgha au silence. La pluie continuait à tomber, le tonnerre à gronder. La jeune mère ne pouvait tolérer que cette faiblesse compromette le sauvetage de son bébé. Elle expliqua d'une voix calme :

– Avec les bouées, tu n'auras pas besoin de nager. Il te suffira de battre des pieds pour avancer.

– Mais je ne saurais pas faire ! hurla Soléane.

– Tu n'as pas le choix, rétorqua Belgha.

D'une brusque poussée dans son dos, elle précipita Soléane dans l'eau noire de l'océan. La jeune fille cria autant de surprise que de panique. La perspective de sentir sa bouche et son nez plongés dans l'eau la terrorisait. Elle agita bras et jambes pour éviter de se noyer avant de se rendre compte que sa tête n'était mouillée que par la pluie. La bouée avait glissé le long de son ventre jusqu'à se coincer sous ses aisselles. Épaules hors de l'eau, Soléane flottait. Sa respiration saccadée scandait l'angoisse qui palpitait en elle. Belgha demanda :

– Prête ?

Non, bien sûr qu'elle n'était pas prête !

Belgha n'attendit pas sa réponse. Elle embrassa le front de son enfant, elle inspira profondément l'odeur des petits cheveux mouillés collés sur son crâne puis, couchée sur le ponton, elle déposa l'enfant et sa bouée sur les vagues.

La bouée formait une petite embarcation adaptée à sa taille. Les sangles le maintenaient au centre de cet étrange matelas et l'empêchaient de glisser.

– Promets-moi de le sauver, exigea-t-elle.

– Je te promets de faire tout ce que je pourrais, haleta Soléane.

– Ça ne suffit pas ! Promets-moi de le sauver.

Le sentiment d'avoir déjà vécu cette scène submergea Soléane. Au loin, l'équipe des rameuses propulsait la bannîle en avant. Soléane et le bébé s'éloignaient déjà. La voix de la jeune naufragée se fraya un chemin entre les gouttes de pluie :

– Je te le promets.

Soléane déversait un flot de paroles sur l'enfant. Parler l'obligeait à ne pas penser. Parler lui évitait de se représenter le gouffre qui s'ouvrait sous ses pieds, plus profond qu'un arbre, qu'une archapelle, que l'abîme entre deux montages de sel ; un gouffre prêt à l'aspirer vers la mort. La masse d'eau, animée par les vents de l'orage, les ballottait. Ils flottaient, tel un radeau des trépassés. Sauf qu'ils étaient vivants. Vivants. Et qu'ils étaient livrés aux caprices des courants.

Dans la nuit gorgée de pluie, Soléane avait perdu ses repères. Elle ne savait plus vers où se diriger. L'obscurité dissimulait la silhouette du Coracle. Même l'iceberg restait invisible et pourtant, des vagues d'eau glacée lui confirmaient qu'il se tenait tout proche.

La peur d'être repoussés vers le large grandissait au point d'en être insupportable. Ses jambes cessèrent de s'agiter, sa bouche de trembler. La résignation s'insinua en elle avec l'apaisement de la défaite.

Un dernier cri venu de la bannîle vibra aux oreilles des fugitifs.

– Sois heureux !

– Tu as entendu ? C'est ta mère qui te dit au revoir. Tu sais...

Soléane s'interrompit. Elle fouillait ses souvenirs à la recherche du prénom du bébé. « Mon tout petit », « mon bébé », « mon doux », toutes les dénominations utilisées par Belgha pour s'adresser à son enfant défilèrent dans sa mémoire. Mais aucun nom ne vint à son esprit.

– Je ne sais pas comment tu t'appelles, constata la fugitive.

Le bébé ne réagit pas.

– Je ne sais pas comment tu t'appelles ! s'affola Soléane.

Le bébé s'agita.

Une vague de détermination balaya les peurs de la jeune fille. Elle ne pouvait pas le laisser mourir ainsi, anonyme. Cet enfant avait besoin d'un nom. Il n'y avait qu'une issue possible : le bébé devait survivre. Même s'il n'avait rien d'autre, un être humain ne pouvait se passer d'un nom ! Elle l'emmènerait jusqu'au Coracle, là où son père lui donnerait une identité, là où il saurait qui il est.

Oubliée l'eau, oubliée la pluie, oubliés les courants, Soléane se concentra sur l'origine du hurlement de Belgha. Une fois localisé, elle orienta les bouées dans la direction opposée et battit des pieds.

Elle se sentait prête à agiter les jambes la nuit durant, jusqu'au Coracle, jusqu'au bout de ses forces, jusqu'à la Terre s'il le fallait.

Partie 4

Tracer le chemin

63

Couché sur son moelleux matelas d'herbes sèches, le bébé agitait les jambes. Son éclat de rire accompagnait le chant des oiseaux qui nichaient dans la zone de régénération. Souriante, Soléane posa son index sur ses lèvres.

– Chut, petit bonhomme, tu vas nous faire repérer !

Mais comment résister à la contagion de la joie exprimée par l'enfant ? Soléane songea que Tyll aurait sûrement adoré s'amuser avec lui, que sa mère Lana lui aurait tendu les bras.

Le ventre plein, l'esprit éveillé, le bébé tentait d'attraper les reflets violets qui animaient la pierre de Terre tournée vers le soleil. Soléane la faisait scintiller et savourait le bonheur de l'enfant devant les variations de couleur de la pierre. Elle caressa le fin duvet qui couvrait son crâne. Quel changement depuis deux jours !

L'enfant avait commencé à hurler lorsqu'elle avait touché la trame, avant même de sortir de l'océan. La traversée avait été plus courte que Soléane le craignait. Mais elle avait trop dérivé pour atteindre directement la zone d'embarquement. Lorsqu'elle s'était cognée au Coracle, elle ignorait s'il lui fallait longer la trame vers la gauche ou vers la droite pour la rejoindre. Mais le soulagement de voir qu'elle ne s'était pas trompée de direction lui avait redonné de l'énergie. Elle avait alors décidé de s'attaquer directement à la paroi, malgré la hauteur.

Toujours équipée de sa bouée, les doigts d'une main crispés dans les alvéoles, elle avait glissé le bébé contre son ventre dans la bouée qui ceignait son corps. Ainsi sanglé contre elle, l'enfant ne gênait pas ses mouvements. Soléane avait alors escaladé la falaise, creusant des marches à coups de pied, perforant la trame de ses ongles, s'agrippant au moindre relief pour compenser les effets de la pluie qui la rendait glissante. Le plastique, fragilisé par les vagues, s'effritait facilement.

Tout au long de l'ascension, les pleurs de l'enfant lui avaient vrillé les tympans. Ils ne s'étaient pas apaisés une fois l'obstacle franchi. Pourtant, Soléane y resta sourde un moment. Éreintée par son parcours dans l'océan, épuisée par les mètres de trame qu'elle avait gravis, elle s'était effondrée dès son arrivée au sommet.

Lorsqu'elle prit conscience de ce qui l'entourait, une faible lueur grisaillait le ciel d'orage. Il annonçait le lever du soleil.

Un nouveau regain d'énergie s'était dispersé en elle. Il leur restait peu de temps pour se mettre à l'abri des regards. Le bébé s'était réchauffé contre sa peau. Le ceinturant d'un bras, elle avait couru le long de la piste, traversé un champ de rampants et gagné la zone de régénération, attentive aux craquements et à la présence de flaques acides. Après ce qu'elle avait vécu, il n'était pas question de tout gâcher à cause d'un risque qu'elle pouvait maîtriser !

Les rayons du soleil avaient jailli à l'horizon, et l'enfant n'avait plus cessé de crier.

Installée dans la zone, Soléane l'avait bercé ; elle avait chanté ; elle l'avait baigné : elle l'avait séché ; elle l'avait caressé ; elle l'avait rassuré. En vain. Elle ne dut le court répit de l'après-midi qu'au mâchouillage d'une tige d'écorce.

L'enfant hurlait, car il avait faim.

Soléane avait hésité avant de se résigner à partir seule pour trouver de quoi le nourrir. Mais elle n'avait pas le choix, le bébé était trop bruyant. Elle l'avait laissé dans la zone, couché sur une paillasse de fortune formée de feuilles d'arbralgues.

Puis elle avait œuvré mécaniquement, une étape après l'autre. Traverser la zone, contourner le bourg jusqu'à repérer une tunique à sécher dehors, l'enfiler, entrer dans une maison, puis une autre pour y voler de quoi manger.

À son retour, l'épuisement avait eu raison des tourments de l'enfant. Il s'était endormi.

Depuis ces débuts difficiles, tout s'était bien passé. Le soleil avait retrouvé sa magnificence. La brise, à peine mouillée des embruns de l'océan, tempérait la chaleur. Soléane embrassa le bébé sur le ventre, comme elle s'amusait à le faire à Saméo avant l'arrestation de leur mère. Un soupçon de nostalgie la tirailla. Pour le chasser, elle s'exprima à haute voix.

– Est-ce aujourd'hui que ton papa va venir ?

La question s'adressait davantage à elle qu'au petit. Elle avait choisi de rester cachée avec l'enfant à la lisière de la zone de régénération, au point de rendez-vous que Mani lui avait indiqué. Dans le secteur, il n'y avait qu'un seul arbre dessalant dont le tronc était trop large pour parvenir à en faire le tour avec les bras. Avec cet arbre comme point de repère, il ne pouvait pas y avoir d'erreur.

Un nouveau tour d'horizon l'apaisa. Aucune menace n'était à portée. Le père du bébé non plus.

– Peut-être demain, après-demain, ou plus tard…

Cette perspective la rassurait. Elle n'osait penser à l'après, quand Mani aurait récupéré l'enfant. S'occuper du bébé l'empêchait de s'inquiéter pour Tyll et pour sa mère. Cela repoussait aussi le moment où elle devrait trouver comment débusquer les insoumis pour leur remettre la pierre. Tyll savait où les trouver, elle-même l'ignorait. Il n'était plus là pour la guider.

Assise sur la couche d'humus qui recouvrait la trame, elle assembla des feuilles en bouquet à l'aide d'une algue folle et caressa les pieds du garçon avec. L'enfant, hilare, se tortillait pour lui échapper.

– On va attendre encore un peu, petit bonhomme... Ton papa viendra, bien sûr. Qui pourrait résister à un trésor comme toi ?

Elle hissa l'enfant dans ses bras et il s'agrippa à son chignon. Elle le posa pour se recoiffer, la pierre de Terre soigneusement nichée dans sa cage de cheveux, et interpella le bébé :

– C'est la bagarre que tu cherches ?

Elle se renversa en arrière. Couchée sur le dos, l'enfant tenu au bout de ses bras tendus, elle le fit monter et descendre en l'air pour son plus grand plaisir.

Qui des deux s'endormit en premier ? Le petit, peut-être, confortablement installé sur le ventre de la jeune fille. À moins que Soléane ne l'ait devancé, épuisée par l'effort et le stress des derniers jours. Une seule certitude : ils s'éveillèrent en même temps.

L'enfant grogna quand des mains le soulevèrent. Le vent froid sur sa peau tira Soléane du sommeil. Elle ouvrit les yeux, en alerte.

– Mani ?

C'était bien lui, mais le compagnon de Belgha ne répondit pas.

– Mani, qu'est-ce qu'ils t'ont fait ?

Le non-voulu ne détachait pas son regard de l'enfant qui se rendormait dans ses bras. De sa main usée par les travaux sur la trame, il comptait ses orteils et ses doigts. Il semblait fasciné par cette fragilité mêlée de force qui se dégageait du bébé. Il s'émerveillait devant la perfection de l'enfant que Belgha avait mis au monde. C'était son fils !

– Ton visage…

La remarque d'incompréhension de Soléane arracha Mani à la contemplation du petit. Son menton pointa en avant en une mimique de défi. La peau de son visage n'était plus qu'un amas de cloques et de chair noircie. Il dit :

– C'était le prix à payer.

– Tu t'es brûlé la peau ? Mais, pourquoi ?

– Pour effacer les tatouages de non-voulu. Comment aurais-je pu élever un enfant avec les marques d'un non-voulu sur le visage ?

– Quelles souffrances tu as dû endurer !

– Ce n'est rien au regard de ce que toi, tu vas payer.

Deux mouvements simultanés attirèrent l'attention de Soléane sur les côtés. Surgissant de derrière les arbres, des traqueurs achevaient de l'encercler.

La situation devint limpide.

Mani n'était plus un non-voulu. Il avait échangé sa liberté contre celle de Soléane. Il l'avait sacrifiée. La surprise était telle que Soléane ne laissa paraître aucune émotion quand elle constata :

– Tu m'as vendue.

– Il faut être prêt à tout quand il s'agit de sauver ceux qu'on aime.

Les quatre traqueurs ne rencontrèrent aucune difficulté pour maîtriser Soléane. Bouche bée, elle regardait Mani, comme si elle attendait quelque chose, un choc, un plan, une parole. L'incrédulité l'habitait. Pas une fois elle n'avait imaginé que Mani puisse la trahir. Et pourtant, était-ce si différent de sa propre réaction, le jour de l'arrestation de Belgha ? Était-ce là le devoir d'un père ?

Les traqueurs ramenèrent sur place les cinq pondeuses qu'ils avaient parquées à distance pour éviter de se faire repérer.

Cette fois, Soléane voyagerait assise, les mains attachées devant pour maintenir son équilibre. Avec quatre hommes pour la garder, elle n'aurait aucune chance de s'enfuir.

L'archéole de Basol, Cham-Archéo, donnait ses ordres en retrait, sans lui adresser la parole.

Debout à quelques pas de là, Mani observait les préparatifs. Le petit s'agitait dans ses bras en regardant l'ombre d'une feuille d'arbre qui dansait dans la brise. Le père l'avait assis sur sa main en coupelle, dos contre son torse. De son autre main, il massait ses minuscules orteils. L'éclat de rire du bébé inonda la scène d'une gaieté paradoxale.

Même les traqueurs avaient envie de plaisanter en entendant l'enfant. Soléane grimaça un triste sourire avant de pousser un long soupir.

C'était fini. Retour à la bannîle.

Une nouvelle araignée ne tarderait pas à lui être implantée. Son seul réconfort consistait à imaginer Belgha quand elle apprendrait que son fils était sauf.

La colonne se mit en route et s'éloigna en traversant les rampants.

Soléane hurla :

– Comment s'appelle ton fils ?

– Klarim, lui répondit Mani. Nous l'avions décidé avec Belgha avant son départ. Son nom est Klarim.

Les pondeuses et leurs cavaliers s'engagèrent sur la piste. Soléane avala une grande goulée d'air pour s'empêcher de crier de joie. La colonne n'avait pas pris la direction de la bannîle. Les hommes ne la ramenaient pas là-bas pour finir ses jours à ramer sur le radeau de bambou.

Que son père ait ordonné de la faire venir à lui ou qu'il s'agisse d'une volonté du GrandArchéole, Soléane filait à vive allure vers le Palatréa.

Les menaces qui la visaient n'en étaient pas écartées pour autant, mais ce changement de direction lui offrait une perspective qui faisait battre son cœur : celle de revoir sa mère et son ami Tyll.

Assise sur la pondeuse, Soléane se retourna pour regarder en arrière. Elle chuchota :

– Sois heureux, Klarim.

64

Sem-Archéo était arrivé à la Grandarchapelle à une heure tardive. Ce matin-là, il dormait lorsque la voix d'un traqueur inconnu le tira du sommeil.

– Le GrandArchéole vous fait mander.

Encore mal réveillé, l'archéole enfila sa tunique, noua ses chignons au-dessus des oreilles et, moins de deux minutes après, suivait le traqueur dans les dédales de pièces qui jouxtaient la Grandarchapelle.

Le GrandArchéole l'attendait dans la salle des forums.

– Ta petite protégée s'est évadée de la bannîle.

– Évadée ? Mais c'est impossible !

De son index levé, le GrandArchéole appuya sa remontrance.

– Tu m'avais pourtant assuré qu'il n'y aurait pas de problème.

Après l'instant de surprise, Sem-Archéo baissa la tête, comme un enfant grondé par sa mère. La nouvelle avait un goût amer. Quelle déception ! Il avait déployé tant d'efforts pour offrir une chance à la jeune herbière. Et cette dernière n'avait pas su la saisir ! L'ingratitude de la jeune fille lui poignardait le cœur. À cette heure, elle devait sûrement être passée, noyée ou fracassée contre la trame du Coracle.

– Évadée, confirma le GrandArchéole, et vivante, si j'en crois le message que j'ai reçu.

La stupéfaction envahit les traits du visage de Sem-Archéo. Son interlocuteur poursuivit :

– J'ai confié à Cham-Archéo l'encadrement des traqueurs chargés de la capturer. Cette gamine a le cerveau d'une pondeuse. Elle est piégée. Peut-être même est-elle déjà entre les mains de ses gardes !

– Sera-t-elle exécutée ?

– Pas encore. Les traqueurs la conduiront jusqu'ici, rapidement. Elle rejoindra les deux autres.

– Pour être sacrifiée pour le prix du sang lors de la cérémonie ?

– Non, répondit le GrandArchéole, je préfère rester prudent. Tu sais combien le peuple peut parfois faire preuve de sensiblerie. Si on sacrifie une mère et sa fille, les habitants pourraient prendre fait et cause pour elles. Nous procéderons par étape : la fille restera dans les cachots, pendant qu'Alna et le jeune fugitif seront envoyés par le fond. Elle finira bien par passer, que ce soit de faim ou d'ennui. Qu'en penses-tu ?

Les mâchoires de Sem-Archéo se contractèrent. Les mots qu'il s'apprêtait à prononcer allaient à l'encontre de ses intuitions. Mais il était temps de laisser place à la raison.

– C'est la bonne décision, oui, la bonne décision

– Parfait ! rétorqua le GrandArchéole. Je suis heureux que tu approuves, et j'ai choisi de faire honneur à ta fidélité : c'est toi qui mèneras la cérémonie du sang.

Un froid brutal se répandit dans le corps de Sem-Archéo. L'homme savait ce que signifiait le fait de mener la cérémonie. Il s'agissait de prononcer la sentence de mort à l'égard de Lana, l'herbière avec qui il avait souvent travaillé à Borho, puis de la précipiter dans le puits. Qu'il ait connu et apprécié cette femme durant de nombreuses années n'avait pas à interférer. La salive s'accumula dans sa bouche, il ne réussit pas à déglutir.

À la place de Lana, il aurait pu y avoir sa femme.

D'un brusque mouvement de tête, Sem-Archéo tenta de chasser cette idée. Il n'y parvint pas.

La berceuse qui gémissait dans ses cauchemars revenait le hanter en cette matinée. Sem-Archéo pressa ses mains sur ses oreilles, en vain. La chanson remontait du plus profond de lui, de là où il ne pouvait la faire taire.

Et pour l'accompagner, les images se bousculaient dans son esprit. Il se souvenait de cette journée comme si elle datait de la veille. Sa femme tenait leur fille dans ses bras et s'était réfugiée au bord de la falaise. Elle regardait les traqueurs qui l'encerclaient et se rapprochaient d'elle. Elle était acculée. Lui-même avançait sans la quitter des yeux.

Lorsqu'elle le remarqua, il vit passer le soulagement dans ses yeux. Mais alors qu'il continuait à marcher vers elle, sans qu'aucun traqueur ne l'arrête, le soulagement laissa place au doute, puis à l'effarement. Elle avait espéré qu'il viendrait les aider. Il ne le pouvait pas. Et une angoisse beaucoup plus profonde l'avait envahie. Elle l'avait supplié :

– Dis-moi que ce n'est pas toi ! Dis-moi que tu ne m'as pas dénoncée.

Qu'aurait-il pu répondre ? Bien sûr que c'était lui. Personne d'autre n'aurait pu savoir qu'elle fomentait une révolte, qu'elle s'était alliée à des insoumis pour répandre la vérité parmi la population du bourg.

Il avait continué à se diriger vers elle et leur fille, sans un mot. Il voulait les sauver toutes les deux. Sa femme avait serré leur fille dans ses bras en pleurant.

Alors le pire était arrivé. Sa femme qui saute dans l'océan. Sa femme et sa fille. Noyées.

Sans le GrandArchéole, Sem-Archéo serait partie les rejoindre, il serait mort de chagrin. Le grand homme l'avait guidé vers la vérité. Grâce à lui, Sem-Archéo s'était rapproché des dieux. Il n'était plus désormais qu'un outil dans leurs mains.

Sem-Archéo relâcha ses poings qu'il tenait serrés, et garda la tête baissée pour annoncer :

– Je ferai ce que tu ordonneras, GrandArchéole.

65

La matinée était déjà bien avancée. L'ombre d'un oiseau planant au gré des vents encerclait la colonne des traqueurs. Il les suivait depuis une heure, trop haut pour que Soléane parvienne à déterminer s'il s'agissait de l'aigle de Tyll.

Elle préférait ne pas se bercer d'illusions. Ce n'était probablement qu'un goéland qui les prenait pour des pêcheurs et qui attendait qu'on lui abandonne les têtes et les queues des poissons.

Soléane reporta son regard sur la piste qui déroulait ses bambous jusqu'à l'horizon. Après de longues heures sur la pondeuse, ses cuisses douloureuses et son dos fourbu lui faisaient presque regretter de n'avoir pas été jetée en travers de la monture.

Depuis sa capture, les traqueurs avaient trotté chaque jour, du lever du soleil jusqu'à son coucher. Les hommes et leur prisonnière mettaient à profit de très courtes pauses pour boire, manger et dénouer leurs muscles.

Songeuse, Soléane laissait ses pensées aller au rythme de la pondeuse. Elle s'inquiétait pour sa mère et pour Tyll. Elle s'interrogeait sur ce qu'il allait advenir d'elle. Mais elle se plongeait surtout dans le passé. Elle creusait, décortiquait, analysait, à la recherche d'une explication pour justifier le comportement de l'Empera.

C'était lui, l'homme qui avait brisé la vie de sa mère et de celle de Tyll ; c'était lui, le chef qui laissait les archéoles empoisonner son peuple ; c'était lui, le dirigeant qui attendait sans rien faire que le Coracle coule au fond de l'océan. Dire que, lorsqu'elle était enfant, elle avait harcelé sa mère pour découvrir qui était son père ! À mesure que Soléane avançait dans sa réflexion, elle sentait la rancœur l'envahir. Pourtant, sa culpabilité n'en diminuait pas pour autant. C'était parce qu'elle s'était rendue en secret au centre d'émancipation que tout avait commencé. Et elle n'avait aucun moyen de se faire pardonner cette monstrueuse erreur.

Perdue dans ses pensées, Soléane n'avait pas porté attention à l'avancée de leur caravane. Quand elle regarda devant elle, les silhouettes des deux majestueux bâtiments, encerclés par des maisons d'habitation, surplombaient l'océan tout proche. La colonne des traqueurs n'était plus très loin de son objectif : le bourg de Palatréa.

La Grandarchapelle était bâtie comme ses petites sœurs des villages du Coracle, mais à une échelle bien différente, si imposante, si haute, si colossale que Soléane peinait à trouver quelque chose auquel la comparer.

Les volutes sombres des coquillages noirs se détachaient sur le blanc des murs de sel de l'archapelle en formant une multitude de courbes agencées de telle manière qu'elle sentit un vertige s'emparer d'elle. Combien de peaux de mammifères marins étaient tendues en guise de toit en haut de l'édifice ? Bien trop pour pouvoir les compter.

Le Palatréa, où vivait et régnait l'Empera, se dressait moins haut que l'archapelle contre laquelle il était adossé. Pourtant, il n'offrait pas moins de magnificence. La finesse des sculptures de sel qui ornaient ses murs contrastait avec l'aspect massif des maisons environnantes.

Le bâtiment s'étalait sur une surface aussi large qu'une place de bourg. Les nombreuses ouvertures attestaient du soin apporté à la lumière par ses architectes. Mais le plus remarquable ne se décelait qu'au-delà du porche d'entrée : un jardin intérieur, foisonnant de quantité d'espèces végétales différentes, accueillait les visiteurs au son des chants des oiseaux et des petites cascades d'eau douce alimentées par un moulin à vent.

Ce spectacle réveilla en Soléane un sentiment de déjà-vu, comme si, enfant, elle s'était déjà émerveillée de toutes ces beautés.

– Descends de là ! ordonna le traqueur à la prisonnière.

Subjuguée par les splendeurs de ce lieu qui se rapprochaient de l'idée qu'elle se faisait de la Terre, Soléane n'obéit pas assez vite. D'un geste brusque, l'homme tira la manche de sa tunique jusqu'à lui faire perdre l'équilibre. Elle se réceptionna tant bien que mal sur le sol de bambou recouvert de fibres de jonc.

Les traqueurs la confièrent aux gardes du Palatréa comme ils l'auraient fait d'une banale marchandise. L'un des gardes, muni d'une courte lance, attrapa la corde qui liait ses poignets pour tirer la prisonnière vers le Palatréa.

– Suis-moi.

– Où m'emmenez-vous ? demanda-t-elle.

Il haussa les épaules

Elle le suivit dans le jardin extérieur qui longeait le Palatréa en direction de l'océan. Tout au bout du bâtiment, le garde ouvrit la dernière porte. Au-delà de la construction de sel s'étendait une petite plage creusée à même la trame.

Le couloir dans lequel Soléane marchait était plongé dans la pénombre. Après quelques pas, le garde s'arrêta en haut d'un escalier et s'effaça pour laisser sa prisonnière le descendre. Soléane hésita. Les escaliers étaient rares sur le Coracle et aucun ne s'enfonçait au cœur de la trame.

– Où m'emmenez-vous ? répéta-t-elle.

Pour toute réponse, une pointe de lance la piqua entre les omoplates et l'obligea à s'engager dans les premières marches. Le garde la suivait de près. Il indiqua :

– Avance jusqu'au fond.

Les sept marches s'ouvraient sur un couloir si bas de plafond que Soléane dut courber la tête pour y progresser. Le garde alluma une bougie qui dissipait mal l'obscurité. Au milieu du corridor, la jeune fille distingua deux portes, de chaque côté, qui se faisaient face. Une autre se dressait plus au fond. Elle pinça les lèvres. La pire de ses hypothèses prenait forme. Le garde allait l'enfermer là, sans même qu'elle ait eu l'opportunité de revoir Tyll et sa mère, sans même avoir craché ses quatre vérités à la tête de son père.

– Mais par tous les vents, allez-vous me dire où vous m'emmenez ? se révolta-t-elle.

D'un mouvement de tête, elle chercha à évaluer ses chances de s'attaquer à son gardien. Il orienta aussitôt sa lance en direction de sa gorge.

– Ouvre la porte et entre.

Elle souleva la lourde barre transversale qui maintenait verrouillée la porte du cachot du fond. Le battant pivota vers l'intérieur. L'obscurité l'empêchait de voir le contenu de la pièce. Elle fit un pas et entendit le garde refermer la porte derrière elle. Elle s'exclama à haute voix :

– Et merde !

Une voix jaillit aussitôt de la pénombre :

– Eh bien, en voilà des manières !

– Tyll !

66

L'obscurité, l'humidité, l'odeur de renfermé, rien ne pouvait ternir leurs retrouvailles.

Dans le noir, Soléane jeta spontanément ses bras autour du cou de Tyll tandis qu'il refermait les siens sur sa taille.

– Aïe !

– Ouille !

La double exclamation déclenchée par le choc de leurs têtes sur le plafond bas les fit éclater de rire et dissipa la gêne de ce rapprochement physique inhabituel. Leur bonheur de se revoir vivant était trop parfait pour être gâché. Il y eut quelques minutes de confusion où tous les deux parlèrent en même temps, avant de se taire au même moment, pour reprendre aussitôt la parole à un rythme soutenu. La cacophonie les amusait autant qu'elle les frustrait.

Le cri striduleux d'un grillon s'ajouta au concert. Soléane s'esclaffa :

– Et en plus, tu as apporté des grillons !

– Je suis tout seul, ici, alors ça me fait de la compagnie, une petite berceuse pour la nuit. Et dans le cachot, il fait nuit à longueur de journée...

Soléane décréta :

– Pas question de dormir pour l'instant. Alors, une question chacun, à tour de rôle.

– OK ! T'as pas changé, toujours à vouloir tout organiser !

– Ça, c'est pas une question. Tant pis pour toi. À mon tour.

– Ah, non, je ne te laisserai pas me piquer ma place !

Un nouvel éclat de rire les rapprocha. Tyll guida Soléane jusqu'à l'épaisse couche de fibres de jonc qui servait de paillasse. Il demanda :

– Tu as réussi à tuer l'araignée ?

Soléane attrapa sa main et la serra dans les siennes.

– Tyll, tu as eu une idée de génie ! Sans l'arête que ton oiseau m'a apportée, je serais encore là-bas, avec un collier gros comme une baleine ! Comment tu as fait ?

– Les gardes ont été assez idiots pour me laisser la carcasse de leur repas à lécher en guise de dîner. Mais je peux t'assurer qu'attacher ce truc à la patte d'un oiseau récalcitrant, la nuit et avec les mains liées, ça relève de l'exploit !

Malgré son ton enjoué, Soléane sentit combien le traitement réservé au prisonnier avait été dur. La culpabilité revint la hanter. Si seulement il ne l'avait pas suivie. Si seulement, il...

– Je te signale que c'est à ton tour !

L'exclamation de Tyll interrompit le flux de ses sombres pensées. Soléane demanda :

– Est-ce que tu sais ce qu'ils vont faire de toi ?

– Tu vas trop vite, soupira-t-il, c'est de la triche ! Mieux vaut commencer par le début.

En quelques mots, il raconta les jours passés depuis leur séparation sur la piste de la bannîle. Cela n'avait rien d'une promenade d'agrément la première journée, et ça ne s'était pas arrangé après son évasion.

– Tu as réussi à t'enfuir ? demanda Soléane.

– Oui, pendant la nuit. J'ai même réussi à rejoindre les insoumis.

– C'est inespéré ! J'ai de la chance qu'ils ne soient pas déjà venus te sortir de là, comme ça ils nous libéreront tous les deux !

L'enthousiasme de Soléane ne rencontra que le silence en écho.

– Ne me dis pas qu'ils...

La jeune fille ne finit pas sa phrase. Tyll secoua la tête, ses narines frémissantes de mépris.

– Ils ne viendront pas.

– Mais pourquoi ? On a besoin d'eux, et ils ont besoin de la pierre !

– C'est plus compliqué que ça. Ils pensent pouvoir s'en passer. Ce sont des pleutres. Ils croient sauver le Coracle à eux tout seuls ! Ils ne lèveront pas le petit doigt pour nous.

Soléane accusa le coup de cette révélation. Depuis que sa mère lui avait confié la pierre pour la leur remettre, elle avait imaginé un groupe de personnes téméraires, capables de tout pour renverser les autorités ! Amère, elle constatait qu'elle avait enjolivé la situation. Encore un reste de pure naïveté. Soléane se sentait désormais presque aussi vieille qu'une malade des ossoudés.

– C'est pour ça que tu n'es pas resté avec eux ? Parce qu'ils ne voulaient pas nous aider ?

– Oui... Mais la nuit où j'ai quitté la presqu'île des insoumis, j'étais déjà épuisé. Je me suis assis au bord de la piste, juste pour souffler un peu. Ce que je peux être bête ! Je me suis endormi, Soléane. Les traqueurs n'ont eu qu'à me cueillir. Tu te rends compte ? J'en ai pleuré de rage...

– Tu n'as rien à te reprocher, tu étais fatigué, ton corps a pris les commandes.

Tyll raconta comment l'archéole et ses hommes avaient rejoint le Palatréa sans lui laisser la moindre occasion de souffler ni de s'échapper à nouveau. À l'occasion d'une pause, il avait sollicité l'autorisation de descendre de sa monture, pour s'étirer et chasser les crampes qui le faisaient souffrir. Les traqueurs s'étaient esclaffés. Comme s'ils allaient se faire avoir deux fois de suite ! Juché à plat ventre sur la pondeuse, Tyll n'était jeté à bas de sa monture que le soir venu, à la tombée de la nuit, ses mains et ses poignets liés au traqueur de garde. Le moindre de ses mouvements réveillait le garde qui le frappait. Les rations d'eau que ses gardiens lui servaient ne suffisaient pas à étancher sa soif. Quant à la nourriture, il ne bénéficiait que des quelques restes que les gardes lui balançaient à même le sol.

En arrivant au Palatréa, l'accumulation de sang dans sa tête en raison de sa position prolongée sur la pondeuse avait eu raison de sa vue. Il était devenu aveugle.

– C'est passé, heureusement. Deux jours après, tout allait mieux. Même si l'obscurité ne permet pas de faire un bilan parfait, je revois. Dans la cellule d'à côté, il y a une vieille femme qui vit là depuis plus de dix ans ! Une personne du Palatréa vient la visiter chaque jour. Cette personne en a profité pour venir me voir et elle m'a aidé.

– Il n'y a donc pas que des monstres ici ! se réjouit Soléane.

Elle savait que Tyll détesterait discerner de la pitié dans ses remarques. Mais la compassion qui l'habitait était trop puissante pour qu'elle parvienne à la dissimuler. Aussi, elle n'ajouta rien d'autre. Ce fut lui qui reprit la parole.

– C'est ma mère.

– Quoi ?

– La femme qui vient nourrir la vieille prisonnière, c'est ma mère. Les gardes l'ont laissée entrer le premier jour. Au début, elle ignorait qui j'étais. Elle m'a demandé d'où je venais, comment je m'appelais. Alors, j'ai raconté la zone, mon père, tout ça, et je lui ai dit mon prénom. Elle est devenue bizarre. Quand elle s'est approchée, il y avait cette odeur, son parfum. C'était si bon !

Soléane sentit sa gorge se serrer. Bien sûr, elle se sentait heureuse pour Tyll qu'il ait retrouvé sa mère. Mais du fond de son cachot obscur, elle ne pouvait s'empêcher de penser à la sienne.

– Elle a posé sa main sur mon bras, poursuivit Tyll. Je n'osais plus la regarder. Elle non plus. Alors, elle s'est assise et elle a chanté. Une petite berceuse, un truc de rien de tout. Ça m'a fait plus mal que tout ce que m'avaient fait endurer ces tordus de traqueurs. Sa chanson, elle venait du passé, elle me transperçait le cœur. Mais après, je me suis senti plus léger. Et elle m'a dit qu'il y a longtemps, elle chantait cette chanson à son petit garçon. À moi.

– Tyll, je… je ne sais pas quoi dire, je…

Émue, Soléane tapota vigoureusement la main de Tyll qu'elle tenait toujours dans les siennes. Le garçon poursuivit :

– Je t'ai déjà dit qu'elle s'appelle Tahis ? Quand les gardes se sont aperçus qu'on parlait un peu trop longtemps, ils lui ont interdit de continuer. Mais elle a eu le temps de me dire l'important. Mon père est vivant. Elle le cache ici, au Palatréa.

– Tu veux dire que, malgré sa blessure, il a réussi à venir jusqu'ici ?

– Oui, il est venu après avoir rendu visite à ta mère pour la pierre.

– Il était au courant pour la pierre ?

– Oui ! Il savait depuis le début, il savait aussi où vous viviez. Et quand elle l'a soigné, elle lui a promis de s'occuper de moi.

Les ongles de Soléane se plantèrent dans la paume de Tyll. Ainsi, sa mère avait nourri Tyll en sachant qu'il était le fils de son ancien garde du corps. Sa mère et le père de Tyll avaient fui le Palatréa en même temps pour échapper à la vengeance de l'Empera, juste après l'accident qui avait coûté la vie au petit frère de Soléane.

– Ma mère m'a révélé autre chose, ajouta Tyll d'un ton gêné. Ça concerne la véritable identité de ta mère.

– Elle est la femme de l'Empera. Je l'ai appris sur la bannîle.

À cet instant, Soléane n'avait pas envie d'expliquer davantage comment elle l'avait découvert. Elle préféra relancer Tyll sur la suite de son histoire.

– Et ton père, alors, comment va-t-il ? demanda-t-elle.

– Sa blessure cicatrise bien. Et ce n'est pas tout... Imagine-toi que j'ai un frère aussi ! Dire que je me croyais seul au monde. Et maintenant, je me retrouve avec toute une famille sur les bras !

Le ton ironique laissait percer la véritable émotion qui animait Tyll. Le jeune prisonnier poursuivit :

– Ma mère était enceinte quand mon père m'a emmené dans la zone. Mon frère est né en secret, grâce à l'aide d'une vieille herbière, celle qui est enfermée à côté. Ma mère l'a confié à la Guilde, comme s'il était un orphelin. Huit ans plus tard, elle lui a révélé qui il était vraiment, mais elle ne lui avait pas parlé de moi.

– Et ce frère, tu l'as vu ? demanda Soléane.

Tyll éclata de rire.

– Je croyais qu'on avait dit une question, chacun son tour. Et toi tu les enchaînes toutes à la suite. Tu triches !

– Parle ! ordonna Soléane, ou je ne te raconterai rien.

– Toujours tyrannique, à ce que je vois ! répondit Tyll qui reprit son sérieux pour poursuivre. J'ai fait connaissance avec mon frère avant de savoir qui il était pour moi. Toi aussi, d'ailleurs.

Soléane réfléchit un instant et proposa :

– Johen ?

Un silence approbateur accueillit la question. Surprise, Soléane se demanda pourquoi Johen ne leur avait pas tout révélé après les avoir sauvés de leur prison. Tyll l'éclaira.

– Il ignorait mon existence. Et même s'il avait su qu'il avait un frère, il n'aurait pas pu me reconnaître : il ne m'avait jamais vu et il ignorait mon prénom. Même ma mère ne savait pas comment je m'appelle : mon père m'avait rebaptisé lors de la fuite, pour éviter que mon prénom ne me trahisse au cas où les traqueurs nous auraient capturés. Tyll, ce n'est pas mon prénom de naissance, juste mon nom de fugitif.

– Alors Johen nous a aidés à nous évader sans même savoir qui nous étions…

– C'est ça. C'est un brave type. Je n'en attendais pas moins de mon frère !

Soléane ne releva pas la remarque arrogante de Tyll. Elle se remémora le moment où Johen l'avait sortie de la crevasse dans laquelle elle avait glissé, puis le jour où il leur avait offert l'outil nécessaire à leur évasion. Si elle lui avait fait confiance, s'il avait connu son existence, si elle lui avait parlé, si Tyll n'avait pas changé de prénom… tant de si auraient pu modifier la fin de leur histoire ! Qui sait, ils pourraient être encore libres tous les deux ! Elle aurait peut-être pu sauver sa mère !

Tyll soupira. Son ton enjoué sonnait faux quand il demanda :

– Dis donc, Soléane, t'as bientôt fini de m'arracher la peau de la main ? De toute façon, tu n'y échapperas pas : c'est à toi de raconter, maintenant.

Soléane stoppa aussitôt le frottement vigoureux qu'elle infligeait à Tyll. Elle n'avait pas pris conscience qu'elle réagissait au fil de l'échange en malaxant sa main.

– D'abord, je ne t'arrache pas la peau, c'est juste une marque d'affection. Ensuite, mon séjour sur la bannîle… Eh bien, disons que…

Elle se tut et Tyll respecta son silence. Deux minutes s'écoulèrent tandis que défilaient en elle les souvenirs de son passage là-bas. Par quoi commencer ? Il y avait tant de choses à en dire… Sa mère qui sautait à l'eau ? L'horreur de sa quarantaine ? Les aménagements en cours sur le radeau ? Le bébé de Belgha ? Les révélations de la gardienne-chef ?

Elle se lança, dans le désordre, mêlant l'insupportable à l'espoir, à l'image des jours qu'elle avait passés là-bas. Petit à petit, tous les éléments retrouvèrent leur place.

Tyll se fit une idée de ce qu'elle avait enduré. Il comprit le courage dont elle avait fait preuve pour s'échapper. Quand elle en arriva à la trahison de Mani, il serra les poings.

– Le salaud. Il est encore plus monstrueux que les traqueurs.

– Il sauvait son enfant. Il faut être prêt à tout pour protéger les siens.

– C'est faux. Mon père m'a sauvé aussi. Il aurait pu tuer l'Empera. Il aurait pu assassiner les archéoles. C'était un garde armé, entraîné. Il a choisi une voie différente.

Des gouttes d'eau salée suintaient le long des murs du cachot creusé dans la trame. Du bout des doigts, Soléane y traça des sillons. Tout était bon pour focaliser son esprit sur autre chose. Elle finit par se résigner à poser la question que Tyll fuyait :

– Et maintenant, tu me réponds ? Qu'est-ce qu'il va se passer ensuite ?

Il se mordit la lèvre inférieure pour s'obliger à maîtriser ses réactions.

– Demain, c'est la cérémonie de changement de saison. Les villageois arriveront de tout le Coracle pour y assister. Les archéoles exposeront les pierres de Terre, celles qui ne servent à rien d'autre qu'à se rappeler d'où vient notre peuple. Au matin, ils viendront me chercher. Ils veulent réinstaurer une coutume ancienne, un genre de sacrifice pour convaincre les dieux d'aider le Coracle à atteindre la Terre. Comme s'ils n'étaient pas les premiers responsables, à faire pagayer les bannies en rond pour mieux profiter de leurs pouvoirs ! Il y aura un jugement, l'après-midi. Un simulacre : la condamnation est déjà connue. Le prix du sang. Oh, Soléane, je suis vraiment désolé, mais je dois te dire la vérité. Je ne serai pas seul. Ta mère sera sacrifiée en même temps que moi.

Un hoquet de Soléane ponctua la révélation. Il poursuivit, pointant du doigt le mur d'en face :

– Elle est arrivée peu de temps après moi. Ils l'ont emprisonnée avec la vieille, là, de l'autre côté du mur.

Soléane se leva, sa tête percuta le plafond, elle se jeta à genoux face à la paroi qui séparait leur geôle de la prison voisine. Peur, désespoir et sentiment d'injustice s'unirent pour décupler son énergie. Elle martela le mur de ses poings fermés.

– Maman ! Maman !

Les alvéoles de la trame étouffèrent ses hurlements.

67

Telle une pieuvre juchée sur le dos de Soléane, Tyll attrapa ses poignets. Ses deux jambes enserraient sa taille. Il la ligotait avec tout son corps.

Dix minutes s'écoulèrent, et elle commençait seulement à se calmer. Il n'avait pas été assez rapide pour maîtriser son accès de rage avant qu'elle ne fasse des ravages. Les poings de Soléane étaient couverts de sang. Il expliqua :

– Les blocs de sel qui forment les murs sont truffés de milliers d'arêtes de poisson. Si on entame la paroi, elles nous blessent. Ils ont fait ça pour éviter que l'on creuse la trame pour s'échapper.

Elle haussa les épaules. Sa frustration l'empêchait de ressentir la douleur. Sa mère était là, de l'autre côté du mur, et elle ne pouvait pas lui parler.

Dans quelques heures, sa mère serait emmenée. Et elle, Soléane, resterait impuissante, tandis que sa mère et Tyll seraient assassinés par ordre de son propre père.

Soléane enrageait de savoir sa mère si proche et pourtant inatteignable. Elle se remémorait leurs derniers échanges en liberté, leur dispute à son retour alors qu'elle arborait fièrement la marque des saines. Sa mère l'avait plongée dans l'urgence des préparatifs. Elles n'avaient même pas eu l'opportunité de se dire correctement au revoir, autrement que sous le regard du traqueur !

La porte grinça, laissant passer deux écuelles de bouillie.

Tyll relâcha son étreinte, peu à peu, jusqu'à être certain que Soléane ne se jetterait pas à nouveau sur le mur.

Retrouver leur pitance à tâtons dans le noir n'était pas chose aisée. Dès qu'il y parvint, Tyll imita le ton des déclamateurs, ces hommes qui annonçaient les plats avec emphase lors de la cérémonie d'union d'une femme et de son voulu.

– Et voici l'assiette de compotée lissée aux mille délices de sel accompagnée de sa poussière de trame !

Soléane ne répondit pas.

– Viens vite manger pendant que c'est froid, mademoiselle la râleuse !

– Je ne suis pas râleuse, en tout cas pas plus que toi.

Tyll sourit dans l'obscurité. Malgré le ton renfrogné de Soléane, il avait obtenu d'elle ce qu'il cherchait : une réaction. Il ne la laisserait pas s'enfermer dans des ruminations qui ne conduiraient à rien. Il leur restait quelques heures à passer ensemble, autant en profiter.

Un grattement lui fit froncer les sourcils.

– Qu'est-ce que tu fais ?

– Je creuse. Ma pierre ne craint pas les arêtes effilées. Je creuse avec elle.

Tyll resta silencieux. On n'éteint pas la flamme de l'espoir avant qu'elle ne vacille. Il laissa Soléane s'attaquer au mur de sel assez longtemps pour que ses muscles commencent à rechigner. Lorsque le rythme des raclements se ralentit, il s'approcha. D'une main, il caressa le mur. Malgré les efforts de Soléane, la pierre l'avait à peine abrasé.

Soléane parla d'une voix étouffée par sa gorge serrée.

– Je sais ce que tu vas dire. Qu'il faudrait dix ans pour percer un mur d'une telle épaisseur !

– Non, je voulais juste te prévenir que le repas est prêt.

Un son entre le sanglot et le hoquet lui répondit. Tyll attrapa le coude de Soléane :

– Tu viens ?

Elle le suivit. La rage qu'elle avait ressentie – ce sentiment de révolte qui l'avait emportée tout entière – s'était brutalement effacée au profit d'un chagrin qui creusait un abîme en elle. Tyll vivait ses dernières heures, elle ne pouvait se permettre de les gâcher en refusant de se résigner.

Les doigts plongés dans la peau de poisson qui leur servait de gamelle, ils s'attaquèrent au repas. Tyll ne cessa de parler. Il enchaînait les sujets, donnait son avis sur des questions qu'il ne maîtrisait pas, ponctuait son propos de plaisanteries. Rien ne l'arrêtait, pas même les bouchées qu'il ingurgitait sans interrompre son torrent de parole.

Son père avait souvent procédé ainsi avec lui, lorsqu'ils avaient connu de grandes peurs dans la zone. Quand la trame craquait de toute part, quand ils avaient échappé de peu aux traqueurs, quand un autre fugitif perdait l'esprit ou bien la vie, il noyait les pensées de Tyll dans un déluge de mots.

À son tour, Tyll empêchait Soléane de penser à sa mère si proche et trop loin, à la journée du lendemain.

Après trois quarts d'heure à subir ce monologue, la jeune fille mit un terme à l'analyse comparative de Tyll concernant les feuilles de fougère et de roseau dans les paillasses.

– J'ai compris ! Tu peux t'arrêter.

– Mais je n'ai même pas abordé l'imputrescibilité des racines de la plante !

– Arrête, je t'ai dit. Ne gâche pas la soirée avec tes sujets débiles. De toute façon, c'est inutile. Je pense à elle. Je pense à toi. Je pense à demain. Toi aussi, non ?

Tyll ne répondit pas. Bien sûr qu'il y pensait. Peut-on oublier qu'on va être précipité dans un puits et y mourir noyé ?

– Si tout était possible, annonça Soléane, je retournerais à Borho pour retrouver Saméo. J'ai l'impression d'être partie depuis si longtemps ! Il a dû changer ! Et je raconterais la vérité à tout le monde. Et toi, qu'est-ce que tu ferais ?

– Je ne quitterais pas des lieux si agréables, quelle question !

– Non, en vrai !

– Que veux-tu que je fasse ? Je ne connais que la vie de fugitif. Celle du villageois qui suit le rythme de l'orguéole n'a pas l'air plus attirante. Si je dénonçais les agissements de l'Arche, personne ne me croirait. Alors, quoi... grimper sur un iceberg et se laisser porter jusqu'où il me mènera ?

– D'accord. Un autre vœu, maintenant. Si tout était possible, j'écouterais le morceau d'orguéole que jouait silencieusement l'orguéoliste quand je me suis cachée au milieu des tuyaux.

– « Jouait silencieusement », tu commences à fatiguer !

– Non, c'est la vérité. Rappelle-toi, Johen en avait parlé ! L'homme jouait des doigts sur le clavier, mais les trappes des vents n'étaient pas ouvertes. Il se tenait la tête penchée en arrière, les yeux fermés, comme s'il écoutait autre chose que le silence, comme si une musique le berçait. Je ne l'ai compris qu'après. Voilà, c'est mon vœu. À ton tour.

– OK. Si tout était possible, j'aimerais entendre cette musique avec toi. Mais seulement si tu arrêtes de vouloir jouer la chef.

– Je ne joue pas la chef ! Et si tu continues d'insinuer ce genre de bêtises, ton souhait n'est pas près d'être exaucé !

Dans l'obscurité, il était difficile d'évaluer le temps qui passait. Le jour, la nuit, cela ne faisait pas de différence. Ils se couchèrent sur la paillasse et discutèrent encore un moment. Peu à peu, l'épuisement se fit sentir.

– Tu sais quoi, Soléane ?

– Dis-moi...

– Je suis content de ne pas passer ma dernière nuit tout seul.

Soléane attrapa la main de Tyll pour la serrer dans les siennes.

Ils s'endormirent.

Le grincement de la porte les réveilla en sursaut. Pas de repas ce matin-là, c'était les gardes. Ils ordonnèrent :

– Debout, vous sortez l'un derrière l'autre, mains sur la tête.

Tyll s'étira sur la paillasse.

– Merci, les gars, j'en avais un peu marre de ce trou. Ça fait du bien de voir vos gueules de crabes. Et elle, pourquoi elle doit sortir ?

Soléane était déjà levée et se posait la même question. Allait-elle être jugée avec Tyll et sa mère ? La perspective était effrayante, mais n'était-ce pas préférable à des années de solitude dans une geôle humide ?

Elle s'avança dans le couloir étroit, suivie par Tyll. Après l'obscurité de la cellule, la luminosité de la bougie lui suffisait pour voir jusqu'aux escaliers. Elle reconnut la silhouette qui patientait plus loin, devant l'autre prison.

– Maman !

Sa mère l'eût reçue dans ses bras si elle n'avait pas eu les poignets attachés dans le dos. Elle plongea le visage dans le cou de sa fille :

– Soléane, ma perle, tu vas bien ? Tu as un collier de bannie ?

– Non, les restes du collier, répondit la jeune fille, l'araignée est morte.

Il était inutile de retourner la question. Le cou de la mère disparaissait sous une bonne épaisseur de soie. La bête était sortie indemne du plongeon dans l'océan. Depuis, elle n'avait pas cessé son ouvrage de tisseuse.

Un violent coup sur l'épaule arracha Soléane à sa mère. Le garde qui l'avait attrapée la projeta dans l'encadrement de la porte ouverte de la cellule d'où sortait la mère, qui abritait aussi la vieille captive. Le deuxième garde ordonnait déjà à Tyll et à Lana de se mettre en route. Il n'était plus temps pour les au revoir.

– Je t'aime, ma perle ! hurla la mère poussée par le garde vers les marches.

– Je t'aime, maman ! s'exclama Soléane. Et toi, Tyll...

– Ne t'inquiète pas, je sais ! Et n'oublie pas – sa voix s'atténua, il grimpait les escaliers –, je ne regrette rien. Rien !

Ce dernier mot se glissa dans la cellule inconnue juste avant que la porte ne claque. À nouveau, Soléane se tenait debout dans l'obscurité. Elle s'apprêtait à avancer d'un pas, les bras levés au ciel pour ne pas se cogner la tête, lorsqu'une voix rauque et râpeuse l'en dissuada :

– Ne bouge pas !

68

L'esprit encore tourné vers sa mère, Soléane ne ressentit aucune peur. C'est à peine si un soupçon de curiosité l'envahit. Difficile de déterminer le sexe de la voix, homme ou femme, mais pour l'âge, c'était l'évidence : il s'agissait d'une vieille personne.

Soléane était tiraillée entre l'envie de marteler la porte de ses poings en hurlant et celle de se recroqueviller au sol pour n'en plus bouger. Elle ne céda ni à la révolte ni à la résignation et demanda :

– Qui êtes-vous ?

– Avant les présentations, répondit la voix, tu dois savoir une chose. La cellule est partagée en deux. Sur ta gauche, le sol est à niveau. À ta droite, la trame s'est affaissée, c'est le grand bain. La jeune fille s'agenouilla sur le sol de sa nouvelle prison. Elle tâtonna du bout des doigts sur la trame, vers la droite. La vieille détenue ne l'avait pas trompée. Quarante centimètres plus loin, le sol se dérobait en une profonde crevasse et laissait place à l'eau de mer.

Prudente, Soléane avança à quatre pattes dans la geôle. La ligne de séparation se poursuivait sur toute la longueur de la pièce. Elle s'arrêta en entendant les inspirations difficiles de sa compagne de cellule.

Aussitôt, comme surgis d'une vie lointaine, ses instincts d'herbière stoppèrent son exploration.

– Vous respirez mal ! s'inquiéta-t-elle. Les gardes accepteraient peut-être de vous apporter des racines d'astragale ? Je pourrais vous préparer une décoction qui vous soulagerait !

Le rire éclata pour s'achever en une quinte de toux. Dès qu'elle récupéra son souffle, l'inconnue s'exclama :

– Même si j'ignorais qui tu es, je serais désormais fixée. Qui d'autre qu'une herbière se pencherait sur le sort d'une condamnée plutôt que de réfléchir à se sauver elle-même ? Tu es bien la digne fille d'Alna, c'est certain.

Lana avait partagé la cellule de cette vieille femme, Soléane ne fut pas étonnée d'entendre mentionner son prénom. Pourtant, elle ressentit une pointe de déception à l'idée que sa mère avait repris son prénom d'avant. Elle aurait préféré que Lana reste Lana, celle qui l'avait élevée, celle qui l'avait aimée et celle qu'elle aurait tant voulu être capable de sauver.

– Oui, c'est bien Lana, ma mère, qui a été enfermée avec vous. Ou plutôt Alna. Disons que c'est compliqué. C'est une longue histoire qui a commencé il y a plusieurs semaines.

– Non, c'est une longue histoire qui a commencé il y a plusieurs années. J'en ai vécu le début, alors que tu jouais à la pondeuse sur mes genoux ; tu te souviens de cette chanson ? « Califourchon sur ma pondeuse, trotte et trotte sur la trame, grimpe et grimpe les collines, trébuche et glissade... zou la petite Sola ! »

Soléane percevait le sourire de l'inconnue tandis qu'elle chantonnait la comptine pour enfants. Une nouvelle quinte de toux l'obligea à s'interrompre. Dès qu'elle le put, la vieille femme poursuivit.

– Tu adorais être secouée sur les genoux. Tu demandais « 'core, 'core... Sola veut 'core... » Tu ne savais même pas correctement parler et pourtant tu savais très bien te faire comprendre !

À l'évocation de ce passé dont elle n'avait aucun souvenir, Soléane devint méfiante. Ne s'agissait-il pas d'un stratagème organisé par l'Empera pour la faire parler ? La vieille femme avait peut-être pour mission de gagner sa confiance puis de lui soutirer des informations.

Non, cette hypothèse ne tenait pas debout. Soléane ignorait tout de la vie de sa mère. Elle ne disposait d'aucun renseignement. Le seul élément que l'Empera aurait pu convoiter était la pierre de Terre dissimulée dans son chignon. Mais si l'Empera avait compris qu'elle la détenait, cela fait longtemps qu'on la lui aurait prise.

– Qui êtes-vous ? répéta Soléane.

– Viens donc t'asseoir à mes côtés, belle enfant. Ma voix a perdu sa puissance au fil de l'atrophie de mes poumons. Et puis, tu sens bon. Sais-tu que tu portes encore sur toi l'odeur de la liberté ?

Soléane s'adossa à la paroi sans faire attention à l'humidité qui en suintait. Le mur était lisse, l'érosion n'avait pas atteint la pointe des arêtes enchâssées dans les blocs de sel. Elle enferma ses jambes pliées entre ses bras et, ainsi recroquevillée, écouta la vieille femme parler.

– Le prénom que je portais n'a plus d'importance... C'était il y a si longtemps ! J'approche des soixante ans, tu sais. Bien plus que n'importe quel habitant du Coracle. L'Arche a oublié mon existence. Je n'ai pas bénéficié d'une goutte de lait pendant ces dix années. Quelle ironie du sort ! Mon emprisonnement me sauve des ossoudées.

Soléane resta silencieuse. L'expérience d'herbière lui avait appris à reconnaître la douleur dans les mots prononcés par les patients. Son interlocutrice n'avait pas été affectée par la maladie des ossoudés, c'était sûrement la vérité, mais elle avait souffert, beaucoup souffert, d'un mal plus insidieux encore.

La jeune fille savait qu'il était inutile de l'interroger. Les hommes sont ainsi faits qu'ils ont besoin de partager les douleurs de leur vie en choisissant leur propre chemin. Elle s'apprêtait à écouter la suite, mais contre toute attente, la vieille femme lui posa une question.

– Cette maison, dans laquelle tu as vécu au bourg de Borho, tu t'y sentais bien ?

Soléane hésita. À nouveau ce doute. Se pouvait-il que cette prisonnière soit une espionne à la solde de son père ? Elle chassa ses inquiétudes d'un haussement d'épaules. La question de la vieille femme était anodine. Il n'y avait pas matière à condamnation, ni pour elle ni pour sa mère. Elle repensa à la petite maison de sel et répondit :

– Oui, je l'aimais bien. Les rayons du soleil pénétraient par la fenêtre dès le matin. Le soir, il y avait le feu, les flammes. Et puis, elle était située un peu à l'écart, pas trop proche du bourg. Pas trop loin. On entendait les cris des oiseaux qui nichaient dans la zone.

– J'ai souvent remercié mes ancêtres pour ce choix judicieux. Quand j'étais petite, j'adorais entrer dans la zone. Je me sentais si courageuse ! Ma mère avait beau me punir, j'y retournais en secret. Sais-tu qu'il existe une mare d'eau douce au cœur de la zone ? Un endroit merveilleux où je me baignais sans que personne ne le sache. Les sensations sont puissantes quand on franchit un interdit.

– C'était votre maison ?

– Oui. Celle de mes parents. Puis la mienne. Et celle de ma fille. J'étais l'herbière du bourg, comme ma mère l'avait été, comme ma fille aurait dû le devenir. Et puis, il y a eu l'accident. Une fissure de la trame, une fissure qui s'ouvre en crevasse. Et soudain, plus d'enfant, plus d'avenir. Ma fille n'a même pas eu droit à un radeau des trépassés.

La respiration sifflante envahit la geôle. Soléane ne savait que dire. Consoler une mère de la perte de son enfant est aussi vain que de tenter de combler un trou sans fond. Des années s'étaient écoulées, mais le cœur de cette femme resterait ébréché jusqu'à la fin de ses jours. La jeune prisonnière tendit une main timide et la posa sur le bras qu'elle sentit sous ses doigts. La voix poursuivit :

– N'aie crainte ! Cela s'est passé il y a si longtemps, près de trente ans... C'est pour ça que je suis partie du bourg. J'avais besoin d'un autre environnement. J'ai été nommée herbière du Palatréa. J'ai élevé ta mère, ma si gentille Alna. Elle avait dix ans quand elle est arrivée au Palatréa. Son père avait disparu dans une crevasse de la trame, sa mère avait succombé à une mauvaise infection et sa mère de lait était passée également. Orpheline trois fois, la pauvre enfant. Dix ans et orpheline, comme l'Empera. Deux enfants éprouvés par la vie. Ils ont grandi ensemble au Palatréa.

Soléane tentait de se représenter sa mère telle que la décrivait la vieille herbière. Imaginer sa mère en fillette relevait déjà d'un gros effort, la visualiser au sein des murs du Palatréa dépassait ses capacités. Pourtant, elle ne remit pas en cause la véracité de ses paroles. Ces éléments s'emboîtaient parfaitement avec les informations qu'elle avait glanées jusque-là. Lentement, la vie de sa mère se redessinait dans son esprit. Et cette réalité éclairait rétrospectivement des remarques, des attitudes, de ces choses anodines qui rendaient sa mère si différente des autres villageoises. Soléane demanda :

– Ma mère a choisi l'Empera comme voulu ?

– C'est ce qu'avait prévu l'Arche. Le GrandArchéole pensait qu'il garderait plus facilement le contrôle d'une gamine qui avait grandi sur place. Mais tu as bien failli faire échouer leurs projets ! Toi, un bébé, que l'Empera a ramené un jour d'on ne sait où, venue d'on ne sait qui... Ta mère a aussitôt pensé qu'il en aimait une autre.

– C'était vrai ?

– C'était faux ! J'ignore s'il a révélé à ta mère la vérité sur tes origines, en tout cas il a réussi à la convaincre de sa bonne foi.

Ils se sont unis, Alna t'a adoptée. Personne n'a jamais su d'où tu venais. Tu es simplement devenue leur fille, et on te surnommait Sola. Trois ans plus tard, un bébé est né, un joli petit garçon. Il n'était pas bien vaillant, le pauvre. Il souffrait d'une maladie du cœur qui menaçait sa vie.

La vieille femme se tut, appliquée à reprendre son souffle. Soléane patienta un moment puis demanda :

– Qu'est-ce qu'il s'est passé ensuite ?

– Ensuite…

La voix de la vieille femme s'éteignit.

– Dites-le ! la provoqua Soléane. Dites-le que j'ai tué mon petit frère !

– Je t'interdis de dire ça !

Soléane sursauta. La vieille femme avait hurlé. L'eau qui inondait la moitié de leur cellule créait une étrange caisse de résonnance. Les mots vibraient à la surface de l'eau jusqu'à exploser contre le mur de trame.

Malgré la quinte de toux qui les faisait trembler, les mains noueuses de la vieille remontèrent du bras de Soléane jusqu'à sa tête. La femme, qui avait pivoté pour s'agenouiller devant la jeune fille, explora son visage du bout des doigts. Quand elle eut fini de s'imprégner de chaque parcelle de ses traits, elle se rassit à la place qu'elle venait de quitter. Elle laissa à ses poumons le temps nécessaire pour retrouver une respiration régulière. Puis elle reprit la parole, plus calmement :

– Tu n'as pas le droit de dire ça. C'est vrai, c'est toi qui portais ton frère quand vous avez été emportés dans une crevasse. Mais ça aurait pu arriver à ta mère, au garde, à l'archéole qui vous accompagnait, à n'importe qui ! C'était un accident, juste un accident.

– Mais le garde m'a sauvée, moi, et pas le bébé.

– Il n'a pas eu de choix. C'était toi ou personne, Soléane.

– Mais si j'avais mieux tenu mon petit frère, si je n'avais pas tenté de me débattre, de me maintenir à la surface, peut-être qu'il serait encore là ?

– Le bébé était posé sur tes bras, tu ne le tenais pas vraiment. Et tu n'es pas restée à la surface. Tes poumons étaient remplis d'eau quand le garde t'a remontée. Tu n'as pas tué ton frère. D'ailleurs, la vie s'apprêtait à s'en charger : sa maladie l'empêchait de bien respirer. Crois-moi, c'est la seule vérité. Et si quelqu'un t'a raconté une autre version, c'est qu'il voulait te blesser.

Soléane secoua la tête dans l'obscurité. Elle supposait que, si elle se sentait coupable, c'était bien qu'au fond d'elle-même, elle reconnaissait sa responsabilité. Elle plongea son visage dans le creux formé par ses genoux entourés de ses bras.

Le souffle court de la vieille femme se mua en une mélodie que la jeune fille reconnut comme la berceuse que Lana chantait à Saméo pour l'endormir. Soléane se balança d'avant en arrière.

Elle avait mérité tout ce qui lui arrivait. La justice exigeait son dû, rien que de très normal. Son unique souhait concernait Tyll. Elle espérait que son père fasse preuve de clémence à son égard.

Elle s'inquiétait moins pour sa mère. Si sa mère et son père avaient grandi ensemble, s'ils s'étaient aimés, les miettes de leur amour convaincraient sans doute son père de l'épargner. Même le plus terrible des hommes ne pouvait effacer les souvenirs de sa propre vie sans en payer le prix.

69

Tahis laissa la cuillère de bouillie tomber sur le sol, stupéfaite. L'homme qui venait d'entrer dans la chambre de l'Empera était le GrandArchéole.

Il s'approcha d'elle, un traqueur sur ses talons.

– Mes félicitations, Tahis, peu de gens ont réussi à me berner et tu détiens sans conteste le record de temps. Treize ans !

En un réflexe incontrôlable, Tahis jeta un coup d'œil sur l'Empera. Comment le Grand-Archéole avait-il eu connaissance de sa reprise de conscience ? Elle n'en avait parlé à personne.

– Inutile de chercher du secours auprès de cette loque humaine, ricana le GrandArchéole.

L'Empera imitait à la perfection l'état d'inconscience dans lequel il avait été plongé si longtemps. Son secret n'était pas éventé. Le soulagement que Tahis parvint à dissimuler ne fut qu'éphémère.

L'homme de l'Arche poursuivit ses explications tandis que le traqueur entravait les poignets de la femme dans son dos.

– Sans les allées et venues de Jemuel, je n'aurais peut-être rien su ! Ainsi, pendant tout ce temps, toi, la femme du garde fugitif, tu as soigné l'Empera et tu traînais autour de moi. Qu'attendais-tu, qu'il se réveille ?

Son éclat de rire résonna comme une menace.

– Ton comportement m'a déçu, poursuivit le GrandArchéole. Tu fais preuve d'une telle arrogance, Tahis ! Croyais-tu vraiment réussir à lutter contre l'accomplissement de la destinée divine ?

Tahis garda le silence, tête baissée. Face au GrandArchéole, c'était la meilleure manière de se comporter.

– J'ignore encore ce que je vais faire de vous deux, reprit-il. Vois comme je suis généreux : tu viens à peine de retrouver ton voulu, et je vous offre un peu de temps avant de choisir le moyen de vous écarter de mon chemin. Alors, on se verra plus tard, Tahis, le soir de la cérémonie.

Il se tourna vers le traqueur pour donner ses ordres :

– Enferme-la dans la pièce avec le fugitif Jemuel et assure-toi que l'issue est bien gardée. Ensuite, trouve quelqu'un de confiance pour s'occuper de celui-là – d'un coup de menton, il désigna l'Empera –, j'ai encore besoin de lui vivant pendant quelque temps.

Le traqueur emmena Tahis, et le GrandArchéole sortit à son tour de la chambre.

L'Empera tenta de se lever du lit, mais la faiblesse de ses muscles l'en empêcha.

L'archapelle était vide à l'exception du GrandArchéole. L'homme se prosternait dans le sanctuaire des dieux des vents. Il répétait, telle une prière, la phrase qu'il ne cessait de marteler auprès des archéoles : le déluge de Noé a duré quarante jours, l'épidémie des mammifères quatre cents jours et voilà quatre siècles que le Coracle voguait.

Le temps était venu pour la nouvelle arche d'emporter à son bord ceux qui donneraient naissance à la nouvelle humanité. Le GrandArchéole avait presque achevé tous les préparatifs.

Sem-Archéo, Cham-Archéo et Japhet-Archéo, ses trois fils spirituels, étaient prêts.

Lui, Noé-Archéo, avait choisi sept jeunes filles remarquables par leur pureté, leur intelligence et leur beauté, les sept élues. Ils embarqueraient ensemble sur la bannîle qui, couverte d'humus, garantirait leur survie. Ils largueraient les amarres et vogueraient vers la Terre de leurs ancêtres. Là-bas, les hommes acclameraient les femmes laitières comme un miracle. Ils se plieraient à la volonté des dieux. Et dans leur immense bonté, les dieux pardonneraient aux hommes leur outrecuidance.

Oui, le GrandArchéole avait presque achevé tous les préparatifs.

Presque.

Car il lui manquait la pierre qui guiderait les élus vers la Terre.

– Noé, oh toi, mon guide, j'implore ton aide !

Le GrandArchéole priait.

Nombreux étaient les habitants du Coracle qui participaient à la grande cérémonie biannuelle à la Grandarchapelle. Cette journée était l'occasion de voyager jusqu'au bourg du Palatréa, de se rencontrer, d'échanger des nouvelles. Sur les pistes d'habitude presque vides, les bambous ployaient sous le poids des nombreux marcheurs.

Filiol l'insoumis avançait parmi eux, vêtu des vêtements qu'il avait volés après son départ du camp. D'un coup d'œil, il regarda autour de lui sans repérer les autres insoumis.

La satisfaction lui fit esquisser un sourire. Tous ses amis s'étaient mêlés au flot des villageois sans se distinguer ni par leurs vêtements ni par leurs paroles. L'infiltration était réussie.

Filiol était l'un des plus anciens des insoumis, un des fondateurs du mouvement. Il avait longuement vécu dans la zone pour y recruter des fugitifs. Ses opinions étaient respectées. Mais le groupe refusait de fonctionner sous l'autorité d'un chef. Les décisions étaient donc prises lors des votes de leur assemblée. Filiol avait voté contre ce déplacement au Palatréa. Mais depuis quelques jours, les accusations de Tyll avaient fait réfléchir les insoumis. Beaucoup partageaient l'idée qu'il ne fallait pas rester passif. Préparer des voiles était un bon début, mais lutter contre l'autorité passait aussi par l'action. Et, lors du vote, les partisans du voyage s'avérèrent les plus nombreux. Les hommes voulaient être prêts à intervenir si une opportunité se présentait pendant la cérémonie.

Filiol s'était donc plié à la décision collective après avoir obtenu un compromis : les insoumis se mêleraient à la foule, mais ils n'agiraient que si un signal leur était donné par une personne estimant que leur action pourrait être utile à l'avenir du Coracle. À chacun de juger alors ce qu'il convenait de faire : aider des villageois, neutraliser des traqueurs, capturer le GrandArchéole… Tout était possible !

Bien évidemment, en tant qu'ancien et négociateur de ce compromis, c'était lui, Filiol, qui avait été désigné pour cette tâche. Il aurait préféré de tout cœur ne pas sentir cette responsabilité peser sur ses épaules.

– Tu viens d'où, l'ami ?

Filiol sourit à ce voisin en mal de conversation et se concentra pour lui répondre. Avant toute chose, il devait donner l'illusion qu'il était un villageois comme les autres.

70

Dans le cachot, l'obscurité était incomplète, dissipée par la faible lueur des bougies du couloir qui se glissait sous l'interstice de la porte. Il était difficile d'imaginer que le soleil brillait à quelques mètres de là, de l'autre côté des murs !

Soléane écouta la vieille femme raconter la vie d'Alna au Palatréa. Le quotidien, les jeux, les leçons grâce auxquelles sa mère était devenue herbière, mais aussi les rivalités qui se tramaient dans son dos, les jalousies. Lana avait lutté contre chaque décision infondée de l'Arche. Elle avait semé la zizanie parmi les habitants et les archéoles. Mais par son sens de l'amitié, la femme de l'Empera avait trouvé de véritables soutiens.

Ce constat laissa la vieille herbière amère. Elle expliqua à Soléane que si sa mère n'avait pas autant marqué les esprits, le GrandArchéole n'aurait pas eu besoin de l'envoyer sur la bannîle. Il voulait à tout prix éviter qu'elle ne passe du temps dans les cachots du Palatréa. Du temps que ses alliés auraient pu mettre à profit pour œuvrer à sa libération ou, mieux, à la contestation du pouvoir de l'Arche.

À son tour, Soléane fit le récit de ses aventures, depuis son passage au centre jusqu'à son arrivée dans les cachots. Elle ne cacha rien à la vieille femme, ni les soins apportés à la chef, ni son rôle sur le ponton des trépassés, ni son évasion avec le bébé de Belgha. L'unique élément qu'elle garda secret concernait l'existence de la pierre de Terre.

À mesure qu'elle parlait, Soléane mesura combien elle avait changé. De la jeune fille naïve qui se destinait à passer sa vie dans son bourg, il ne restait plus que l'essentiel : son respect de la vie humaine, son amour pour sa mère et son petit frère et, désormais, son attachement pour Tyll qui l'avait accompagnée dans ces épreuves.

Dans l'après-midi, une femme porta de quoi agrémenter la bouillie du soir. Les gardes s'interposèrent à l'entrée du cachot pour l'empêcher d'entrer. Elle ne fut pas non plus autorisée à les saluer. Les deux prisonnières étaient tenues à l'écart des informations de l'extérieur. Mais tandis que le panier apporté était poussé dans la pièce, la vieille femme reconnut la silhouette de celle qui prenait soin d'eux.

– C'est bizarre, ce n'est pas la mère de ton ami, haleta-t-elle à peine la porte refermée.

– La mère de Tyll ?

– Oui. Je lui dois la vie, tu sais. Depuis toutes ces années que je suis enfermée, il ne s'est pas déroulé un seul jour sans qu'elle m'amène à manger et de quoi me soigner. Il a dû arriver quelque chose, elle a envoyé une des cuisinières pour porter le panier. Regarde bien dedans, elle m'a sûrement glissé les racines d'aunée que je lui avais demandées. Passe-les-moi, que je les mâche.

Soléane s'exécuta. Elle aurait préféré en faire une tisane, plus efficace. Mais à défaut d'eau bouillante, la digestion des sucs de la plante contribuerait à soulager la femme.

Du panier, elle sortit également les bulbes frais ainsi que des morceaux de poisson séché et éprouva un grand plaisir à croquer dedans. Après la sempiternelle bouillie épaisse que lui avaient servie les traqueurs, elle ressentit les effets énergétiques d'une alimentation solide.

À ses côtés, la vieille femme imprégnait de salive une racine d'aunée. De sa main recroquevillée en coupelle, elle puisa un peu d'eau douce dans la réserve et reprit sa mastication. Sa respiration se faisait déjà moins sifflante.

Soléane profita de ce répit pour poser une question qui lui trottait dans la tête sans qu'elle ne parvienne à en trouver la réponse. Elle avait reconstitué le jour de l'accident, la chute dans l'océan, le sauvetage par le garde, la rumeur concernant la folie destructrice de l'Empera, la fuite de sa mère et celle du père de Tyll, pour mettre à l'abri leurs enfants respectifs. Pourtant, un point ne concordait pas avec cet ensemble.

– Pourquoi la mère de Tyll n'est pas partie avec son voulu et son fils ? L'Empera aurait pu se venger sur elle.

– Aaaah, ma pauvre enfant, tout est allé si vite ! Personne ne s'est enfui de gaieté de cœur. Il y a eu l'accident bien sûr. Et puis le GrandArchéole est venu prévenir ta mère et le garde. Il prétendait que l'Empera avait appris la nouvelle et qu'il voulait se venger. Tahis était trop malade pour fuir avec son mari, alors Jemuel est parti pour mettre son fils à l'abri. Pour ta mère, les choses étaient différentes : Alna ne croyait pas au coup de folie de l'Empera, tu penses ! Elle savait son voulu incapable de réagir ainsi. Elle ne voulait pas s'en aller. C'est moi qui l'ai convaincue de s'enfuir. Je sais combien la douleur de perdre un enfant peut faire changer un être humain. Il y a de quoi devenir fou ! J'avais tellement peur pour elle ! Je croyais que ce ne serait que temporaire, le temps que l'Empera reprenne ses esprits. Si seulement je n'avais rien dit, si seulement j'avais eu davantage confiance en l'intuition d'Alna, alors tout cela…

La femme s'interrompit, le temps de reprendre son souffle. Dès que ses poumons le lui permirent, elle poursuivit sans achever sa phrase :

– Alna est donc partie clandestinement, avec toi. Je lui avais dit de s'installer dans mon ancienne maison, à Borho. Elle a changé son prénom. Et toi, ma petite, que tout le monde au Palatréa surnommait « Sola », tu as simplement repris ton prénom tout entier.

La femme se tut un long moment avant de reprendre.

– Les mois ont passé, et on a compris que les fugitifs ne pourraient pas rentrer, que le GrandArchéole ferait taire tous ceux qui étaient mêlés à l'accident. J'ai aidé Tahis à accoucher de son bébé qui a été confié à la Guilde pour que le GrandArchéole ignore son identité. Pauvre Tahis... après son mari et son fils aîné, elle devait abandonner son nouveau-né ! J'ai été arrêtée trois ans plus tard... Je posais trop de questions.

Une nouvelle quinte de toux affaiblit la vieille. Malgré son envie d'en savoir plus, Soléane s'obligea à ne pas l'interroger davantage. Après ses longues tirades, son interlocutrice avait besoin de récupérer en mâchant des racines.

La jeune fille repensa à ce père dont elle n'avait pas souvenir. Comme elle détestait cet homme assez lâche pour menacer une femme et son enfant, assez égoïste pour les contraindre à vivre clandestinement !

Soléane ne souhaitait qu'une chose pour ce père indigne : qu'il meure.

71

Le soir, la jeune prisonnière s'agenouilla derrière sa compagne de cellule pour masser ses épaules douloureuses. Pendant les premières années de sa détention, la vieille herbière avait fait des exercices tous les jours. Elle s'était efforcée de rester debout durant des heures pour ne se coucher qu'au moment de la nuit. À force de se tenir tête penchée pour éviter de cogner le plafond bas, son dos s'était voûté, son cou s'était tordu. Les muscles ankylosés provoquaient des souffrances en forme de tiraillements et de brûlures intérieures. La position assise qu'elle prenait désormais la plupart du temps n'avait pas apporté le soulagement escompté.

– Malgré les coupures sur tes doigts, tes mains sont aussi habiles que celles de ta mère, Soléane. Elles savent débusquer les tensions et les chasser sans en créer de nouvelles. Tu es une excellente herbière pour ton âge !

La masseuse continua d'exercer la pression de ses pouces sur les muscles raidis. Elle ne releva pas le compliment. Plusieurs fois déjà, la femme l'avait fait parler de ses compétences d'herbière. Tous les prétextes étaient bons. Elle avait évoqué les ingrédients d'un onguent efficace contre les brûlures à propos de la marque saine que la jeune fille portait sur sa nuque. L'eau saumâtre qui leur fut servie avait déclenché une discussion sur les risques d'une surdose de sel pour le corps, et les moyens de les limiter. Les connaissances de la prisonnière dépassaient – et de loin – celles de la jeune fille.

Lors des soins qu'elle prodiguait à la vieille femme, la succession des leçons faisait parfois oublier à Soléane ce qui la préoccupait. Mais dès qu'elle cessait de se concentrer, ses craintes pour Tyll et sa mère revenaient occuper son esprit. Elle comprenait alors que sa compagne de geôle n'avait eu pour seul objectif que de détourner son attention.

Alors qu'elle achevait le massage, Soléane murmura, davantage pour elle-même que pour obtenir une réponse :

– J'espère que l'Empera ne sera pas trop dur. Oui, j'espère. Pas seulement pour ma mère. Pour Tyll, aussi.

Le silence brutal qui accueillit sa déclaration l'effraya autant qu'un cri. Sous ses pouces, les muscles de la vieille s'étaient violemment contractés. Soléane s'inquiéta :

– Qu'est-ce qu'il y a ?

La réponse de la vieille femme résonnait de compassion.

– Je pensais que tu le savais, Soléane, je suis désolée.

– Que je savais quoi ?

– Cette histoire de vengeance n'était qu'une invention du GrandArchéole. Ton père a perdu la tête le jour de l'accident, c'est vrai. Mais il n'est pas devenu fou furieux. Son esprit est parti. Depuis, il est comme un bébé qu'on nourrit, qu'on habille, qu'on berce pour dormir. Il n'est plus qu'une marionnette manipulée par l'Arche. Le GrandArchéole a attrapé au vol l'opportunité de l'accident pour écarter ceux qui le gênaient dans l'exercice de son pouvoir. Ta mère, ton père...

– Mais alors, qui va rendre le jugement pour ma mère et pour Tyll ?

– Normalement, l'Arche ne devrait pas rendre la justice puisque c'est le rôle de l'Empera. Mais ton père n'est pour rien dans la condamnation de ta mère et de Tyll, il n'est qu'un prête-nom de façade. L'Arche a confisqué son pouvoir, et c'est au nom de l'Empera que le GrandArchéole prononcera la sentence. Les hommes de l'Arche ne peuvent tolérer le retour de Lana. Ta mère était une insoumise, avant même que ce mot n'existe ! Elle risquerait de mettre en péril leur influence.

Quant à ton ami Tyll, ils vont probablement l'utiliser pour en faire un exemple. La nouvelle du rétablissement du prix du sang se répandra très vite sur tout le Coracle. Ceux en qui gronde la révolte y réfléchiront à deux fois avant de s'opposer à l'Arche. Les insoumis perdront leurs soutiens.

Soléane secoua la tête, refusant d'accepter ce coup du sort. Elle avait cru que son père était responsable des malheurs qui l'accablaient. Elle avait pensé que la solution reposait entre ses mains. Elle avait espéré sa clémence. Et voilà que rien de tout cela n'était fondé !

Sa mère et Tyll allaient être précipités dans le puits sans fond tandis qu'elle discutait remèdes et traitements avec une vieille herbière ! Son incapacité à agir la rendait folle. Elle se sentait prête à tout pour tenter de les sauver. Et se savoir condamnée à rester enfermée ici était le plus insupportable supplice qu'elle avait connu jusque-là.

Elle pressa ses mains sur ses oreilles, échouant à contenir le gémissement de rage qui s'échappait entre ses dents serrées.

L'herbière s'assit à ses côtés et, avec autant de délicatesse que pour un nouveau-né, fit basculer le corps recroquevillé sur ses genoux. Elle se pencha sur elle, l'enveloppant de ses bras, de sa chaleur, de ses mots.

Soléane ne cessait de répéter, poings et mâchoires serrés :

– Il faut que je sorte d'ici. Il le faut. Je n'ai pas le droit de rester là.

– Je sais, je sais, chut, ça va aller, chantonna la vieille femme.

– Il faut que je sorte. Je n'ai pas le droit. Il faut.

– Oui, je sais. Chut, chut. Respire lentement, reprends ton calme.

La crise de fureur de Soléane s'estompa au fil des paroles rassurantes de la vieille herbière. Peu à peu, l'impossible s'érigeait en objectif. Fuir devenait l'unique moyen logique de réagir. Quitter la cellule. Rejoindre sa mère et Tyll. Elle ne les laisserait pas affronter les archéoles sans elle.

En un tourbillon, les hypothèses se bousculèrent dans sa tête.

Assommer le garde ? Elle renonça. À chacune de leur intervention dans le cachot, ils se présentaient à deux.

– Soléane ?

Creuser les parois ? Sa précédente expérience lui avait valu d'innombrables coupures. Et sa pierre ne s'était pas révélée plus efficace. Elle abandonna l'idée. Elle n'avait pas assez de temps pour ça.

– Soléane ?

Mimer la mort de manière assez crédible pour être évacuée de la cellule ? Avec l'aide de la vieille herbière, le garde s'y laisserait-il prendre ? Peu probable. Le subterfuge serait vite découvert avec, pour résultat, un renforcement des mesures de garde.

– Soléane ?

Et le plafond ? Existait-il un moyen de franchir les poutres de soutien en bambou ?

– SOLÉANE ?

Elle suspendit sa recherche de solution à voix haute pour se tourner vers la vieille herbière. Cette dernière l'attrapa par les épaules.

– Je sais comment sortir d'ici.

72

Malgré la pénombre, Soléane regardait la vieille femme. Elle la percevait plus nettement que si elle l'avait vue en plein de jour. À croire que la rancune qu'elle éprouvait à son encontre avait décuplé ses sens.

Soléane serra les mâchoires. Pourquoi l'herbière n'avait-elle pas révélé à sa mère l'existence de la large fissure de la trame reliant la prison à l'océan ? Pourquoi lui dévoilait elle ce secret maintenant ?

La peur de l'eau glissait déjà ses tentacules autour de l'esprit de Soléane pour l'empêcher d'envisager la chose. Sans bouée à laquelle se raccrocher, la jeune fille se sentait incapable de fuir par cette voie.

Elle cracha ses reproches pour éviter de formuler ceux qu'elle s'adressait à elle-même.

– Vous auriez dû le dire à ma mère ! Elle était enfermée avec vous depuis des jours. Elle aurait pu fuir !

– Non, Soléane. Elle...

– Vous n'aviez pas le droit de garder ça pour vous, l'interrompit la jeune fille. Elle aurait eu une chance d'échapper à ce qui l'attend !

– Soléane, elle ne pouvait...

– C'est tellement égoïste ! Vous ne vouliez pas être seule à nouveau, vous vouliez la garder près de vous, c'est ça ?

– Ça suffit, Soléane ! Tais-toi.

La colère que dégageait la voix de la vieille figea celle de Soléane. L'accusation était trop injuste pour être tolérable. Un silence épais se glissa entre les deux femmes. La vieille herbière le brisa pour murmurer :

– Ta mère portait un collier de bannie…

L'évidence vida le cœur de Soléane de toute énergie. Elle avait oublié que l'eau était devenue mortelle pour sa mère. Elle se recroquevilla contre la paroi humide. La jeune prisonnière n'était plus qu'une coquille désertée.

L'heure qui suivit ressembla à un de ces grains si traîtres qui bouleversent parfois le ciel et l'océan. Avec ses déchaînements de violence, ses fausses accalmies, ses vents tourbillonnants et ses vagues surpuissantes.

Soléane se penchait sur le liquide sombre que l'obscurité l'empêchait de sonder du regard. L'information sur l'existence du tunnel avait précipité Soléane dans une douloureuse indécision. La simple idée d'immerger sa tête la tétanisait de terreur. Mais rester dans la geôle sans essayer de s'en évader la rendait malade de mépris pour elle-même.

La vieille herbière regrettait les paroles qu'elle avait laissées échapper. Elle essaya de convaincre Soléane que toute tentative serait vaine.

– Même si tu t'enfuis, même si tu parviens vivante de l'autre côté, tu te retrouveras seule et impuissante. Tu ne pourras pas sauver ta mère alors qu'elle est aux mains de l'Arche !

– Il faut être prêt à tout pour protéger ceux qu'on aime, rétorqua Soléane, en qui les mots prononcés par Mani trouvaient soudain un violent écho.

– Non, mon enfant, c'est faux. Il n'y a pas d'obligation. Tu ne peux pas être responsable de ce que d'autres font subir à ta mère et à ton ami. Ce n'est pas de ta faute.

– Je peux les aider.

– Et prendre le risque de mourir pour cela ? Ta mère ne serait pas d'accord, j'en suis certaine. On ne sait même pas si la largeur du tunnel te permettrait de passer. Seuls les poissons qui arrivent jusqu'ici m'ont permis de découvrir que la cellule était reliée à l'océan.

– Je n'ai pas le choix. Parce que, si je ne le fais pas, comment pourrais-je continuer à vivre ?

La vieille prisonnière n'eut pas le temps de lui répondre. Soléane sauta dans l'eau sur une impulsion inattendue. Sans au revoir, sans dernières paroles, sans ultime message.

Surtout, ne pas réfléchir.

Elle sentit l'eau se glisser dans ses narines, ses oreilles, ses yeux. Elle ouvrit grand la bouche pour hurler tandis que ses vêtements se gorgeaient d'eau et l'entraînaient vers le fond. Elle retint ce qui lui restait d'air dans les poumons à la dernière seconde.

Descendre, trouver l'entrée du tunnel, s'y engager.

S'aidant des mains appuyées contre la trame, Soléane avança dans le boyau. Son dos frôlait le haut du passage, ses mains touchaient les côtés. Quand elle réalisa physiquement qu'elle était prisonnière d'un couloir empli d'eau dont elle ignorait la longueur, et qui était susceptible de s'étrécir au point de l'empêcher de bouger, la peur provoqua une décharge d'énergie.

Ses doigts crochetaient les aspérités de la trame, ses pieds s'arc-boutaient sur les bords pour la propulser en avant, ses yeux ouverts guettaient la moindre lueur porteuse d'espoir. Mais le noir continuait d'être d'encre.

Des secondes s'écoulèrent. Ses oreilles bourdonnaient. Ses poumons s'échauffaient. Elle brassait l'eau de tous ses membres, cognant ses articulations sur la surface dure. Elle disposait d'à peine assez de place pour se mouvoir. Son corps entier se mobilisait instinctivement pour avancer, avancer, avancer. Il n'était plus question de secourir qui que ce soit. Elle se battait pour survivre.

La brûlure de ses bronches dissipa ses pensées. Une seule priorité occupait sa conscience : respirer. Mais où ? Il n'y avait plus de haut ni de bas. Il n'y avait plus que de l'eau. La panique lui murmurait de renoncer. Il suffirait d'aspirer de l'eau, juste une fois. Un dur moment à passer et tous ses problèmes seraient terminés.

Puis soudain, Soléane entendit une voix chantonner au loin. Une voix douce et calme, une voix qui faisait écho à celle de toutes les mères, une voix qu'il lui sembla avoir déjà connue il y a bien longtemps, dans un rêve peut-être. Elle agita les jambes et balaya l'eau de ses bras dans sa direction, en une ultime tentative pour atteindre la surface. La voix se fit puissante.

Soléane aspira. De l'eau. De l'air. Elle était dehors.

Par instinct, elle s'agrippa à la trame, empêchant les courants de l'entraîner au loin. Ses yeux résistèrent à l'assaut du soleil le temps de repérer la plage. Malgré ses puissants haut-le-cœur, elle parvint à s'y échouer.

Recroquevillée à même la trame, elle expulsa un geyser d'eau. Le sel lui arrachait la gorge, la toux lui embrasait les poumons. Son corps avait pris les commandes. Il déployait ses réflexes pour échapper à la noyade. Soléane subissait cette violence, simple arène d'un combat entre l'eau de la mort et l'air de la vie. La vie remporta la bataille.

Le soleil déclinait. Soléane avait quitté son état d'hébétude inconsciente depuis un moment. Elle étira ses membres, mobilisant ses articulations. Sa respiration était douloureuse. Ses muscles abdominaux la lançaient au plus petit mouvement. Ses paupières peinaient à s'ouvrir tant le contraste de lumière entre la geôle et la plage était important. Sous l'effet de la brise et du soleil, ses vêtements avaient séché et irritaient sa peau fragile par leur contact rêche, notamment sur son dos qui portait encore les traces des coups de fouet de la gardienne de la bannîle.

À moins d'un mètre de là, l'océan venait caresser les bords du Coracle en de doux effleurements ondulatoires. L'eau qui avait failli lui ôter la vie paraissait tout à coup si paisible ! La jeune fille avait gagné le combat, mais la mer ne lui en voulait pas. Soléane était libre. Elle ignorait qui elle devait remercier. La voix s'était tue dès que Soléane avait respiré.

La fugitive se redressa, dénoua son chignon et en sortit la pierre de Terre. L'une des arêtes taillées était plus coupante que les autres. Elle l'appliqua sous son menton et la fit glisser le long de sa peau jusqu'à la base du cou. Les fils du collier de soie tombaient autour d'elle en minuscules petits tas de fibres d'apparence inoffensive. Soléane savait que si l'araignée avait encore été en vie, la même opération lui aurait valu une terrible souffrance causée par la bête se débattant dans ses chairs pour réarrimer au plus vite sa toile menacée.

Quand Soléane se leva, son chignon à nouveau en place, rien ne permettait de voir en elle une fugitive évadée.

La foule se pressait à l'entrée de la Grandarchapelle. Personne n'avait encore remarqué la silhouette couchée sur la promenade.

D'un pas d'abord hésitant, puis plus affermi à chaque nouvelle enjambée, Soléane longea le bord de trame et s'immisça au sein d'un groupe de villageois qui avançait vers le Palatréa. Les regards méfiants qu'ils lui lancèrent ne la découragèrent pas. Certains affichaient un air indifférent, comme s'ils voulaient eux aussi passer inaperçus.

Elle se laissa peu à peu distancer tandis que ceux qui se situaient derrière se rapprochaient d'elle, si bien qu'en se présentant devant les portes, aucun de ses voisins ne soupçonnait qu'elle ne venait pas de la piste. Pour eux, elle n'était qu'une inconnue qu'ils avaient rattrapée.

Un peu plus tôt, un homme avait usé du même subterfuge. Filiol s'était immiscé au début du long ruban que formaient les habitants pour entrer dans la Grandarchapelle. À quelques minutes près, Soléane aurait pu le croiser.

Le cœur de Soléane s'accéléra brutalement lorsqu'elle reconnut le garde qui contrôlait les villageois à l'entrée du Palatréa. C'était le même qui, le jour de son arrivée, l'avait conduite au cachot sans répondre à ses questions.

Elle retint son souffle et baissa la tête, les yeux fixés sur les pieds de son prédécesseur. L'homme balayait la colonne d'un regard blasé. En ce jour de cérémonie, l'affluence était massive. Il ne la remarqua pas.

Soulagée, Soléane respira plus librement. Les pas de l'assemblée la guidaient. Les villageois traversèrent le jardin intérieur du Palatréa avant de pénétrer dans une immense pièce par une haute et large porte.

En observant les peaux de cétacés tendues en haut du bâtiment, elle comprit qu'ils étaient arrivés dans la Grandarchapelle. La salle était déjà bien remplie, la porte principale avait été fermée, mais les villageois continuaient à affluer par les portes latérales. L'assemblée, si dense, empêchait Soléane de voir ce qu'il se passait au centre.

Malgré le brouhaha qui y régnait, les vagues qui se brisaient contre les parois du puits central rugissaient dans la salle. L'océan, si calme au-dehors, semblait gagné par la colère de se trouver enfermé sous la trame. L'atmosphère s'en ressentait, embuée, étouffante, chargée autant de la transpiration des vivants que de l'humidité de l'océan.

À force de jouer des coudes, Soléane se glissa parmi la foule jusqu'à atteindre les premiers rangs. Au passage, elle délesta un pêcheur de son couteau à filet. L'homme ne tressaillit même pas, inconscient du geste agile de la voleuse. Le travail d'herbière auprès des malades des ossoudés, mêlant délicatesse et dextérité, avait trouvé là un bien surprenant débouché !

Au cœur de la Grandarchapelle, un espace rond, large d'une vingtaine de mètres de diamètre, était cerné par la foule.

Par-dessus les têtes des habitants, Soléane aperçut, juchée sur une estrade, une table de sel entièrement sculptée de fines représentations des animaux de la Terre sur laquelle étaient posées les précieuses pierres de Terre sorties de leur reliquaire. Elles ne ressemblaient en rien à la pierre de cristal que cachait Soléane dans son chignon. Si cette dernière était translucide et se laissait traverser par les rayons du soleil, les pierres que l'Arche exposait étaient opaques, de couleur sombre et mate, et d'une forme épaisse, polie par le temps ou sculptée par les éléments.

Tout près des pierres, deux hommes étaient assis dans des sièges tout entiers formés d'os de baleine et décorés de nacre : l'Empera, voûté, le regard vitreux, et le GrandArchéole, sûr de lui, menton dressé et torse bombé.

Soléane ressentit un choc en découvrant son père qui ressemblait aux vieux patients prêts à passer après la longue maladie des ossoudés. Il respirait si faiblement qu'elle peinait à voir sa poitrine se soulever. Ses yeux éteints laissaient deviner le vide qui l'habitait. À n'en point douter, cet homme, qu'elle avait du mal à qualifier de père, était lui aussi une victime de l'Arche !

Un peu en retrait, un troisième siège restait vide. Il symbolisait la Guilde, mais sa représentante avait pris place sur la galerie, devant le clavier de l'orguéole.

L'Empera et le GrandArchéole surplombaient un large puits qui s'ouvrait à leurs pieds. Aucune rambarde n'en protégeait l'accès.

Soléane franchit l'ultime rang qui la séparait de là. Une remontée acide brûla le fond de sa gorge. Debout devant le puits, à quelques centimètres du vide, se tenaient sa mère et Tyll, ligotés.

73

Le GrandArchéole se leva de son siège d'apparat. Il garda quelques instants le regard posé sur la console des pierres de Terre, comme s'il se concentrait sur elles.

Pour les villageois, ces cinq masses compactes, de silex ou de granit, constituaient un trésor, le témoignage de leur Histoire terrestre, la perspective d'un espoir de retour sur leurs terres d'origine. À l'issue de la cérémonie, le GrandArchéole inviterait l'assemblée à défiler devant les pierres ; beaucoup d'hommes et de femmes leur confieraient leurs vœux les plus secrets.

Très lentement, l'homme de l'Arche releva les yeux vers la foule. Coiffé de deux chignons au-dessus des oreilles, vêtu de sa tenue d'apparat, il présenta à la foule les paumes de ses mains ouvertes au bout de ses bras tendus.

Le brouhaha diminua d'intensité jusqu'au silence. L'assemblée se tenait prête à écouter les procès des condamnés.

L'apparat jouait un rôle important dans la cérémonie. Mais le GrandArchéole savait qu'il ne suffirait pas à faire condamner les deux accusés. Il lui fallait aussi prouver qu'ils méritaient de mourir. Le plus simple aurait été d'accuser frontalement Alna d'avoir volé la pierre. Mais le GrandArchéole ne pouvait y recourir car alors, il aurait dû reconnaître qu'il était privé du moyen de guider le Coracle jusqu'à la Terre et qu'il avait menti aux habitants pendant toutes ces années. Cependant, les éléments à charge qu'il avait accumulés à l'encontre de la femme de l'Empera étaient bien suffisants pour justifier sa décision. Il comptait sur la ferveur de la foule pour faire le reste.

D'une voix empreinte de solennité, le GrandArchéole exigea :

– Qu'il soit donné lecture du premier acte d'accusation. Alna, fille du Coracle, femme de l'Empera et mère de l'héritier décédé, écoute et repends-toi.

La mère de Soléane, qui faisait face au puits et à la foule, se retourna brutalement vers les sièges des deux autorités.

– De quoi m'accusez-vous ? s'écria-t-elle. D'avoir tenté de changer les choses, alors qu'il en était encore temps ? D'avoir essayé de soulager les bannies, les non-voulus, les hommes et les femmes, esclaves de la vie que l'Arche leur impose ? D'avoir tenté de sauver le Coracle du naufrage ? Ou d'avoir caché ma fille pour lui sauver la vie...

– Cessez, l'interrompit le GrandArchéole, ou je vous fais bâillonner !

– Est-ce ça la justice du Coracle ? Assassiner des gens après les avoir privés du droit de se défendre ?

Seul un tressaillement des narines dévoilait l'exaspération du GrandArchéole. Sem-Archéo comprit qu'il était temps d'agir. Ne laissant à personne l'opportunité de parler, il énonça l'accusation avec force :

– Parce qu'elle a quitté le Palatréa avec la fille de l'Empera en dissimulant leur identité, l'accusée est reconnue coupable d'avoir poussé l'Empera dans les abîmes de la folie.

– C'est faux ! C'est à cause de l'accident qu'il est comme ça. Je n'ai fait que sauver nos vies !

Ignorant l'intervention d'Alna, l'archéole poursuivit :

– Parce qu'elle ne s'est pas sacrifiée pour sauver l'héritier de l'Empera, l'accusée est reconnue coupable de trahison.

– Vous n'êtes que d'ignobles manipulateurs ! Cet enfant, c'était mon fils ! S'il n'y avait eu ne serait-ce que l'ombre d'une chance que je puisse le sauver, alors je l'aurais tentée, quel qu'en soit le prix à payer !

Le GrandArchéole s'était rassis. D'un signe de la tête, il interrompit la cérémonie pour chuchoter un ordre à l'oreille d'un garde. Aussitôt, il fut obéi.

Les traqueurs immobilisèrent Alna et lui posèrent un bâillon. L'attention de la foule se focalisa un instant sur la femme qui se débattait malgré ses bras liés.

À ses côtés, Tyll essaya d'écarter les gardes à coups d'épaule. En vain... Il fut remis à sa place en quelques secondes avec une telle violence qu'il manqua de basculer dans le puits sans fond. Très pâle, ses mains attachées dans le dos, il se concentra pour retrouver son équilibre.

Nul ne portait attention à l'Empera. Ses muscles frémissaient imperceptiblement.

Son Alna bien-aimée se tenait là, tout près de lui. Toutes ces années l'avaient changée à l'extérieur et pourtant, il sentait qu'elle restait ce qu'elle avait toujours été : une femme belle, forte. La femme qu'il aimait. L'Empera était bouleversé, autant par ces retrouvailles que par son incapacité physique à intervenir alors que le GrandArchéole la malmenait.

Depuis l'arrestation de Tahis, une autre femme dévouée à l'Arche était venue s'occuper de lui. Malgré ses tentatives pour échapper à la bouillie empoissonnée, il avait été contraint d'en avaler quelques cuillerées. La drogue était en quantité trop faible pour l'endormir, mais il sentait qu'elle pesait sur chacun de ses muscles et qu'elle ralentissait ses pensées.

Les paupières entrouvertes, il observait ce qui se passait dans la salle. Un frisson glacé parcourut sa colonne vertébrale. Après treize années d'absence, il n'avait pas imaginé à quel point les pouvoirs avaient été dévoyés. Il n'avait pas voulu croire Tahis quand elle lui avait décrit la mainmise de l'Arche sur la population. Pourtant, elle avait raison, ses propos n'étaient pas exagérés, bien au contraire.

Les traqueurs, les personnels du Palatréa et même la foule paraissaient acquis à la cause de ces bourreaux ! Ces gens-là pensaient-ils vraiment que le sacrifice des deux condamnés aiderait le Coracle à résoudre leurs problèmes ?

L'Empera referma les yeux. Il continuait à offrir le tableau d'un homme privé de libre arbitre, tel qu'il l'avait été ces treize dernières années. Ce n'était pas difficile. Ses muscles lui obéissaient mal. Le simple fait de se tenir assis l'épuisait. Mais son esprit n'avait jamais été aussi lucide.

L'Empera se savait fragile face à l'Arche. Et seul. Trop seul.

Un hochement de tête du GrandArchéole suffit à calmer la foule. Le bâillon d'Alna était posé et Tyll s'était calmé. De sa belle voix grave et bien posée, le GrandArchéole prit la parole et harangua l'assemblée.

Sem-Archéo n'osait pas croiser le regard de l'herbière qu'il avait côtoyée tant d'années sans se douter de sa véritable identité. Il la connaissait assez pour savoir que seules de bonnes intentions avaient guidé ses actes.

Mais les faits étaient là. Alors qu'elle était la femme de l'Empera, elle avait tenté de mobiliser les habitants contre les principes fondateurs de l'Arche. Elle avait prétendu que le traitement réservé aux bannies et aux non-voulus était indigne et injuste, qu'une autre organisation du travail pouvait être mise en place, sans le recours aux mélodies d'orguéoles. Elle avait remis en cause l'idée même de sacrifice individuel pour le bien de la collectivité !

Tant d'inepties de la part d'une femme si intelligente sidéraient Sem-Archéo. Il ne la comprenait pas, tout comme il n'avait pas compris les motivations de sa propre femme qui, elle aussi, s'était engagée sur la voie de la révolte. Il pinça les lèvres pour cesser d'y penser et se concentra sur la cérémonie.

Le silence revenu, il reprit la parole et déclama la suite des faits reprochés à l'accusée. Pour éviter de croiser le regard d'Alna, il s'appliquait à ne regarder qu'au loin, là où la foule compacte ne montrait que des visages anonymes.

– Parce qu'elle a accéléré le passage des malades des ossoudés, l'accusée est reconnue coupable de haute trahison.

Alna secoua vivement sa tête. Son bâillon l'empêchait de parler, mais tout son corps exprimait son désaccord. Faisant mine de n'en rien voir, Sem-Archéo haussa encore la voix.

– Au vu de ces chefs d'inculpation, Alna, aussi nommée Lana, fille du Coracle, femme de l'Empera, est condamnée à verser le prix du sang. Qu'elle soit jetée dans le puits des courants et que les dieux des vents s'en trouvent apaisés.

À ces mots, avant que l'ordre ne soit donné d'exécuter la sentence, l'Empera tenta de se lever. Voir sa femme précipitée dans l'abîme lui était intolérable. Il ne savait comment s'y opposer sinon en révélant qu'il était sorti des limbes de l'inconscience. Mais ses muscles, affaiblis par l'immobilité, lui répondaient mal. Le poids de l'émotion pesait sur ses épaules. Malgré sa volonté, parler ou se redresser lui semblait une difficulté insurmontable. Son impuissance à intervenir le révoltait.

Debout au premier rang, Filiol remarqua son mouvement. Comme lui, quelques insoumis à l'affût avaient noté le tressaillement de l'Empera. Ils lancèrent un regard à Filiol, prêt à intervenir au moindre signe de lui. Mais l'insoumis resta imperturbable. Il jugea l'Empera trop faible : même s'il avait repris conscience, le voulu d'Alna n'avait plus les moyens d'empêcher le GrandArchéole d'écraser les derniers insoumis. Les hommes comprirent son ordre muet. Ils n'interviendraient pas pour soutenir l'Empera.

Mais l'Empera avait à peine esquissé un nouveau geste pour tenter de se lever qu'un événement imprévu contraria le déroulement de la cérémonie.

Soléane surgit du premier rang, le couteau du pêcheur au poing, et se rua vers l'archéole de Borho. Elle bondit sur son dos, ses jambes enserrant son buste et ses bras. D'une main, elle ceinturait la tête de l'homme, de l'autre, elle tenait la lame nacrée sous sa gorge. Elle hurla :

– Si quelqu'un s'approche des accusés, je le tue !

Pendant quelques secondes, toutes les personnes présentes se figèrent. Les traqueurs qui entouraient les prisonniers lancèrent un regard interrogatif au GrandArchéole.

Sem-Archéo laissait couler ses larmes. Il ressentait une peur diffuse, celle qui envahit même ceux qui ont déjà appelé la mort à leur chevet. Mais plus que la peur, c'était la déception qui nourrissait ses pleurs. Soléane avait l'âge que sa fille aurait eu si elle avait vécu. Il l'aimait, autant qu'il le pouvait. Et voilà qu'elle gâchait tout !

De ce ton qu'il employait pour enseigner les préceptes de l'Arche aux enfants, il tenta de la rappeler à la raison.

Soléane resserra encore un peu sa prise. Elle n'avait que faire des paroles de cet homme qu'elle avait tant respecté. Il avait dévoilé son vrai visage et ne méritait que sa haine.

Au bord du puits, Alna frottait sa bouche contre son épaule dans l'intention d'arracher son bâillon. Sur son visage, la colère s'était effacée au profit d'un désespoir mêlé d'une urgence presque vitale. Mourir lui faisait peur, bien sûr. Mais que sa fille mette en jeu son existence pour sauver la sienne déclenchait en elle une tempête de panique.

Tel un écho, Alna entendit ses pensées formulées par la voix de Tyll.

– Ne fais pas ça, Soléane. Fuis ! Sauve ta vie. Pour nous, il est déjà trop tard.

74

Dans la GrandArche, il y eut un temps de suspension, ce moment unique que connaissaient bien les habitants du bord de l'océan, ce temps de calme juste avant que la vague ne s'écrase, juste avant que la foudre ne s'abatte, juste avant que la grêle ne fasse ses ravages, cet ultime moment de répit durant lequel il n'est plus temps de se préparer au pire.

Les traqueurs attendaient les ordres.

L'archéole de Borho reniflait de terreur.

Le GrandArchéole évaluait les conséquences du sacrifice de son collègue.

Soléane, qui s'était jetée sur l'archéole sans réfléchir à ce qu'elle ferait après, lança un regard perdu vers sa mère.

Tel un coup de tonnerre, venue du fond de la salle, une injonction traversa l'assemblée.

– Alors, la sauvageonne, toujours aussi naïve... Tu crois vraiment qu'on va céder à ton chantage ?

La foule se scinda, laissant un homme s'avancer vers le puits. Sa vision provoquait la stupeur. Il portait un uniforme de traqueur, mais sa tunique, déchirée sur les côtés, ne dissimulait que partiellement son torse et son dos. Son pantalon avait été coupé au-dessus des genoux. Sous ces loques, des pansements recouvraient la totalité de son corps. Seul son visage était en partie épargné.

Le traqueur marchait doucement, un pas après l'autre, bras et jambes écartés pour éviter tout frottement. Visiblement, chaque mouvement le faisait souffrir.

Soléane le dévisageait sans réussir à croire à cette présence. Elle murmura pour s'en convaincre elle-même :

– Cobugès !

– Eh oui, Cobugès, confirma-t-il. Celui que t'as poussé dans une flaque acide. Fiente, ce que ça fait mal ! Après le plongeon de ta mère et de ton ami, je te montrerai à quel point ça fait mal. Crois-moi, petite racole, après ça, t'auras plus envie de vivre.

Soléane dépassa sa surprise, appuya sa lame contre la peau de Sem-Archéo et annonça :

– N'approche pas ou je le tue !

Cobugès s'immobilisa une seconde avant de reprendre sa progression. Sa tête était légèrement penchée, un mince sourire s'affichait sur ses lèvres, comme s'il faisait preuve d'indulgence à l'égard d'une enfant turbulente.

– Qu'est-ce que tu veux que ça me fasse ? Les archéoles nous rabâchent à longueur de temps que l'intérêt collectif vaut tous les sacrifices individuels. Alors, te gêne pas, vas-y ! Tue-le.

Soléane voyait Cobugès s'avancer vers elle lentement, mais avec constance. Mâchoires serrées, main crispée sur son couteau plat, elle ne savait plus que faire. L'archéole, sidéré, restait figé sans même penser à tenter quelque chose contre la jeune fille. Cobugès ironisa :

– Ah, mais j'vois le problème ! T'as encore tué personne ! C'est pas si facile, hein ? Je t'explique le coup : déjà, tu perces sa peau avec le tranchant de lame. Ça saigne. Beaucoup. Ensuite, t'enfonces la lame bien profond dans le cou. Avec ton couteau de pêche, va falloir fourailler un peu pour couper les nerfs, les muscles, les vaisseaux et tout ça. Il mettra longtemps à mourir, le gars. Alors toi, tu resteras là, accrochée à lui comme une coque sur la trame. Faudra que t'attendes jusqu'au dernier battement de son cœur. Ensuite, pour être sûre qu'il est mort, tu le regarderas dans les yeux. S'ils sont vides, c'est OK, il est passé. Bon alors, qu'est-ce que t'attends pour commencer ?

Soléane déglutit péniblement. L'exposé détaillé du traqueur l'écœurait. Elle ne serait pas capable de faire une chose pareille ! Mais les vies de sa mère et de Tyll étaient en danger. Elle affermit la lame sur le cou de l'archéole et s'écria :

– Taisez-vous !

Pas après pas, Cobugès continuait à s'approcher. Il se tenait désormais à côté de Soléane. Il tendit sa main momifiée vers la sienne, il saisit l'extrémité du couteau, elle desserra les doigts.

Il l'avait désarmé sans qu'elle n'oppose de résistance. Elle se laissa tomber au sol.

Sem-Archéo bondit un peu plus loin, ses mains tâtonnant instinctivement son cou à la recherche d'une plaie. Il n'était pas blessé.

Soléane se tourna vers sa mère, le menton tremblant :

– Je suis désolée, maman. Je ne pouvais pas faire ça. Je ne peux pas. Même pour vous sauver, Tyll et toi.

À force de mouvements de mâchoire, Alna avait réussi à faire glisser son bâillon. Elle sourit à sa fille :

– Je suis fière de toi, Soléane, jamais je ne l'ai autant été. Les hommes mauvais ne gagnent que s'ils parviennent à te modeler à leur image. Ils ont échoué, ma perle. Ils ont du sang sur les mains. Les tiennes ont la blancheur du sel.

Des chuchotements agitèrent la foule. Les paroles d'amour d'une mère à son enfant apportaient un nouvel éclairage sur la prisonnière, bien loin des accusations dont elle faisait l'objet. La foule s'interrogeait. Était-elle cette femme si terrible qu'avaient décrite les hommes de l'Arche ?

Le GrandArchéole était un homme d'expérience. Il perçut aussitôt le changement de l'atmosphère qui régnait dans l'archapelle. S'il ne faisait rien, l'opinion de la foule évoluerait en faveur des prisonniers, et ça, il voulait à tout prix l'éviter. Il fallait salir l'image de la jeune fille.

Concentré sur la meilleure manière de procéder, il ne remarqua pas le mouvement des poings de l'Empera, assis à ses côtés. Il s'exclama :

– Tu prétends que ta fille a les mains blanches ? Il est temps de cesser de mentir, Alna. Tu sais aussi bien que nous que ta fille a tué un bébé. Elle a entraîné l'héritier dans une crevasse ; elle l'a laissé se noyer ! Si elle était aussi droite que tu le prétends, elle n'attendrait pas d'être jugée pour se jeter dans le puits. N'est-ce pas, Soléane ?

Soléane releva la tête vers l'homme avec une moue de dégoût. Ce n'était pas lui qui l'écœurait, mais elle. Elle, qui n'avait pas sauvé son frère. Et tous les arguments ne pouvaient effacer ce sentiment de faute qui avait envahi ses cauchemars avant de s'attaquer à sa vie. Le poids de sa culpabilité l'écrasait.

– Faux ! Soléane est innocente !

Le cri fit sursauter l'assemblée autant que les prisonniers. Une immense clameur se propagea au sein de l'arche.

L'Empera s'était levé ! L'Empera avait parlé !

Pour la première fois depuis treize ans, le chef du Coracle s'était exprimé.

Sidérée, Soléane le dévisageait sans comprendre. Les mains du GrandArchéole se crispèrent sur les accoudoirs de son fauteuil comme les serres des oiseaux pêcheurs sur leur proie.

Alna pressait ses lèvres l'une contre l'autre, incapable de déterminer s'il s'agissait d'un rêve ou de la réalité. Tyll l'aida à décider en grommelant :

– Pas trop tôt !

L'Empera souleva une main de quelques centimètres. Cela semblait lui demander un énorme effort. Aussitôt, le silence revint et le mince filet de sa voix suffit à emplir l'archapelle.

– Soléane n'est pas coupable. Mon fils est mort, car il est tombé dans un piège. La trame avait été brisée à l'avance, et les traces de découpe avaient été masquées. L'homme qui avait préparé le piège a eu des remords et me l'a avoué à peine une heure après l'accident ! Après quoi, j'ai plongé dans le néant. Mais je sais, aujourd'hui, que cet attentat, c'est vous qui l'avez perpétré !

Son doigt accusateur, tremblant, désigna le GrandArchéole.

Tous les visages de la foule se tournèrent vers l'homme de l'Arche. Seuls les insoumis continuaient à regarder ailleurs : ils surveillaient les réactions de Filiol, prêts à intervenir.

Le GrandArchéole se leva à son tour. Menton pointé vers l'avant, narines dilatées, il peinait à contenir sa fureur. Il éclata d'un rire qu'il espérait ironique, mais qui résonna avec amertume.

– Quel réquisitoire ridicule ! Pourquoi aurais-je fait cela ?

– Pour tuer mon fils, afin que je n'aie point d'héritier ? Pour tuer ma fille, afin que je sombre dans la folie à jamais ? Pour exercer le pouvoir à vous tout seul ? Vous ne vous êtes pas contenté de tuer mon enfant. Voilà treize ans que vous m'abrutissez de drogues pour m'empêcher d'assurer ma mission auprès des habitants. Voilà treize ans qu'Alna est obligée de se cacher avec notre fille Soléane. Vous avez bien failli réussir !

– Ça n'a pas de sens ! s'insurgea le GrandArchéole. Si vraiment j'avais souhaité vous écarter, j'aurais pu le faire aisément alors que vous n'étiez qu'un enfant !

– Je n'étais pas dangereux pour vous à cette période. Je le suis devenu le jour où j'ai découvert que le lait des femmes, censé repousser l'échéance de la maladie des ossoudés, n'était que le moyen de la provoquer ! Vous empoisonniez les habitants sans aucun scrupule. Ce jour-là, c'était la veille de l'accident. Le lendemain matin, je ne suis pas sorti sur la petite plage de la trame, comme j'en avais l'habitude. Mais Alna et nos enfants y sont allés. C'est moi qui aurais dû tomber dans ce guet-apens. C'est moi qui devais disparaître, en emportant votre secret au fond de l'océan !

L'indignation souleva l'assemblée. Aucune des personnes présentes n'avait été épargnée par la maladie. Toutes avaient accompagné un père, une mère, un oncle, une sœur de lait vers la mort. La découverte de l'origine de la maladie déclencha un raz-de-marée alimenté par une envie de vengeance.

Le brouhaha grimpa jusqu'aux peaux d'orques tendues sur le toit de l'arche qui vibraient sous l'effet de la colère partagée par tous.

Assise devant les claviers de l'orguéole, la Muse de la Guilde posa sa tête contre les tuyaux de bambou. Selon l'usage, elle n'était pas intervenue, observant depuis la galerie le déroulement de la cérémonie. Mais le doute venait de s'emparer d'elle. La découverte des horreurs orchestrées par le GrandArchéole lui nouait le ventre. Johen avait donc raison, le GrandArchéole menait le Coracle à sa perte et l'océan engloutirait avec lui tous les orguéoles que la Guilde avait construits. Pourquoi n'avait-elle pas écouté l'enfant qui avait tenté de lui ouvrir les yeux ?

Au bord du puits, Filiol sentait son cœur s'accélérer, propulsant des pensées paniquées en lui. Que décider ? Intervenir ou non ? Il n'avait pas le droit à l'erreur : la vie des insoumis était entre ses mains. Il ne fit pas le signe attendu, préférant attendre de voir de quel côté pencherait la balance du pouvoir.

Le GrandArchéole serra les dents, un seul objectif en tête : reprendre le contrôle tant qu'il en était encore temps. À ce stade, seule une action d'éclat pouvait ramener la foule sous sa coupe. Il n'en voyait qu'une suffisamment émouvante pour renverser la tendance : l'accomplissement du prix du sang calmerait les esprits.

L'Empera s'était effondré sur son siège. Le GrandArchéole saisit son bras famélique pour asseoir son autorité. L'homme céda avec moins de résistance qu'un enfant de deux ans. Il n'était plus qu'un esprit dans un corps malingre.

Le GrandArchéole s'en réjouit intérieurement. Prendre l'ascendant sur un être si frêle s'avérait plus aisé qu'il ne l'avait craint. La foule ne se mobiliserait pas pour une créature fragile.

– Que cessent les mensonges dont on m'accuse et qu'on exécute la sentence ! ordonna-t-il.

Deux traqueurs s'approchèrent d'Alna et Tyll. Un garde retenait Soléane pour l'empêcher d'intervenir.

– Stop ! hurla l'Empera à l'attention des gardes. Je vous interdis de les toucher.

Les remous dans l'assistance se firent croissants. Sans lâcher son bras pour l'empêcher de se relever, le GrandArchéole s'exclama :

– Traqueurs, accomplissez votre mission !

Un mouvement d'agitation intervint dans la foule. Des gardes avaient maîtrisé une soldate qui tentait de s'interposer entre les traqueurs et les accusés afin de les protéger. Filiol reconnut Eldone. Depuis que celle qu'elle aimait avait été envoyée sur la bannîle, la jeune femme allait au bout de son engagement : elle avait intégré l'unité des traqueurs de l'Empera et aidait en secret les fugitifs à ne pas être capturés. Elle avait permis aux insoumis d'échapper à une attaque. Aujourd'hui, malgré la condamnation qui lui serait réservée, elle désobéissait à un ordre du GrandArchéole.

Filiol hésita puis renonça une nouvelle fois à intervenir. Il refusait d'endosser la responsabilité de condamner les insoumis au même sort en lançant le mouvement de révolte.

Près du puits, les gardes avaient arrêté leur collègue puis s'étaient figés. Pris en étau entre les deux plus hautes autorités du Coracle, ils ne savaient plus à laquelle obéir.

À moins d'un mètre des deux condamnés, Sem-Archéo hésitait. Il n'ignorait pas ce que le GrandArchéole attendait de lui : qu'il accomplisse lui-même la sentence. Il fit les trois pas qui le séparaient d'Alna et se positionna à ses côtés. Il resta là, bras ballants, le regard plongé dans le gouffre qui s'ouvrait à ses pieds.

Tout au fond, les claquements de l'océan contre les parois de la trame lui faisaient penser aux gigantesques mâchoires d'un requin guettant sa proie. Il n'allait tout de même pas précipiter lui-même l'herbière dedans !

C'est alors que le mince sourire de la victoire s'épanouit sur le visage du GrandArchéole. L'Empera le remarqua et suivit son regard.

Cobugès s'avançait de sa démarche chaloupée vers les prisonniers. Le traqueur de Borho marcha jusqu'au bord du puits, se glissa entre Alna et Sem-Archéo. Malgré ses brûlures et les bandes qui recouvraient ses bras, il posa amicalement sa main gauche sur l'épaule de l'archéole et la tapota, comme pour compatir à ses difficultés. En même temps, il positionna sa main droite bien à plat sur le dos d'Alna, prêt à la pousser dans le puits. D'un mouvement de répulsion, Alna tenta de s'y soustraire. Mais les doigts de Cobugès se refermèrent sur sa tunique, l'obligeant à rester en place.

Sem-Archéo soupira de soulagement. Il préférait qu'un autre accomplisse le geste fatal.

La foule retint son souffle.

L'Empera luttait contre le GrandArchéole qui le bâillonnait d'une main en le maintenant au fond de son siège de l'autre. L'homme de l'Arche ordonna une nouvelle fois :

– Traqueur, accomplis ta mission !

Soléane et Tyll se démenèrent pour tenter d'échapper à leurs gardiens. Il était trop tard.

Cobugès annonça avec solennité :

– Que justice soit faite !

Et, d'une violente poussée sur son épaule, il fit basculer Sem-Archéo dans le puits. Le hurlement de l'homme se répercuta le long des parois jusqu'à tournoyer dans la salle. Un silence stupéfait fit place à cet écho. La voix de Cobugès le brisa avec force pour déclamer le texte qu'il avait préparé :

– Parce qu'il a tué ma mère et tant d'autres innocents avec du lait empoisonné, l'accusé est reconnu coupable de meurtre prémédité. Mère, justice t'est rendue ! Que les dieux des vents me pardonnent et que l'océan m'accueille en son sein pour soulager mes souffrances.

Le traqueur avança d'un pas et se jeta à son tour dans le vide.

75

Le silence était palpable. Seule la caresse de la brise sur les peaux d'orques emplissait l'archapelle de son chuintement soyeux. La foule ne bougeait plus, à l'image d'un banc de poissons aux yeux écarquillés.

Les regards des deux prisonniers ne quittaient pas le gouffre auquel ils avaient échappé. L'Empera sentit l'air du soulagement s'immiscer dans ses bronches. Sa bien-aimée était vivante.

Le GrandArchéole réfléchissait aussi vite que possible derrière ses paupières froncées.

Soléane réagit la première en s'arrachant aux mains du garde tétanisé. Elle rejoignit sa mère, qu'elle tira en arrière pour l'éloigner du vide. Tyll les suivit sans un mot. Les gardes qui les entouraient les regardèrent sans rien faire. La situation était trop compliquée pour qu'ils prennent l'initiative de décider ce qu'il convenait de faire.

La jeune fille se tourna vers le GrandArchéole. Sa voix calme attira l'attention de tous les participants.

– Vous avez empoisonné la mère de Cobugès alors qu'il ne vivait que pour elle. Vous êtes responsable de sa mort. Et ils ne sont pas vos seules victimes ! C'est tout le Coracle que vous avez condamné à mort !

Le rictus que lui adressa le GrandArchéole débordait de cette commisération que les anciens réservent à la fougue de la jeunesse.

– Ma pauvre enfant, le choc t'a fait perdre la tête.

– J'ai toute ma tête ! Je reviens de la bannîle. Et je sais que le Coracle ne va pas en direction de la Terre. On tourne en rond ! Le Coracle fait des cercles sur l'océan en attendant de couler !

– C'est ridicule, répondit le GrandArchéole, ce Coracle est autant le mien que celui des habitants.

– Vous avez tout préparé pour vous enfuir en transformant la bannîle en un radeau habitable et cultivable ! Là-bas, une minorité de femmes continuent à ramer, les autres aménagent votre embarcation de sauvetage. Quand tout sera prêt, vous larguerez les amarres. Vous nous abandonnerez, nous tous, les habitants !

– Arrête de raconter n'importe quoi, petite sotte ! Partir sur un radeau… Comment survivrions-nous sans vivres, sans eau ?

– Les vivres sont déjà chargés. La végétation commence à pousser. Quant à l'eau, vous avez arrimé un iceberg au radeau.

– Ça suffit ! s'insurgea le GrandArchéole en se relevant de son siège. Des mensonges, des mensonges, encore et toujours des mensonges ! La vérité – il parcourut la foule des yeux –, je vais vous la dire. La vérité, c'est que je vous ai menti. Oui, le Coracle est menacé. Oui, le Coracle risque de couler. Car la vérité, c'est que ni moi, ni l'Empera, ni personne ne savons vers où ramer !

D'un geste violent, il balaya le plateau de la console posée devant lui, propulsant les pierres de Terre au sol. Après un court silence, durant lequel son regard détailla lentement la foule, il s'exclama d'une voix qui avait retrouvé son calme :

– La vérité, c'est qu'il existe une pierre de Terre, un cristal comme dans les légendes, capable de nous guider vers la Terre. Mais cette femme – il tendit un doigt accusateur vers Alna – l'a volée, il y a treize ans, quand elle a pris la fuite. Cette femme nous a empêchés de rejoindre la Terre. Voilà, la vérité !

Au pied du puits, Filiol sentit un frisson le parcourir depuis ses orteils jusqu'au sommet de sa tête. Sa ferme intention de ne pas intervenir pour éviter de mettre les insoumis en danger venait de voler en éclats. Il avait cessé de réfléchir à ce qu'il faisait, il agissait guidé par la même intuition qui l'avait incité à lutter contre les autorités lorsqu'il était jeune. Filiol s'avança d'un pas, pointa un doigt accusateur vers le GrandArchéole et annonça d'une voix forte.

– Je suis un insoumis et j'atteste que cet homme ne profère que des mensonges.

Puis, il esquissa le signe qu'attendaient ses amis.

Les uns après les autres, ils énoncèrent la même phrase, qui ainsi répétée, résonnait en écho sous les peaux du toit.

– Je suis un insoumis et j'atteste que cet homme ne profère que des mensonges.

– Je suis une insoumise et j'atteste que cet homme ne profère que des mensonges.

– Je suis un insoumis et j'atteste que cet homme ne profère que des mensonges.

La foule regardait de tous côtés, cherchant ceux qui parlaient. Les voix surgissaient parmi leurs voisins, devant, derrière, à droite, à gauche. Jamais l'assemblée n'aurait pu imaginer qu'elle hébergeait en son sein autant d'insoumis ! Mais toutes les têtes se tournèrent quand l'Empera prit à son tour la parole.

– Je suis l'Empera et j'atteste que cet homme veut mener le Coracle à sa perte. Je connaissais l'existence de cette pierre, et je soupçonnais le GrandArchéole de vouloir la faire disparaître pour nous empêcher d'atteindre la Terre. Voilà pourquoi j'ai demandé à ma femme de la dissimuler.

L'Empera secoua la tête, les lèvres pincées par le chagrin. Il reprit :

– J'ignorais que, dès le lendemain, je sombrerais dans le brouillard du néant, que vous tenteriez de m'assassiner, que vous m'assommeriez d'herbes soporifiques et que vous obligeriez ma femme et son garde à s'enfuir.

Pendant l'échange, Soléane défit son chignon. La pierre tomba dans sa main. Elle la tendit bien haut, portée entre son pouce et son index. Malgré les peaux tendues sur le toit de l'arche, la pierre réagit aussitôt et polarisa la lumière venue du soleil en un rayon qui éclaira le visage de la jeune fille.

– Voici la pierre, GrandArchéole. Est-ce bien celle qui vous manquait ? Celle dont vous avez besoin pour fuir le Coracle sur votre radeau ?

La vue de la pierre emplissait le GrandArchéole de sentiments contradictoires. Il la voulait plus que toute autre chose. Il savait aussi combien il était nécessaire de garder son sang-froid pour convaincre les habitants de l'absence de fondement des propos de Soléane.

Les premiers accords d'une musique grimpèrent des tuyaux de l'orguéole vers le ciel. Les peaux vibrèrent, répercutant le son vers le sol. Interloqués, hommes, femmes, enfants se dévisageaient. Pour la première fois de leur vie, ils écoutaient une mélodie d'orguéole qui leur était inconnue ! Les notes virevoltaient, les accords s'enchaînaient, les arpèges valsaient.

La musique entrait en eux jusqu'à toucher leur cœur. Elle effaçait la grisaille, créait un élan d'espoir. Elle avait le goût de la liberté.

Certains habitants ressentirent le besoin de se donner la main, d'autres se prirent dans les bras. Tous avaient soudain envie de danser, de chanter. La joie explosait en eux comme si la musique y avait semé les graines de l'insouciance.

Là-haut, sur la galerie, la Muse laissait aller ses doigts sur le clavier de nacre. Un sourire aux lèvres, elle emplissait ses poumons de l'air salé de la mer. La Guilde avait choisi son camp.

Le GrandArchéole posa ses mains sur ses oreilles pour ne plus rien entendre.

Quand l'orguéole se tut, au retour du silence, la colère qui bouillonnait en lui déborda. D'un ton chargé de mépris, il hurla à Soléane :

– Qui es-tu pour me juger ? Tu es la fille de l'Empera, mais cela ne fait pas de toi autre chose qu'une simple enfant du Coracle.

Un murmure inquiet s'éleva de la foule. L'Empera tentait de se lever. Les efforts physiques qu'il avait fournis avaient eu raison de son énergie. Il parvenait à peine à se tenir assis. Mais la faiblesse de son corps n'entamait pas la force de son esprit.

Penché sur un accoudoir, incapable de se redresser, il parla. Et sa voix, dans laquelle on entendait vibrer une détermination sans faille, étonna l'assemblée.

– Soléane n'est pas ma fille.

Une collision d'icebergs n'aurait pas davantage secoué les personnes présentes dans l'archapelle. Indifférent à leur réaction, l'Empera poursuivit :

– Soléane est née sur Terre. Elle a dérivé dans une barque avec sa mère, alors qu'elle n'était qu'un bébé. Toutes deux se sont laissé emporter par les courants, à la grâce des dieux. Par la volonté divine, c'est sur la plage du Palatréa qu'elles ont échoué. Soléane est la seule à avoir survécu. J'ai trouvé cette enfant nouveau-née dans les bras de sa mère, au fond d'une barque, la pierre de Terre dans sa main, un journal de bord en guise d'oreiller. J'ai recueilli cette enfant et j'ai remis la barque à l'océan en guise de radeau des trépassés pour sa pauvre mère. J'ai gardé le secret de sa naissance et je l'ai élevée comme ma propre fille. J'ai mis bien des mois à comprendre à quoi servait la pierre. Quelle joie, lorsque je l'ai découvert ! Je me suis précipité pour partager cette grande nouvelle avec vous, Grand-Archéole. Et c'est peu après que j'ai compris que vous n'aviez jamais œuvré pour que le Coracle atteigne la Terre. Pourquoi ? Pourquoi avez-vous refusé de nous sauver ?

Le bruit des pas glissants sur les dalles de sel accompagna le lent mouvement de la foule. Hommes et femmes avançaient, menaçants. Ils se rapprochaient des autorités. À les voir si résolus, les archéoles reculèrent, craignant leurs représailles.

Le GrandArchéole, au contraire, sentit une nouvelle détermination l'envahir. Ces créatures stupides ne sauraient suffire à le faire dévier du destin tracé par les dieux. Il leva ses poings serrés au-dessus de sa tête et répondit à l'Empera.

– Je suis Noé-Archéo, et tel mon ancêtre, j'obéis aux dieux. Durant quarante jours, Noé a mené l'arche pour échapper au déluge, durant quatre cents jours l'épidémie des mammifères a changé le visage de la Terre jusqu'à ce que le Coracle emporte les dernières femmes allaitantes, et voilà quatre siècles que le Coracle vogue. Alors, oui, le Coracle va couler ! Car les dieux nous imposent cette épreuve en représailles de nos péchés. Mais dans leur grande mansuétude, les dieux nous offrent la possibilité de construire un esquif en guise de refuge. Je sauverai les justes, et seulement les justes. Je sauverai ceux qui bâtiront la nouvelle arche pour une humanité lavée de ses tourments. Que les autres périssent, souillés par le péché !

L'homme de l'Arche pointa un doigt en direction de la foule et, une lumière de folie au fond des yeux, hurla :

– Soyez maudits, vous tous, mécréants !

Soléane observa l'étrange ballet des gens qui s'agitaient.

Elle vit l'Empera ordonner aux gardes d'arrêter le GrandArchéole. Les gardes lui obéirent et se saisirent de l'homme qui gesticulait comme si un démon brûlait en lui.

Elle vit les insoumis parler avec les habitants tandis que sa mère s'approchait de l'Empera.

Elle vit cet homme, son père, accueillir sa mère dans ses bras. Tous deux n'étaient pas ses parents de naissance. Mais son cœur battait à les voir ainsi réunis.

Elle vit un pêcheur couper les liens qui retenaient les mains de Tyll attachées dans son dos.

Autour d'elle, des enfants pointaient leur index dans sa direction, des adultes lui souriaient. Les regards qui la dévisageaient la gênaient. Qu'espéraient tous ces gens ? Ils lui faisaient peur. Elle se sentait oppressée.

Sa mère et l'Empera lui souriaient. Sa mère et son père. Elle aurait besoin de temps pour s'y habituer. Elle s'avança. Mais le choc était trop grand. Ses jambes ne la soutinrent plus, sa vision se brouilla. Elle perdit connaissance.

76

Un iceberg glissait le long du courant glaciaire. L'aigle jaillit en piqué, esquiva un cerf-volant pour plonger dans l'eau et en ressortit quelques secondes après, un poisson agité de soubresauts coincé dans son bec. L'océan, indifférent, continua à danser au gré des ondoiements qui chatoyaient à sa surface. Nul ne porta attention à la scène.

Les invités à la cérémonie d'union de Belgha et Mani s'étaient rassemblés sur la place du bourg et entraient peu à peu dans l'arche de Borho. Les deux promis se tenaient la main. Klarim, leur bébé, dormait, calé sur le bras de son père, la tête posé sur son épaule.

Pas très loin de là, Tyll vint à la rencontre de ses parents, sourit à sa mère et s'adressa à son père :

– Allez, papa, on vous attend !

Tahis se força à sourire. Depuis leurs retrouvailles, son fils ne l'avait pas une seule fois appelée « maman ». Mais elle ne lui dirait rien de son cœur égratigné. Il avait passé treize années loin d'elle. Il avait grandi et appris aux côtés de son père. Elle ignorait si le temps les aiderait à retisser des liens aussi puissants qu'avant. Ils avaient tant de retard à rattraper !

La musique d'orguéole appuyait la solennité du moment, une mélodie légère et profonde. Tahis jeta un œil vers l'archapelle. D'ici, elle ne pouvait apercevoir les mains de Johen, son deuxième fils, dansant sur le clavier. Mais cette musique lui ressemblait tellement !

À ses côtés, Alna saisit sa main et la tapota. Tahis hocha la tête. L'herbière savait, elle connaissait ses peurs. Tant de mensonges, tant de temps gâché...

Mais ce jour-là, il n'y avait pas de place pour les angoisses.

Ce jour-là, deux jeunes habitants du Coracle affirmaient leur engagement. Malgré les épreuves qu'ils avaient traversées, malgré les décisions douloureuses qu'ils avaient dû prendre, Belgha et Mani se projetaient dans un avenir commun. Ils se voulaient l'un l'autre. Ils s'aimaient.

L'orguéole se tut et Johen descendit les marches de la galerie pour rejoindre l'assemblée au centre de l'arche. Il n'avait pas envie de rester isolé devant son instrument et préféra s'installer aux côtés de Tyll.

L'Empera se tenait debout, bien qu'un peu chancelant. Dix jours après la déchéance du GrandArchéole, il avait insisté pour être présent à cette première cérémonie d'union.

Ses mots furent simples, ses phrases chargées d'émotion. Ses paroles s'envolèrent tandis que ses cheveux libres dansaient dans le vent. Sa gorge se serrait parfois, tant la courte vie de ce couple ressemblait à la sienne. Un gâchis, de la souffrance, puis la délivrance. Un futur à construire.

Autour du jeune couple, les sourires éclairaient les visages. Seule la mère de Belgha ne pouvait retenir ses larmes. Elle, qui avait cru ne jamais revoir sa fille, la retrouvait heureuse, unie, et mère d'un enfant.

La vieille herbière sentit son émotion et posa une main apaisante sur son épaule. Les larmes de joies de la mère de Belgha confortaient son propre sentiment de bonheur. Après avoir quitté sa geôle obscure, elle n'avait pas recouvré la vue, mais les odeurs, les voix, la saveur de l'air salé de Borho ravivaient les souvenirs d'une vie sereine. L'herbière savait qu'elle terminerait sa vie heureuse en ces lieux familiers.

Dans l'archapelle, le babillage de Saméo résonnait en un joyeux écho aux mots de l'Empera. Tyll donna un coup de coude à Johen, mimant le mouvement des doigts sur un clavier comme pour accompagner la chanson du bébé. Johen lui répondit d'un haussement de sourcils complice. Tous les deux avaient appris leur fraternité sans effusion artificielle. C'était au jour le jour qu'ils se découvraient l'un l'autre. Ils commençaient à peine à bâtir leur relation de frères.

À la fin de l'union de Belga et Mani, Johen remonta vers l'orguéole pour clore la cérémonie d'une mélodie retentissante. C'est au rythme de cette musique que l'assemblée quitta le bâtiment.

Soléane effleura le bout du nez de Saméo avec le sien. L'enfant lui sourit. Comme il était bon de le serrer contre elle ! Puis le petit garçon s'agita et tendit ses mains vers sa mère. Soléane le porta jusqu'aux bras de sa mère.

Alna attrapa l'enfant dont la tête se nicha au creux de son cou. Il n'y restait que les traces de son collier de bannie. Soléane l'avait débarrassée du minuscule monstre à huit pattes. La plaie infligée par la longue aiguille de l'opération était presque cicatrisée.

Les cheveux de l'Empera volant dans la brise déclenchèrent le rire du petit Saméo. Il brandissait ses mains, ses jambes, prêt à attraper les mèches sans quitter la sécurité des bras de sa mère.

L'Empera caressa la peau soyeuse de son crâne.

– Comme il est beau !

Alna opina de la tête. Elle posa ses lèvres sur la joue douce de son bébé. Puis elle regarda le voulu qu'elle avait choisi alors qu'elle n'avait que dix ans. Cet homme n'était pas le père de son petit garçon. Il avait le droit à la vérité. Elle murmura :

– Le traqueur croyait que j'avais tué sa mère. Il a tant souffert qu'il s'est vengé à sa façon pour me faire souffrir à mon tour. Mais du mal qu'il m'a fait, il n'est ressorti que du bien. Un enfant. La cruauté des hommes a tué notre fils, il y a treize ans. La même méchanceté m'a offert cette vie inespérée. Saméo est mon fils, il est mon avenir.

L'Empera enveloppa ses épaules de son bras. Il répéta :

– Saméo est notre fils, il est notre avenir.

Tahis et Jemuel s'approchèrent d'Alna et de l'Empera. Le père de Tyll et Johen boitait. Malgré les soins attentifs d'Alna, sa blessure le faisait encore souffrir. Mais tous deux irradiaient de ce sentiment presque palpable de cohésion que seules les années réussissent à polir. Tahis et Jemuel s'étaient retrouvés et réapprivoisés.

Les deux couples discutèrent des dernières décisions prises la veille lors du comité du coracle. Ils avaient rassemblés au sein de ce groupe les insoumis et tous ceux de bonne volonté qui souhaitaient travavailler pour donner une chance de survie aux habitants. Alléger le Coracle en jetant les collines à la mer, arracher les rampants, replanter des arbres dessalants, organiser les équipes de volontaires qui surveillaient les cerfs-volants, suivre les indications de la pierre pour orienter le gouvernail… Il y avait tant de choses à faire ! Tout ne serait pas facile, ils le savaient. Ils n'étaient même pas certains d'éviter au Coracle de couler avant d'atteindre la sécurité des terres de leurs ancêtres. Mais l'enthousiasme qui les animait contaminait ceux qu'ils côtoyaient.

Autour des jeunes unis, les félicitations se multipliaient. Lorsque l'assemblée se clairsema, Belgha héla Soléane. C'était leur première rencontre depuis le sauvetage du bébé et l'émotion les rendait maladroites. D'un mouvement un peu gauche, Belgha serra Soléane dans ses bras.

– Merci, lui chuchota-t-elle à l'oreille, merci de l'avoir sauvé.

Soléane ne sut que répondre, si ce n'est par un sourire et un regard émus. Les mots lui semblaient creux, tout à coup. Elles s'écartèrent l'une de l'autre, conscientes d'être liées à jamais par ce qu'il s'était passé.

Le petit Klarim s'éveilla et s'agita dans les bras de son père. Mani observait obstinément le sol, n'osant lever les yeux vers celle qu'il avait trahie. Soléane s'apprêtait à le rassurer, elle ne lui reprochait rien. Mais Tyll surgit entre eux avant qu'elle n'ouvre la bouche. Il s'exclama :

– Alors, c'est lui le traître ?

Mani releva la tête. Sa peau, ravagée par les brûlures, empêchait de lire sur ses traits ce qu'il ressentait. Il soupira.

– C'est moi.

Soléane intervint :

– On a tous fait de mauvais choix. L'essentiel, c'est d'avancer.

– Oui, approuva Tyll. Par exemple, moi, j'ai décidé de renoncer à te casser la gueule alors que tu mériterais bien pire que ça, même si c'est le jour de ton union. Tu vois, Mani, je progresse.

– Je vois, répondit Mani. Je vois et je te comprends.

Il se tourna vers Soléane.

– Je suis désolé pour ce que j'ai fait. Et je te suis tellement reconnaissant. Sans toi...

Soléane balaya l'argument d'un geste de la main.

– Si ! insista Mani. Tu as sauvé notre fils. Tu as sauvé la pierre de Terre. Et maintenant que des volontaires se relaient à la place des bannies pour tirer le Coracle vers la Terre, je peux enfin serrer Belgha dans mes bras sans craindre qu'elle me soit enlevée. Tu étais destinée à nous sauver, Soléane. C'est sur toi que nous comptons désormais pour tous nous soustraire au danger !

D'une mimique gênée, elle le remercia. Puis elle entraîna Tyll sous prétexte de rejoindre Johen en haut de la galerie de l'arche. Elle fuyait. Il l'arrêta avant de pousser la porte.

– C'est quoi le problème ?

– Je ne serai jamais à la hauteur !

– À la hauteur de quoi ?

Elle grimaça :

– De tout ce que ces gens attendent de moi. Tu as écouté ce que Mani a dit ? Depuis la cérémonie, ils disent tous que je peux les guider. Ils me demandent mon avis. Mais je ne sais rien, moi ! Je ne sais pas s'il faut poursuivre les réparations de la trame, s'il faut creuser les montagnes pour jeter le sel à la mer, s'il faut laisser chacun organiser sa journée de travail, s'il faut continuer à ramer. Je ne sais pas !

L'éclat de rire de Tyll la surprit. Il s'esclaffait à tel point qu'il ne parvenait plus à parler. Même respirer devenait difficile. Après la stupeur, Soléane se mit en colère. Il ne comprenait rien ! Quand enfin Tyll en fut capable, il répliqua :

– Tu te crois la « guide » parce que tu es arrivée par hasard dans une barque avec un caillou dans la main ? Eh, oh, dis donc, tu te prends pour le GrandArchéole ou quoi ? C'est la plus énorme bêtise que j'ai jamais entendue !

– Ce n'est pas moi, Tyll. Mais eux, tous, là…

Tyll attrapa ses poignets dans ses mains. Soléane observa ces mains marquées par l'expérience, larges, puissantes et couturées de cicatrices. L'épais manchon de cuir griffé par les serres de Galil recouvrait son avant-bras. Tyll était soudain redevenu sérieux, et elle l'écouta parler sans croiser son regard.

– Jette un œil sur ce qui se passe autour de toi. Il y a plein de gens qui ont plein d'idées pour l'avenir. Les insoumis y réfléchissent même depuis des années ! Alors, laisse-les s'atteler à les mettre en œuvre. Ce n'est pas les autres qui vont décider ce que tu seras. Tu seras ce que tu as envie d'être, c'est tout. Tiens, ça me fait penser à une chose : est-ce que tu connais mon véritable prénom, celui de ma naissance ?

– Non.

– Moi non plus. Et j'ai refusé de le savoir, en tout cas pour le moment. Parce que je ne suis plus le petit enfant né au Palatréa, je suis ce que l'existence a fait de moi. Je suis Tyll, avec mon histoire, avec ma vie, avec mes amis. Qu'importe ce que les autres pensent. Alors toi, Soléane, applique-toi à être toi-même, c'est déjà bien suffisant !

Il avait raison. En faisant ce constat, Soléane sentit sa colère disparaître. Elle n'était plus la jeune fille naïve qui se conformait à ce qu'on attendait d'elle. Elle n'était plus celle qui comptait sur les autres pour décider de sa vie. Elle avait changé et elle aimait ce qu'elle était devenue.

Tyll lâcha l'un des poignets de Soléane et prit sa main dans les siennes avec une douceur qu'elle ne lui connaissait pas. Soléane frémit. Elle le sentait prêt à dire quelque chose d'important. Mal à l'aise, elle hésita à le taquiner, comme elle l'avait fait si souvent. Trop de choses s'étaient passées ces derniers temps pour qu'elle se sente au clair avec ses émotions.

– Je ne sais pas très bien comment le dire, Soléane. Je ne suis pas du genre à m'épancher sur mes sentiments. Mais je voulais que tu le saches, alors...

Tyll s'interrompit et plongea son regard dans le sien.

– On a affronté beaucoup d'épreuves ensemble et cela nous a rapprochés. Mais, pour moi, il n'y a pas que ça. Je ressens quelque chose pour toi qui dépasse tout ce qu'on a vécu. Ce que je veux dire, c'est que… Oh, par tous les dieux des vents, je ne vais donc jamais y arriver !

Soléane lui adressa un tendre sourire.

– Mais si, tu vas y arriver, parce que tu dois faire honneur à ta réputation : Tyll ne renonce jamais !

Reconnaissant de cette remarque destinée à dédramatiser l'instant, Tyll lui retourna son sourire.

– Je n'ai pas fait exprès, tu sais, c'est même pas pour t'embêter, je t'assure ! Mais c'est comme ça, je suis tombé amoureux de toi.

Le battant de l'archapelle s'ouvrit à la volée. Johen surgit du bâtiment, essoufflé. La porte claqua bruyamment derrière lui.

– J'avais peur que vous soyez déjà partis ! Regardez…

Il écarta les deux mains qu'il maintenait fermées l'une contre l'autre. Dans sa paume, un cocon frémissait. Soléane s'étonna :

– C'est celui qui…

– Oui ! Celui que j'avais ramassé dans la zone et que je t'avais donné. Celui à cause duquel les traqueurs vous ont repérés sous les rampants. Tiens, prends-le !

Avec délicatesse, il fit glisser le cocon couleur sel sur la paume ouverte de Soléane. La soie avait déjà commencé à céder. L'insecte dépensait toute son énergie pour quitter la prison qui avait abrité sa transformation.

– C'est un papillon ! s'exclama Soléane. Comme il est beau !

L'animal déploya ses ailes, tête en bas. Tyll s'inquiéta :

– Qu'est-ce qui lui arrive ? Il s'est emmêlé les pattes dans les fils ?

– Non, il attend que la brise sèche ses ailes, expliqua Johen.

– Et maintenant ?

Les deux frères échangèrent un regard.

– Maintenant ? Le voilà prêt à prendre son envol.

L'insecte battit des ailes et s'envola.

Soléane suivit des yeux la frêle créature multicolore qui s'éloignait dans le ciel. Le début d'une vie nouvelle. Elle plongea sa main dans sa poche et en sortit le cahier que l'Empera lui avait confié le matin même. Elle caressa sa couverture.

Sa mère, son autre mère, cette femme qui l'avait mise au monde, avait écrit dans ce journal.

La couverture dévoila une première page, blanche. La texture du papier n'était pas celle des feuilles faites de bambou. Les premiers mots l'attendaient à la page suivante. Un seul feuillet, couvert d'une fine écriture, comme une lettre qui avait tardé à arriver.

Tyll et Johen la laissèrent seule. Soléane commença à lire.

C'était l'histoire des premiers jours de sa vie.

Mère

Mon enfant,

Ma toute petite fille,

Tu es là, contre moi.

Un miracle. Tu es si parfaite !

Je l'ai vu, ce Coracle. Je doutais tant de son existence ! Et pourtant, ton père avait raison, il est bien là.

J'ai entendu de la musique. Le vent a porté des mélodies jusqu'à nous, plusieurs fois déjà.

Oui, mon enfant, c'est vrai, le Coracle n'est pas qu'une légende. Le cristal du marin nous y a conduits. Je n'ai plus besoin de ramer. Le courant nous entraîne. Il nous tient éloignés des icebergs.

Le Coracle... Si l'espoir d'une mère fait des miracles, alors tu y vivras heureuse.

Te souviendras-tu de moi ? De ton père ? Non, bien sûr, tu es encore si petite !

J'aurais voulu écrire notre histoire dans ce cahier depuis le premier jour et pas seulement le dernier. C'est ton père qui en a eu l'idée. C'est lui qui l'a trouvé. Il disait qu'on a besoin de racines pour grandir. Il disait qu'un jour, tu voudrais savoir.

Si tu savais comme il me manque !

Il a raison, tu as le droit de savoir ton histoire.

Ton père est mort. Ils l'ont eu quand il volait la barque dont on avait besoin pour s'échapper. Il a donné sa vie pour sauver la nôtre.

Il n'était pas qu'une racine, tu sais. Il était un arbre à lui tout seul. Un arbre tutélaire qui étendait ses branches vers le ciel.

Pardonne-moi, mon bébé. Après ça, je n'ai pas eu la force de tracer les lignes de notre histoire.

Voilà trente jours que nous avons quitté la Terre. Trente-deux peut-être, la soif me fait perdre la tête. Les provisions sont épuisées, l'eau manque, pas mon lait, pas encore.

Ce lait maudit qui nous a contraints à quitter la Terre. Ce lait béni qui me permet de te nourrir.

Mais c'est fini. Ma vie s'arrête quand tu commences la tienne.

Le Coracle… J'ai vu là-bas quelqu'un qui nous faisait signe. J'ai confiance. Il s'occupera de toi.

Te souviendras-tu de ce que j'ai murmuré à ton oreille ? De cette berceuse qui te fait sourire aux anges ? Oui, je suis sûre que oui.

Quelque part, au fond de ton cœur, la mélodie de notre amour résonnera en toi. Où que je sois, je te la chanterai, jusqu'à ton dernier souffle. Si un jour tu en as besoin, alors tu l'entendras, je le sais.

Ton père m'attend, mon enfant, je m'en vais le rejoindre.

N'oublie jamais qui tu es, Soléane.

N'oublie jamais.

Ne ratez pas
le tome deux de SOLÉANE
à venir en 2017 !

Ce livre ne serait pas ce qu'il est aujourd'hui sans les éclairages de Delphine sur les questions d'ordre médical, sans la relecture attentive de Nathalie L., Ghislaine, Karin et Clémence, sans les conseils de Nathalie S. et Nadia. Un grand merci à elles !
Je n'oublie pas Aurélie, qui m'a fait confiance et à qui je souhaite bon vent pour la suite !

Muriel Zürcher a suivi de très sérieuses études avant d'exercer un très sérieux métier. Un jour, son imagination s'est emballée. Impossible de l'arrêter ! Depuis, dans les Alpes où elle habite, elle invente et écrit des histoires. Ça lui plaît.

Les romans Didier jeunesse

Mondes imaginaires, chroniques du quotidien, humour, aventure. Une grande variété de genres, portée par de nouvelles plumes acérées et tout en émotions.

Caprices ? C'est fini !
Pierre Delye
Illustrations : Albertine

Une histoire de princesse, mais aussi de pou, de bûcheron, de lièvres et de poils de barbe... Quelle histoire !

La Princesse était furibarde. *Me marier ? C'est absolument hors de question. Fille de roi, oui, femme de quelqu'un, non !* Elle regarda son père et changea d'expression. *Ah ! mon père, tu veux encore essayer de jouer au plus fin avec moi...* Elle lui prit la main et lui parla comme à un enfant de trois ans qu'il faut à tout prix calmer :

« Bien sûr, je suis d'accord avec vous, mon papa-roi...

– Ah ? dit le Roi plein d'espoir.

– Mais...

– Aïe, dit le Roi.

– Mais je ne suis pas n'importe qui...

– Ayaïe...

– Alors, je n'épouserai pas n'importe qui...

– Ayayaïe...

– Et donc, comment choisir celui qui aura l'honneur de devenir votre gendre ? »

La princesse se redressa et posa la main sur la couverture. Elle la montra à son père.

« Voilà ! J'épouserai celui qui sera capable de deviner de quel animal vient la peau qui a servi à faire ceci. Celui-là, et celui-là seulement, je daignerai en faire mon époux. »

Catastrophe, se dit le Roi, ma fille va devenir vieille fille et je vais devenir fou.

De Cape et de Mots
Flore Vesco

Une jeune héroïne aux multiples facettes, espiègle et impertinente à souhait, à la cour du roi...

Sa mère manqua de défaillir quand elle trouva la lettre d'adieu de Serine posée sur le manteau de la cheminée. Une série de silhouettes et des flèches expliquaient son départ pour la cour, dans le but de devenir demoiselle de compagnie. La comtesse serra les lèvres. Évidemment, c'était à prévoir, étant donné l'entêtement légendaire de son aînée. Petite, déjà, elle fuyait par la fenêtre les jours où on l'enfermait pour réviser ses gammes. La comtesse ne savait plus que faire de cette enfant indépendante, obstinée, sincère jusqu'à l'insolence. Et si charmante que cela offensait les bienséances. Il suffisait à la jeune fille d'entrer dans une pièce pour éteindre tous ceux qui s'y trouvaient. Son père en était très fier, sa mère s'en désolait. Et Serine, heureusement, n'en avait pas le moindre soupçon. En observant plus attentivement les esquisses, la comtesse comprit que sa fille ferait son entrée au palais dans une charrette portant l'impôt sur le blé. Elle s'évanouit tout de bon.

La série LES FILOUTTINEN
Siri Kolu

Une série tout droit venue des routes givrées de Finlande, à la rencontre de la famille de bandits la plus loufoque du pays !

Tout remonte à l'été dernier. Quand on m'a kidnappée. Un kidnapping qui ne pouvait pas mieux tomber ! Les vacances étaient tellement mal parties... Il y avait bien eu un projet de rando à vélo, mais à cause d'une pauvre petite bruine, nous avions dû rester à la maison. Puis il avait été question d'aller camper, mais comme d'habitude, papa avait été retenu à cause de son travail, et nous n'étions pas partis. Lui, c'est un vrai champion pour nous organiser des vacances hors du commun – sans jamais nous demander notre avis à nous, ses filles. De toute manière, tout tombe toujours à l'eau. Ça fait belle lurette que je ne crois plus à ses promesses !

Les Filouttinen
Tome 1

Coup de bluff
Tome 2

Le Guide des guides
Tome 3

La série LE CŒUR EN BRAILLE
Pascal Ruter

Le Cœur en braille

Une comédie haute en couleur qui vous fera passer du rire aux larmes !

Pour finir la mère de Marie-José a apporté un grand plat, c'était la cérémonie du dessert, encore un truc italien, qui méritait un compliment.
– Génial ! Un Kamasutra ! Merci, j'adore ça !
J'ai tendu mon assiette avec le super sourire de la reconnaissance.
C'était la consternation totale, je m'en suis bien rendu compte, car je les surveillais du coin de l'œil.
– Un... un quoi ? a demandé Marie-José en détachant les syllabes.
– Un kamasutra, quoi, le dessert italien, là. On va le manger ou le mettre au musée ?
– Ça y est, j'ai compris, a dit le père de Marie-José. Un tiramisu ?
– Voilà, j'ai confirmé : un tiramisu.
Il y a eu un moment de recueillement, avec une ambiance divine d'exception.
Dans l'ensemble, j'ai trouvé que j'avais fait superbe impression.

Retrouve Victor, sa famille et ses amis dans des scènes délirantes pour parler de la vie, la vraie, celle qui n'a que faire du prêt-à-penser !

Le Cœur en braille, Trois ans avant

Le Cœur en braille

Le Cœur en braille, Quatre ans après

Pour en savoir plus et lire d'autres extraits, rendez-vous sur :
www.didier-jeunesse.com

La trilogie SUBLUTETIA

Eric Senabre

Une saga trépidante, mêlant histoire et fiction dans un univers passionnant.

Nathan et Keren ne pouvaient détacher leur regard de ce ciel improbable, ce fragment d'infini mystérieusement emprisonné dans le ventre de la capitale. Après des heures de fuite dans des dédales obscurs, ce bain de lumière était pour eux bien plus qu'un repas copieux ou une boisson fraîche – dont ils mouraient pourtant d'envie. Sans même s'en rendre compte, Keren serra un peu plus fort la main de Nathan. Ils n'avaient fait que descendre, toujours plus profondément : comment le ciel pouvait-il être au-dessus de leur tête ?

La Révolte de Hutan
Tome 1

Le Dernier Secret de maître Houdin
Tome 2

Le Ventre de Londres
Tome 3

Rendez-vous sur **www.sublutetia.com** pour des infos exclusives !

La série JONAH

Taï-Marc Le Thanh

Découvrez un extrait du tome 1, **Les Sentinelles** :

Jonah était né sans mains.
Lorsqu'il sortit du ventre de sa mère, la sage-femme constata cette terrible malformation, mais sous le coup de la surprise, elle ne put émettre qu'un petit :
– Oh !
Elle ajouta aussitôt :
– Quel beau bébé !
Et elle le posa délicatement sur la poitrine de la mère, qui, respirant avec difficulté, murmura :
– Mon petit Jonah.
L'enfant restait muet. La sage-femme, Miss Atterton, car tel était son nom, fronça les sourcils. Un enfant qui ne pousse aucun cri à sa naissance ne peut que présager de terribles augures, qui plus est quand il naît sans mains. Elle se signa rapidement et tapota doucement le dos du bébé, en attendant le cri qui permettrait aux poumons du nouveau-né d'acquérir leur fonction respiratoire. Elle tendit l'oreille et crut déceler un faible souffle. C'était la première fois qu'elle se trouvait confrontée à un phénomène aussi inexplicable. Elle quitta prestement la pièce.
– Mon petit Jonah, répéta la mère.

Autres titres de la série :

Le Retour du Sept
Tome 2

La Balade d'Adam et Véra
Tome 3

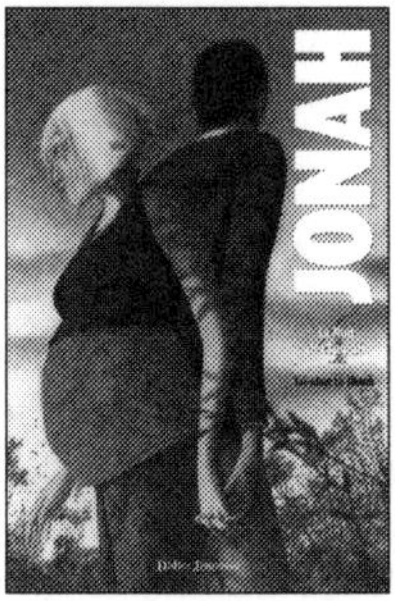

La Nuit des Fugitifs
Tome 4

Au-delà de l'Océan
Tome 5

Le Jardin de Siàn
Tome 6

Le Dernier Songe de Lord Scriven

Eric Senabre

Un duo de détectives des plus attachants, une intrigue palpitante entre bas-fonds londoniens et secrets d'Etat, dans l'Angleterre du début du siècle. So british !

Le client qui se présenta à nous, grand, carré, avec les cheveux crantés et une fine moustache cirée, n'avait en soi rien de particulièrement remarquable. Dès ses premiers mots, en revanche, je sus que nous allions aborder un cas plus tordu encore qu'à notre habitude.

« Monsieur Banerjee, on m'a dit le plus grand bien de vous, commença-t-il. Je pense que vous êtes l'homme de la situation.

– J'espère ne pas vous décevoir. Puis-je savoir ce qui vous amène ?

– Bien sûr. Je voudrais savoir qui m'a assassiné. »

Je sursautai ; même Banerjee ne put réfréner une mimique d'étonnement.

« Vous voulez dire que quelqu'un a essayé de vous assassiner ?

– Non. J'ai été assassiné.

– Vous seriez donc mort ?

– Exactement. »

L'Enfant et le Masque de fer

Jean-Pierre Kerloc'h

Une captivante quête identitaire à la cour du roi, sur les pas du mystérieux Masque de fer : quand le roman historique croise la légende...

– Ma petite Marie-Anne chérie, écoutez-moi bien. Bientôt, je serai au ciel. Le comte d'Artagnan m'a juré de veiller sur vous. Écoutez bien ce que je vais vous dire : cachée dans mon clavecin, vous trouverez une fine pochette en cuir. Elle contient une enveloppe de parchemin, cachetée de cire rouge. Prenez cette pochette et ne vous en séparez jamais. Et non plus, ne la montrez à personne. Je dis bien : à personne. Et jurez-moi d'attendre le jour de vos quinze ans pour l'ouvrir, briser le sceau et lire ma lettre. Promettez-moi également de n'en parler à personne. À personne... Promettez-moi...

Marie-Anne fondit en larmes et jura.

Un prêtre entra. Il prit Marie-Anne par l'épaule, et à pas très doux l'emmena hors de la chambre.

Le lendemain matin, on trouva Geneviève Delamotte endormie pour toujours.

Bluebird

Tristan Koëgel

Le destin incroyable d'une jeune chanteuse de blues, la vie de toute une plantation de coton qui bascule, un souffle romanesque prodigieux.

Par la fenêtre s'étalait sous mon nez la vallée du Mississippi. Vaste. Verte. Elle n'était pas vilaine, cette vallée. Les hauts arbres de ses forêts où nichaient des milliers d'oiseaux la rendaient presque réconfortante quand on venait de la ville. Et ses champs, ses champs si grands, on s'y voyait courir, le parfum de leurs fleurs nous faisait déjà tourner la tête. Mais si on tendait l'oreille, au plus près de ces champs, on entendait monter une drôle de voix, par-dessus les forêts, plus haut que les nuages. La voix de ceux qui ont sculpté le Delta. La voix de ces hommes, et de ces femmes, qu'on disait libres et qui travaillaient pourtant comme des chiens, là où leurs ancêtres avaient déjà creusé leur tombe en raclant contre la terre les chaînes qui leur rongeaient les pieds. Ces voix ne gémissaient pas, ces voix chantaient. Des chansons où les chevaux s'évadent, où les lapins échappent aux renards, où les corbeaux sont plumés, et où les femmes finissent par s'en aller.
Voilà vers quoi je retournais, six ans plus tard, installée dans ce compartiment comme une princesse dans son carrosse.

60-62, rue Saint-André-des-Arts
75006 Paris
www.didier-jeunesse.com
Illustration de couverture : Cali Rezo
Conception graphique : Taï-Marc Le Thanh
Graphisme : Laurent Batard
Composition, mise en pages et photogravure : IGS-CPS (16)
ISBN : 978-2-278-08170-7
Dépôt légal : 8170/01
N° d'impression : 1601809
Loi n° 49-956 du 16 juillet 1949 sur les publications destinées à la jeunesse

Achevé d'imprimer en France en avril 2016 chez Normandie Roto Impression s.a.s., imprimeur labellisé Imprim'Vert, sur papier composé de fibres naturelles renouvelables, recyclables, fabriquées à partir de bois issus de forêts gérées durablement.